AUSLESE À LA PROVENCE

Andreas Heineke war Radiomoderator, Musikmanager u. a. für MTV und Dotcom-Firmengründer. Seit über 20 Jahren lebt er in Dithmarschen, arbeitet als Filmemacher und Drehbuchautor für u. a. das ZDF und den NDR, schreibt Sachbücher und Kriminalromane, die in der Provence spielen. Andreas Heineke ist fast dauerhaft auf Lesetour und hat 2020 den Bücher-Podcast »2MannBuch« ins Leben gerufen.
www.2mannbuch.de

ANDREAS HEINEKE

AUSLESE
À LA PROVENCE

Kriminalroman

emons:

Bibliografische Information der Deutschen Nationalbibliothek
Die Deutsche Nationalbibliothek verzeichnet diese Publikation
in der Deutschen Nationalbibliografie; detaillierte bibliografische
Daten sind im Internet über http://dnb.d-nb.de abrufbar.

© Emons Verlag GmbH
Alle Rechte vorbehalten
Umschlagmotiv: shutterstock.com/CherylRamalho
Umschlaggestaltung: Nina Schäfer
Gestaltung Innenteil: DÜDE Satz und Grafik, Odenthal
Lektorat: Dr. Marion Heister
Druck und Bindung: GGP Media GmbH, Pößneck
Printed in Germany 2023
ISBN 978-3-7408-1687-2
Originalausgabe

Unser Newsletter informiert Sie
regelmäßig über Neues von emons:
Kostenlos bestellen unter
www.emons-verlag.de

Dieser Roman wurde vermittelt durch die
Verlagsagentur Lianne Kolf, München.

Für meine geliebte Frau Marga,
die meine Leidenschaft für gute Weine
seit zwanzig Jahren teilt

Schenkst Du Guten ein,
Schaust Du Gott im Wein.

Weisheit der Zisterzienser Mönche
aus dem 11. Jahrhundert

Qui bon vin boit, Dieu voit

Prolog

Die offene Weißweinflasche bewegte sich sanft im Rhythmus der Schritte. Melvin hatte Ring- und Mittelfinger fest um den Flaschenhals geschlossen, er spürte die Kälte des Glases, die Feuchtigkeit. An der anderen Hand, wenige Zentimeter hinter ihm, zögernd, kichernd und schwankend seine Freundin Julie. Phantastisch fühlte sich ihre warme Hand in seiner an.

Ach, Julie, dachte er. So dicht bei mir. Er hätte es nie zu träumen gewagt, dass sie einmal so eng zusammen sein würden. Wie sie ihn noch vor wenigen Monaten angesehen hatte, nachts am Hafen von Marseille, als sie sich an der Mole das erste Mal begegnet waren. Es war Frühjahr gewesen. Ihr Gesicht, er würde es immer mit dem Geräusch der sanften Wellen verbinden, die an die Bootswände der Yachten geschwappt waren, immer mit den Tampen und Seilen, die an die Masten geschlagen waren. Wie sehr er den Geruch des Meeres liebte. Das Meer, es war so ehrlich, von Grund auf ehrlich. Gleichgültig dem Rest der Welt gegenüber. Der Punk in der Natur – genau das war auch sein Wesen.

Als Melvin Julie schweigend den Joint gereicht hatte, waren ihre Gesichtszüge undeutlich geworden. Das Aufglimmen der Asche, der fahle Lichtschein an der Zigarettenspitze, alles hatte wie ein nautisches Zeichen gewirkt, wie eine Warnung. Sie hatte ihm die Tüte schweigend zurückgereicht, seine Finger hatten für den Bruchteil einer Sekunde ihre berührt. Ein Stromschlag.

Julie war stark geschminkt gewesen, die Augen dunkel, der Rock kurz, rot. Sie hatte keine Schuhe getragen, das war Melvin sofort aufgefallen. Ihre ebenfalls roten Pumps standen wie ausgestellt auf der Kaimauer, als hätte man sie für ein absurdes Mode-Fotoshooting platziert.

Lässig und aufreizend hatte Julie danebengestanden, ein Bein angewinkelt, die Fußsohle an die Mauer gestellt. Ihre gesamte Haltung hatte einstudiert und zugleich verführerisch gewirkt. Damals hatte er noch nicht gewusst, wie sie ihr Geld auf den Luxusyachten der Millionäre verdiente. Hätte es ihn abgeschreckt? Nein, das hier war zu groß dafür.

Endlich war sie bei ihm, und er hatte alles für diese Nacht vorbereitet. Nur noch ein paar Schritte, dann führte der schmale Weg mitten durch die Weinreben, hinein in das Feld. Julie kicherte, als Melvin sanft an ihrer Hand zog, als müsste er sie noch überzeugen, mit ihm zu gehen, ihm zu vertrauen. Es war ein Spiel, ein Spiel im Rausch. Die Pillen, das Gras, der Wein – schwer zu sagen, welchen Bewusstseinszustand sie gemeinsam vorzogen. Seit Wochen war es eine Mischung aus allem. Aus allem, was sie am Hafen von Marseille bekommen konnten. Immer war es Julie gewesen, die die Rechnung bei den Dealern beglichen hatte. Wie sie das getan hatte – Melvin hatte es nie so genau wissen wollen. Er wusste nur, er war pleite. Er war immer pleite gewesen, soweit er zurückdenken konnte. Was also war ihm anderes übrig geblieben, als der Laufbursche eines Winzers zu werden, der sich mit jeder Unterschrift weiter ins Verderben stürzte? Er tat es für Julie, er hatte eben seine Gründe, und heute wollte er sie überraschen.

Er war erregt, als er den Feldweg verließ und Julie eilig in die Weinreben führte, vorbei an den Trauben, über den weichen, gepflegten Boden, die Schritte immer weiter beschleunigend.

Die Nacht war geräuschlos, keine Autos störten die Idylle. Die Zikaden hatten längst ihr Zirpen eingestellt, nicht einmal das Kreischen eines Nachtvogels war noch zu hören. In diesen Minuten schien es, als gehörte ihnen die Welt, als würden sie die Freiheit umarmen, um sie fest an sich zu drücken.

Julie zögerte, war sich unsicher, als traute sie ihrer Bekanntschaft nicht mehr. Als Melvin sie immer weiter hinauf durch die wie mit dem Lineal gezogenen Rebenreihen führte, dachte sie kurz daran, umzukehren und zurückzugehen. Aber wohin? Was gab es da schon? Und wo war »zurück«? Sie wollte sich fallen lassen, vom Rausch befeuert, von der Gier nach dem attraktiven, zugleich aber auch abgerissen wirkenden Mann. Und so folgte sie beschwipst seinem schnellen Schritt. Melvins Hand hatte sich inzwischen wie ein Schraubstock um die ihre gelegt.

Das Gehen wurde zu einem Laufen, ihr Atem ging schneller, bis Melvin plötzlich stehen blieb und sich zu ihr umdrehte. Dabei ließ er ihre Hand los und legte sie auf ihre Augen, so führte er sie weiter, durch die Reben, etwa zehn oder zwanzig Meter.

»Pst.« Er atmete schnell durch den Mund, es war kaum ein Wort, kaum ein Laut, viel mehr ein Zischen, sie blieben stehen. »Dreh dich um«, raunte er.

Sie roch den Wein und den Rauch aus seinem Mund, spürte ihn auf dem Gesicht, doch sie befolgte seine Bitte. Oder war es ein Befehl gewesen? Die Unsicherheit erregte sie, sie konnte es sich nicht erklären. Sie bebte, als sie sich wegdrehte.

»Nicht gucken!«, rief Melvin. Seine Stimme klang wie von fern, er war nicht mehr neben ihr, nicht mehr bei ihr für diesen Moment. Aufregung lag in seinem Tonfall, ein leichtes Zittern sogar.

Dann hörte Julie ein Geräusch, als würde jemand ein Feuerzeug entzünden – der Daumen rutschte über die Reibefläche, sie meinte das Gas zu hören, wie es ausströmte. Jetzt eine Zigarette, dachte sie, das würde mir gefallen.

Doch dann hörte sie Melvin, der rief: »Voilà, du darfst dich umdrehen!« Und nach einer kurzen Pause, in der sie kaum zu atmen wagte: »Es ist angerichtet!«

Inmitten des Weinbergs hatte Melvin die Reben entwurzelt, eine Lichtung freigelegt. Dort stand ein Tisch mit einer weißen Decke darauf. Er war gedeckt: Brot, Butter, Käse und Weingläser standen bereit. Mit einer übertrieben galanten Geste deutete Melvin auf einen der beiden Stühle. »Madame«, sagte er, und dabei verbeugte er sich wie ein Kellner in einem feinen Restaurant. »Diner aux chandelles, ein Candle-Light-Dinner.«

Auf dem Tisch kunstvoll drapierte Kerzen, sie brannten

bereits, das Licht schimmerte auf den Blättern der Reben und spiegelte sich in den Gläsern.

Melvin hatte auch die mitgebrachte Weinflasche auf den Tisch gestellt. Aus der Hosentasche zog er nun einen Korkenzieher, um noch eine weitere Flasche zu öffnen, einen Rotwein.

Wie er da stand, wie ein Sommelier. Lediglich seine Jeans, die die besten Tage längst hinter sich hatte, und sein abgetragenes schwarzes T-Shirt passten nicht ins Bild, nur fiel Julie das kaum auf. Wie vom Blitz getroffen stand sie zwischen den Weinreben, für einen Moment bewegungslos, gerührt von dem, was dieser Junge für sie tat. Tränen rannen ihr sanft aus den Augen, sie ließ es geschehen. Dann lief sie zu ihm, und sie drückten sich, ließen sich sekundenlang nicht mehr los. Wie Ertrinkende, abgewandt von der Welt, eingetaucht in ihr Universum. Seine Hände auf ihrem Hintern.

»Das hat noch nie jemand für mich getan«, flüsterte sie, und dann küsste sie Melvin, fest und lange. Sie konnten kaum noch voneinander lassen. Es war, als würde der ganze Himmel brennen, ein Leuchten in der Ferne, wo eben noch Dunkelheit gewesen war.

Julie bemerkte es zuerst. Das Licht war keine Einbildung, es war real und bereits überall. Um sie herum. Und es breitete sich aus, schnell, sehr schnell.

»Es brennt!«, rief sie und löste ihren Mund von seinem.

Das Feuer war aus dem Nichts gekommen, aber es wälzte sich bereits über den Boden, in erbarmungsloser Geschwindigkeit. Die Flammen rasten durch die Reben, züngelten an den trockenen Stämmen und Blättern empor. Wegen der Hitze der vergangenen Wochen und Monate war das Wasser rationiert worden, eine tägliche Bewässerung vom Staat untersagt. Es knisterte, Rauch stieg auf.

»Schnell!«, rief Julie. »Wir müssen hier weg! Allez, tu doch etwas!«

Und schon rannte sie los. Das Feuer wühlte sich von rechts auf sie zu, links schien es noch nicht so weit zu sein, in diese

Richtung lief sie, doch der Eindruck hatte sie getäuscht. Plötzlich war eine Wand vor ihr, eine Wand aus Feuer. Die Flammen schlugen hoch, tasteten sich in den Himmel, auf der Suche nach weiteren Ästen, nach Holz, nach irgendetwas, was es zu zerstören galt.

Julie schrie, Melvin war nicht mehr zu sehen. Vielleicht war er in die andere Richtung gerannt, selbst in Panik geraten. Aber warum? Dort war das Feuer schon viel näher, dachte sie, dann rief sie nach ihm, nein, sie schrie. Hysterisch. Ihre Stimme überschlug sich, sie begann zu husten. Sie hatte als Kind von Kugelblitzen gehört, die über den Boden rollten. So fühlte es sich also an. Die sommerliche Wärme war zur Gluthitze geworden, sodass Julies Haut brannte, als würde sie in nur wenigen Sekunden einen Sonnenbrand bekommen.

Noch einmal wechselte sie die Richtung, doch da gab es nichts mehr, wo sie hinlaufen konnte. Nur Feuer und Rauch, auch der Tisch brannte, die weiße Decke fauchte auf, bevor sie sich in die Luft erhob und brennend davonschwebte. Die Flasche kippte um, rollte über den Boden auf sie zu. Kurz vor ihren Füßen blieb sie liegen, obwohl der Untergrund an dieser Stelle abschüssig war. Eine Erklärung gab es dafür nicht, doch es löste einen letzten Gedanken in ihr aus: Der Wein wird uns töten. Das hatte sie schon immer gewusst. Dann fingen ihre Haare Feuer.

1

Klack. Klack. Klack. Wenn die Boulekugeln mit ihrem metallischen Geräusch den Klang der Zikaden ablösten, fand Pascal sich auf der Place de la Fontaine mit seinen beiden Freunden David und Gawain zu einer Partie ein.

Gawain reichte Pascal das Maßband, um den Abstand zum letzten Wurf zu messen. Es war wie an jedem Abend. Pascal wusste, dass Gawains Kugel näher am Cochonnet lag, aber es ging um den Triumph des Dorfältesten, den man ihm nicht verwehren mochte. Also bückte Pascal sich und legte das Zentimetermaßband an.

»Zwölf Zentimeter.« Wie immer maß er zuerst den Abstand seiner eigenen Kugel.

Gawain nickte nachdenklich. Auch das gehörte zum Ritual, beide wussten längst, wer gewonnen hatte.

Pascal hockte sich auf die andere Seite des Schweinchens und maß erneut. »Acht Zentimeter.« Er stand auf und reichte Gawain die Hand. »Ich gratuliere.«

Gawain lächelte. »Solange ich euch schlage, trete ich nicht ab.«

Er bestand darauf, seine Kugeln selbst aufzuheben. Als der sechsundachtzigjährige Mann Pascal vor einigen Monaten, als sie die erste Partie miteinander gespielt hatten, diese Extraregel eröffnet hatte, hatte Pascal noch Mitleid gehabt und gesagt, dass er das selbstverständlich gern für ihn erledigen würde. Aber Gawains energisches Kopfschütteln und der erbarmungslose Blick des stolzen alten Mannes hatten ihn dieses Angebot niemals erneuern lassen. Und dann war Pascal das erste Mal Zeuge eines Schauspiels geworden, dem er fortan in jedem Spiel beiwohnen durfte.

Gawain nahm ein kleines Seil mit einem Magneten am Ende aus der ausgebeulten Tasche seiner braunen Anzughose, die er immer trug, und ließ es über der Kugel hinunter. Ein kurzes Klickgeräusch und schon hing die Boulekugel wie ein Fisch an seinem Haken.

»Ich angle Kugeln«, sagte er, lächelte verschmitzt und sah Pascal plötzlich ernst an. »Le rituel.«

Insgeheim erhoffte Pascal sich, dass diese peinliche Zeremonie an ihm vorbeizog, doch auch David Perieux nickte ihm ermunternd zu – gerade noch hatte er die Flasche Rosé aus der Kühltasche genommen und die Pause der drei Männer vorbereitet. Dann aber nahm er das mindestens einen Meter große Bild einer leicht bekleideten Frau mit nacktem Hintern, fotografiert irgendwann in den vierziger Jahren, in die Hand und lehnte es an die Platane.

»Voilà«, sagte er. »Bitte schön.«

»So hat es mein Großvater in La Treille schon gemacht, und er gehörte zu den besten Pétanque-Spielern in Marseille.«

La Treille, damals noch eine eigene Stadt, die später von Marseille eingemeindet worden war, hatte eine lange Tradition des Boulespiels, galt sogar als Wiege der provenzalischen Variante. Denn es gab zwischen Pétanque und dem unter dem Sammelbegriff Boule bekannten Spiel einen bedeutenden Unterschied: Während der Spieler beim Boule die Kugel mit Anlauf werfen durfte, musste er beim Pétanque an einer Linie, sogar in einem Kreis stehen und von dort aus über den Handrücken werfen. So viele Infos zum Thema Fitness und Pétanque, dachte Pascal.

»Mein Großvater musste schon diesen Arsch küssen«, lachte Gawain schallend und gewährte einen Blick auf seine verbliebenen Zähne, die sich erfolgreich kreuz und quer in seinem Mund gegen den Verfall gewehrt hatten.

Pascal konnte sein Schicksal ohnehin nicht mehr abwenden. Er kniete sich auf den Boden und küsste der nackten Frau auf dem Bild den Hintern.

Gawain, plötzlich wieder zum Kind geworden, riss vor Freude die Arme in die Höhe und drehte sich dabei triumphierend. »Revanche?«, fragte er schließlich, nachdem er Luft geholt hatte.

»Bien sûr«, antwortete Pascal, als er sich erhoben und den Sand von seiner Hose geklopft hatte.

»Erst legen wir eine kurze Pause ein«, merkte David Perieux an, der sich das Bild griff und es zurück zu der Steinmauer brachte, wo es allabendlich auf seinen Einsatz wartete. Dann griff er in seine Hosentasche und brachte einen Korkenzieher zum Vorschein.

Plopp, machte es ein paar Sekunden später. Für einen echten Provenzalen das wohl schönste Geräusch der Welt, stellte Pascal fest, als er seine Kugeln aufhob und Gawain zu der Steinmauer folgte.

»Ein Château Sept«, sagte David Perieux stolz und roch kurz am Korken. »Die letzte Flasche aus dem Jahrgang 2018.«

Geräuschvoll schenkte er ein, indem er die Flasche hoch über die Gläser hielt. Seinen Laguiole-Korkenzieher packte er wieder sorgfältig in die mitgebrachte Tasche. Ein Korkenzieher im Wert von fünfhundert Euro war bei einem Winzer wie David Perieux in guten Händen. Pascal hatte viel von diesem Edelutensil gehört, es auch schon auf einigen ausgewählten Märkten in der Provence entdeckt. Abgeschreckt von den Preisen, hatte er sich aber stets gegen den Kauf entschieden. Gefertigt wurde der Korkenzieher in dem gleichnamigen Dorf, das durch die kleine Manufaktur, die auch Bestecke und andere Messer herstellte, im ganzen Land berühmt geworden war.

»Ein Laguiole-Korkenzieher ist keine Anschaffung, es ist eine Investition fürs Leben«, hatte ihm sein Winzerfreund René einst erzählt, doch noch war Pascal zu dieser Investition nicht bereit.

Mit einem leichten Stöhnen, das Menschen jenseits der fünfzig, die Schach und Angeln zu Sportarten adeln und das Joggen ablehnen, beim Hinsetzen ausstoßen, ließen sich Gawain, David und Pascal auf die von der Sonne erhitzten Steine nieder. Kurz verweilten ihre Nasen über den Rändern der Weingläser, dann ein Zunicken, ein »Santé«, und die letzte Flasche ihrer Art wurde ihrer eigentlichen Bestimmung zugeführt. Für einen Moment saßen sie da und lauschten in den Abend hinein. Ein entferntes Hundegebell, das Stimmen der Gitarre eines Straßenmusikers und das beruhigende Plätschern des Brunnens hinter ihnen, dem der Platz seinen Namen zu verdanken hatte: La Place de la Fontaine.

Pascal lächelte in sich hinein – wie zur Bestätigung, alles richtig gemacht zu haben, als er Paris den Rücken gekehrt hatte, um hier in Lucasson im Luberon eine neue Heimat zu finden. Er war auf dem besten Weg dorthin. Was hatte er schon verloren? Seine Frau Catherine, die ihm am Tag des Auszugs ihrer gemeinsamen Tochter Lillie zu deren künftigem Mann Claude eröffnet hatte, sie habe schon seit einigen Jahren eine Beziehung zu einem Architekten und gedenke das Leben in Zukunft lieber an seiner Seite zu verbringen, bestimmt nicht. Den Job bei der Police nationale in den Straßen von Paris? Mit einer gewissen Abscheu erinnerte er sich daran zurück. Jetzt war er nur noch Gendarm. »Ein Dorfgendarm«, betonte sein letzter in Paris verbliebener Freund Alexandre jedes Mal süffisant, wenn sie miteinander sprachen. Spott lag bei Sätzen wie diesen in seiner Stimme. Alexandre war ein Vorzeigegroßstädter. Er genoss die vielen Bars, die Hektik, die Gourmettempel mit den gigantischen Meeresfrüchteplatten, den Lärm und natürlich die Auswahl an den vielen alleinstehenden Frauen, die genau wie er auf der Suche nach ein bisschen Liebe waren und sich im Festlegen schwertaten.

Pascal trank einen Schluck des prämierten Rosés und musste plötzlich an seine Tochter denken. Wie groß seine Freude war, als Lillie ihm eröffnet hatte, sie würde ihre Hochzeit mit Claude gern bei ihrem Vater in der Provence feiern. Schon zweimal war das Fest verschoben worden. Claude hatte ein Restaurant eröffnet, und so hatte es ein weiteres Mal keinen gemeinsamen Termin für den schönsten Tag des Lebens gegeben. In diesem Jahr sollte die jahrelang geplante Zeremonie endlich stattfinden. Pascal war noch am Tag des Anrufs losgegangen und hatte seinen Lieblingskoch Paul Natale gebucht. Natales Restaurant »Le Fournil« glänzte mit einer großen Terrasse, die einen atemberaubenden Blick über den ganzen Luberon bot und sich damit als seiner Tochter würdig erwies.

»Ihr sollt eure Revanche bekommen«, riss Gawain Pascal gönnerhaft aus seiner Gedankenwelt, dabei leerte er noch im Aufstehen sein Glas.

David Perieux nahm das Schweinchen, griff ebenfalls zu seinen Boulekugeln und folgte Gawain an die mit der Schuhspitze in den Sand gezeichnete Wurflinie. Pascal, der Verlierer der letzten Runde, durfte zuerst die Kugel pflanzen. Er beendete seinen Spielzug mit einem guten Wurf, seine Kugel landete nur wenige Zentimeter neben dem Schweinchen. Der beste Wurf des noch jungen Abends.

Respektvoll sah David ihn an, während Gawain seine Kugel hoch in die Luft warf und gleichgültig zur Kenntnis nahm, wie sie exakt auf Pascals landete und diese weit ins Abseits beförderte.

»Das war hinterhältig«, schimpfte David und traf bei seinem flachen Wurf Gawains Kugel, die darauf noch hinter Pascals zum Stehen kam. David Perieux ging in Führung.

Pascals nächster Versuch durfte getrost als Trainingseinheit eines Anfängers, die in dieser stümperhaften Ausführung bestenfalls einem Touristen zuzutrauen war, in die Geschichte der Partie eingehen, während es Gawain bei seinem zweiten Stoß gelang, sich noch zwischen David und der Holzkugel zu platzieren.

»Voilà«, sagte er trocken.

Das Spiel war gelaufen, und wieder war es Lucassons ältester Einwohner, der die Glückwünsche entgegennahm. Pascal konnte sich nicht daran erinnern, jemals ein Spiel gegen ihn gewonnen zu haben.

Wieder wurde das Bild aufgestellt, wieder musste er sich davor hinknien, die gleiche Vorstellung. Nur diesmal erntete er Applaus von zwei Passanten, die das würdelose Schauspiel zu Pascals großer Freude auch noch fotografierten und wahrscheinlich im Internet posten würden.

»Ich habe einen Rotwein aus dem gleichen Jahrgang«, verkündete David, das Wesentliche des Abends im Auge behaltend. »In einer Stunde zum Dîner bei uns auf dem Château Sept, Chloé hat gekocht.«

Ein Angebot, das keiner der beiden ausschlagen würde. Davids Frau Chloé war Pascals ehemalige Vermieterin. Die ersten Monate in der Provence hatte er in ihrer Gästewohnung auf dem Château Sept verbracht. Die Dîners würde er niemals vergessen, hatten sie ihn doch endgültig zu einem Gourmet werden lassen.

Auch diesmal wurde er nicht enttäuscht, als er gut einleinhalb Stunden später zusammen mit Gawain am Tisch Platz nahm. Die einladende Tafel stand vor dem Haus unter den Platanen. Wie selbstverständlich setzte er sich nach einer ausschweifenden Begrüßung, vielen Küsschen und Zuneigungsbekundungen füreinander auf seinen Stammplatz mit Blick auf den Weinberg der Familie Perieux. Er erinnerte sich an jene Monate, in denen er sich als Städter im Landleben versuchen wollte und die südfranzösische Atmosphäre eingesogen hatte. Auf diesem Platz konnte er die Ruhe und Entspanntheit der Provenzalen erleben, die nur zweimal pro Tag aus der Ruhe gerieten, nämlich immer dann, wenn es um die Auswahl der Speisen zum Mittag und zum Abend ging.

In den ersten Wochen hatte noch der alte Maurice, David Perieux' Vater, mit am Tisch gesessen, doch der war inzwischen verstorben, und so nahm der Sohn David den Platz am Kopf des Tisches ein. Gawain saß neben Pascal und Chloé neben ihrem Mann. Auf dem Tisch ein Ratatouille, das in dieser Perfektion – sämtliche Gemüsesorten waren separat auf den Punkt gegart worden – nur hier zu bekommen war. Dank Chloés Kochkünsten könnte die Familie Perieux unter ihrer Regie jederzeit ein Toprestaurant eröffnen, darüber waren sich alle Familienmitglieder einig, und doch war es nie dazu gekommen. Das Weingut forderte Chloés gesamte Aufmerksamkeit.

Der Wein des Château Sept wurde mit allen bedeutenden Medaillen des Landes ausgezeichnet. Besonders der Rosé hatte zunächst den Luberon und später Europa erobert. Das Anwesen gehörte mit seinen fünfundzwanzig Hektar nicht zu den größten Produzenten, aber ganz sicher zu den besten. Nicht zu vergessen die Trüffelplantage auf der anderen Seite des Châteaus. Auf diesen sauber angelegten Wald mit den Truffiers hatte Pascal einige Monate aus seinem Fenster hinunterschauen können, seine Wohnung hatte genau darüber gelegen. Manchmal meinte er sogar noch den Geruch des schwarzen Goldes in der Nase zu verspüren, wenn er die Familie besuchte und seine Autotür auf dem Innenhof des Weinguts öffnete.

Gut konnte er sich an die Aufregung in der ganzen Umgebung erinnern, als ein amerikanischer Investor aus dem Trüffelwald eine Golfanlage hatte machen wollen, die Rechnung aber ohne die Einheimischen gemacht hatte. Niemanden im Ort hatte es am Ende gewundert, dass dieser Trüffelwald nie in ernsthafter Gefahr geschwebt hatte und auch niemals schweben würde. Allein mit dem Trüffelanbau waren die Perieux gemachte Leute, und jeder im Dorf profitierte davon. Mehr als von einer Schar arroganter Gäste mit ihren Golfschlägern.

»Gut siehst du aus«, sagte Chloé, als sie ihren Freunden zuprostete. »Du hast abgenommen, und die südfranzösische Gesichtsfarbe steht dir.«

Pascal bedankte sich und war froh, auf die Schnelle noch einen Blumenstrauß als Dankeschön für die Einladung besorgt zu haben, der in der Mitte des Tisches platziert worden war.

»Machst du jetzt Sport?«, fragte David. »Ich meine, richtigen Sport, kein Boule.«

Gawain schnaubte verächtlich auf, schließlich hatte Pétanque ihn sein Leben lang fit gehalten. David wusste das und hatte Spaß daran, seinen härtesten, unbesiegbaren Gegner mit Bemerkungen wie diesen aufzuziehen.

»Nein«, sagte Pascal. »Ich habe meinen Hund Bordeaux, mit dem ich morgens und abends eine Dorfrunde gehe, und ich lebe gesünder.« Ihm fiel sein Gemüsegarten ein, den er heute Nacht noch bewässern musste. »Und ich esse nicht mehr nebenbei beim Laufen oder im Stehen wie in Paris.«

In den Blicken der drei am Tisch standen Entsetzen und tiefstes Mitleid. Ein Provenzale käme niemals auf die Idee, seine Mahlzeit zwischendurch einzunehmen, nicht einmal ein gestresster Manager oder ein Trucker während der Fahrt. Für Pascal war es einst zum Alltag geworden, das Essen im Gehen oder am Schreibtisch hineinzuschlingen. Der schnelle Rhythmus der Stadt, des Jobs, des Lebens hatte ihn dazu verdammt. Heute unvorstellbar.

»Und dein Gang ist langsamer geworden«, bemerkte Gawain. »Du warst uns suspekt, als du vor drei Jahren hier in unserem Dorf den Posten des Gendarms übernommen hast. Wie du hier immer durch die Straßen gehetzt bist, du konntest einem geradezu leidtun. Wo will der denn so schnell hin?, haben wir uns immer gefragt.«

Gawain erhob sein Glas und tauchte seine Nase tief hinein, dabei schloss er die Augen. Pascal befürchtete kurz, er sei eingeschlafen, doch schließlich beendete Gawain Schritt eins der Zeremonie, machte aber keine Anstalten zu trinken. Stattdessen schwenkte er das Glas in der untergehenden Herbstsonne vor seinen Augen hin und her und studierte die Farbe. Das tiefe Rot, der leichte Rostton an den Rändern. Schließlich war er so weit. Mit einer ruhigen, erhabenen Geste führte der alte Mann das Glas zum Mund und spülte dessen Inhalt geräuschvoll über seine Zunge. Dann schluckte er und sah für einen Moment schweigend zu David, der ebenso wie Pascal die Kennergesten beobachtet hatte.

»Das, David, ist ein großer Wein«, sagte er anerkennend. Doch statt das Kompliment freudig entgegenzunehmen, verdunkelten sich Davids Gesichtszüge. Nach einer Weile sagte er: »Es wird einer der letzten auf diesem Niveau sein.«

Chloé nickte wissend.

»Warum? Es wäre eine Schande«, bemerkte Pascal.

»Nun, der Klimawandel setzt uns zu.« David stellte sein Glas neben den Teller. »Für uns Winzer ist der eine Grad Celsius Klimaerwärmung eine Katastrophe. Die Nächte fallen lauer aus, das Mittelmeer kann die dringend benötigte Kälte in den Nächten nicht mehr herstellen. Diese Herausforderung stresst meine Trauben. Hier, wo es immer warm war, ist es jetzt zu heiß. Das ist scheiße«, schloss David seinen Satz.

»Ich habe das gestern auch bei dem Châteauneuf-du-Pape aus dem letzten Jahr schmecken können. Der Winzer sagte mir, die Gegend um Avignon sei inzwischen zu heiß für die Grenache-Traube«, ergänzte Chloé, die für die Weinwelt mehr als die Frau eines erfolgreichen Winzers war und als eine der wenigen weiblichen Sommelièren als äußerst geschmackssicher galt. Ihre Sinne waren nicht zu täuschen. »Während der Zuckergehalt durch die Hitze schnell sein Niveau erreicht hat, sind die Beeren noch unfertig. Farbe, Tannine, Aromen, alles hinkt dem Zucker hinterher. Auf uns Winzer kommen schwere Zeiten zu.«

Jetzt fiel Pascal auf, dass der Weinberg teilweise bereits abgeerntet war. »Ihr seid früh in diesem Jahr«, bemerkte er.

»Jedes Jahr wird es früher.« David Perieux' Blick hatte sich weiter verfinstert. »Mein Vater hat in den sechziger Jahren den Wein im Oktober gelesen, inzwischen fangen wir im frühen September an, die Ernte einzufahren.«

»Ja«, mischte sich Gawain wieder ein. »All das Wissen von uns Alten hilft der Welt nicht mehr. All unsere Erfahrungen bedeuten nichts mehr in einer Gesellschaft des Wandels. All die Kenntnis der Naturgesetze über die Jahreszeiten und das Wetter zählt nichts mehr.« Er griff erneut zum Glas und schwenkte es im Licht.

»Ja, mein Freund«, sagte David nachdenklich. »Wir tun uns

schwer, eine tausendvierhundert Jahre alte Tradition einfach so zu verändern. Da sind die jungen, wilden Winzer besser als wir. Die bauen Syrah an oder weichen auf noch robustere Trauben aus, alles, was erlaubt ist.« David schenkte den restlichen Wein in die Gläser seiner Gäste. »Drüben im Languedoc hat es im letzten Jahr zwischen Mai und September so gut wie nicht geregnet. Viele meiner Kollegen sind inzwischen am Ende, sie haben ihr Land verkauft.«

»Den Klimawandel muss man nicht mehr mit dem Eisbären auf der Scholle erklären, man muss nur die neuen Jahrgänge probieren.« Chloé, die erfahrene Weinkennerin, hatte ihre Stimme verschwörerisch gesenkt.

»Ja, der Klimawandel ist in allen Lebensbereichen angekommen«, sagte Pascal und schaute in die Runde. Ein Nicken am Tisch, die Tatsache der sich ständig verändernden Klimaverhältnisse mussten auch die Provenzalen hinnehmen, die keine Fans von Veränderungen waren. Schon gar nicht von aufgezwungenen.

»Ich hole noch eine Flasche aus dem letzten Jahr«, sagte David, nahm die Teller seiner Gäste und stand auf.

»Und ich hole das Dessert«, ließ Chloé die beiden wissen.

»Es ist traurig für Menschen wie uns. Ich werde nur noch ein paar der neuen Jahrgänge erleben. Die nachfolgende Generation wird sich an die neuen Weine gewöhnen, sie werden es nicht anders kennenlernen. Da sind wir Alten doch im Vorteil«, lächelte Gawain bitter.

Chloé kam nach einer Weile mit einem Tablett mit mehreren Tongefäßen mit Crème brûlée aus dem Haus und stellte sie vor ihnen ab.

Crème brûlée, dachte Pascal, das war ihre Königsdisziplin. Eine Rezeptur, die sie mit ins Grab nehmen würde. Vorsichtig klopfte er mit dem Löffel auf den hart gebrannten braunen Zucker, bis er nachgab und er in die Vanillecreme vordrang. Sie schmeckte anders als gewohnt – nach Trüffeln. Chloé und David beobachteten gespannt Pascals Reaktion.

»Du hast eine getrüffelte Crème brûlée gemacht?«, fragte er ungläubig.

»Ich habe noch viel mehr aus Trüffeln gemacht«, verkündete sie stolz. »Du musst demnächst mal wieder zum Frühstück kommen, du wirst meinen Trüffelhonig lieben.«

Noch immer überraschten Pascal die Provenzalen. »Manchmal seid ihr moderner, als man glaubt, und ein bisschen verrückt«, sagte er begeistert. Der Geschmack war so überraschend wie phänomenal.

In die Stille des Abends begann Davids Telefon auf dem Tisch zu brummen. Pascal konnte die Nummer auf dem Display nicht erkennen.

David nahm sein Mobiltelefon in die Hand. »Perieux.«

Durch den Hörer konnte Pascal jemanden erregt sprechen hören, die Laute konnte er nicht verstehen, nur das Wort »Katastrophe«.

»Oui, bien sûr.«

Danach nahm David das Telefon von seinem Ohr und beendete das Gespräch, es hatte nur wenige Sekunden gedauert. Der Winzer, eben noch in die Crème brûlée vertieft, war blass im Gesicht geworden.

»Lucs Weinberg ist abgebrannt.« Sein Blick war leer und auf den Tisch gerichtet.

2

Der Wochenmarkt von Apt gehörte zu den ältesten und am besten besuchten Wochenmärkten der Provence. Seine Historie war beeindruckend. Pascal hatte vor Kurzem einen Artikel über die Entstehungsgeschichte in der »La Provence« gelesen, die besonders in den Sommermonaten versuchte, neben ihren Stammlesern auch die Touristen mit Geschichten über die pittoresken Orte des Luberon zu erreichen.

Dem Markt waren in der Zeitung mehrere Seiten mit vielen historischen Fotos gewidmet gewesen. Erste Erwähnungen hatte er bereits im 12. Jahrhundert gefunden, später war er per Königlichem Dekret von Dienstag auf Samstag verlegt worden, und so trafen sich seit fünfhundert Jahren die Markthändler aus der gesamten Region, um ihre Waren anzubieten. Die Stände mit den drapierten Gemüsebergen, den Oliven, dem Fleisch und den Käsetheken wurden in Südfrankreich derart liebevoll präsentiert, dass Pascal in der Regel mehr kaufte als nötig und manchmal ein kleines Vermögen bei den Händlern ließ. Damit war er nicht allein.

Als Pascal seinen Mégane etwas außerhalb der Stadt parkte, um Richtung »Hôtel de Ville« zu schlendern, bemerkte er einen Reisebus mit deutschem Kennzeichen, der shoppingwütige Touristen reiferen Alters ausspuckte, die sich gut gelaunt unter die Menschenmasse mischten. In den Sommermonaten waren es rund dreihundertfünfzig Händler, die sie empfingen. Jetzt in den Herbstmonaten dürften es kaum wahrnehmbar weniger sein. Im Winter waren es vor allem die Modehändler, die sich mit den Urlaubern zurückzogen. Die Anbieter für Lebensmittel blieben dem samstäglichen Ritual treu – zu Pascals Glück, denn er kaufte seine Lebensmittel fast ausschließlich auf Wochenmärkten. Supermärkte versuchte er zu meiden, Discounter betrat er in der Regel nicht.

Pascal war an diesem Morgen früh aufgestanden, sodass er vor seiner Verabredung mit dem Chef de police Frédéric Dubprée und der Ermittlerin Audrey am abgebrannten Weinberg noch genug Zeit hatte, sich auf den Besuch seiner Tochter Lillie vorzubereiten, die ihre Ankunft für den folgenden Tag am frühen Abend angekündigt hatte.

Pascal kannte die meisten der Händler auf dem Markt von Apt, zumindest vom Sehen, denn sie bauten ihre Stände fast täglich in einem anderen Dorf auf. Spätestens freitags nahm er sich Zeit für einen Plausch mit ihnen, wenn sie auf Pascals Lieblingsmarkt in Lourmarin ihre Waren drapierten. Auch wenn diese Gespräche in den Sommermonaten eher kurz ausfielen, weil die Menschenmengen die Besucher in gemächlichem Tempo sanft, aber erbarmungslos vorantrieben. Schon der Richtungswechsel auf der falschen Seite erinnerte an eine Geisterfahrt auf einer Autobahn. So gab es im Juli und August Tage, an denen Pascal auf den Markt in Bonnieux ausweichen musste, sich dort aber mit demselben Problem konfrontiert sah. Manchmal fragte er sich, wo all diese Touristen wohnten. Große Hotels gab es im Luberon keine, und die Kapazitäten der kleinen Dörfer waren begrenzt.

Pascal schob sich an einem der vielen Stände mit Seife aus Marseille vorbei und stellte sich in die Schlange vor seiner Lieblingsboucherie. Die Wildschweinjagd hatte bereits begonnen, er wollte ein Wild-Bourguignon für Lillie kochen. Ein gut vorzubereitendes Gericht, sodass er genug Zeit mit seiner Tochter verbringen konnte, während das Essen vor sich hin schmorte. Pascals Rezeptgeheimnis waren die unterschiedlichen Gemüsesorten, die er unter das Fleisch mischte. Babykarotten, grüne Bohnen und eine große Menge an Lauch und Petersilie zum Abschluss.

Der Markthändler Fabian hatte Pascal bei seinem letzten Kauf zum Wildschwein gratuliert. Er hatte schon vor Jahren damit begonnen, Aufklärungsarbeit bei seinen Kunden zu leisten, um sie vom Erwerb von Fleisch aus Massentierhaltung abzuhalten. Fabian selbst hatte noch nie Mastschweine oder ähnlich gequälte Wesen angeboten. »Wildschwein, Pascal, trägt den Geschmack in sich, den Schweine einst hatten, bevor sie in Massenkäfigen mit Antibiotika und Billigfutter schlachtfertig gemästet wurden.« Dieser Satz ging Pascal nicht mehr aus dem Kopf.

»Wildschweinragout, Pascal!«, rief Fabian aus seinem Wagen herunter. »Eine gute Wahl.« Er suchte ein schönes Stück heraus und packte es ein. »Bekommst du Besuch?« Er sprach leiser. »Eine Frau?«

»So könnte man es sagen, es ist aber meine Tochter Lillie.«

»Niemand hat ein besseres Abendessen verdient als die eigene Tochter. Ich weiß, wovon ich rede, ich habe drei. Ich bin der Hahn im Korb und habe nichts mehr zu melden, daher spreche ich hier immer so laut. Hier sind meine Kunden, hier bin ich noch wer.« Er lachte herzlich.

In der Schlange hinter Pascal begannen zwei Frauen zu lachen, als sie dem gut gelaunten Fleischereimeister zuhörten.

Pascal zahlte. Er hatte sich für das Schulterstück entschieden und verstaute es in seiner Tasche.

»Un moment, Pascal.« Fabian griff unter die Ladentheke und reichte ihm noch einen stattlichen ausgelösten Knochen. »Für den Fond.«

Pascal bedankte sich und suchte nebenan bei dem Biogemüsehändler die richtige Beilage für das Ragout aus. Karotten, Lauch und Artischocken als Vorspeise. Er wusste, wie sehr Lillie sie liebte, besonders die aus der Provence. »Für deine selbst gemachten Dips würde ich die Strecke von Lyon nach Lucasson zu Fuß zurücklegen«, hatte sie das letzte Mal vor Begeisterung gerufen, als Pascal eine eigene Honig-Ingwer-Kreation erfunden hatte und sie stolz in der Mitte des Tisches drapiert hatte.

Erst im Auto beschäftigte Pascal sich mit dem, was vor ihm lag. Nach Saignon ging es nur wenige Kilometer den Berg hinauf. Das Weingut lag ein Stück dahinter, eine kurze Strecke über das Hochplateau. Pascal fragte sich, warum man ihn überhaupt zu einer Brandstelle rief. Dass ein Weinberg einfach abbrannte, war zwar ungewöhnlich, kam aber immer wieder vor. Entscheidend war die Arbeit der Feuerwehr, die ungewöhnlich schnell vor Ort gewesen sein sollte. Der Anruf war bereits kurz nach dem Entdecken der ersten Flammen eingegangen. Jemand hatte sich nicht grundlos um das angrenzende Waldgebiet gesorgt. Ein Feuer zu dieser Jahreszeit konnte eine Katastrophe auslösen. Der trockene Boden und das Gehölz waren für die Flammen ein Geschenk. Aber etwas war »ungewöhnlich«, so hatte Frédéric Dubprée sich ausgedrückt, und darüber wollte er mit Pascal vor Ort sprechen. Geheimnisvoll hatte er geklungen. Pascal müsse sich das ansehen.

Kurz hinter dem Ort Saignon führte eine wenig befahrene Straße durch ein Waldgebiet. Die Landschaft war an dieser Stelle für Schafherden wie geschaffen. Nicht selten stand Pascal hier oben und war von einer gemütlich dahintrottenden Schafherde umgeben, ihrem Tempo ausgeliefert und auch dem Schäfer, der das Auto inmitten der blökenden Tiere keines Blickes würdigte. Ein Hindernis, das es zu umrunden galt.

Heute hatte Pascal Glück, es waren keine Tiere in Sicht. Ein letzter Blick auf das abgeerntete Lavendelfeld, eine kleine Kurve mit einem Schild »Château des quatre chiens«, und was sich dahinter verbarg, raubte Pascal für einen Moment den Atem. Im wahrsten Sinne des Wortes, denn ein schwerer Brandgeruch lag in der Luft und erfüllte das Innere des Fahrzeugs. Als hätte jemand eine riesige Kamintür geöffnet und seinen Kopf hineingesteckt. Vor Pascal ergoss sich ein gut ein Hektar großes schwarzes Feld, von dem noch immer Rauch aufstieg. Einige Reben waren stehen geblieben, die Blätter verkohlt, ein paar wenige Trauben hingen trostlos an dem Geäst.

Pascal musste einmal um den Weinberg herumfahren, sodass er sich das gesamte Feld anschauen konnte. Frédéric Dubprée stand mit seinem Auto auf der gegenüberliegenden Seite und schaute bereits in Pascals Richtung. Er war nicht allein.

Pascal konnte sich von dem verstörenden Anblick kaum lösen. Mit jedem Meter wurde ihm das Ausmaß des Dramas deutlicher vor Augen geführt. In der Mitte musste das Feuer am verheerendsten gewütet haben, dort war keine einzige Rebe übrig geblieben. Unwillkürlich musste Pascal an den Schaden denken, an die Arbeit des Winzers, wie er vielleicht täglich nach seinen Pflanzen gesehen, sie gewässert und gepflegt hatte, um jetzt zur Erntezeit vor dem Nichts zu stehen. Keine Feuerversicherung der Welt könnte diesen ideellen Schaden ausgleichen. Dieses seelische Drama würde niemand mit Geld aufwiegen können.

Wie alt mochten die Reben gewesen sein? Über wie viele Generationen war auf diesem Hektar Wein angebaut worden?

Pascal fuhr im Schritttempo um das Feld herum. Neben Frédéric Dubprée erkannte er Audrey, die vielleicht unglücklichste Liebe seines Lebens. Hatte sie ihm doch, als es keinen Weg zurück mehr gegeben hatte, als die Liebe zu ihr sein ganzes Sein bestimmt hatte, eröffnet, die größte Liebe *ihres* Lebens sei eine Frau gewesen. Seit ein paar Wochen suchte Pascal Abstand – zumindest einen räumlichen, sein Herz hatte sich noch keinen Millimeter von ihr wegbewegt. Daher setzte es auch für ein paar Schläge aus, als er seinen Wagen hinter dem Feuerwehrfahrzeug parkte, die von schwerem Rauch geschwängerte Luft einatmete, hustete und auf die beiden zuging.

Audrey gab ihm drei Küsschen auf die Wange, hielt ihn einen Moment an der Hand fest und blickte ihm in die Augen. Unnötig fand Pascal das und genoss doch diese wenigen Sekunden der Nähe. Frédéric Dubprée, sauber frisiert, stand in seinem maßgeschneiderten Anzug am Rand des Feldes und reichte Pascal die Hand.

»Das Feuer wurde gestern gegen zwanzig Uhr bemerkt. Der Winzer Luc Adel rief sofort mit seinem Handy die Feuerwehr. Sie kamen mit zwölf Löschfahrzeugen und konnten die ganz große Katastrophe verhindern. Hätte dieser Wald hier«, Frédéric Dubprée nickte in Richtung der Bäume, »Feuer gefangen, hätten wir den Ort Saignon evakuieren müssen. Es hätte zu einem Inferno führen können. Das Gehölz ist knochentrocken.«

»Zwanzig Uhr?«, fragte Pascal zur Sicherheit.

»Oui, Monsieur.«

Schnell überschlug er die Uhrzeit. Der Anruf bei David Perieux war später eingegangen, also hatte der Winzer zunächst die Feuerwehr gerufen. Es waren diese kleinen Informationen, die ihm später helfen würden, wusste Pascal aus Erfahrung, und so stellte er seine nächste Frage: »Brandstiftung?«

»Ich gehe davon aus«, entgegnete Audrey, die neben Pascal gerückt war und ebenso wie der Chef der Police nationale den Blick nicht von dem dunklen Loch vor ihnen abwenden konnte.

Pascal betrachtete wieder die wenigen schwarzen Reben, die Stümpfe, die an den Rändern noch herausragten. Außer verbrannter Erde war dagegen in der Mitte des Feldes nichts mehr zu sehen.

»Wir wissen noch nichts Genaues«, sagte Frédéric Dubprée in seinem gewohnt ruhigen, aber bestimmten Tonfall. »Doch die Spurensicherung könnte die Überreste eines Menschen gefunden haben. Um mehr sagen zu können, ist es zu früh, uns fehlen noch die Beweise, aber wir werten die Spuren aus. Vielleicht ist nichts dran, aber wenn doch, sollten Sie von vornherein informiert sein.«

Pascal hatte zu dem kleinen, adrett gekleideten Mann geschaut, dann den Blick wieder auf die verbrannten Reben gerichtet. »Ein Mensch? Nachts im Weinberg?« Er schüttelte den Kopf. »Das kann ich mir nicht vorstellen.«

»Das hier«, sagte Frédéric Dubprée, »liegt alles außerhalb jeder Vorstellungskraft.« Er machte eine müde Geste in Richtung Weinberg.

»Wo hat man etwas gefunden?«, fragte Pascal.

Jetzt war es Audrey, die das Wort ergriff. »Etwa in der Mitte des Feldes, dort, wo nichts mehr steht. Die Spurensicherung sagt, es seien Zähne gefunden worden. Menschliche Zähne.«

Pascal blickte sie an, jetzt ganz der Ermittler, seine Gefühle für einen Augenblick verbergend. »Wie kann das sein? Was macht ein Mensch nach Einbruch der Dunkelheit in der Mitte eines Weinbergs? Haben wir schon mit dem Winzer gesprochen? Vermisst er jemanden? Einen Mitarbeiter vielleicht?«

»Nichts Konkretes. Er hat mehrere Angestellte, weil er auch ein Hotel und ein Restaurant betreibt, aber niemand wird vermisst. Das bestätigte uns auch seine Ehefrau. Sie war zu dem fraglichen Zeitpunkt im Haus auf der anderen Seite, das haben sie beide bezeugt. Das Feuer ist auf der Rückseite des Gebäudes ausgebrochen. Das Feld war für sie durch die Fenster nicht einsehbar. Sie wurden nur durch den Rauch auf das Feuer aufmerksam.«

»In welchem Zustand hast du die beiden angetroffen?«, fragte Pascal sie.

»Erstaunlich gefasst«, antwortete Audrey. »Und das Komische war: Sie waren nicht überrascht. Als hätten sie damit gerechnet. Immerhin ist hier die Grundlage für ihren gesamten Ertrag verbrannt, aber das haben sie hingenommen. Ist doch komisch, oder?«

»Sie werden Feinde haben«, murmelte Pascal, seine Fußspitze schob er dabei über den Sand, als wollte er etwas zeichnen.

»Konzentrieren wir uns zunächst auf das Sichtbare, auf das Feld. Schauen Sie sich das genau an, Monsieur Chevrier«, sagte Frédéric Dubprée. »Von wo nach wo ist das Feuer gewandert? Ist es nicht merkwürdig, dass der Brandherd ziemlich in der Mitte des Feldes gewesen sein muss? Das zumindest ergeben die ersten Untersuchungen. Nur, warum?«

Der Leiter der Feuerwehr trat zu Frédéric Dubprée. »Monsieur, wir haben Brandbeschleuniger gefunden. Sowohl an den Seiten des Feldes als auch in der Mitte. Wie Sie es bereits vermutet haben, das ist der Beweis für Brandstiftung.«

Audrey blickte den Mann entsetzt an. »Sicher?«

»Ja, ich sage so etwas nicht einfach daher.«

»Es überrascht mich nicht«, entgegnete Frédéric Dubprée dem Mann, die Spitze in dessen Antwort ignorierend.

»Aber wir haben noch weitere Neuigkeiten für Sie.« Der Feuerwehrmann schien erst jetzt Pascal zu bemerken. »Was macht denn die Gendarmerie hier? Habe ich meinen Feuerwehrwagen falsch geparkt?« Mit unendlicher Arroganz streifte der Blick des Mannes kurz Pascal, dabei verzog er seinen Mund zu einem schiefen Lächeln.

Den Gesichtsausdruck Frédéric Dubprées würde dieser Mann niemals vergessen, dessen war Pascal sich sicher. Mehr war nicht nötig, sofort entschuldigte der Feuerwehrmann sich.

»Weitere Fakten«, forderte der Chef de police.

»Wir haben bereits Knochen gefunden. War nicht schwer, es waren genug da. Wahrscheinlich menschliche, das wird die Gerichtsmedizin herausfinden.«

»Oh mein Gott«, entfuhr es Audrey, »hier ist ein Mensch verbrannt worden.«

Niemand sagte etwas, alle starrten nur auf das schwarze Feld. Zwei Männer in weißen Schutzanzügen stocherten am Fundort herum, knieten sich hin, nahmen Proben, schütteten verbrannte Erde in kleine Plastiktüten.

»Monsieur Chevrier, wir brauchen Sie.«

Pascal, der sich bei jeder Begegnung mit dem Chef der Police nationale mit einer neuen Aufgabe konfrontiert sah und das bereits als eine Art Naturgesetz akzeptiert hatte, nickte nur. Zu sehr beschäftigte ihn das Drama, das sich unmittelbar vor ihnen abgespielt haben musste.

»Ich will herausfinden, wer in der Lage ist, so etwas zu tun.«

»Danke«, sagte Frédéric Dubprée. »Audrey wird Sie unterstützen.«

Es wird immer schlimmer, dachte Pascal. Wie sollte er von dieser Frau nur loskommen, wenn er immer wieder zur Zusammenarbeit mit ihr verdammt war und sie nicht endlich dieses Spiel mit ihm einstellte? Doch statt sich diesen Gefühlen weiter hinzugeben, fragte er nur in die Stille hinein: »Warum ist in der Mitte des Feldes gegraben worden?« Und schon ging er los, über die immer noch warme Erde hinein in den Weinberg, vorbei an den verkohlten Ästen, die vogelscheuchengleich ihre Arme nach ihm ausstreckten, bis er in der kahlen Mitte des Feldes angekommen war. Die Männer von der Spurensicherung schauten kurz auf.

»Hier sind Löcher im Boden«, bemerkte Pascal.

»Ja«, sagte ein Mann der Spurensicherung. »Acht Stück. Hier wurden acht Rebstöcke entfernt und aufgestapelt.« Er deutete auf einen kleinen Haufen Asche. »Jetzt sehen die so aus. Gut möglich, dass sie angezündet wurden und sich das Feuer durch sie ausgebreitet hat, aber die Brandbeschleuniger sprechen gegen diese These.«

»Warum ist der Weinberg hier verändert worden?«, fragte Pascal. Es fröstelte ihn trotz der enormen Wärme, die der Boden auch einen Tag nach dem Feuer noch ausstrahlte.

Audrey war ihm gefolgt. Sie bückte sich und betrachtete die Erde, schob ihren Schuh vorsichtig in den verkohlten Acker, grub darin. Asche stob auf, darunter war noch Glut. Es rauchte aus dem Boden heraus.

Pascal betrachtete ebenfalls das schwarze Erdreich und ging vorsichtig um die Löcher herum. »Hier ist jemand geradezu hingerichtet worden«, sagte er schließlich. »Hier wurde Platz geschaffen ...«

»... um dem Drama eine Bühne zu geben?«, vervollständigte Audrey den Satz.

»Und das Winzerpaar saß im Haus und will davon nichts mitbekommen haben?« Pascal schaute zu dem Weingut, wie es in der Sonne dalag, idyllisch und ruhig. Audrey stand dicht neben ihm, ihre Arme berührten sich leicht, keiner der beiden bewegte sich, sie waren wie abgeschnitten von der schwarzen Welt um sie herum, für Sekunden daraus geflüchtet und ganz bei sich.

3

»Dein Paradies ist mein Paradies«, hatte Lillie Pascal verkündet. Gab es eine bessere Einleitung, um ihm zu eröffnen, dass sie ihre Hochzeit bei ihm in der Provence feiern würde?

Pascal hätte vor Freude platzen können. Hinzu kam das Wetter. Natürlich war bei dreihundert Sonnentagen im Jahr die Wahrscheinlichkeit groß, Hochzeitsfotos auf der Terrasse unter freiem Himmel machen zu können, mit Blick auf das Bergpanorama mit dem weißen Kalk, der bestens zu ihrem Hochzeitskleid passen würde. Außerdem hatte im Oktober bereits die Wintertrüffelsaison begonnen, und das erleichterte die Auswahl des Dinners erheblich, hatte Pascal zur Bestärkung eingeworfen – aus Angst, sie würde sich umentscheiden. Auf seinen Bekannten David Perieux konnte er sich verlassen. Er würde die besten Trüffel des Luberon bekommen, und der Koch Paul Natale war ein Meister am Herd, ein Held, wenn ihm die auserlesensten Zutaten zur Verfügung standen. Seinen getrüffelten Fasan konnte niemand, auf dessen Tisch er drapiert wurde, jemals vergessen.

Nachdem Pascal schon am frühen Samstagnachmittag aus Saignon zurückgekommen war, hatte er sich direkt darangemacht, das Wildschweinragout vorzubereiten. Es musste vierundzwanzig Stunden mariniert werden. So sah es die provenzalische Küche vor, und an die würde er sich strikt halten.

Er hatte die Orange geschält, den Saft ausgepresst und alles in eine Schüssel gefüllt. Dann hatte er eine Handvoll Thymian und Rosmarin aus seinem Garten hinzugefügt, die Wacholderbeeren klein gemörsert und alles zusammen mit den Nelken und den Lorbeerblättern vermischt. Eine perfekte Basis für das Fleisch, das er sorgfältig vom Fett befreit und in mundgerechte Stücke geschnitten hatte. Dann war die alles entscheidende Zutat hinzugekommen: der Wein. Gefolgt war ein Moment des

Entsetzens, als Pascal bemerkt hatte, dass er nur noch den Epicure seines Lieblingsweinguts Valcombe in seinem Vorrat hatte. Eigentlich zu schade, einen Tropfen wie diesen als Marinade zu missbrauchen, aber wann kam seine Tochter schon mal allein zu ihm zu Besuch? Er mochte seinen zukünftigen Schwiegersohn Claude, aber ein Abend nur mit Lillie war ein zu zelebrierendes Ereignis. Und er musste sich ins Zeug legen, wollte er an diesem Abend mit der Leistung eines Sternekochs mithalten.

Nach genau vierundzwanzig Stunden, am Sonntagnachmittag zur besten Bratenzeit, erhitzte er Tomaten, Möhren, Sellerie, Knoblauch, Zwiebeln und Tomatenmark und reduzierte den Sud bei starker Hitze um gut die Hälfte. Inzwischen briet er das Fleisch in Olivenöl, Zwiebeln und Knoblauch an und stellte seinen Bräter schließlich bei hundertfünfzig Grad in den Backofen. Die nächsten drei Stunden brauchte er sich um nichts zu kümmern, nur um seinen Hund Bordeaux, der allzeit bereit auf seine Runde wartete.

Vorwurfsvoll ließ der seinen orangefarbenen Gummiball über den Küchenboden rollen, doch er musste sich gedulden. Pascals Mobiltelefon klingelte. Sein Freund, der Gerichtsmediziner Leblanc, rief an. Schwer vorauszusagen, ob es ein privater oder ein beruflicher Anruf war, wobei Letzteres in den vergangenen Wochen sehr viel seltener geworden war. Leblanc war zu seiner großen Liebe nach Norwegen ausgewandert und störte sich an allem nicht Französischem in seiner neuen Heimat. Es begann mit den Weinpreisen in kleinen Geschäften, die an Dealer-Buden erinnerten, und endete mit einem Einkauf von Kleidungsstücken, die Leblanc zuvor nur aus Expeditionsfilmen gekannt hatte und in denen seine Bewegungsfreiheit stark eingeschränkt war.

»Kaum bin ich weg, schon kommen die richtig interessanten Fälle rein«, eröffnete er das Gespräch. »Was ist denn da los bei euch? Habt ihr vergessen, wie gut ihr es habt?«

»Bonjour, Leblanc«, erwiderte Pascal, der die Hundeleine

vor dem fassungslosen Blick Bordeaux' wieder auf die Küchenanrichte legte. »Ça va?«

»Frag nicht. Es ist kalt, immer dunkel, und ich mache den ganzen Tag Feuer im Kamin, damit man es hier überhaupt aushalten kann.«

»Woher weißt du, was passiert ist?«

»Raúl hat mich angerufen und mich um Rat gefragt. Er hat Knochen und Zähne auf dem Seziertisch und wollte wissen, wie er vorgehen soll, wie ich es gemacht hätte. Du kennst die jungen Leute ja.«

Pascal hörte, wie Leblanc sich eine Zigarette anzündete. »Du rauchst wieder?«

»Mir bleibt nichts anderes übrig. Der Wein ist unbezahlbar, und was ist der Mensch schon ohne ein Laster?«

»So schlimm ist es?«

»Frag nicht. In der Provence beginnt die Trüffelsaison, und hier kommt demnächst der erste Schnee. Rate mal, wofür ich mich mehr interessiere.«

»Das tut mir leid, Leblanc.« Noch immer nannte Pascal ihn bei seinem Nachnamen, das hatte sich zwischen ihnen eingebürgert.

»Schon gut.« Leblanc atmete den Rauch seiner Zigarette hörbar aus. »Wir haben bereits eine DNA-Analyse in Auftrag gegeben und schon das Ergebnis. Frag nicht, wie ich das so schnell hinbekommen habe, aber ich habe es hinbekommen. Dank der Kollegen in Aix.«

Pascal kannte die kleinen Vorführungen des Gerichtsmediziners, und er wusste, mit einer klassischen Analyse und bloßen Fakten war es nicht getan. Leblanc hatte immer noch einen Trumpf im Ärmel, immer noch eine zusätzliche Information, die in der Vergangenheit fast immer zielführend gewesen war. Schon aufgrund der Pause spürte Pascal, dass es auch diesmal so war.

Pascal war an der Reihe, die Frage zu stellen: »Was hast du herausgefunden?«

Eine weitere Kunstpause entstand. »Da ist etwas Merkwürdiges, auf das wir uns noch keinen Reim machen können. Wir haben unterschiedliche DNA-Spuren gefunden.«

Pascal musste die Information einen Moment sacken lassen, sie verinnerlichen. Er ließ sich auf seinen Sessel fallen, Bordeaux folgte ihm. Er hatte ein feines Gespür für sein Herrchen, den Dorfgendarmen, und drückte das mit seiner Zunge aus, die er über Pascals Hand auf der Sessellehne gleiten ließ, dann legte er sich mit einem tiefen, vorwurfsvoll klingenden Schnaufen zu seinen Füßen hin.

»Unterschiedliche? Was bedeutet das? Waren dort mehrere Menschen?«, fragte Pascal schließlich. Verunsicherung lag in seiner Stimme.

»Das können wir noch nicht sagen. Wir haben noch nicht viel. Die Haut ist verbrannt, wir untersuchen gerade den Erdboden und die feinsten Partikel am Fundort der Knochen. Im Moment ist alles möglich.«

Für einen Augenblick war es still in der Leitung. Pascal musste an die ausgegrabenen Reben denken, als hätte man dort Platz für das Opfer oder die Opfer geschaffen. »Es könnte ein Unfall gewesen sein, aber auch ein Mord, ein Selbstmord, vielleicht von mehreren Menschen. Vielleicht ist der Mörder sogar mit verbrannt.«

»Oder sie sind Opfer eines Angreifers geworden.« Das letzte Wort von Leblanc war kaum zu verstehen, es ging in einem intensiven, fast gelangweilten Ausatmen von Rauch unter. »Gibt es Vermisstenmeldungen?«

»Bislang nicht, aber wir warten minütlich darauf. Dann hätten wir eine Spur und könnten mit Glück die DNA abgleichen.« Pascal legte eine Pause ein.

Auch Leblanc schien sich seinen Gedanken hinzugeben.

»Mein Gott, da sind Menschen verbrannt«, fügte Pascal schließlich leise hinzu. »Mutwillig. Es gab sogar Brandbeschleuniger, als hätte die Trockenheit allein nicht genügt für das Inferno. Nur«, er machte eine kurze Pause, dann setzte er

neu an, »warum waren da Leute in der Mitte des Weinbergs?«
Diese Frage ließ Pascal nicht los.

»Wenn du mich fragst«, sagte Leblanc, »dann sieht das nach einem Selbstmord der grausamen Art aus. Und ob zwei Menschen verbrannt sind, nur einer oder sogar mehrere, wissen wir noch nicht. Wenn ich sage, wir haben unterschiedliche DNA gefunden, bedeutet das nicht, dass zwingend zwei oder mehrere Menschen an diesem Ort waren. Sie könnten sich auch gut gekannt haben. Schon von kleinsten Hautpartikeln können wir eine DNA-Probe nehmen, von Haaren, die nicht verbrannt sind. Es ist ein Weinberg, weitere DNA-Spuren könnten auch vom Winzer oder von Arbeitern stammen. Alles ist möglich. Eine ganze Menge Hausaufgaben für die Spurensicherung.«

Pascal hatte den Gedankenaustauch mit seinem Freund immer genossen. Noch vor wenigen Wochen wären sie jetzt zusammen essen gegangen. Vorweg hätte es einen Pastis gegeben, und Leblanc hätte ihm Vorträge über alle südfranzösischen Köstlichkeiten gehalten. Er hätte ihm zum wiederholten Male erzählt, dass der Pastis seinen Ursprung in Avignon hatte, weil Absinth – zum großen Bedauern Hemingways, der eine Zeit lang in Le Grau-du-Roi geschrieben und gelebt hatte – Ende des 19. Jahrhunderts verboten worden war und ein findiger Brauer aus Anis den Kräuterschnaps Pastis entwickelt hatte. Auf Händen würde er diesen Mann tragen, wenn der nicht schon lange verstorben wäre. So hätten sie gefachsimpelt über die Welt der Kulinarik und die der Verbrechen. Pascal vermisste diese Details, Leblancs Hintergrundgeschichten zu fast allem und seinen scharfen Verstand. Jetzt, wo es plötzlich nur noch um die Grausamkeiten eines möglichen Mordes ging, war die Atmosphäre zwischen ihnen düsterer als sonst.

»Was macht Bordeaux? Kann er inzwischen einen Trüffel von einem Tannenzapfen unterscheiden?«, versuchte Leblanc es mit einem Themenwechsel. Immerhin hatte er wochenlang versucht, Pascals noch jungen Hund zum Trüffelhund auszubilden – mit einigen teuren Rückschlägen. Nicht selten war

Bordeaux nach einem arbeitsreichen Wochenende bei Leblanc mit einem Trüffelgeruch aus dem Hals zurückgekommen. »Er ist der erste Hund, der einen Trüffel einem Knochen vorzieht. Mit dem Hund stimmt etwas nicht, ich würde ihn zurückgeben. Er ist unbrauchbar.«

Undenkbar für Pascal, der seinen Hund nicht aufgrund seines Nutzens schätzte, sondern weil er ihm herzlich zugeneigt war. Vielleicht war das der Großstädter in ihm. Zu Nutztieren hatte er keinen Bezug, daher lachte er nur. »Wir sind auf einem guten Weg.«

Nur äußerlich gab Leblanc sich mit einer derart lapidaren Aussage zufrieden. Sie sprachen eine Weile über das Wetter in Norwegen, die erbarmungslose Dunkelheit, die Leblancs Stimmung weiter in den Keller drückte, dann war das Telefonat beendet.

Pascal blieb noch einen Moment in seinem Sessel sitzen, bevor er die Leine nahm, sich einen Kapuzenpulli überstreifte und mit Bordeaux zu einem ausgiebigen Spaziergang durch die Wälder rund um sein kleines Haus aufbrach. Das würde ihn auf andere Gedanken bringen, auch wenn dies nur eine Pause war, eine kleine Flucht.

4

Manchmal sah Pascal in Lillie noch immer sein kleines Mädchen mit dem Zopf, dem er das Laufen, das Sprechen und das Fahrradfahren beigebracht hatte. Daher schwor er ihr insgeheim, all die Verfehlungen in den Teenagerjahren, die sprachlichen Entgleisungen einer Heranwachsenden, die nie ausgesprochenen Wahrheiten und die Geschichten, die er nie erfahren hatte und vor denen jeder Vater Angst hatte, einfach zu ignorieren. Er war in der Lage, nur noch das Gute zu sehen, je älter er wurde. Jetzt, wo sie an seiner Tür klingelte, war es, als käme der Weihnachtsmann zurück.

»Es riecht nach Wild«, sagte sie, nachdem sie sich in den Arm gefallen waren und Pascal ihr den Koffer abnahm und ihn in das frisch geputzte Gästezimmer brachte. Zwei Tage lang würde er wieder mit ihr unter einem Dach leben, so wie früher – die Zeit, die er als die schönste seines Lebens bezeichnen würde.

»Ich habe Wildschweinragout à la Provence gekocht. Ich hoffe, du bist hungrig.«

»Wie eine Bärin. Die ganze Fahrt über habe ich darüber nachgedacht, was du wohl für mich gekocht hast. Ich muss noch überlegen, was du mir damit sagen möchtest, dass du dich für Wildschwein entschieden hast.« Sie ließ ihre Jacke halb auf das Sofa, halb auf den Teppich fallen, so wie früher in Paris. Ordentlich war sie nie gewesen, gestört hatte es Pascal nicht. Catherine schon.

»Mach dich frisch, ich kümmere mich um das Essen und den Wein. Vorweg gibt es einen Champagner.«

»Mir ist gar nicht so nach Alkohol«, sagte Lillie, sah ihm nicht in die Augen und verschwand, ohne sich umzudrehen.

Pascal stellte die Flasche zurück in den Kühlschrank. Für sich allein würde er sie nicht öffnen, auch wenn er den Anlass angemessen fand. Er hatte immer gern mit ihr ein gutes Glas getrunken, und auch sie liebte es, aber sie war wohl aufgeregt, bis zur Feier war es nicht mehr lange hin, dachte er. Es wird sie beschäftigen. Wie er sie kannte, sogar Tag und Nacht.

Pascal bemerkte nicht, dass Lillie schon in der Tür stand, als er eindeckte und die Gläser austauschte. Er konnte sich kaum daran erinnern, je Wassergläser zu einem Abendessen auf den Tisch gestellt zu haben.

Lillie setzte sich nach einer kurzen Weile auf den Stuhl, auf dem sie immer saß, wenn sie bei ihm war. Man hatte seinen Platz, so wie damals in der Pariser Wohnung. Sie schien nachdenklich zu sein.

»Alles klar, meine Prinzessin?«

»Prinzessin.« Lillie lächelte. »Ich glaube, ich bin bis heute eine Prinzessin – nicht, weil ich einen Prinzen wie Claude kennengelernt habe, sondern weil du immer mein König warst. Das hast du früher schon immer gesagt.«

»Sind wir heute sentimental?«, fragte Pascal.

»Ich denke schon. Ich habe viel nachgedacht in den letzten Wochen und Monaten.«

»Das ist normal. Du wirst bald verheiratet sein, dadurch ändert sich mehr, als du glaubst, da lohnt sich der Blick zurück – und nach vorn.« Pascal hob den Deckel des Schmortopfes. Ein Geruch von Wein, Kräutern und Braten strömte durch den Raum, dann tat Pascal zunächst Lillie, dann sich selbst auf. Er brach ein Stück frisches Baguette für sie ab und legte es auf einen bereitgestellten Teller. »Du musst dieses Olivenöl probieren«, sagte er.

Ein Öl, das er von einer der vielen Ölmühlen in der Provence direkt beim Erzeuger gekauft hatte. Extra für diesen Abend, weil er seine Tochter und ihre Leidenschaften kannte. Man hätte ihn nachts aufwecken können, und er hätte eine Liste mit Dingen erstellen können, die Lillie mochte und die sie ablehnte. Leider gehörte auch sein Beruf dazu, ein ewiger Streitpunkt. Von jeher hatte er versucht, die Gewalt und das Unrecht, mit

dem er fast täglich zu tun hatte, von seiner Tochter fernzu-
halten. Mal war das gelungen, mal nicht.

Sie prosteten sich mit Wasser zu.

»Also, mein Herz, was bedrückt dich? Ich sehe so etwas,
ich bin dein Vater.«

»Ja, genau, der Supermann, der beste Vater, den man sich
wünschen kann. Einer, mit dem ich immer alles geteilt habe.«

»Das bezweifle ich«, versuchte Pascal die merkwürdig sen-
timentale Stimmung zu erhellen. Er hatte kein gutes Gefühl,
das hier war nicht seine Lillie.

Aber seine Tochter lächelte und aß einen Bissen. »Das nenne
ich ein gelungenes Ragout«, sagte sie und nahm das Wasser-
glas, um ihm zuzuprosten. »Weißt du, Papa, ich habe so viel
von dir gelernt. Mehr, als du dir vorstellen kannst. Ich habe
durch dich verstanden, mich selbst zu schätzen. Ich war stolz,
ich habe gelernt, über alles zu sprechen, und ich war und bin
mutig, wenn es sein muss. Ich habe durch dich erfahren, wie
man es macht und wie man es nicht macht. Und jetzt sitze ich
hier und kann all das nicht anwenden.«

Pascal wurde besorgt, er ließ Messer und Gabel sinken. »Sag
mir, was los ist, Lillie. Ich bin da, egal, was es ist.«

»Das musst du auch«, sagte sie, und endlich huschte ein
Lächeln über ihr Gesicht.

Vorsichtige Erleichterung machte sich breit. Pascal wusste,
dieser Moment würde sich einbrennen, als hätte er ihr gerade
das Schwimmen beigebracht.

»Ich war immer stolz darauf, dass du mein Vater bist, aber
jetzt bin ich stolz darauf, dass du der Opa meines Kindes sein
wirst.« Lillies Stimme brach, das Ende des Satzes rutschte in
eine flüsternde Heiserkeit ab. Tränen liefen ihr über die Wangen, Tränen der Freude, der Rührung, des Gefangenseins in
diesem Augenblick.

Auch Pascals Worte – als sie sich endlich fanden, sich aus
seinem Herzen nach oben gekämpft hatten – bewegten sich ins
Unbestimmte, als er sagte: »Ich werde der stolzeste Opa sein,

den die Welt je gesehen hat. Ich werde da sein, wie ich es auch als Vater immer war und es alle Tage sein werde.«

Dann sprang er auf und lief zu seiner Tochter, um sie in den Arm zu nehmen. Für einen Augenblick war nur ein Schluchzen zu hören, in der gemeinsamen Bereitschaft, jetzt alles zuzulassen, sogar eine überhöhte Sentimentalität, die in pure Freude umschlug.

»Wann? Wann wird es so weit sein?« Pascals Stimme bebte.

»Ich bin im vierten Monat.«

»Februar. Es wird ein Winterkind.« Pascal räusperte sich, wollte wieder der starke Vater sein und fasste sich schließlich. »Bedeutet das, wir trinken keinen Champagner auf deiner Hochzeit?«

»Papa.« Sie löste sich von ihm. »Ich bin eine Französin und dein Enkelkind auch. Generationen vor uns haben das überlebt, und wir schaffen das genauso.«

Langsam, mit unsicherem Schritt, aber auch beflügelt, euphorisiert von dieser Nachricht, ging Pascal zurück zu seinem Platz.

»Das ist das Problem an der Sache«, sagte Lillie mit gespieltem Ernst. Ihre Stimme war noch belegt, überwältigt. Sie griff zur Serviette und putzte sich die Nase. »Ich werde den Wein nicht mit Claude aussuchen können, und darauf hatten wir uns gefreut. Ich muss dir also vertrauen.« Mit scherzhafter Strenge schaute sie über den Topf in Pascals Augen und somit direkt in sein schnell schlagendes Herz. »Aber keine Sorge. Claude reist drei Tage früher an. Er freut sich, mit dir durch die Weingüter zu fahren und eine Degustation nach der anderen mitzumachen.«

»Ich bin bereit«, sagte Pascal, ohne zu wissen, dass er mit diesem Versprechen ein Unheil einleitete.

»Ich hole euch dann immer mit dem Auto ab«, ergänzte Lillie noch. »Ich weiß, wie das bei euch beiden endet.«

5

Für die frühen Morgenstunden hatte Pascal von jeher eine Schwäche gehabt. In Paris, wenn er zur Frühschicht unterwegs gewesen war und die verschlossenen Geschäfte und Cafés passierte, bei denen die Rollläden noch fest in ihren Verankerungen am Boden saßen, eine streunende Katze die Straßenseite wechselte oder ein Straßenkehrer ihm zunickte, während dieser die Spuren der letzten Nacht aufsammelte, hatte Pascal sich immer frei gefühlt. Er war gern allein am Morgen. So konnte er seinen Gedanken nachhängen.

Diese Leidenschaft hatte er mit in die Provence gebracht, obwohl das Leben im Süden ganz anders verlief. Es war ein Leben in Gemeinschaft im Ort, die Menschen, denen er immer wieder begegnete, ob es der Bäcker, der Schlachter oder der Galerist war, sogar der mürrische Jean-Jacques mit seinem »Café Tabac« – sie alle trugen dazu bei, dass jeder über das Leben der anderen Bescheid wusste, ohne sich einzumischen. Das Gefühl der anonymen Fremde war einem Gefühl des Zusammenhalts gewichen. Pascal war – und das hatte er besonders in den letzten zwei Jahren über sich gelernt – zu einem Dorfmenschen geworden, mit dem inneren Uhrwerk eines Bauern.

Und als er an diesem Montagmorgen mit Bordeaux von seinem Mas, seinem kleinen renovierten Bauernhaus, durch das Waldstück in das Dorf zum Rathaus schlenderte, in dem auch die Gendarmerie untergebracht war, musste er an die vielen Verbesserungen in seinem Leben denken. Natürlich, er hatte seine Ehefrau durch die Scheidung verloren, aber seine Tochter war bei ihm, sie hatten ein Verhältnis des Vertrauens und der Zuneigung. Hinzu kam Pascals Zuneigung zu einer Frau, die Frauen liebte. Das alles machte seine Wochen und Monate kompliziert – und doch gab es da diese innere Zufriedenheit, die

Lust am Leben. Nicht mal sein Chef, der Bürgermeister Jean-Paul Betrix, dessen Launen und cholerische Ausbrüche Pascal inzwischen in dessen zweiter Amtszeit miterleben durfte, konnte daran etwas ändern.

»Bonjour, Pascal«, schnaubte Jean-Paul Betrix. »Schlafstörungen?«

»Non, aber ich will mich noch auf den Termin mit Frédéric Dubprée und Audrey heute Mittag vorbereiten.«

»Mmh«, brummte er. »Nicht dass aus dir noch ein guter Gendarm wird, aber man gibt die Hoffnung ja nicht auf.« Mit schwerem Schritt transportierte er sein Körpergewicht durch den Flur auf die andere Seite des Rathauses zu seinem Büro. Das Geräusch seines schlurfenden Ganges hallte von den hohen Decken wider, dann fiel eine Tür ins Schloss, das kurze Intermezzo war damit beendet.

In seinem Büro angekommen, fuhr Pascal seinen Rechner hoch und kochte sich einen Kaffee. Das tat er selten, meistens nahm er sich Zeit für ein Frühstück. Das Petit-déjeuner für fünf Euro bei Jean-Jacques war einfach, aber ausreichend. Ein Croissant und ein Korb mit Butter und Marmelade, zusammen schuf das eine gute Grundlage bis zum Plat du jour in einem der kleinen Restaurants an der Place de la Fontaine in den Mittagsstunden. Jean-Jacques beäugte Pascal zwar immer noch feindselig und betrachtete ihn als Eindringling in seinen Lebensraum, aber meist saßen an den fünf Bistrotischen auf dem schmalen Fußgängerweg Bekannte aus dem Dorf, und so wurden am Morgen schon die Fußballergebnisse diskutiert und der neueste Dorfklatsch ausgetauscht.

Heute verzichtete Pascal auf dieses morgendliche Ritual. Es hätte ihn zu viel Zeit gekostet. Immerhin war Lillie zu Besuch, auch wenn sie ihm am Abend verkündet hatte, dass sie auszuschlafen gedenke, und Pascal wusste, dass das einen freien Vormittag für ihn bedeutete und vor dem Mittagessen nicht mit ihr zu rechnen war. Aber wer wusste schon so genau, ob Lillie so lange schlafen würde, schließlich war sie schwanger.

Meine Tochter ist schwanger, zuckte es durch seinen Kopf. Im Computer öffnete er zunächst die internen Seiten der Polizeiberichte vom Wochenende. Ein Diebstahl. Ein paar englische Touristen, die sich in Bonnieux verprügelt hatten – offensichtlich hatten sie nicht verstanden, dass man in Südfrankreich zwar schon mittags Wein trank, dass der aber ein Genussmittel war und nicht dem Zweck diente, sich aus der Realität zu katapultieren. Bei Cadenet hatte es einen Einbruch von Jugendlichen in eine leer stehende Villa gegeben, doch die beiden Jungs hatten schnell und unkompliziert gefasst werden können, da sie die Außenbeleuchtung inklusive der Strahler im Swimmingpool nicht ausbekommen hatten und die Nachbarn argwöhnisch geworden waren, als die Diebe wie unter Flutlicht auch noch die Olivenbäume im Vorgarten auszugraben begonnen hatten.

Doch die für Pascal interessanteste Meldung kam aus Ménerbes. Dort hatte eine Winzerfamilie des Weinguts Domaine la fierté ihre Tochter als vermisst gemeldet.

Pascal spürte sofort seinen erhöhten Herzschlag, als er die Worte erfasste. Auf der einen Seite hatte er darauf gehofft, um einen Anfang für Ermittlungen zu finden, aber jetzt, wo er es schwarz auf weiß sah und sofort das Weingut Domaine la fierté googelte, auf dessen Website auch Fotos der Familie zu sehen waren, bekam das mögliche Opfer ein Gesicht, eine Geschichte, ein Drama.

Dieser Teil der Arbeit war der schwerste. Nachrichten zu überbringen, für die es nie die richtigen Worte gab, die Menschen aus ihrem Leben rissen, sodass es sogar seinen Sinn verlieren konnte.

»Wir brauchen die DNA der vermissten Julie«, schrieb er Audrey eine Kurznachricht. »Sie könnte unser Opfer sein.«

»Schon erledigt«, antwortete sie wenige Sekunden später. »Wir sind bereits auf dem Weg nach Lucasson.«

Eine reine Formsache, aber wenn die Police nationale auf Pascal zukam, bedurfte es eines offiziellen Besuchs bei Jean-

Paul Betrix, das gehörte zum guten Ton, das erwartete Pascals Chef.

Der Fall würde kompliziert werden. Das hatte Pascal schon in dem Moment realisiert, als er auf dem verbrannten Weinfeld gestanden hatte. Die wenigen Minuten, die ihm noch blieben, verbrachte er mit dem Durchforsten der Protokolle der einzelnen Gendarmerien im Umkreis. Weitere Personen wurden nicht vermisst.

Gerade hatte Pascal sich in Einzelheiten über das Weingut Domaine la fierté eingelesen, sich durch die Geschichte, die auf der Internetseite ausführlich erzählt wurde, geklickt, als sich bereits seine Bürotür öffnete. Nur Jean-Paul Betrix tat so etwas, ohne anzuklopfen.

»Wir haben Besuch«, grummelte er. »Setz Kaffee auf.« Er liebte es, seinen Gendarmen mit Aufgaben wie diesen zu betrauen. Er gehörte einer Menschenspezies an, die sich mittels solcher Dinge über andere erhob und sich dadurch besser fühlte.

Für Pascal war das in Ordnung, er wollte die Police nationale gern unterstützen, und dazu brauchte er das D'accord seines Chefs.

Also verschwand er in der Küche, während Jean-Paul Betrix Audrey und Frédéric Dubprée die schwere Rathaustür öffnete. Natürlich wusste er, worum es ging, und statt eines »Bonjour« stieß er den Satz »Na, Sie haben an meinem Gendarmen wohl einen Narren gefressen« aus, dann musterte er Audrey und verzog seinen Mund zu einem Lächeln. »Bienvenue, Madame«, sagte er. »Folgen Sie mir.«

Er führte die Gäste aus Apt in das Büro der Gendarmerie, Pascal servierte den Kaffee, begrüßte Audrey unter den herablassenden Blicken des Bürgermeisters und setzte sich hinter seinen Schreibtisch.

»Madame et Messieurs«, setzte Frédéric Dubprée an, »wir haben es sehr wahrscheinlich mit einem Mordfall zu tun. In der Nacht zu Samstag brannte ein Weinberg des Château des quatre chiens bei Saignon nieder. Was wir bisher wissen: Es war keiner der üblichen Brände, mit denen wir hier zu kämpfen haben. Wir haben Brandbeschleuniger gefunden und wissen, dass aus uns vollkommen unerklärlichen Gründen in der Mitte des Feldes – und zwar exakt in der Mitte – ein Mensch, wahrscheinlich sogar zwei oder noch mehr verbrannten. Wobei wir uns bei Letzterem nicht sicher sind, da wir von dem vermeintlich zweiten oder den weiteren Opfern lediglich sehr wenige DNA-Spuren gefunden haben. Es kann also gut sein, dass sich zwar eine zweite Person im Weinberg aufgehalten hat, sie aber gar nicht verbrannte. Wir gleichen die Spuren gerade mit unserer Datenbank ab und informieren Sie über mögliche Ergebnisse.« Endlich nahm er einen Schluck des Kaffees. »Ich hatte vergessen, wie gut Ihr Kaffee ist. Ich glaube, ich komme in Zukunft öfter.«

Frédéric Dubprée war kein guter Small-Talker und auch nicht gerade berühmt für seinen Humor, daher lächelte Pascal aufmunternd.

»Gestern ist die zweiundzwanzigjährige Julie Lavelle aus Ménerbes von ihrer Mutter als vermisst gemeldet worden«, ergänzte Audrey. »Um ehrlich zu sein, wir haben kein gutes Gefühl.«

»Was macht das dumme Ding auch nachts im Weinberg?« Jean-Paul Betrix nuschelte diesen Satz, während er in seine Kaffeetasse pustete.

Die vollkommen fehlende Empathie seines Chefs entsetzte Pascal immer wieder aufs Neue. Und so ein Mann war der Bürgermeister von Lucasson. Er hätte ein Freund von Donald Trump sein können.

»Nun, Monsieur.« Frédéric Dubprée hatte genau wie Pascal gelernt, Aussagen wie diese auszublenden und sich auf das Wesentliche zu konzentrieren. »Um auf den Punkt zu kommen: Wir, die Police nationale Apt, würden gern Pascal Chevrier um Unterstützung bei diesem Fall bitten.«

Jetzt begann das Machtspiel, in dem Jean-Paul Betrix zu

Hause war, das er auskostete, geradezu zelebrierte. Er ließ sich stöhnend auf den Stuhl zurückfallen.

»Wir haben es in Lucasson gerade mit einer Menge Touristen zu tun, die trotz Verbot mit ihren Mietwagen durch unsere Ville historique fahren, weil sie die paar Schritte vom öffentlichen Parkplatz zu ihren Ferienwohnungen nicht gehen wollen. Um das zu regeln, brauche ich Pascal eigentlich.«

Wie Jean-Paul Betrix dieses verständnislose Schweigen auskostete, wie er sich darin vor Vergnügen suhlte, es genoss, seinem Angestellten das Gefühl zu geben, er, Pascal, habe einen Fehler gemacht, die Police nationale in Paris zu verlassen, um sein Leben mit dem Dasein eines Dorfgendarms zu tauschen. Pascal kannte dieses Spiel und wusste, wann es besser war zu schweigen. Als er seinen Dienst in Lucasson angetreten hatte, hatten ihn diese Bemerkungen noch gestört, doch inzwischen belustigten sie ihn.

Niemand in der Runde reagierte. Pascal konnte inzwischen sogar die Gedankengänge seines Chefs in dessen Gesicht ablesen – dass er über seine persönlichen Vorteile nachdachte, wie er es immer tat, wenn jemand mit einem Wunsch an ihn herantrat, dass sein Chef vor seinem inneren Auge sah, wie er die zu erwartende Presse nach dem gelösten Fall studierte, die positive Presse. Schon dreimal war das geschehen, und jedes Mal hatte in dem Zeitungsartikel gestanden, dass es da einen Gendarmen gebe, der Mordfälle löse. Einen einfachen Gendarmen aus dem Dorf Lucasson. Und wer war der Bürgermeister von Lucasson? Jean-Paul Betrix.

Und so nickte er nach einer Weile wohlwollend. »Wenn ich die Police nationale damit unterstützen kann, bien sûr.«

Es war nicht einmal ein Aufatmen in der Runde zu spüren, nur noch ein Zur-Kenntnis-Nehmen. Sogar Frédéric Dubprée fand ein »Merci« anscheinend überzogen, und so fiel seine Antwort kurz aus. Ein »D'accord« reichte für den Moment.

Um seinem Unwillen und seinem Desinteresse Ausdruck zu verleihen, erhob Betrix sich schwerfällig von seinem Stuhl und verabschiedete sich mit den Worten: »Ich muss hier ein Dorf regieren.«

Dann fiel die Tür ins Schloss.

»Hat er das gerade wirklich gesagt?«, fragte Audrey.

6

»Und bist du bereit?«, fragte Lillie mit einem listigen Lächeln.

Sie saßen im »Le Fournil«. Dienstags war in der Regel kaum Betrieb. Lillie und Pascal wollten nach dem Essen die Zeremonie mit Paul Natale, dem Koch und Besitzer des besten Restaurants des Ortes, besprechen.

Pascal schaute Lillie fragend an. »Du bist hinterhältig.«

»Du verdrängst es. Ich wusste es.«

Pascal dachte nach, wurde für einen Augenblick still und sah seine Tochter an – wie sie dasaß, vor ihrem Salatteller. »Nein, ich verdränge nichts, aber meine Tochter vor den Altar zu führen ... Ich meine, das ist das eine, das ist die größte Aufregung nach der Geburt eines eigenen Kindes, und jetzt ...«

»Armer Papa, oder soll ich schon Opa sagen?«

»Unterstehe dich.« Pascal senkte die Stimme.

»Hui«, sagte Lillie. »Opa, Grand-père, Grand-père. Es wird dir helfen, wenn du es selbst aussprichst. Weisheiten wie diese hast du mir auf meinen Weg durchs Leben mitgegeben. Ich will dir also nur helfen.«

Lillie war in Hochform, geradezu euphorisiert. Pascal spürte ihr Adrenalin und den Spaß, ihren Vater vorzuführen.

»Erst mal führe ich dich zum Altar, fürs Erste muss ich damit klarkommen.« Dann brach er ein. »Findest du mich alt?«

»Für ein Kind, für eine Tochter ist der Vater immer alt.«

»Na, merci.«

»Aber das macht doch nichts, Grand-père, sonst würdest du diesen Titel gar nicht tragen dürfen. Oder hast du schon einmal einen Opa in den Zwanzigern gesehen?«

Pascal schaute bedrückt. »›Grand-père‹«, nuschelte er. »Hör auf, das zu sagen, ich bin noch nicht so weit.«

Paul Natale kam zu ihnen an den Tisch. »Ist es gut?«

»Très bien«, sagte Lillie zufrieden. Schon als Kind hatte sie gern Salat gegessen, am liebsten Niçoise. Das war ungewöhnlich und hatte sie fast zur Außenseiterin zwischen all den Kartoffelpüree-Kindern gemacht.

Paul Natale lächelte zufrieden. »Ich hole den Kaffee, und dann reden wir.« Bei Stammgästen räumte er höchstpersönlich den Tisch ab.

»Also gut«, sagte Pascal, als Paul Natale wieder verschwunden war und die Teller souverän durch den Gastraum in die Küche gebracht hatte. »Du hast dafür gesorgt, dass für uns beide ein neuer Lebensabschnitt beginnt, so bist du eben, ich hätte es ahnen sollen. Aber ich bin bereit. Ich werde alles geben, für dich und mein Enkelkind. Ich versuche der jüngste Großvater zu sein, den Frankreich je gesehen hat, das ist meine Antwort auf die Frage, ob ich mich alt fühle. ›Grand-père‹ wohlgemerkt, da steckt immerhin das Wort ›père‹ drin, und diesen Titel trage ich gern und mit Würde, damit kenne ich mich aus.« Pascal trank einen Schluck Mineralwasser – er hatte sich der Schwangerschaft seiner Tochter angepasst, er war mit schwanger, zumindest solange sie bei ihm in der Provence war und Claude das nicht übernehmen konnte.

Lillie wartete die Kunstpause geduldig ab, sie hatte schon wieder Tränen in den Augen, so kannte er sie gar nicht. Aber er sagte sich, das dürfe ihn nicht verunsichern, damit müsse er jetzt umgehen.

»Lillie, du und Claude, ihr werdet das größte Wunder des Lebens erleben. Ihr werdet phantastische Eltern und vor allem sehr junge Eltern werden. Das betone ich, denn auch ich war Anfang zwanzig, als mir dieses große Glück widerfahren ist, und das bedeutet, dass auch ich noch immer jung bin.« Er lächelte. »Und das, Lillie, liegt in der Familie.«

Lillie warf ihrem Vater einen verträumten Blick zu. »Ich sehe dich schon, wie du mit deiner Enkeltochter oder deinem Enkelsohn im Garten sitzen und dem Kind dein Gemüsebeet erklären und es in die Geheimnisse der Trüffelsuche einführen wirst. Ich kann das alles kaum erwarten.«

Pascal sah, wie Paul Natale mit einem Notizblock und einem iPad zu ihnen an den Tisch kam. Gern vertraute er einem Mann, der genau wusste, was er tat. Er würde die überzogenen Erwartungen an den schönsten Tag des Lebens zurechtrücken und ausgefallene Wünsche erfüllbar machen oder sie gegen realistische austauschen. Er würde all das regeln, er würde wieder seinen Hauswein anbieten wollen, und wieder würde Lillie ihm eröffnen, dass diese Aufgabe, den richtigen auszusuchen, ihrem Vater und ihrem Mann vergönnt sei.

Pascals Gefühlswelt war im Ausnahmezustand. Als er Paul Natale den Stuhl am Tisch zurechtrückte, musste er an den nächsten Tag denken, an dem er zu den Eltern der verstorbenen Tochter nach Ménerbes fahren und es dort mit dem Ende eines Lebens zu tun haben würde. Und hier genau vor ihm begann ein neues. In diesem Moment hätte er Lillie gern für den Rest seines Lebens festgehalten.

Paul Natale wischte über die Oberfläche seines Tablets, bis er gefunden hatte, wonach er gesucht hatte. »Voilà.« Stolz drehte er das Display in Richtung Lillie.

Pascal wünschte sich einen ausfahrbaren Hals, um den Entwurf der Menüreihenfolge besser erkennen zu können. Paul Natale hatte sich sogar schon die Mühe gemacht, eine Karte zu entwerfen. Die unterschiedlichen Gänge waren golden umrandet, weiße Tauben auf der Rückseite des Blattes, Eheringe in den Schnäbeln. Pascal rückte seinen Stuhl näher an Lillie, endlich konnte er die Worte lesen.

»Als Horsd'œuvre würden wir mit einer Auswahl von Austern auf Eis zu den Tischen gehen, dazu würde ich einen Champagner reichen.«

Lillie sah ihren Vater wie ein kleines Mädchen an, das um Erlaubnis fragte, obwohl sie sich schon lange festgelegt hatte.

Aber Pascal tat ihr den Gefallen und bestätigte. »Du wirst eine Ausnahme machen, Lillie«, sagte er überzeugt. »Deine Mutter hat während der Schwangerschaft auch hin und wieder ein Glas Champagner getrunken. Bis auf deinen exquisiten

Geschmack für Schaumweine kann ich bei dir keine weiteren Spätfolgen entdecken.« Pascal tätschelte Lillies Hand, dann widmeten sie sich wieder der Karte.

»Sicherlich wird es danach eine Rede geben, vielleicht vom Brautvater«, fuhr Paul Natale fort.

Pascal spürte einen heißen Schauer, der ihm über den Rücken lief. Eine Rede, nicht zu sentimental, auch wenn sein Inneres danach schreien würde, witzig, rührend, väterlich. Er musste mit den Formulierungen beginnen, die alten Fotos sichten, Briefe lesen, Videoaufnahmen anschauen. Emotionale Abende und Nächte warteten auf ihn.

Hier würde er stehen. Unwillkürlich drehte er sich um, schaute auf den provenzalischen Garten mit den Wildblumen und Kräutern und malte sich aus, wie er um Fassung ringend versuchte, Worte zu finden, die seine Gefühlswelt ohnehin nicht widerspiegeln würden. Für die Liebe zu seiner Tochter gab es keine Worte. Vielleicht würde er genau das sagen, dann wäre die Rede schnell vorbei.

»Pascal«, sagte Paul Natale. »Bist du da?«

Jetzt war es Lillie, die die Hand ihres Vaters nahm. »Er tut sich mit Veränderungen ein bisschen schwer«, sagte sie und grinste in die Runde. »Es wird schon.«

»Gut«, merkte Paul Natale an. »Danach würden wir die Vorspeise servieren. Einen Salade niçoise, eine kalte Gemüseterrine oder ein Ziegenkäsebaguette mit Zwiebelconfit, natürlich mit selbst gebackenem Brot, dazu ein Caviar d'aubergine.« Er blickte betreten in die Runde. »Ich habe nur den begleitenden Wein noch nicht dazu.« Ein Schatten huschte über sein Gesicht, die Wangen plötzlich blass. »Aber das scheint wohl in Arbeit zu sein?« Dabei warf er Pascal einen erwartungsvollen Blick zu.

»Sobald der Bräutigam hier ist, werden wir unsere kleine Verkostungsreise durch die Weingüter des Luberon beginnen«, beruhigte Pascal den Restaurantbesitzer.

»Bon«, sagte Paul Natale, dann wischte er wieder über das

Tablet. »Als Zwischengang servieren wir eine Bouillabaisse, und für die wenigen, die unsere Fischsuppe nicht zu schätzen wissen, haben wir Pieds et Paquets.«

Pascal dachte an seinen letzten Versuch, sich als Pariser mit diesem Gericht anzufreunden, aber es hatte nicht funktioniert. Er machte sich nichts aus Kutteln und Lammfüßen. Am Gesichtsausdruck seiner Tochter erkannte er, dass sie ebenfalls Vorbehalte hatte. Beide wussten, dass dieser Klassiker der südfranzösischen Küche langsam ausstarb. »Die neue Generation ist eine Generation von Vegetariern«, hatte der Besitzer der Boucherie in Lucasson ihm vor Kurzem eröffnet, als Pascal einen Lammbraten bei ihm bestellt hatte. Ein Festmahl der Provence, jeder Kenner schätzte die Schafe aus Sisteron, sie gehörten zu den schmackhaftesten der Welt.

»Vielleicht ein bisschen speziell, besonders für die Kinder in der Hochzeitsgesellschaft«, merkte Lillie an.

Paul Natale überlegte kurz. »Ich werde eine Trüffelpasta machen, wir sind dann mitten in der Trüffelzeit. Und damit kommen wir zum Hauptgang«, eröffnete er Pascal und Lillie feierlich. »Einen Trüffelfasan mit Trüffeln von David Perieux. Unser bestes Gericht, für das die Gäste aus der ganzen Gegend zu uns kommen.« Erwartungsfroh schaute er die zwei an.

Beide nickten Paul Natale zu, der auf seinem Tablet nun nach einem Foto suchte. Hatte Pascal sich doch genau das gewünscht.

Nach ein paar Sekunden drehte Paul Natale das Tablet wieder Lillie und Pascal zu. Zu sehen war eine mehrstöckige Torte. »Voilà, unsere Croquembouche, die ihrem Namen alle Ehre machen wird. Sie wird im Mund krachen, denn unser Karamellguss auf den Windbeuteln ist eine der Spezialitäten unserer Patisserie für die Hochzeitstorte.«

Das alles klang in Pascals Ohren perfekt. Es war eine gelungene Mischung aus der Kunst eines Spitzenkochs und der eher einfachen provenzalischen Küche, die vor allem durch die frischen Zutaten so berühmt geworden war.

Lillie nickte ihrem Vater und Paul Natale zu. »Es klingt phantastisch«, sagte sie.

Die beiden Männer strahlten sich an. Niemand am Tisch erahnte den Schatten, der sich am Horizont aufgemacht hatte, um seine eigenen Ziele zu erreichen. Mit Romantik hatten die nichts zu tun.

7

Der Anblick des Ehepaares vor ihm, der Menschen, über die vor wenigen Tagen das Inferno hereingebrochen war, erschütterte Pascal bis ins Mark. Thereses Körper war in ständiger Bewegung, immer vor und zurück, das Gesicht weiß, fahl, brüchig. Ihre Augen leer geweint, ihr Mund ein Strich, ständig in sich bebend. Nathan, der Vater, drückte seine gesamte Angespanntheit über die Wangenknochen aus. Wie eine zuckende Maske hob und senkte sich die Haut unter den Augen, von denen kaum noch etwas zu sehen war. Zwei dunkle Löcher, zwei Vertiefungen, dahinter nichts mehr greifbar, die Unendlichkeit der Seele verschwunden in den Tiefen seines Seins.

Audrey reichte der Frau die Hand, doch die machte keine Anstalten, danach zu greifen, ihr Körper bewegte sich weiter, immer vor und zurück, während Pascal schwieg.

»Wir sind hier, um Ihnen zu helfen.« Audrey flüsterte die Worte fast, weich und sanft war ihre Stimme. Sie bekam keine Antwort, keine Reaktion. Bis auf die Bewegung der Frau schien die Szenerie wie eingefroren. Ein bedrückendes Stillleben.

»Monsieur«, versuchte es Pascal, »was können Sie mir über das Verschwinden Ihrer Tochter sagen?«

Der Mann räusperte sich, aber das Räuspern ging in eine Art Wimmern über und verebbte wieder.

Pascal gab ihm Zeit. »Alles, was Sie uns sagen, könnte uns helfen«, fügte er nach einer Weile hinzu. Der Winzer schwieg weiter.

Sie saßen im Weinkeller der Domaine la fierté an einer kleinen Bar mit vier Barhockern und einer schlichten schwarzen Spuckschale für die Profis, die den Wein beim Probieren nur auf der Zunge haben wollten, dahinter ein Kühlschrank mit Roséweinen. Hier fanden sich sonst Gäste zu Weinproben ein, gut gelaunt oder mit kritischem Blick, den Wein hin- und herschwenkend, ihn ins Licht haltend, ihre Nasen tief in den Gläsern und ein mehr oder weniger fachmännisches Urteil abgebend.

In der anderen Ecke des Raums stapelten sich Holzkisten mit dem Logo des Weinguts. Die Worte »Domaine la fierté« waren in das Holz gebrannt. Das Licht war schummrig. In zwei großen Stahltanks befand sich der Wein, an den Hähnen hingen Eimer. Über dem Eingangsportal stand etwas, im Laufe der Jahre verwittert, kaum lesbar. Pascal brauchte einen Moment, um die Buchstaben zu entziffern.

Schenkst Du Guten ein,
Schaust Du Gott im Wein.

»Julie hat sich die letzten Monate immer weiter von uns entfernt.« Nathans Worte klangen rau, brüchig, heiser.

»Was bedeutet das, Monsieur Lavelle?«, wollte Audrey wissen.

»Sehen Sie sich diesen Keller an. Wir bewirtschaften dreißig Hektar Weinanbaufläche. Ich bin Winzer in der vierten Generation. Unsere ältesten Reben sind über fünfzig Jahre alt. Die Domaine la fierté hat einen Wert, wir tragen diesen Namen mit Stolz. Wir haben für unsere Tochter etwas aufgebaut. In diesem Weinberg steckt viel Arbeit, mein ganzes Leben habe ich hineininvestiert. Ehrliche Arbeit. Wenn ich mich so umschaue bei all den Verbrechern. Wir haben hier reinsten französischen Wein gekeltert, und unsere Tochter –«

»Du hast ihr nie zugehört«, unterbrach Therese energisch. »Du hattest immer nur deinen Wein im Kopf. Es ging dir doch nie um sie. Du hast doch deinen Kampf geführt, diesen kranken Kampf gegen all die bösen anderen Winzer, und jetzt haben wir das Beste in unserem Leben verloren …« Ihr Kopf fiel plötzlich wie ein Stein nach vorn, schlug auf der Tischkante auf und blieb liegen.

»Sie hat wieder das Zeug genommen. Dieses Teufelszeug!«, rief Nathan.

Audrey war bereits aufgesprungen und versuchte die Frau aufzurichten, schließlich gelang es ihr. Eine Wunde klaffte auf der Stirn der Frau, schnell lief das Blut rot über die Brauen, über die Augen, wie Tränen über die Wangen. Sie zeigte keine Reaktion, sprach einfach weiter, als sei nichts passiert. Ihre Schmerzempfindung schien ausgeschaltet. »Es ist doch kein Wunder, dass sie mit ihrem Vater nichts mehr zu tun haben wollte. Was ist das auch für ein Leben mit diesem Mann? Dieser ständige Streit mit Julie, sein Schweigen und dieser Konkurrenzkampf mit den Winzern. Fragen Sie ihn doch mal, wer die Guten und wer die Bösen sind. Bin ganz gespannt, was der Herr Winzer dazu zu sagen hat.«

Immer mehr Blut stieß die Wunde auf der Stirn aus. Sie wischte mit dem Finger über die Augen, die Wangen, verschmierte es im Gesicht, dann rieb sie ihre Hand an der schwarzen Hose ab.

»Sie brauchen einen Arzt«, stellte Audrey fest und holte ihr Telefon aus der Tasche, während sie näher an die Frau heranging, die Platzwunde betrachtete. Mit einem Taschentuch würde die Blutung nicht zu stoppen sein, sah auch Pascal.

»Die braucht einen Psychiater«, sagte Nathan vollkommen ungerührt. Er machte keine Anstalten, zu seiner Frau zu gehen.

Wie hatten sie die Nachricht der Police nationale wohl aufgenommen? Jeder für sich? Ein Wir gab es hier nicht, in diesem Raum herrschte emotionale Leere.

Audrey drückte ein Taschentuch auf die Wunde und gab über das Mobiltelefon die Adresse der Domaine la fierté durch. »Gleich kommt ein Arzt«, sagte sie zu Therese. »Hören Sie mich, Madame Lavelle?«

Als Audrey für eine Sekunde das Taschentuch von ihrer Stirn nahm, begann Therese wieder mit den Bewegungen. Vor und zurück. Gespenstisch wirkte das mit dem vielen Blut im Gesicht.

»Können Sie uns sagen, warum Ihre Tochter sich mitten in der Nacht in einem Weinberg aufgehalten haben könnte?«, fragte Audrey wieder sanft.

»Sie war mit diesen Typen aus Marseille unterwegs. Fragen Sie doch diesen Mann, diese Kreatur.« Sie deutete auf Nathan, anklagend, die Finger zu einer Kralle verkrampft. »Was blieb mir übrig? Ich konnte meine Tochter nicht mehr erreichen, also habe ich sie als vermisst gemeldet. Ich bin eine Mutter, ich spüre das.« Ihre Stimme überschlug sich. »Er hat sie doch von uns weggetrieben.«

Abrupt erhob sich der Winzer, als wollte er sie schlagen. Er ging zwei Schritte auf sie zu. Pascal sprang auf, stellte sich vor den kräftigen Mann. Albern musste das wirken, dachte Pascal, seine Stirn befand sich auf Höhe der Nase des Winzers, aber er erzielte eine Wirkung.

»Wozu habe ich sie getrieben, du Schlampe? Sie hat es dir doch am Hafen von Marseille nur nachgemacht. Eine Bordsteinschwalbe warst du. Hast dich von den Matrosen ficken lassen.« Er spuckte aus, die Spucke rot vom Wein, so wie seine Gesichtsfarbe.

Audrey wandte sich wieder an Therese. Sie erkannte, dieser Mann war gewalttätig und offensichtlich betrunken, das war ihnen vorher nicht aufgefallen. Es bedurfte keiner Widerrede der Frau, nicht jetzt in dem Schockzustand, wo Reaktionen nicht mehr rational waren. Worte waren ihrer Bedeutung beraubt worden.

»Marseille, Madame? Was hat sie da getan? Wo in Marseille?« Audrey gab nicht auf, davor hatte Pascal Respekt. Mit welcher Hartnäckigkeit sie ihren Job erledigte.

»Am schicken Vieux Port hat sie gesessen und sich anquatschen lassen!«, brüllte Nathan, blieb aber an seinem Platz stehen. »Shoppen war sie, und die Haare hat sie sich gefärbt. Mal blau, mal rot oder grün. Und dann hat sie ständig gesagt, sie wolle mit dem Wein nichts zu tun haben, mit meinem Wein, sie hasse meine Reben und dieses Leben. Und dann schminkte sie ihr Gesicht, viel schwarz, Eyeliner, sie lief immer nur noch mit dunklen Klamotten durch die Gegend, die Wahnsinnige, bei der Hitze. Und dann diese Musik. Und was hast du getan?«

Er zeigte auf seine Frau, dann ging er wieder ein paar Schritte auf sie zu.

Therese war in sich zusammengesunken, blutend saß sie an ihrem Platz. Audrey legte ein neues Taschentuch auf ihre Stirn. Die Frau brauchte Hilfe. Pascal hatte von dieser Art der Trauerbewältigung schon gehört, sie aber nie selbst erlebt. Kompensierung durch Wut. Der Winzer war auf dem Weg, Schuldige zu suchen, und klammerte sich selbst dabei aus. Schon seitdem er denken konnte, hatte Pascal Schwierigkeiten gehabt, mit den unterschiedlichen, teils irrationalen Reaktionen auf Trauer umzugehen. Sicherlich ein Manko als Polizist.

»Madame et Monsieur, wir beruhigen uns bitte jetzt alle zusammen. Wir alle stehen unter Druck, und niemand auf der Welt kann nachempfinden, was Sie beide gerade durchmachen. Aber je konzentrierter wir uns dem Hergang der Nacht widmen, desto hilfreicher ist es.«

Das Ehepaar schien ihm zu seiner Überraschung zuzuhören.

»Dass es keine Gerechtigkeit geben kann, für Sie nicht, für Julie nicht und auch nicht für uns«, er schaute Audrey kurz fest an, »wissen wir. Aber wir müssen zumindest versuchen, den oder die Täter zur Rechenschaft zu ziehen. Das mag für Sie in diesem Moment nichts bedeuten, aber das ist das, wofür wir von der Police nationale jeden Morgen aufstehen.«

Kurz schwieg jeder in dem Keller, dann ergriff Audrey das Wort, jetzt eine Spur lauter.

»Wir haben den Verdacht, dass es zum Tatzeitpunkt eine zweite Person, möglicherweise noch weitere, im Weinberg gegeben hat. Welche Rolle sie oder er spielte, wissen wir nicht, ebenso wenig kennen wir seine Identität. Möglich, dass es sich um den Täter handelt, möglich, dass sie sich gut kannten, möglich, dass auch eine weitere Person im Weinberg verbrannt ist. Es fehlen uns noch die entscheidenden Spuren. Wer sind diese Jungs oder Männer aus Marseille, die Sie erwähnt haben?«

»Freunde«, flüsterte Therese, und in diesem Wort lag Verachtung. »Meine Julie. Das war dieser Typ.«

»Wie ist der Name, Madame Lavelle? Wie heißt dieser Typ?«, wollte Audrey wissen.

»Melvin, Melvin, Melvin!«, schrie sie. »Weiter weiß ich nicht. Melvin.« Dann brach sie erneut zusammen, verlor ihre Stimme, ihre Haltung, näherte sich ihrem Mann an, der schon lange jede Contenance abgelegt hatte und längst vergessen hatte, dass die Polizei in seinem Haus war.

»Diese Leute vom Hafen, dieser Melvin, sie alle sind schuld, diese Verbrecher, diese korrupten Arschlöcher! Sie schrecken vor nichts zurück. Sie brauchen sie nicht zu richten, ich erledige das. So, wie wir es in unserer Tradition immer getan haben.«

»Lassen Sie das unsere Aufgabe sein«, sagte Pascal energisch. »Aussagen wie diese könnten Sie in Schwierigkeiten bringen.«

Nathan atmete schwer aus.

»Was wissen Sie über Melvin, Monsieur?«, fragte Audrey.

»Nichts!«, schrie er. »Gar nichts. Sie hat ihn uns nie vorgestellt. Irgendein Junkie wie die alle am Hafen. Dieser Typ war nie hier. Sein Glück.«

»Alles könnte uns jetzt helfen«, fügte Pascal hinzu.

»Ich kenne ihn nicht.«

»Sind Ihnen noch weitere dieser Leute bekannt?«, fragte Audrey.

»Nichts weiß er über seine Tochter, nichts!« Thereses Lachen klang bitter und zynisch. »Der feine Herr Winzer hat sich doch nie um seine Tochter gekümmert!«, schrie sie. »Und jetzt ist sie –« Weiter kam sie nicht.

Vor den Augen der Anwesenden brach Nathan in sich zusammen und stieß bei seinem Fall eine Art Schmerzensschrei, ein entsetzliches Wehklagen aus. Vom dumpfen Aufschlag spürte er wohl nichts mehr. Der Arzt erschien im Weinkeller.

»Wir bleiben hier, bis das Ehepaar versorgt ist«, sagte Audrey und sah zu Pascal, der mit dem Handy Fotos des Weinkellers machte. »Schenkst Du Guten ein, schaust Du Gott im Wein«, flüsterte er vor sich hin.

8

Die wenigen Kilometer von der Domaine la fierté nach Saignon über die Hochebene schwiegen Audrey und Pascal sich im Auto an. Sie hingen mit ihren Gedanken bei diesem Vormittag. Der Anblick der gebrochenen Eltern – sie würden dieses Bild mit nach Hause nehmen, vielleicht sogar mit in ihre Träume. Natürlich, die Wut des Winzers verstörte sie, und dann dieser Zusammenbruch, dieser innerliche Schmerz, sein Gesichtsausdruck, bevor er aufgeschlagen war. Über all das würden sie reden müssen, gleich in Saignon beim Mittagessen, und auch über die Beziehung der Eltern zu der Tochter Julie. Pascal und Audrey hatten kein gutes Gefühl, die beiden nach der kurzen Behandlung des Arztes wieder allein zu lassen. Welche Kräfte ein Familieninferno in Menschen auslösen konnte, welche Wut, Trauer und Verzweiflung, wussten sie als Polizisten nur allzu gut.

Audrey hatte ein Restaurant in Saignon ausgesucht, die »L'Auberge du Presbytère«. Es war vom Parkplatz aus in ein paar hundert Metern zu erreichen – über die kleine Straße, vorbei an der Kunstgalerie auf der rechten Seite und an dem Hutgeschäft, ein paar Schritte weiter. Auf der gegenüberliegenden Straßenseite hatten die Anwohner ihre Eingangsbereiche liebevoll gestaltet. Accessoires, Blumentöpfe, Namensschilder aus Emaille, in Blau oder Lila gehalten, den Farben der Provence. Die Haustüren waren mit Gestecken verziert, als gäbe es ein Fest zu feiern, doch es war nur eine Hommage an das tägliche Leben.

Pascal mochte diesen Ort, die Stille, die Beschaulichkeit. Ein Dorf, um das der Tourismus einen Bogen gemacht hatte, als hätte es die letzten hundert Jahre verschlafen, als wäre die Zeit da stehen geblieben, als Reisen in die Provence noch keine Rolle gespielt hatten. Eine Zeit, in der die Urlauber bestenfalls eine Mittagspause in den Dörfern eingelegt hatten, um danach schnell an die Mittelmeerküste zu kommen.

Nachdem ein deutsches Ehepaar das Hotel-Restaurant »L'Auberge du Presbytère« aufgegeben hatte, war es im wahrsten Sinne des Wortes in einen Dornröschenschlaf gefallen. Der wilde Wein am Haus hatte die Fenster überwuchert, der in der Hofmitte immer plätschernde Brunnen war versiegt. Für die Touristen gab es kaum noch einen Grund hierherzukommen. Mit Ausnahme der alten Burgruine über dem Ort, die der Öffentlichkeit wieder zugänglich gemacht worden war, nachdem die Gemeinde ein Dutzend Warnschilder – die jede Verantwortung für Steinschläge, marode Mauern oder Stolpersteine, die den freien Flug ins Tal garantierten, abwiesen – aufgestellt hatte. Wer sich aber sich bückend und nach Halt suchend den Weg bahnte, wurde mit einem Blick über den Luberon belohnt. Auf der Ebene am Gipfel gab es einen prächtigen Steintisch, in dessen schroffe Oberfläche eine kunstvoll gestaltete Orientierungskarte graviert war, auf der die Orte ringsum mit genauen Blickwinkeln und Himmelsrichtungen eingezeichnet waren.

Die Aussicht über das Tal war fotografisch nicht zu bannen, dafür aber hatte er auf ewig einen Platz im Herzen. Zumindest war es Pascal so gegangen, als er sich bei dem letzten Besuch mit seiner Tochter bei einunddreißig Grad Hitze dieser Herausforderung gestellt hatte.

Die »L'Auberge du Presbytère« lag im Dorfkern – ein Ort des Austausches seit Hunderten von Jahren. Der Wein am Haus war inzwischen wieder gestutzt worden, die Blätter herbstlich verfärbt, das Wasser plätscherte im Brunnen, gut acht Tische standen unter einem beeindruckenden Baum auf den unebenen Steinen. Ein wildes Idyll.

»Ich habe mal ein Buch über diese Pension gelesen. Es hieß ›Der Sound der Provence‹«, sagte Audrey, als sie sich einen Platz suchten.

Pascal rückte ihren Stuhl an dem runden Eisentisch zurecht, wartete, bis sie sich gesetzt hatte, und nahm dann selbst Platz. Die Sonne schien, es wehte kein Wind, außer ihnen saßen nur zwei Frauen auf der anderen Seite der Terrasse, das Gesicht der Sonne zugewandt, eine Karaffe Rosé auf dem Tisch.

»Inzwischen gehört das Hotel-Restaurant einer palästinensischen Familie, die auch das zweite Hotel im Ort gekauft hat. Ihre Küche ist bahnbrechend.« Audrey wusste, wie sie Pascal begeistern und seine Gedanken in neue Bahnen lenken konnte. Nicht immer gefiel Pascal das, aber in diesem Moment kam es ihm entgegen.

Die Kellnerin – ihr Gesicht und ihre markante Nase verliehen ihr eine beeindruckende Ausdruckskraft – kam an den Tisch und nahm die Bestellung auf. Sie beide entschieden sich für den Salade du Saignon, ohne vorher zu wissen, welche Geschmacksexplosion sie erwartete. Es würde der beste Salat ihres Lebens werden. Dazu eine Karaffe Rosé, direkt aus den Weinbergen rund um Saignon.

»Glaubst du, Julie ist jemals in ihrem Leben geliebt worden?«, griff Audrey das Thema auf, das sie beide in Wahrheit beschäftigte und nach Austausch schrie.

»Sie wurde geboren, um zu funktionieren, aber so sind Menschen nicht. Sie funktionieren nicht, sie leben. Bei diesem Mann zählt kein eigener Wille, und am Ende steht der Hass. Daran musste ich die ganze Zeit denken«, sagte Pascal. »Wir werden zumindest von ihnen nicht erfahren, wer mit ihr im Weinberg war. Schlichtweg weil sie keine Ahnung vom Leben ihrer Tochter hatten. Wir müssen also wissen, welche Leute mit ›die Jungs aus Marseille‹ gemeint sind. Wir brauchen eine Verbindung.«

»Die werden wir herstellen. Wir haben einen Kollegen, der für den Bereich am Vieux Port verantwortlich ist. Frédéric Dubprée schwört auf ihn. Der kennt dort jeden. Er war, soweit ich weiß, früher auch bei der Drogenfahndung.« Die letzten Worte sprach Audrey langsamer. Sie beobachtete die beiden

Frauen an dem anderen Tisch. Sie hatten Pinsel und Stifte und schienen sich gegenseitig zu malen. Audrey konnte den Blick gar nicht von ihnen abwenden. Möglich, dass sie sich an ihre eigene Kindheit erinnert fühlte.

Aufgewachsen war sie bei Hippie-Eltern, die beide malten und ihre Bilder auf den Wochenmärkten verkauften, nur hatten sie über ihre Kunst ihre Tochter vergessen, die als Heranwachsende nur eine Mitläuferin gewesen war. Audrey hatte sich früh dem Leben stellen müssen. Und das in einer Welt, die außerhalb von bunten Kleidern und dem Geruch von Gras lag – einer ihr unbekannten Welt.

Im Künstlerleben ihrer Eltern hatte es wenig Platz für ein Kind gegeben. Aber was passierte, passierte eben, hatte Audrey eines Nachts zu Pascal gesagt. Damals waren sie sich nähergekommen, ein ständiges Auf und Ab, sie hatten sogar ein paar Nächte zusammen verbracht, die Pascal nie vergessen konnte. Aus dem Verliebtsein war Liebe geworden.

Kompliziert war es geworden, als Audrey ihm eröffnet hatte, dass es an ihrer Seite eine gewisse Lydia gegeben hatte. Ein paar Jahre war diese Frau aus ihrem Leben verschwunden, dann war sie wieder auf-, danach wieder untergetaucht. Seit zwei Jahren gab es zwischen Audrey und Pascal gelegentliche Zusammentreffen, meist berufsbedingt, aber es gab nichts Ernstes mehr, hatte ihm Audrey eines Tages eröffnet. Pascal war dabei, sich zu entlieben, setzte alles daran, aber den letzten Schritt hatte er nie geschafft. Er war noch anfällig und ihren Avancen nicht gewachsen.

Die Kellnerin brachte den Wein, Pascal schaute ihr ins Gesicht. Sie hatte Narben auf den Wangen und der Stirn, ihre Augen saßen tief, finster, vom Leben gezeichnet. Sie bemerkte Pascals Blicke, hob ihr Kinn an und wünschte ihnen eine schöne Mittagsstunde.

Pascal sah ihr nach, dann schenkte er Audrey und sich ein. Die Gläser beschlugen, sie prosteten sich zu, beide waren nicht bei der Sache.

»Ich habe ein Foto von Julie gefunden. Es war im Weinkeller, eingerahmt, ich habe es abfotografiert.«

Audrey entsperrte ihr Handy und reichte es Pascal. Zu sehen war ein Mädchen mit Zöpfen, vielleicht dreizehn Jahre alt.

Pascal ließ es sinken. »Das ist nicht dein Ernst?«

»Warum? Immerhin ist es ein Foto. Hast du einen besseren Vorschlag, Monsieur le gendarme?«

»Ich sage ja nur, dieses Foto zeigt ein Mädchen, wie der Vater es sich gewünscht hat, nicht, wie es war. Das ist mindestens zehn Jahre alt. Nichts stimmt darauf mit dem überein, was die beiden beschrieben haben.«

Plötzlich lachte Audrey, Pascal hatte ihren schrägen Humor vergessen. »Ich habe natürlich noch ein offizielles von ihr.«

Die Kellnerin brachte das Essen, zwei Salate. Schon die Erscheinung der beiden Teller wirkte wie ein Kunstwerk. Zwischen einer Scheibe geröstetem Kürbis, Salatblättern, kleinen gegrillten Kartoffeln, einem definitiv selbst gebackenen Brot mit geschmolzenem Camembert darauf und ein paar frischen Feigen stand ein kleines Glas mit einer Kürbis-Ingwer-Suppe auf dem Teller, als krönender Mittelpunkt. Das Gesamtensemble schrie nach einem Foto, das bei jedem Kochbuch der Welt auf die Titelseite gehört hätte.

Für einen Moment tauchten Audrey und Pascal in die vielen Zutaten auf ihren Tellern ein. Sie fanden Hummus und Linsen, die mit einer Vinaigrette zum Niederknien angemacht worden waren, dazwischen Rote Bete, die wiederum mit einer anderen Vinaigrette dezent beträufelt worden war. Pascal erschmeckte darin eine Spur von Trüffeln.

Beide waren fortan in sich und die unterschiedlichen Geschmacksrichtungen versunken, nahmen sich eine Auszeit vom Grauen der Vormittagsstunden.

Als Audrey die letzte Feige in ihrem Mund hatte verschwinden lassen, nahm sie ihr Telefon erneut in die Hand, scrollte durch ein paar Fotos, darunter viele von dem Salat, und reichte Pascal schließlich das Handy mit einem Bild von Julie über den Tisch. Nichts erinnerte mehr an das niedliche Mädchen von einst. Zu sehen war eine noch immer hübsche Frau, die vieles dafür tat, Klischees zu umschiffen und der klassischen Schönheit keinen Raum mehr im Leben zu geben. Ihre Augen waren tiefschwarz geschminkt, ihre ebenfalls schwarz gefärbten Haare hingen wie eingeölt neben ihrem Gesicht, die Nase wirkte mit den vielen Piercings wie vernietet. Ihr Blick war düster, depressiv. Da war nichts Aufgesetztes, sie folgte keiner Mode wie Jugendliche, die frustriert guckten, weil es cool war. In ihren Augen stand Resignation.

»Es ist grausam«, sagte Pascal, und Audrey schien zu verstehen.

»Wir stehen an der Startlinie«, sagte sie, als er ihr das Telefon zurückreichte. »Ganz am Anfang. Da ist niemand in der Familie, der dieses Mädchen kannte. Guck dir diese beiden Fotos an.« Sie scrollte zurück zu dem Mädchenfoto. »Es ist ein- und dieselbe Person. Ein paar Jahre später, und alles hat sich in ihr verändert. Vielleicht nur äußerlich, vielleicht tiefgreifend und nachhaltig. Warum haben diese beiden Fotos von ihr nichts miteinander zu tun? Das werden wir nur in Marseille herausfinden.«

Pascal nickte und musste an seine Zeit in Paris denken. »Wir werden wühlen müssen, Drogen, offenbar auch käufliche Liebe –«

»Wie aufregend«, unterbrach Audrey und lächelte. »Ich dachte, meine gesamten Erfahrungen mit Drogen hätte ich als Kind in meinem Elternhaus durchlebt.«

Pascals Handy vibrierte in seiner Hosentasche. Er streckte sich auf dem Stuhl, um daranzukommen. Er nahm an, es könnte Lillie sein, die sich heute Morgen nach Lyon aufgemacht hatte. Vielleicht wollte sie ihm sagen, sie sei heil angekommen. Sie wusste, wie wichtig Pascal Nachrichten wie diese waren – womöglich waren sie sogar der einzige Grund, überhaupt ein Mobiltelefon zu besitzen. Der Einbruch in die Freiheit durch ständige Erreichbarkeit war ihm eigentlich zuwider, aber jetzt griff er danach und sah eine ganze Reihe von verpassten Anrufen. Er drückte auf das grüne Symbol.

Frédéric Dubprée. »Wir haben Neuigkeiten, schon seit einer Stunde, aber weder Audrey noch Sie sind erreichbar.« In seiner Stimme lag kein Vorwurf, nur eine Feststellung, wie es seine Art war. »Die Spurensicherung konnte die DNA einer weiteren Person festmachen. Es ist ein gewisser Melvin Tarron. Für die Kollegen in Marseille kein Unbekannter. Er ist durch verschiedene Delikte aufgefallen, hat wohl Drogen an der Bahnstation Vieux Port verkauft. Ich nehme an, Audrey hat Ihnen bereits von unserem Mittelsmann berichtet?« Frédéric Dubprée wartete keine Antwort ab. »Ich schicke Ihnen später seine vertraulich zu behandelnden Kontaktdaten. Treffen Sie sich mit ihm.«

»Danke, Monsieur«, sagte Pascal, doch Frédéric Dubprée schien noch nicht fertig zu sein.

»Sein Geld hat Melvin Tarron offenbar als Poolboy hier im Luberon verdient. Wir versuchen gerade, an seine Kundenliste zu kommen. Es sind eine Menge Weingüter dabei, die auch Zimmer an Touristen vermieten.« Frédéric Dubprée machte eine kurze Pause – nicht zufällig, er gab Pascal die Möglichkeit, Audrey den Zwischenstand mitzuteilen.

Sie nickte. Julie war also, wie von den Eltern richtig vermutet, mit ihrem Freund Melvin im Weingut gewesen. Vielleicht wussten sie doch mehr über ihre Tochter als angenommen, dachte Pascal, während er Audrey berichtete.

»Luc Adel vom Château des quatre chiens, dort, wo der Weinberg abgebrannt ist, hat zumindest einen Pool«, stellte sie fest.

Frédéric Dubprée hatte gehört, was Audrey angemerkt hatte. »Guckt euch das mal an, ist zumindest eine Spur«, sagte er schließlich. »Wo seid ihr eigentlich?«

»In Saignon beim Mittagessen.«

»Ihr müsst den Salade du Saignon bestellen. Unvergesslich«, sagte Frédéric Dubprée, dann beendete er das Gespräch.

»Schade, ich dachte, wir haben noch ein paar Stunden«, sagte Audrey. Pascal missfielen Sätze wie diese aus ihrem Mund. Diese Andeutungen, diese Provokationen, dieses Flirten auf einem so direkten Weg, der ihn überforderte. Es machte ihn wahnsinnig, und das musste endlich ein Ende haben.

9

Das Weingut Château des quatre chiens war einer dieser Orte in der Provence, die bedingungslos und ebenso liebevoll sämtliche Klischees und Verheißungen für Touristen erfüllten, dachte Pascal, als er mit seinem Mégane durch das prächtige Eisentor über den weißen Kies rollte und dabei die vier riesigen Steinhunde auf der rechten und linken Seite neben der Einfahrt betrachtete. Furchteinflößend und stolz schauten sie den Besuchern entgegen, mit Würde verliehen sie dem Weingut seinen Namen. Die Allee war gesäumt von Pinien, die nicht nur in ihren Abständen geometrisch exakt ausgerichtet, sondern auch alle auf die gleiche Höhe gestutzt worden waren. Das Anwesen mit den typischen hellblauen Fensterläden, den schweren Holztüren und den breiten Stufen, die ins Innere des Gebäudes führten, hätte als Motiv weltweit für die Provence werben können. Über das beeindruckende Eingangsportal kamen die Besucher in das Hotel. Rechts daneben, hinter einer nach oben abgerundeten Pforte, befand sich der Raum für die Wein-Degustationen. Pascal parkte sein Auto neben einem Land Rover mit französischem Kennzeichen, stieg aus und versuchte sein Glück zunächst in der Weinstube.

Ein Ehepaar versuchte dem Mann hinter der Bar in breitem Amerikanisch zu erklären, dass sie nicht gedächten, den Wein in dem Spuckkübel auf dem Tresen zu entsorgen, sondern lieber in ihren Mägen. Gelächter. Offensichtlich hatten sie sich bereits durch die vier Weißweine des Guts getrunken und waren jetzt bereit für den Rosé – von dem erwarte man ja einiges, schließlich sei der provenzalische Rosé der beste der Welt, wobei es im Napa Valley auch ein paar nicht zu verachtende Winzer, ›very hard working men‹, gebe. Zumindest war ihnen der Respekt vor den Menschen, die ihr Leben in den Dienst des guten Weins stellten, nicht abzusprechen, resümierte Pascal für sich und blieb, um die Touristen nicht zu stören, im hinteren Bereich des Raumes stehen.

Kurz drehte der Amerikaner sich um und hob zum Spaß die Hände, als er Pascals Uniform entdeckte. Seine schneeweißen Zähne bleckte er dabei wie ein Affe. Zum Gruß tippte er sich wie ein Soldat an seine rote Schirmmütze, eine, die die Welt seit der Trump-Ära nur allzu gut kannte.

Seine Frau, so natürlich in ihrem Aussehen wie eine Barbie-puppe, kiekste vor Vergnügen, während sie ihren gut gelaunten Gatten anhimmelte.

»We are ready«, polterte der schließlich und forderte den jungen Mann hinter dem Tresen auf, den Rosé zu entkorken, was dieser notgedrungen und als Gastgeber darauf trainiert, jede Urlaubsvergnügung bereitwillig zu erfüllen, tat. Für einen Moment suchten die Augen des Mannes die von Pascal, dann musste er aber schnell reagieren, weil Trump in einer ausladenden Geste, mit der er seiner Frau auf den Hintern klopfen wollte, sein Glas umschmiss.

»Sorry«, sagte er in der Lautstärke eines Marines, als würde er irgendeinen sinnlosen Befehl ausüben und dabei auch noch glücklich sein.

Bald war die Touristensaison zu Ende, dachte Pascal, und auch das hier würde dann vorbei sein. Der Mann hinter dem Tresen, offensichtlich auf Gäste wie diese vorbereitet, griff unter die Theke und brachte einen Handfeger und eine Schaufel zum Vorschein. Er kam hinter der Bar hervor, bückte sich und kehrte die Scherben zusammen.

»Cheers!«, schrie der Amerikaner vergnügt seine Frau an, dann leerten sie synchron die Gläser, als sei es Schnaps.

Peinlich berührt, schüttete der Mann die Scherben in den Mülleimer hinterm Tresen. Als er sich wieder aufrichtete, hielt der Amerikaner ihm sein Weinglas unter die Nase und rülpste für alle im Raum gut vernehmbar ein sattes »More«, dann polterte er: »Great stuff.«

Diesmal verzichtete der Angestellte auf eine lange Vorrede,

zählte nur die Rebsorten auf, murmelte etwas von »Grenache«, doch seine Gäste hörten gar nicht zu. Als er die beiden Gläser über den Tresen zu ihnen schob, wandte er sich schließlich an Pascal.

»Kann ich Ihnen helfen?«, fragte er, während das Ehepaar die Gläser erneut synchron ansetzte und in einem Schluck leerte.

»Ich möchte gern zu Monsieur Luc Adel. Wo kann ich ihn finden?«

»Er ist um diese Zeit meist im Hotel. Gehen Sie nebenan in die Lobby, dort werden Sie ihn finden.«

»Très bon!«, brüllte der Amerikaner. »Let me have three boxes of this bloody stuff.«

Pascal war froh, dieser Szenerie nicht weiter beiwohnen zu müssen, ging hinaus, über den Kies zu der großen Eingangstür des Hotels, und betrat einen mit Natursteinen ausgestatteten Raum. Zwei Sofas, mit edlem grauen Samtstoff bezogen, in derselben Farbe wie die Hunde am Eingang, die auch das Etikett einiger der Weine schmückten, standen in der Lobby. Dahinter ein Mahagonitisch, wahrscheinlich die Rezeption. Niemand war dort, aber durch die Scheibe auf der Rückseite des Raums konnte Pascal einen großen Swimmingpool mit einer für die Provence typischen Natursteinumrandung sehen. Das Wasser schimmerte blau und präsentierte sich in diesem heißen Herbst verführerisch. Eine junge Frau in einem schwarzen Rock und einer weißen Bluse kam Pascal vom Pool aus entgegen und fragte, was sie für ihn tun könne.

»Ich bin Pascal Chevrier von der Police nationale.«

Argwöhnisch schaute sie auf das Logo der Gendarmerie auf seiner Uniform, aber Pascal sah in diesem Moment keine Notwendigkeit, sie aufzuklären. Es wäre zu kompliziert geworden.

»Sie sind wahrscheinlich wegen des Brandes hier. Quelle catastrophe«, sagte sie und schaute ihm kurz in die Augen. »Monsieur Adel wird gleich hier sein. Würden Sie bitte hier warten?«

»Merci, aber eine Frage habe ich an Sie.« Pascal deutete auf den Pool. »Kennen Sie einen gewissen Melvin Tarron? Er soll hier in der Umgebung die Swimmingpools putzen.«

»Melvin? Verdächtig? Na, das ist mal eine Geschichte: der gefährliche Melvin.« Sie lachte in sich hinein.

»Sie kennen ihn also?«

»Ja, er reinigt bei uns die Pools. Nur …« Sie stutzte. »Unter einem Poolboy verstehe ich eigentlich etwas anderes – eher so muskulös und braun wie im Film. Sie wissen schon, so einer, bei dem wir Frauen kreischen, als käme der Zalando-Mann.« Sie kicherte. »Unser Poolboy ist schmächtig und vor allem sehr weiß. Er sieht eher aus wie ein Engländer.« Sie überlegte. »Aber ich habe ihn schon eine ganze Weile nicht mehr gesehen.«

»Haben Sie ein Foto von Melvin?«

Sie lachte. »Wozu? Was soll ich mit dem?«

»Schon gut«, sagte Pascal. »Wann war er das letzte Mal hier?«

»Vor etwa einer Woche, schätze ich.«

»Wissen Sie, wo er wohnt? Wo er herkommt? Aus welchem Ort?« Pascal wurde in diesem Augenblick bewusst, dass er zu viele Fragen in einem Satz stellte und die Frau offensichtlich überforderte.

Sie schüttelte den Kopf. »Je suis désolée.«

»Merci, Madame«, entgegnete Pascal. »Dann warte ich auf Monsieur Adel.«

Endlich Zeit, sich ein bisschen umzusehen, sich alles einzuprägen, länger auf einen Punkt zu schauen als nötig, so wie Pascal es normalerweise an Tatorten machte. Er nahm sich vor, auch noch einmal zu dem verbrannten Weinberg zu gehen. Auf der Terrasse am Pool schaute er sich um. Angeblich hatte das Ehepaar von dem Brand nichts mitbekommen. Tatsächlich konnte Pascal den Weinberg von seiner Position aus nicht sehen. Wie das in den oberen Stockwerken aussah, war schwer zu beurteilen. Das hier war die Südseite des Gebäudes, für einen Winzer »die Südlage«.

In der oberen Hälfte der Hauswand waren Fenster zu sehen.

Sie waren mit hellblauen Läden aus Holz verschlossen, damit sich die Räume nicht zu sehr aufheizten.

Wie war die Sicht von der anderen Seite aus? Konnte man vom Weinberg aus das Anwesen erkennen? Wäre das der Fall, könnte er daraus Rückschlüsse ziehen. Und konnten die Winzer das Feuer von hier aus wirklich nicht bemerkt haben? Was aber würde es bedeuten, wenn der Winzer es gesehen, aber nicht reagiert hatte? In dem Fall bliebe die alles entscheidende Frage: Warum hatte er es nicht sehen *wollen*? Allein die Frage nach dem Warum würde die Ermittler lange beschäftigen.

Pascal fiel plötzlich wieder ein, wie bei David Perieux kurz nach dem Brand das Telefon geklingelt hatte. Warum? Wer hatte ihn am späten Abend angerufen, um ihm das mitzuteilen?

Vielleicht bedeutete es auch nichts. Winzer informierten sich untereinander. Pascal glaubte nicht, dass sie so verfeindet waren, wie Nathan ihm versucht hatte weiszumachen. David Perieux war vernetzt, stand in ständigem Austausch mit seinen Kollegen, es gab Treffen, Versammlungen.

»Monsieur.« Ein sehr gepflegter Mann stand vor Pascal, das Haar gestutzt. Er trug einen Seitenscheitel, eine silberne runde John-Lennon-Brille, dazu ein weißes Leinenhemd und eine Jeans. Pascal schätzte ihn auf Anfang fünfzig.

»Bonjour«, sagte Pascal und stellte sich vor. »Haben Sie einen Moment Zeit für mich?«

»D'accord.« Luc Adel bot ihm einen Stuhl auf der Sonnenterrasse mit Blick auf den Pool und die Touristen, die darin schwammen, an. »Ein Glas Wein?«

Pascal musste in sich hineinlächeln und erinnerte sich an die Zeit, in der er seine neue Stelle in Lucasson angetreten hatte und immer diesen albernen Satz »Ich bin im Dienst« gesagt und dafür ein müdes Lächeln geerntet hatte. Was ihm dadurch alles entgangen war. Als wäre man nach einem Glas Wein nicht mehr in der Lage, einem Gespräch zu folgen. Das hier war Südfrankreich. Wer angebotenen Wein ablehnte, machte sich verdächtig, das Leben nicht verstanden zu haben.

»Sehr gern.«

Luc Adel forderte seine Rezeptionistin auf, zwei Gläser seines 2016er zu bringen. »Das ist unser erster Organic-Wein«, merkte er an. »Wir stellen gerade um. In zehn Jahren wollen wir nur noch Bioweine produzieren. Wussten Sie, dass schon über zwanzig Prozent aller in Frankreich produzierten Weine bio sind?«

»Ich habe davon gehört. Wir Franzosen sind führend.«

»Non, Spanien produziert noch mehr Bioweine, und die Österreicher haben die größten Flächen, gemessen an ihrem komischen kleinen Land.« Er lachte.

»Monsieur, Sie ahnen es, ich muss Ihnen ein paar Fragen stellen. Sie haben den Verlust des Weinbergs inzwischen weggesteckt?«

»Ich bin doch nicht der Erste, dem das passiert.« Er winkte ab. »Wir sind versichert. Nur ein paar Kilometer weiter wurden bei dem alten Gerard nachts die Weinreben mit Pflanzenschutzmittel vergiftet, und sie sind eingegangen. Muss man sich mal vorstellen. Vor ein paar Jahren haben diese Vandalen nachts die Reben mit einer Motorsäge abgeschnitten, die ganze Ernte war dahin. Wir werden auf der Fläche jetzt Bioweine anbauen, sobald wir das Erdreich wieder in den Griff bekommen haben. Die Reben mussten ohnehin ausgetauscht werden.«

»Wer sind diese ›Vandalen‹, wie Sie sie nennen?« Pascal war von der Nüchternheit des Winzers überrascht.

»Das weiß ich nicht.« Luc Adel rückte ungelenk auf seinem Stuhl hin und her. »Bin ja kein Polizist, sondern Winzer. Ein erfolgreicher Winzer. Und das ruft Neider auf den Plan.« Seine Augen suchten die Rezeptionistin, die zwei Gläser Weißwein in ihren Händen hielt. Er bedankte sich überschwänglich bei ihr, und als sie verschwunden war, sagte er: »Sie wird eine herausragende Sommelière.« Er nickte ihr zu, sie lächelte von Weitem. »Santé«, sagte er und roch an dem Wein.

Pascal tat es ihm gleich. »Eine feine Note«, bemerkte er.

»Merci bien«, entgegnete der Winzer.

Beide nahmen einen Schluck. Der Wein war hervorragend, fand Pascal. Ausgewogen, nicht zu viel Säure. Dieser Tropfen war weit entfernt von einem leichten Sommerwein, was Pascal entgegenkam, lagen ihm doch die schweren Weine, ölig im Abgang, lange anhaltend, eher.

»Sie verstehen etwas von Weinen?«, fragte Luc Adel.

»Nun, so würde ich es nicht sagen, aber ich habe eine Schwäche für das Gute.«

Der Winzer nickte ihm zu. »Unsere Weinberge sind für die Götter geschaffen, sie hätten ihre Freude daran. Und ich sage extra Götter, denn diese Weinberge hier in der Gegend sind vor zweitausendsechshundert Jahren von den Griechen angelegt worden. Wussten Sie, Monsieur Chevrier, dass wir zu den vielfältigsten Weinanbaugebieten der Welt gehören? Wir haben fünfzehn unterschiedliche Traubensorten. Vor allem natürlich Grenache und Syrah. Lange waren wir für unsere günstigen Tafelweine verschrien. Wir haben sie hier Piquettes genannt, genau wie die Kollegen im Languedoc, doch längst denken Weinkenner an unsere Qualitätsweine Bandol oder Coteaux d'Aix-en-Provence. Dann kamen die Algerier und vor allem die Spanier mit ihren Dumpinglöhnen und trieben uns in eine Überproduktion. Die Qualität litt, wir produzierten Tafelweine. Aber wir vom Weingut Château des quatre chiens sind immer mit der Zeit gegangen. Wir wissen, was unsere Kunden wollen, und sind flexibel. Das Weingeschäft ist eben auch ein Geschäft, deshalb heißt es ja auch so.« Luc Adel lächelte in sich hinein. Sie erhoben ihre Gläser.

Pascal beobachtete ihn dabei, versuchte ihn einzuschätzen. Sympathisch und vor allem charismatisch war er, das war ihm nicht abzusprechen. War es nicht sein gutes Recht, sein Geschäft als Geschäft zu sehen? Welcher Zündstoff lag also darin? Wer diese »Vandalen« waren, würde er noch herausbekommen. Da musste mehr als Neid dahinterstecken.

Pascal prostete ihm zu. Er hatte sich fernab der Fälle schon immer für geschichtliche Zusammenhänge interessiert, und über den Wein aus der Provence wusste er nur das, was alle wussten, nämlich, dass er schmeckte.

»Erzählen Sie mir mehr über Ihre Weine«, forderte Pascal den Winzer auf. »Es scheint gut bei Ihnen zu laufen. Sie haben ein schönes Refugium geschaffen.«

»Merci, Monsieur le gendarme, das war ein weiter Weg. Dazwischen lagen viele Generationen von Winzern, die experimentiert haben. Aber das war nicht unser Problem, sondern vielmehr die Weinkrise«, fuhr Luc Adel fort. »Im Goldenen Zeitalter des Medoc, im Jahr 1850 drüben in Bordeaux, wurden die Reben geradezu attackiert. Auch bei uns sah es düster aus. Mit dem Unterschied, dass unsere Weine nicht so wertvoll waren. Da gab es den Mehltau, den falschen und den echten. Die Reben, die das überlebten, wurden von der Reblaus verspeist. Hinzu kam die Wirtschaftskrise, was bedeutete, dass viele Winzer in Frankreich über hundert Jahre lang kein Geld in moderne technische Hilfsmittel investieren konnten. Der Weinbau dürfte also nach der großen Krise in den sechziger und siebziger Jahren die rückständigste Landwirtschaft Frankreichs gewesen sein. Es gab viel aufzuholen, und die Ansprüche stiegen. Wir mussten das anbieten, was die Kunden wollten. Das war wie gesagt immer unser Credo. Nur war das mit unseren rückständigen Maschinen kaum möglich, geschweige denn konnten wir die Nachfrage bedienen. Das war eine Zeit, in der mein Vater begriffen hat, dass Weinanbau ein Geschäft ist. Er hat immer gesagt, je früher wir uns von jedweder Weinanbau-Romantik verabschieden, desto besser sei es für unser Geschäft. ›Ich habe eine Weinfabrik‹, sagte er, und damit hatte er recht. Was glauben Sie denn, Monsieur Chevrier, wie viele von uns in Wahrheit so wie ich denken? Es ist aber der Todesstoß, wenn man es ausspricht, denn die Geschichten und das Getue um die fast tausend verschiedenen Geruchsingredienzien müssen befeuert werden, das treibt die Preise hoch.«

»Und das bedeutet, Monsieur Adel«, unterbrach Pascal, »dass ein Feuer auf Ihrem Land keine besonderen Auswirkungen hat? Nicht einmal die Tatsache, dass das mutwillig passiert ist?«

Luc Adel zuckte mit den Schultern. »Dagegen können wir Winzer nichts tun. Wie gesagt, es gibt eben Vandalismus und Neider, aber den Triumph der Niederlage werde ich ihnen nicht gönnen. Gut, einer meiner Weinberge ist abgebrannt, aber dagegen bin ich versichert. Ich kann die betriebswirtschaftlichen Schäden teilweise ausgleichen. Die Reben werden ersetzt, und ich werde neue Weine anbauen. In jedem Drama gibt es auch Licht. Ich werde meine neuen Trauben den Klimabedingungen anpassen, denn nicht die Auflagen für Bioweingüter oder der Billigwein aus Spanien oder aus Übersee sind das Problem der Winzer, sondern der Klimawandel ist es. Dem müssen wir uns stellen. Er ist die Reblaus des 21. Jahrhunderts.«

Pascal musste an seinen Boulepartner David Perieux denken, der das Gleiche gesagt hatte. »Das bedeutet, die Weine werden sich in den nächsten Jahren verändern?«

»Bien sûr.« Luc Adel hielt für einen Moment seine Nase über das Glas und schloss die Augen.

Die plötzliche Leidenschaft überraschte Pascal, er wurde nicht klug aus dem Mann. Er wollte mehr erfahren. »Sicher produzieren Sie vor allem Roséweine?«

»Oh ja, wir sind auch stolz auf unsere rund achtzig Jahre alten Grenache-Reben. Ich sage Ihnen ganz ehrlich: Hätte es die erwischt, es hätte mich aus der Bahn geworfen. Dieser Berg ist unser Hauptgeschäft. Unsere Grenache-Weine gehören zu den besten der Welt.« Wie nebenbei zeigte er auf sein Anwesen, das Haus, die imposante Eingangshalle, den Pool und die attraktiven Touristinnen, die ins Wasser sprangen und deren Anblick ganz offensichtlich für ein paar Sekunden seine Sinne vernebelte.

Eine schöne Mischung und dazu der Alkoholgehalt des Weins, dachte Pascal.

Dann kam Luc Adel wieder zum Punkt. »Der Garrus ist der teuerste Rosé der Welt, seine Holznote ist unvergleichlich.

Versuchen Sie mal einen zu bekommen, ein unvergessliches Erlebnis. Aber diese Reben werden inzwischen bewacht, Tag und Nacht. Und glauben Sie mir, die Vandalen würden den Kürzeren ziehen, wenn sie es auf diese Edelgewächse abgesehen hätten.«

»Meinen Sie nicht, dass die sogenannten Vandalen genau wussten, welche Reben sie anzündeten? Oder meinen Sie, es war reine Zerstörungswut?«

»Niemand kann sich in sie hineindenken.« Plötzlich wirkte Luc Adel fahrig, schaute auf seine teure Armbanduhr und sah sich um. Hilfesuchend. Pascal musste Luc Adel geschickt zurück auf ein vertrautes Feld führen, wenn er mehr erfahren wollte.

»Ach, eines Tages wird es sich vielleicht ergeben, dass ich mal den Garrus probiere«, setzte Pascal erneut an, konnte jedoch seinen Kontostand, der vor seinem geistigen Auge auftauchte, nicht ignorieren. Ein Wein jenseits der hundert Euro entsprach weder seinem Portemonnaie noch seinem Anspruch, trotz seiner Neugier. »Soweit ich weiß, haben schon die Römer an diesen Stellen diese Edelgewächse angebaut.«

»Ja, die Provence war das erste gallische Gebiet. Haben Sie mal etwas von Glanum gehört?« Luc Adel wartete die Antwort nicht ab. »Das ist eine Ausgrabungsstätte, deren Wurzeln auf das 2. Jahrhundert vor Christus zurückgehen. Dort hat man den Wein einst geräuchert, ist das nicht merkwürdig? Ich meine, wer räuchert Wein? Wir räuchern Wurst, aber doch keinen Wein. Und ich sage Ihnen eines, Monsieur Chevrier: Ich wäre als Winzer dabei gewesen, das liegt in der Tradition unseres Châteaus. Wir sind Dienstleister der Menschen, der Weintrinker. Sie sind es, die wir glücklich machen wollen. Ich will sie nicht erziehen. Wir wollen ihnen nicht unseren Stempel aufdrücken. Glück, Monsieur, das ist das, was wir in unserer kurzen Lebenszeit erfahren sollten. Gaumenglück.« Er leerte wie zum Beweis sein Glas. »Früher aromatisierte man den Wein. Mit Pfeffer, Meeresfrüchten, sogar mit Austern. Klar, erst waren es nur die Römer, die diesen Wein«, er beschrieb

Tüttelchen in der Luft, »tranken, aber wir Gallier zogen schnell nach. Wein war die Handelsware schlechthin. Und warum, frage ich Sie, Monsieur Chevrier, war diese Ware so beliebt? Weil der Wein für die Menschen gemacht wurde. Nicht zum Selbstzweck egomaner Winzer, die meinen, sich die Weisheit angetrunken zu haben. Nur so wurde Wein noch vor Christi Geburt zu einer der gefragtesten Handelswaren. Zumindest für die Römer, denn wir Gallier hatten das Nachsehen. Der Wein wurde mit Zöllen belegt, und am Ende verdienten immer die Römer. So war es uns in den von ihnen besetzten Gebieten nicht einmal erlaubt, Wein anzubauen. Sehen wir das mit den Augen von heute, haben wir die Italiener in der Qualität des Weins schon vor Jahrhunderten überflügelt.« Jetzt lachte er schallend, und dieses Lachen war nicht ernst, es war von Selbstironie getragen, und daher war es so ansteckend. Aber vielleicht verstand Pascal den Winzer zu diesem Zeitpunkt noch nicht, verstand nicht, worum es ihm in Wahrheit ging. »Und dann kamen die Barbaren und zerstörten alles.«

»Und jetzt sind sie wieder da?«, warf Pascal vorsichtig ein.

»So kann man es sehen, Monsieur, nur haben sie sicher andere Beweggründe.« Luc Adel schien Gefallen an dem Gespräch zu finden. »Und was passierte wohl dann, Monsieur Chevrier?« Wieder wartete er keine Antwort ab. Er musste diese Geschichte schon oft erzählt haben, war geübt darin, setzte Nuancen und Pausen an den richtigen Stellen. »Natürlich die Kirche. Sie stellte Ansprüche, wie sie es immer tat. Und jeder weiß, was es bedeutet, wenn sie in Gottes Namen Ansprüche anmeldet. Jetzt brauchte sie nur noch diesen ganzen Blödsinn zu predigen, und schließlich hat sie die Weine direkt selbst angebaut. Das Wissen hat sie sich schnell angeeignet und es von Generation zu Generation weitergegeben.«

»Wie ist es heute? Bauen die Mönche noch immer ihren Wein selbst an? Es gibt eine Menge Klöster hier in der Gegend.«

Luc Adel lächelte. »Kennen Sie die Îles de Lérins? Auf dieser Inselgruppe leben schon seit dem 5. Jahrhundert Mönche. Bis heute. Ihr Wein ist mehr als trinkbar. Kein Wunder, dass sie eine ganze Menge Geld mit ihm verdienen. Es sei ihnen gegönnt. Aber wer glaubt, sie trinken ihren Edelwein nur zum Abendmahl, der täuscht sich. So weit geht der Glaube bei keinem Franzosen.« Er lachte wieder. »Bibel, Beten und Wein, das sind die Lebensinhalte der Mönche in dem Kloster. Vielleicht ist die Reihenfolge auch andersherum, wenn man sich die Geschichte anschaut. Als in Avignon die sieben Päpste regierten, tranken sie bis zu zweieinhalb Liter Wein pro Tag – und das nicht gegen den Durst. Sie haben auch getrunken, wenn sie keinen Durst hatten.«

Jetzt war es Pascal, der lachte. Ihm gefiel die Art, wie Luc Adel Geschichten erzählte. Er achtete jedoch sorgsam auf die Kleinigkeiten, die Gesten und die Nebensätze. »Von den Benediktinern höre ich das nicht das erste Mal«, merkte er an.

»Oui, Monsieur, da sagen Sie etwas. Die Benediktinermönche begannen schnell, die besonders guten Lagen auszuweisen, das waren kluge Männer. Wer möchte als Mönch nicht die Gunst des Papstes erwerben? So entstand der Grand Cru, sagen die Mönche, und wer will ihnen schon widersprechen? Gönnen wir ihnen den Spaß. Sie wussten zumindest, worum es allen Beteiligten ging: um Geld und darum, sich über andere zu erheben. Das ist das Gesetz der katholischen Kirche. Es musste von jeher jemanden geben, der anbetungswürdig war. Je schneller man das verstand, desto schneller machte man Karriere. Ist das so anders als heute?«

Pascal nickte mit einer langsamen Kopfbewegung und beobachtete sein Gegenüber, wie er philosophierte und Freude dabei empfand.

»Wir alle wissen doch, die Franzosen sind aufgeklärt«, fuhr Luc Adel fort, »und so gingen die Bestände in den Besitz der Edelmänner und Fürsten über. Schließlich verebbte der Einfluss der Päpste. Und dann kam die Französische Revolution und damit die Freiheit, und wir durften alle produzieren und wurden zu einem Volk der Winzer und der Weine.«

»Und da war Ihr Weingut Château des quatre chiens natürlich dabei?«

»Ja, schließlich haben wir in der Provence produziert, so viel der Boden hergab. Nur haben wir in unserer Gier den Fokus auf gute Weine verloren. Wir produzierten Massenware, Piquettes, Tafelweine ohne Charakter. Eine schwierige Zeit für anspruchsvolle Winzer. Schließlich wurden die Parzellen aufgeteilt, und so entstand ein Konkurrenzkampf.«

»Und Sie meinen, die Rivalitäten der Winzer rühren aus dieser Zeit her?«

»Sicherlich, viele ergriffen ihre Chance. Es war die Geburtsstunde des Château des quatre chiens. Plötzlich ging es darum, guten Wein zu produzieren, und ich sage Ihnen, das taten meine Vorfahren. Vor allem aber, weil die Nachfrage stieg. Wir haben von Jahrgang zu Jahrgang dazugelernt. Wir wissen, welche Weine auf steinigem Boden am besten werden und welche auf sandigem Boden mehr Charakter entwickeln. Beide Bodenarten gibt es hier in der Provence. Seit wir unser Siegel des kontrollierten Anbaus Anfang des 20. Jahrhunderts bekommen haben, wurde unser Rosé der Gewinner. Und jetzt kommen wir wieder mit unserer Philosophie ins Spiel, denn wir produzieren Weine unter diesem Siegel, und genau darauf begannen die Konsumenten zu achten. Santé.« Er stieß an das Glas von Pascal.

»Aber es gibt doch auch die ganze Mystik um den Wein. Warum spielt die bei Ihnen keine Rolle?«

»Weil das eine Erfindung der Sommeliers ist. Sie brauchen ihre Geschichten. Würden Sie nach meinen Erzählungen nicht gern den Wein der Mönche probieren, die ihn auf den Îles de Lérins selbst anbauen? Glauben Sie mir. Ich könnte Ihnen einen viel besseren Wein anbieten und einfach sagen, wie lecker er ist, aber Sie würden den Wein der Mönche wählen, weil Sie von der Geschichte fasziniert sind. Ein guter Sommelier weiß das. Sie erzählen von Zikaden, deren Gesang Einfluss auf den Wein habe, unseren Rosés sogar eine eigene Geschmacksnote beisteuere. Ich lasse sie alle machen. Am Ende dient es dem Verkauf. Wissen Sie, Monsieur Chevrier, ich wollte mich nie als einer dieser ursprünglichen Winzer behaupten. Ich bin ein Geschäftsmann, und so produziere ich heute bio. Und da gehört es dazu, die Reben mit Brennnesselgülle zu düngen. Soll mir recht sein, ich bin dabei, wenn das gefragt ist. Und wenn wir morgen die Trauben wieder räuchern müssen wie im alten Rom, dann sind wir auch dabei. Wein entsteht aus fermentierten Trauben. Ist mir egal, wie man das macht. Solange ich sie mit Respekt behandle, kann meinen Weinen nichts passieren.« Er leerte sein Glas, und bisher vollkommen unbemerkt stand die Rezeptionistin mit der Flasche wieder neben ihm.

Die Kondenstropfen an der Flasche ließen den Rosé schimmern. Unwiderstehlich. Pascal bedankte sich, wollte aber für den Moment kein weiteres Glas. Anders Luc Adel, der seiner Rezeptionistin begeistert zunickte.

»Haben Sie eigentlich Feinde Monsieur Adel? Neider?«

Jetzt lachte Luc Adel. »Haben Sie eine Ahnung, wie verfeindet wir Winzer bis heute noch sind? Beim Weinbau verfolgt jeder seine eigene Philosophie. Und haben Sie mal versucht, seriös über Philosophie zu diskutieren? Nur über Politik oder Religion lässt es sich noch schwerer diskutieren. Um die Frage zu beantworten: Die Liste ist lang.«

Er lächelte, als hätte er über das Wetter gesprochen, wobei das bei den Südfranzosen auch ein ernstes Thema sein konnte, das hatte Pascal in drei Jahren als Zugezogener gelernt.

Pascal hatte eine Menge erfahren. Er konnte, wenn Luc Adel ihm die Wahrheit gesagt hatte, den Mann grob einschätzen. Ein Geschäftsmann, kein Weinbauer der alten Schule, sondern ein Winzer, der sich dem Markt anpassen würde, sobald der Wind sich drehte. Ein Weinfabrikant. Sein Fähnchen würde immer flattern. Rein finanziell betrachtet, hatte Luc Adel alles richtig gemacht, denn sein Anwesen, sein Hotel und sicher auch das Restaurant, das gerade aufgeschlossen wurde, waren gut besucht.

Doch es gab etwas, das Pascal störte. Es war die vollkommen fehlende Leidenschaft. Er musste an seinen Freund, den Winzer René, denken und mit welcher Begeisterung und Akribie er seiner Arbeit nachging. Das waren die Weinbauern, die Pascal begeisterten.

Trotzdem war Luc Adels Rosé nicht zu verachten, und so konnte Pascal bei der nächsten Runde nicht widerstehen. Der Winzer wollte sich gerade entschuldigen, doch Pascal hatte noch eine Frage, die ihn beschäftigte.

»Monsieur Adel«, begann er, als dieser schon aufgestanden war. »Hatten Sie ohnehin geplant, die Reben auf dem abgebrannten Weinberg zu ersetzen? Wären sie die nächsten gewesen auf Ihrem Weg, ein Biowinzer zu werden?«

Luc Adel stockte. »Ich verstehe, worauf Sie hinauswollen. Und nein, ich habe den Weinberg nicht selbst angezündet.«

Dann entschuldigte er sich, er müsse ins Restaurant, aber Pascal könne gern noch hier am Pool sitzen bleiben und seinen Arbeitstag ausklingen lassen. Und das tat Pascal, immerhin war er für Momente wie diese in die Provence gekommen.

10

»Ich höre das Geschrei der Möwen.« Audrey hatte auf der Beifahrerseite des Renault Mégane ihr Fenster geöffnet, die Herbstmorgensonne erwärmte das Fahrzeuginnere. Ihre Füße hatte sie auf das Armaturenbrett gelegt, ihre Zehen hinterließen kleine Kreise auf Pascals Windschutzscheibe, die er nie wieder wegbekommen würde. Wie sie immer ihre Spuren hinterließ, dachte er – die sichtbaren in seinem Auto und die unsichtbaren in seinem Herzen.

»Wie ich es vermisst habe«, sagte er nachdenklich.

Pascal lenkte den Wagen auf die Straße, die sie rund um den Vieux Port führte, begleitet vom Geräusch der Tampen an den Masten der Segelyachten, die auf dem in der Sonne glitzernden Wasser an den Stegen lagen. Eine Oase der Ruhe inmitten der Metropole Marseille.

Hier hatte sich viel zur Verbesserung des Lebens getan. Auch die Straße rund um den Yacht- und Fischereihafen war verkehrsberuhigt worden, zum Leidwesen der Autofahrer, die sich seitdem im Schritttempo fortbewegen mussten. Die vielen Einbahnstraßen verhinderten zusätzlich jedes Wenden. Die Autos waren nicht weniger geworden, sie fuhren nur langsamer. Fußgängern und Radfahrern wurde dafür aber mehr Raum geboten. Bog man also nicht rechtzeitig mit seinem Auto in die kleinen Gassen und damit in die Wohnstraßen ab, führte der Weg zurück auf die Zubringerstrecken Richtung Autobahn. Dann begann die Umrundung des Hafens aufs Neue.

Pascal wollte nach der zweiten Tour keine weitere auf sich nehmen und lenkte seinen Wagen auf der anderen Seite des Hafens neben dem Seifenmuseum am Fuße des Rathauses in ein Parkhaus. Als sie schließlich das Treppenhaus entdeckten und in die Sonne hinaustraten, befanden sie sich direkt neben dem Seifenladen Savonnerie Licorne, Boutique Vieux Port/Mairie, der sich in den letzten Jahren zu einem Touristenmagneten entwickelt hatte und auch Audrey zu begeistern schien. Sie verlangsamte ihren Schritt, ihre Augen suchten im Schaufenster nach Angeboten, von denen es natürlich jede Menge gab.

»Vielleicht haben wir später Zeit«, merkte Pascal an und drängte sie durch eine kleine Lücke zwischen den Autos auf der viel befahrenen Hauptstraße, die sie noch von der Kaimauer des Hafens trennte.

Neben den weißen Yachten mit Blick auf die alten Häuser ging es auf der breiten Promenade wesentlich ruhiger zu als auf der belebten Geschäftsseite. Prächtig lag dort das Rathaus von Marseille, geschmückt mit Flaggen der EU und natürlich der französischen Fahne, davor lag ein riesiger Katamaran im Hafen, nebenan eine Luxusyacht. Ein junges Paar mit Coffee-to-go-Bechern ließ die nackten Beine über die Kaimauer baumeln, dabei hielten sie sich an den Händen, immer wenn sie nicht gerade in ihr Croissant bissen.

Am Kopf des Hafens, kurz vor der Altstadt, befand sich der neue Metroeingang des Vieux Port. Durch sein modernes verspiegeltes Glasdach verlieh er dem traditionellen Viertel etwas Futuristisches. Je näher sie dem Bahnhof mit seinem großen Vorplatz kamen, desto mehr Händler drängten sich am Straßenrand mit ihren Auslagen.

Die Fischer verkauften ihren Fang direkt vor ihren Kuttern. Meist warteten sie ab acht Uhr morgens auf ihre Kundschaft. Und die bestand zu dieser Uhrzeit vor allem aus Köchen, denn es galt den Rascasse zu bekommen – nur er machte aus einer Fischsuppe eine wirkliche Bouillabaisse. Doch die Bestände des unansehnlichen Fisches mit den giftigen Stacheln waren in den letzten Jahren spürbar zurückgegangen, zum Leidwesen der Gourmets. Natürlich trug das Problem des aussterbenden Drachenkopfs zum enormen Preisanstieg auf den Speisekarten bei. Pascal sah in die Styroporboxen, doch niemand schien den Fisch anzubieten.

Audrey bemerkte seinen Blick und stieß ihm in die Seite.

»Aber ich darf mir die Seifen nicht angucken?« Sie lächelte sanft und fügte nach einer Pause hinzu: »Du wirst heute Mittag schon noch deine Bouillabaisse bekommen.«

»Sind wir nicht in Wahrheit dafür hier?«

»Zumindest sehen wir so aus.« Audrey drehte sich ein Stück um die eigene Achse, ihr weißer Rock flatterte im Wind. Beide hatten sich an diesem Tag gegen eine Uniform entschieden – die hätte die Mission, sich bei den Jugendlichen an der Metrostation umzuhören, sinnlos gemacht –, und so genossen sie den Anschein von Freizeit. Trügerisch bei dem, was ihnen bevorstand.

Die drei Jugendlichen, auf die Pascal und Audrey zusteuerten, saßen auf der Mauer, hinter der die Rolltreppe hinunter zur Metrostation führte. Die gigantische Decke neben dem Metroeingang war auf der Innenseite verspiegelt, dadurch konnten Passanten, wenn sie nach oben schauten, nicht nur sich selbst sehen, sondern auch die anderen Menschen, die gerade über den Platz gingen. Passanten blieben stehen und machten Fotos von sich aus der Vogelperspektive. Hier hatte man, als Marseille zur Kulturhauptstadt Europas gewählt worden war, geklotzt und die Gunst der Stunde genutzt, um die Millionenbudgets langfristig zu nutzen – für die Schönheit einer Stadt.

Die drei Jugendlichen rauchten und hatten eine Flasche eines billigen Schnapses zwischen sich stehen, klar wie Wasser, zur Hälfte geleert. Besonders die Blicke der beiden Jungs, die außen saßen, waren verschleiert, sie fixierten ein Nichts.

Der Junge auf der rechten Seite trug ein aufgerissenes graues T-Shirt mit dem Bild eines jungen Mannes, der auf einer Bühne eine Bassgitarre zerschlug. Gesehen hatte Pascal dieses Bild schon einmal, wahrscheinlich im Zimmer seiner Tochter in den Teenagerjahren. Die schwarz angemalten Fingernägel des Jungen kratzten fortwährend über seine Armbeuge. Pascal erkannte Einstiche.

Den Jungen auf der linken Seite hatte es noch schwerer erwischt. Er hatte nur einen Schuh an, dieser war zerrissen, der andere Fuß mit roten Wunden übersät. Er starrte auf den Boden vor sich und spuckte zwischen seine hängenden Beine auf die Pflastersteine.

Erst bei genauerem Hinsehen stellte sich heraus, dass der dritte Jugendliche ein junges Mädchen war. Ihr Haar war so kurz und blond gefärbt, dass es sich von der Kopfhaut kaum abgehoben hätte, hätte diese nicht einen leichten Sonnenbrand gehabt. Wahrscheinlich hatte sie diese Frisur noch nicht lange und es noch nicht verinnerlicht, sich auf dem Kopf einzucremen – wenn Körperpflege überhaupt ein Thema für sie war. Das Mädchen hatte mehrere Piercings in der Nase und über dem Auge, dazu weiße Plastikröhren in den Ohren, sodass die Läppchen sich unproportioniert vergrößert hatten. Ihre nackten Arme waren tätowiert. Eine Schlange wand sich um den ganzen linken Arm, erst am Unterarm befand sich der Kopf mit offenem Maul und roter gespaltener Zunge, die am Handgelenk endete.

Der Blick des Mädchens war müde, die kleinen Augen fixierten Pascal, der bereits das Foto von Julie in der Hand hielt und es ihr wortlos reichte. In Uniform hätte er hier keine Chance gehabt, dachte er.

Das junge Mädchen quittierte das Bild mit den Worten: »Na, suchste deine Tochter?«

»So könnte man es sagen«, entgegnete Pascal. »Hast du sie schon mal gesehen?«

»Bulle oder Daddy?«, fragte plötzlich der Jugendliche mit dem einen Schuh am Fuß, der die Augen nur halb geöffnet hatte. Man sah ihm an, dass er sie nicht lange würde aufhalten können.

Das Mädchen lachte.

»Meinste nicht, dass sie 'nen Grund hat, dass sie nicht mehr da is?« Die Aussprache des Jungen war ohne jede Melodie. Seine Sprache stark verlangsamt.

»Ja«, sagte Audrey. »Sie hat einen Grund. Sie kann nicht zurückkommen. Sie ist tot. Verbrannt auf einem Weinberg.«

So weit ihre zugequollenen Augen und die Spuren der Drogen es zuließen, musterten sie Audrey mit einigem Entsetzen.

»Bullen«, merkte der Dritte an. »Flics.«

»Genau«, sagte Pascal. »Aber von euch wollen wir nichts, nur wissen, mit wem Julie zuletzt hier war.«

»Kennen wir nicht«, sagte das Mädchen.

»Sie war mit einem Typen zusammen, eigentlich suchen wir den«, sagte Audrey.

»Uuuhhh«, sagte das Mädchen und wedelte dabei mit ihrer Hand vor ihrem Gesicht hin und her. »Die suchen den Mörder.«

Die Jungs lachten.

»Die Flics«, sagte der Junge, zweimal zwischen seine Beine spuckend, »die dummen Flics.«

Möglichst unauffällig ließ der Junge mit dem zerrissenen T-Shirt seinen Joint auf den Boden fallen.

»Meinst du jetzt wirklich, wir hätten nicht gesehen, dass du hier kiffst?«, fragte Audrey belustigt. »Echt jetzt?« Sie lachte bitter auf. »Kommt schon, glaubt ihr, wir sind blöd?«

Das Mädchen rückte unruhig von einer Pobacke auf die andere, dann kratzte sie sich ebenfalls mit ihren schwarzen Fingernägeln – teils aufgrund von Dreck, teils aufgrund von Nagellack – über ihre Fast-Glatze und hinterließ dabei weiße Spuren auf der leicht geröteten Haut.

Audrey setzte nach. »Glaubt uns, wir können euch richtigen Stress machen. Heroineinstiche in den Armbeugen und die Rucksäcke voll mit Drogen.«

Pascal beobachtete, wie Audrey Spaß daran entwickelte, die Jugendlichen einzuschüchtern.

»Richtigen Stress!«, setzte sie nach. »Also, was meint ihr? Sollten wir uns euch mal genauer vornehmen? Das ganze Programm? Wir würden mit dem Drogentest anfangen. Oder wollt ihr uns nicht vielleicht doch helfen?«

»Frag Marcello«, sagte das Mädchen eilig. Sie schien von den dreien noch am klarsten zu sein, immerhin an der Grenze zur Zurechnungsfähigkeit.

»Marcello?«, fragte Pascal.

»Hat sie doch gesagt. Bist du schwerhörig, Flic?«

Für einen Moment fühlte Pascal sich an seine Pariser Zeit erinnert. Wie viele derartige Gespräche hatte er dort führen müssen? Wie oft waren sie ausgeartet? Nicht selten in körperliche Gewalt. Meist war es sein Partner und Freund Alexandre gewesen, der der Auseinandersetzung nicht aus dem Weg gegangen war.

Pascal stellte sich ein wenig breitbeiniger vor die drei, sodass er stabil stand, wenn es losging – und damit war zu rechnen. Falls einer flüchten wollte, wäre er bereit. »Und wo finden wir Marcello?«, fragte er.

»Dahinten irgendwo.« Jetzt begann der Dritte im Bunde, sich über sie lustig zu machen.

»Ich habe eine gute Idee«, sagte Audrey und rieb sich zur Verdeutlichung die Nase, als sei sie Wickie bei den starken Männern und habe einen wirklich guten Einfall gehabt. »Ich denke, ihr werdet uns begleiten.«

Das Entsetzen der drei Jugendlichen war nicht gespielt.

»Er ist nicht da«, sagte das Mädchen. »Marcello ist auf Geschäftsreise.«

Pascal meinte ein Lächeln auf ihrem Gesicht lesen zu können.

»Wüsste auch gern, wo er is«, fügte der Spucker leise hinzu.

Der Junge mit dem grauen The-Clash-Shirt – den Bandnamen konnte Pascal inzwischen entziffern – streifte ihn mit einem strafenden Blick, der offensichtlich auch Audrey nicht entgangen war.

»Du brauchst neuen Stoff?«, fragte sie so unbeschwert wie ein kleines Mädchen, das einen Lolli will.

»Woher weiß ich eigentlich, dass ihr Flics seid?« Pascal wusste im selben Moment, dass der Junge einen Fehler begangen hatte, eine falsche Frage formuliert hatte, so weit kannte er Audrey.

Sie griff in ihre Handtasche und zog ihren Ausweis heraus.

Mit ruhiger, fast übertriebener Langsamkeit hielt sie ihn vor das Gesicht des Jungen.

»Dann wollen wir mal«, fügte sie hinzu.

Es folgte unter den Augen der Passanten und Touristen, von denen drei stehen geblieben waren, eine Durchsuchung der Taschen. Zu den Touristen gesellten sich weitere, bildeten einen Halbkreis. Einige von ihnen machten Fotos mit ihren Handys, ein junges Paar sogar Selfies, auf denen man sehen konnte, wie eine elegante Frau in einem weißen Rock die Jackentaschen und Rucksäcke von drei heruntergekommenen Punks durchsuchte. Ihre Hände hatten die Jugendlichen auf die Mauer vor sich gestützt, die Beine breit. Pascal untersuchte den Spucker und war nicht überrascht, Fixerbesteck in seinem Rucksack zu finden.

»Merde«, sagte der Junge.

»Stimmt«, ergänzte Pascal. In den Jackentaschen fand er, sauber in kleinen Tütchen verpackt, mindestens hundert Gramm Gras. »Sicher nicht für den Eigengebrauch«, bemerkte er. »Da bist du doch längst drüber hinaus.« Jetzt fühlte er sich tatsächlich wie in Paris. Wie er es verabscheute, in den Taschen fremder Leute herumzuwühlen.

Am Ende hatte er mindestens dreißig Tütchen mit Gras gefunden, fünf weitere mit Kokain und Heroin in kleiner Dosis, wohl für den Eigengebrauch. Nicht weniger erfolgreich war Audrey. Insgesamt lagen fünfzig Tütchen Gras, zwei Packungen Kokain, drei mit Heroin und das Fixerbesteck des Spuckers auf der Mauer der Metrostation, als Audrey per Mobiltelefon die zuständigen Kollegen aus Marseille anrief.

»Is ja gut«, sagte das Mädchen schließlich. »Jeder hier kennt Julie, sie war ja fast täglich hier.«

»Wir kommen ins Gespräch!«, rief Pascal Audrey zu. »Und?«, fragte er an das Mädchen gewandt. »Wann hast du sie zuletzt gesehen?«

»Weiß nicht, vor ein paar Tagen. Darf ich jetzt gehen?«

»Zu spät. Hättest dich eher erinnern müssen, jetzt kommen die zuständigen Kollegen.«

Pascal war überrascht, wie souverän Audrey mit den Jugendlichen umging, als hätte sie täglich mit Leuten wie ihnen zu tun, was in einer Kleinstadt wie Apt, wo sie normalerweise tätig war, selbst bei der Police nationale ungewöhnlich war.

»Merde«, sagte nun auch der Spucker neben Pascal. »Ich will keinen Stress, was wollt ihr wissen?« Unter ihm befand sich inzwischen eine kleine Pfütze aus Spucke, als hätte es geregnet.

»Was ihr zum Beispiel über den Jungen an Julies Seite wisst«, sagte Pascal.

»Die hatte keinen Freund«, entgegnete der Spucker. »Hätte ja auch keiner mit ihr ausgehalten.«

»Interessant. Warum?«

Jetzt schaltete sich das Punkmädchen wieder ein. »Sie hatte nur Probleme, frag Marcello.«

»Witzig«, sagte Audrey. »Ich denke, der ist auf Geschäftsreise.«

»Ja, das stimmt«, sagte der Typ mit dem Clash-Shirt. »Aber der kommt irgendwann wieder, und dann kannst du bei ihm einen Termin machen, Madame Flic.«

»Ich glaube, ich weiß, wen du meinst«, sagte der Junge mit dem einen Turnschuh an seinen Füßen: »Du meinst Melvin.«

»Und weiter?«, entgegnete Audrey.

»›Und weiter‹? Glaubst du, wir sprechen uns hier mit Madame et Monsieur an? Melvin halt.«

»Und der war auch immer hier?«

»Ja, er hat hier Drogen verkauft.« Der Spucker schlug sich mit der Hand auf den Mund und weitete seine Augen, soweit es sein Zustand zuließ, um seinem gespielten Entsetzen noch mehr Ausdruck zu verleihen. »Ups, jetzt ist es raus«, setzte er hinzu und grinste debil.

»Der Mann heißt Melvin Tarron«, sagte Audrey. »So viel wissen wir bereits.«

»Uh«, stöhnte der Spucker. »Habt ihr gehört? Sie kennen den Nachnamen.« Er hustete, als hätte er Tuberkulose. »Sind halt Flics. Kluge Flics!«

»Also, könnt ihr uns sagen, wo wir Melvin Tarron finden?«, fragte Audrey, die Bemerkung ignorierend.

»Non«, sagte das Mädchen. »Das wissen wir nicht, aber eher da drüben.« Sie deutete mit einer Kopfbewegung Richtung Hafeneinfahrt, hinaus aufs Mittelmeer. »Da hingen die beiden rum, bei den Yachten, bei den Reichen, bei den Snobs.«

»Der Bougoi, der Bourgas, der Bourgeoisie oder wie das heißt«, mischte sich jetzt der Typ mit dem Clash-Emblem wieder ein.

»Was haben sie denn mit den reichen Leuten gemacht?«, fragte Audrey.

»Frag mich nicht. Ich habe mal mit Melvin gesprochen, der war breit, und der hat mir sein Leid geklagt, wie anstrengend diese Julie ist. Sie hat sich hier Geld verdient, wollte aber eigentlich Wein machen. Irgendwas zum Gurgeln und Wichtigmachen. Na egal, sie hatte immerhin noch richtige Ziele und so.« Jetzt schaltete der Junge mit dem Turnschuh sich wieder ein. »Aber die hatte wohl 'n ziemlich schlimmes Elternhaus. Sie hatte ständig Stress mit ihrem Vater. Der soll sie auch geschlagen haben. Irgend so ein Wixer oder Winzer aus der Gegend. Mehr weiß ich nicht. Wein ist nicht mein Ding. Aber Melvin wollte sich den Typen mal vornehmen.«

»Also echt jetzt, das ist alles, was wir wissen«, sagte das Mädchen und guckte flehend zu Audrey, die gar nicht bemerkt hatte, dass inzwischen ein kleiner Bus sowie zwei Fahrzeuge mit dem Logo der Compagnies Républicaines de Sécurité, kurz CRS, an der Straße vor der Metrostation geparkt hatten.

Das rote Logo auf dem Auto und den Uniformen der drei Polizisten, die jetzt über den Bahnhofsplatz kamen, war nicht zu übersehen. Sie waren bewaffnet, an ihren Hosen hingen Schlagstöcke.

Aus einem weiteren, zivilen Fahrzeug stieg ein Mann in einem dunkelblauen Polohemd, der gerade seine Sonnenbrille zurechtrückte und den Männern folgte. Sein Gang war schlendernd, mit jeder Faser seines Körpers drückte er übertriebene

Entspannt- und Gelassenheit aus, während die Kollegen der CRS sich um die drei Jugendlichen kümmerten.

»Ach Gott, ihr schon wieder«, sagte er lediglich. »Nur diesmal habt ihr eine ganze Menge Handgepäck bei euch. Das dürfte reichen.« Er widmete seine Aufmerksamkeit vor allem dem Fixerbesteck. »Mein Name ist Marcus Bessod«, stellte der Mann sich vor. »Können Sie sich ausweisen?«

Audrey und Pascal zeigten ihm ihre Ausweise.

»Sie sind von der Gendarmerie?«, fragte Marcus Bessod mit ungläubigem Kopfschütteln. Er trug das Haar schulterlang, seine Schläfen waren grau meliert.

»Na ja«, begann Pascal.

»Er ist der Beste«, unterbrach Audrey ihn, und damit war das Thema für sie erledigt, nicht aber für Marcus Bessod.

»Frédéric Dubprée sagt das auch, muss wohl was dran sein. Mal über 'nen Wechsel nachgedacht? Ein kleiner Karrieresprung?«

»Oh nein, Monsieur, das habe ich hinter mir.«

»Er ist aus Paris«, ergänzte Audrey.

»Na, dann ist das hier ja voll sein Ding.« Marcus Bessod deutete auf die Jugendlichen, denen von den Kollegen der CRS gerade Kabelbinder statt Handschellen um die Gelenke gelegt wurden.

»Wir brauchen die Personalien«, sagte Pascal. »Wir haben noch Fragen.«

»Machen Sie sich keine Sorgen, die haben wir in dieser Woche schon das dritte Mal aufgenommen.« Noch während Marcus Bessod das sagte, wandte er sich zum Gehen.

»Moment«, sagte Audrey. »Ich werde meine Fragen jetzt stellen. Das hier ist eure letzte Chance«, sagte sie an die drei gewandt. »Wo finden wir Melvin? Melvin Tarron?«

»Was kriegen wir denn dafür, wenn wir Melvin verpfeifen?«, fragte der Junge mit dem einen Turnschuh.

»Ist doch egal«, sagte das Mädchen. »Der Typ ist doch krank.«

»Wie meinst du das?«, fragte der Junge mit dem Clash-T-Shirt.

»Das ist ein Psycho«, antwortete sie. »Der ist immer drauf und versucht hier Macht zu bekommen ... die Wurst.« Sie überlegte. »Eigentlich ist er in den Abendstunden immer dort bei den fetten Yachten, da, wo die Mole zu Ende ist.«

»Wie sieht er aus?«, fragte Pascal.

»Scheiße«, sagte sie und lachte. »Kaputt.«

»Welche Haarfarbe?«, fragte Audrey.

»Braun.«

»Wie groß?«

»So wie dein Typ hier, nur jünger.« Das Mädchen schnaufte. »Und hübscher.«

Audrey schien das lustig zu finden, sie lächelte. »Na, dann werden wir ihn wohl einfach finden können«, bemerkte sie. »Noch irgendetwas Äußerliches? Tattoos oder so?«

»Weißt du was, Flic, frag einfach die Yachtbesitzer. Die kennen den kleinen Zuhälter alle. War's das?«

»Bedenkt bei der Behandlung der drei, dass sie mehr wissen, als sie sagen. Zieht die Samthandschuhe ruhig aus, beleidigt haben sie uns auch. Die Hinweise sind ein Witz«, gab Audrey den Kollegen der CRS mit.

»Petze!«, kreischte das Mädchen, doch das war kaum noch zu verstehen, da die CRS-Kollegen sie schon ein ganzes Stück von ihrem Stammplatz weggebracht hatten.

»Kommen Sie, da ist ein Bistro, da können wir reden«, sagte Marcus Bessod. »Wir sollten uns kennenlernen, zumindest wollte Frédéric Dubprée das so.« Er drehte sich um und ging zu einer Reihe kleiner Restaurants mit Blick auf den Yachthafen. Seine Schritte waren schnell, Audrey und Pascal konnten ihm kaum folgen. »Déjeuner«, sagte er wie zur Entschuldigung. »Lust auf eine Original-Bouillabaisse?« Er drehte sich nicht um, versicherte sich nicht, ob sein Vorschlag angenommen wurde.

Audrey tippte Pascal an den Arm. »Mein Kollege will, glaube ich, keine.«

Wie angewurzelt blieb Marcus Bessod stehen, als könnte er nicht glauben, was er gerade gehört hatte.

Doch Pascal beruhigte ihn. »Das war so ein Police-nationale-Witz, einfach lachen, dann freuen die sich.«

»Voilà«, bemerkte Marcus Bessod trocken. »Dann gehen wir ins ›Miramar‹. Da gibt es die beste, nein, die einzig wahre, auch wenn das alle hier am Hafen von sich behaupten. Hier spielt die Marseillaise.« Er lachte.

Im Parterre einer historischen Häuserzeile waren mehrere Restaurants untergebracht, jedes warb mit einem Aufsteller an der Promenade, dass es hier die beste Bouillabaisse der Stadt gebe.

Mit seiner großen roten Markise und den Begrenzungsbändern an den goldenen Metallpfosten versprach das »Miramar« schon im Eingangsbereich, dass die Oberschicht hier unter sich sein durfte, wenn sie denn bereit war, über sechzig Euro für eine Fischsuppe zu zahlen. Weiße Tischdecken an den Außentischen flatterten in der Mittelmeerbrise. Nicht gerade ein Ort, wo die Gendarmerie ein und aus geht, aber schließlich bin ich nicht ständig in Marseille, dachte Pascal und folgte bereitwillig.

»Natürlich, die Bouillabaisse kostet hier das Doppelte, aber die Feinschmecker finden sich in den Mittagsstunden ausschließlich hier ein.«

Der Kellner schien Marcus Bessod bereits gut zu kennen. In seinem schwarzen Anzug ging er schnellen Schrittes auf ihn zu und brachte ihn zu einem der Tische, auf dem ein Schild »réservé« stand, das der Kellner wie ein Magier mit beeindruckender Geschwindigkeit in seiner Tasche verschwinden ließ. Noch bevor Marcus Bessod sich hingesetzt hatte, bestellte er eine Flasche Sancerre.

Der Mann hat Geschmack, dachte Pascal, der sich auf einen der freien Stühle neben Audrey setzte. Von seinem Platz aus konnte er über das gesamte Hafenbecken bis zur anderen Uferseite schauen. Das Meer glitzerte in der Sonne. Gleich würde es einen Wein geben, den er sich nicht täglich gönnte, und dazu eine Bouillabaisse. Mittagspausen wie diese waren nach seinem Geschmack.

Der Kellner stellte drei Weißweingläser auf den Tisch und verschwand, um die Flasche zu holen.

»Die haben hier den Château de Sancerre.« Für einen Moment glaubte Pascal, der Mann vor ihm habe keine Ahnung, schließlich war Sancerre kein Weingut, sondern ein Anbaugebiet an der Loire in Zentralfrankreich, aber Marcus Bessod fuhr fort. »Interessant, das Château de Sancerre ist das einzige Weingut, das den Namen des Gebiets schon im Titel trägt. Es besteht bereits seit dem Mittelalter. Heute gehört es der Familie Marnier-Lapostolle, die eigentlich meinen Lieblingslikör, den Grand Marnier, herstellt. Eine tolle Familie.« Er lächelte versonnen. »Phantastische Leute.«

Der Kellner zeigte Marcus Bessod das Etikett, bevor er die Flasche öffnete, am Korken roch und ihm etwas Wein ins Glas laufen ließ. Geduldig wartete er, bis der CRS-Mitarbeiter an dem Wein gerochen und ihn schließlich probiert hatte. Als Zeichen der Begeisterung strahlte Marcus Bessod den Kellner an, der daraufhin alle drei Gläser füllte.

»Bouillabaisse wie immer, Monsieur?«

»Oui, dreimal bitte.«

Der Kellner nickte und verschwand lautlos.

»Die besten Kellner sind die, die man nicht bemerkt.« Marcus Bessod lachte. »Santé«, sagte er und musterte Audrey.

Alle drei tranken schweigend.

»Wunderbar, fein. Trauben, Rosenblüten und kandierte Orangenschalen.«

Pascal fehlten die Worte, aber er nickte zustimmend. »Ich habe im ›Guide Hachette‹, der französischen Weinbibel, schon über diesen Wein gelesen, hätte ehrlich gesagt aber nie gedacht, dass ich ihn mal probieren könnte.«

»Voilà, Monsieur, in der Regel ist er auch ausverkauft.« Marcus Bessod stellte sein Glas ab.

Geröstetes Brot, geriebener Käse und die Rouille wurden in

der Mitte des Tisches angerichtet. Ein feiner Knoblauchgeruch stieg auf, die Geschmacksnerven waren angespannt, die Vorfreude groß.

»Nachhaltigkeit und Ökoweinbau spielen eine immer größere Rolle«, knüpfte Marcus Bessod an. »Aber dass wir es deshalb gleich mit einem Kriminalfall von einer derartigen Tragweite zu tun haben würden – tja, das hätte ich nicht gedacht.«

»Wie meinen Sie das, Monsieur?« Audrey setzte ihr Weinglas ab, obwohl sie gerade hatte trinken wollen.

»Ist doch offensichtlich. Julie wollte das konventionelle Weingut ihres Vaters nicht übernehmen. Sie hatte sich längst mit den ›Wilden Winzern‹ zusammengetan.« Bei dem Begriff »Wilde Winzer« beschrieb Marcus Bessod mit den Fingern kleine Tüttelchen in der Luft.

Warum machen das die Leute immer?, fragte Pascal sich.

»Aber ich denke, so weit sind Sie auch schon.« Marcus Bessod nahm einen Schluck und ließ den Wein zwischen seinem Gaumen und den Zähnen geräuschvoll hindurchlaufen, als sei er bei einer Degustation.

»Viel wissen wir noch nicht«, übernahm Audrey. »Nur, dass das Verhältnis zwischen ihr und ihrem Vater nicht besonders gut war. Was wissen Sie darüber?«

Zwei Kellner kamen an den Tisch. Der erste servierte die Suppe. »Voilà, die Bouilhe-Baisso.«

Audreys aufkeimende schlechte Laune darüber, dass sie zunächst keine Antwort von dem CRS-Beamten bekommen würde, wich einem Strahlen. »›Voilà, die Bouilhe-Baisso‹? Das ist der provenzalische Name der Fischsuppe. Nur die Fischer nennen sie so.«

»Voilà, Madame, ich komme aus einer Fischerfamilie und bin mit diesem Begriff aufgewachsen. Nur die wenigsten kennen ihn noch. Alle sagen Bouillabaisse, ich mache mir einen Spaß daraus.« Der Kellner lächelte bewundernd, als sei Audrey die Erste, die das erkannt hatte.

Der zweite Kellner hatte einen silbernen Teewagen an den

Tisch geschoben, darauf stand bereits eine Platte mit den unterschiedlichen Mittelmeerfischen. »Hier haben wir zunächst den Drachenkopf, den Rascasse.« Er schaute voller Stolz in die Runde und ließ den Moment wirken. »Fragen Sie mich nicht, woher ich ihn habe, aber ich habe ihn.« Er nickte seinem Kollegen zu. »Hier haben wir Lotte und Saint-Pierre, den roten Knurrhahn, Seeteufel und Rouget, eine Meerbarbe. Und das hier«, er deutete auf eine ansehnliche Scheibe Fisch, »ist der Meeraal. Alles heute frisch aus dem Mittelmeer geholt.« Er gewährte sich und den Gästen einen Augenblick der Andacht, mit Blick auf die Fische. Dann begann er sie vor den Augen seiner Gäste zu filetieren, in dem Wissen, dass er bewundernd dabei beobachtet wurde. Am Ende drapierte er die Filets gekonnt auf den Tellern. Gemeinsam zogen die beiden Kellner sich zurück und wünschten »Bon appétit«.

Es folgten Laute der Verzückung, als die drei das geröstete Brot mit der Rouille und dem Käse in die Suppe fallen ließen, die in feine Würfel geschnittenen Fischstücke vorsichtig in die Bouillabaisse tauchten und die silbernen Löffel in die dezent geöffneten Münder gleiten ließen. Das war provenzalisches Glück. Der Moment, in dem auch ein Verbrechen vor dem Genuss kapitulierte und freundlich zurücktrat.

Audrey war es, die das Schweigen brach. »Monsieur Bessod«, begann sie. »Wir haben auf dem verbrannten Weinberg die DNA einer zweiten Person gefunden. Melvin Tarron. Kennen Sie den Mann?«

»Ich habe davon gehört. Und jetzt wollen Sie wissen, wie der Typ war?« Marcus Bessod schob sich ein geröstetes Brot, das er liebevoll in die Bouillabaisse getaucht hatte, in den Mund.

»Deshalb frage ich«, sagte Audrey, die offensichtlich wenig Lust verspürte, sich verbalen Spielereien hinzugeben.

»Sie glauben, der Weinberg sei von diesem Melvin angezündet worden?«

»Oui.«

»Das weiß ich nicht, Madame«, sagte Marcus Bessod mit einer Mischung aus Freundlichkeit und Gleichgültigkeit. »Ich bin kein Kriminalpolizist, nicht einmal ein klassischer Gendarm. Ich bin zur CRS gewechselt. Ich leite hier seit ein paar Monaten die Compagnies Républicaines de Sécurité. Wir sind von der Präfektur bestellt worden. Die haben inzwischen auch erkannt, dass wir Probleme in Marseille haben. Letzten Monat ist bereits der zehnte Mann in diesem Jahr auf offener Straße erschossen worden. Haben Sie schon mal etwas von den Banden ›La Paternelle‹ und ›Bassens‹ gehört?«

Die beiden verneinten. Waren Geschichten wie diese nicht der Grund für ihn gewesen, der Metropole den Rücken zuzukehren?, fragte Pascal sich im Stillen.

»Das sind hier die beiden rivalisierenden Banden. Die kämpfen um die Vorherrschaft auf dem Drogenmarkt in Marseille. Es geht nicht um die drei Kiffer, die ihr da am Bahnhof auseinandergenommen habt, oder Melvin Tarron. Sie alle sind vollkommen unbedeutend. Es geht um ein Millionengeschäft. Wir haben inzwischen hundertsechsundfünfzig Orte in Marseille ausgemacht, an denen mit Drogen im ganz großen Stil gehandelt wird. Das betrifft gar nicht die Vorzeigemeile von Marseille, den Vieux Port, sondern vor allem die vergessenen Viertel. Die Hochhaussiedlungen am Stadtrand. Da stehen die aktuellen Drogenpreise als Graffiti an den Häuserwänden. Die Kollegen der Police municipale trauen sich da seit Jahren nicht mehr rein. Daher sind wir von der CRS hier, es ist jetzt unser Spielplatz.« Er sprach wie ein Actionheld in einem US-Thriller.

Pascal kannte die Bereitschaftspolizei. Eigentlich wurden sie bei Demonstrationen und Großveranstaltungen zu Hilfe gerufen. In der »Le Monde« hatte er vor ein paar Wochen gelesen, dass zwei Einheiten in Marseille zur Stabilisierung abgestellt worden waren. Wie sehr Marcus Bessod noch im Thema Drogenhandel steckte, konnte Pascal nicht einschätzen.

»Die Szenen hier haben drastische Formen angenommen. Es werden immer mehr Jugendliche getötet, und dann werden Snapchat-Fotos von ihnen gemacht und als abschreckende Beispiele an die feindlichen Gangmitglieder geschickt. Zynischer geht es nicht.« Marcus Bessod nahm einen tiefen Schluck des Sancerre. »Ich meine, ich bin aus Marseille, ich kenne es nicht anders. Ich weiß, wie es läuft, aber die Gewaltspirale dreht sich weiter. Wenn wir ehrlich sind, ist uns die Stadt längst entglitten.« Als hätte er über ein gelungenes Wochenende gesprochen, nicht aber über die explodierende Gewalt in seiner Heimatstadt, bestrich er in aller Ruhe sein letztes geröstetes Brot mit der Rouille, streute etwas Käse darüber, kratzte die Suppe aus seiner Schüssel und ließ das durchtränkte Baguette in seinen Mund gleiten.

Audrey, die sich schon vor geraumer Zeit satt und zufrieden in ihrem Stuhl zurückgelehnt hatte, schien den Eindruck erwecken zu wollen, nur eine Verdauungspause zu machen. Es war ihr allerdings anzusehen, wie sie in Wahrheit gespannt den Ausführungen des Kollegen, in der Hoffnung, noch etwas über Melvin Tarron zu erfahren, folgte. Doch es war offensichtlich: In Marcus Bessods Augen war der Junge unbedeutend. Dieser Mann vor ihnen drehte am großen Rad und gefiel sich in der Rolle eines abgebrühten Actionhelden mitsamt des entsprechenden Vokabulars.

»Wissen Sie, welchen Ruf Julie hier im Vieux Port hatte?«, versuchte Audrey es erneut.

»Man nannte sie hier die Winzerin. Und die Winzerin ging gern mit ihren Kunden an Bord der Luxusyachten. Wir haben sie also mit vielen Männern gesehen. Wer nun in jener Nacht bei ihr gewesen sein soll? Keine Ahnung.«

»Die Winzerin«, wiederholte Pascal. »Uns haben die Eltern erzählt, dass sie mit dem Weingut ihres Vaters nichts zu tun haben wollte, dass sie sich nicht für Wein interessierte.«

Marcus Bessod lachte auf. »Stimmt, mit dem Weingut ihres Vaters wollte sie auch nichts zu tun haben. Aber mit diesem

Punkweingut bei Lacoste schon. ›La Punk-O-Vin‹ heißt es, glaube ich. Aber, Madame et Monsieur, das weiß ich nur aus Erzählungen, das hat mich auch nicht sonderlich interessiert. Sie ist nur in den Fokus geraten, weil sie die Männer am Hafen verwöhnt hat, und die haben sich mit Drogen in Stimmung gebracht, und das ist unser Thema. Woher haben sie die Drogen? Wie kommen sie nach Marseille? Wer hat sie ihnen verkauft?«

»Was wissen Sie über dieses ›Punkweingut‹, wie Sie es bezeichnen?«

»Nichts«, entgegnete Marcus Bessod. »Ich habe das nur mal gehört. Das sollen irgendwelche Ökoterroristen sein, die Naturwein oder so machen.«

»Naturwein?« Pascal schüttelte den Kopf, weil er den Begriff zwar schon einmal gehört, sich aber nicht weiter damit beschäftigt hatte. Nur Bioweine waren ihm ein Begriff. »Schauen wir uns an«, sagte er schließlich. »Was wissen Sie noch über das Verhältnis zwischen Julie und ihrem Vater?«

»Nichts, ganz ehrlich, ist wirklich nicht mein Thema. Bis auf die Tatsache, dass er Winzer ist, weiß ich nichts. Muss ein echtes Scheusal sein, aber davon gibt's hier ja genug.« Er leerte sein Glas und schnippte dabei dem Kellner zu.

Audrey lächelte, sicher realisierte sie gerade, dass sie nach gut dreißig Minuten doch noch ihre Frage nach der Beziehung zwischen Julie und ihrem Vater beantwortet bekam.

»Trois cafés.« Wieder fragte Marcus Bessod nicht, sondern bestellte für alle drei.

Pascal wusste, wie sehr Audrey jegliche Art der Bevormundung missfiel, aber sie sagte nichts.

»Hatte Melvin Tarron auch etwas mit Wein zu tun?«, wollte Pascal wissen.

Marcus Bessod dachte nach, so lange, bis der Kellner die drei Cafés auf den Tisch gestellt hatte, dann zuckte er mit den Schultern.

»Da ist ein Weinberg abgebrannt und Julie mit ihm. Wir haben Spuren seiner DNA gefunden. Jetzt müssen wir ihn finden, er ist dringend tatverdächtig. Unser Problem ist aber, es gibt keine Meldeadresse. Es ist, als sei er obdachlos«, versuchte Pascal es weiter.

»Das ist keine Seltenheit. Um Geschäfte zu machen, kann das besser sein«, entgegnete Marcus Bessod und trank seinen Kaffee in einem Zug aus. »Ihr müsst also der Frage nachgehen, ob er den Weinberg angezündet hat oder selbst Opfer war. Bei dem Lebenswandel wollte er vielleicht auch Opfer sein. Ich weiß, was Drogen anstellen können. Habe ich alles schon gesehen.«

»Danke für die guten Tipps für unsere Ermittlungen«, sagte Audrey, kurz vor einer Explosion.

Pascal konnte sich in sie hineinversetzen. Er verstand, wie sehr sie Männer wie Marcus Bessod, sich immer in ihrer Selbstherrlichkeit sonnend, ablehnte.

Pascal versuchte es mit Sachlichkeit. »Hat unsere Winzerin Feinde gehabt?«

Marcus Bessod antwortete nicht, zuckte nur gelangweilt mit den Schultern, holte sein Telefon aus der Hosentasche, tippte ein paar Worte hinein, dann ließ er es wieder in seiner Tasche verschwinden. »Ich muss los«, sagte er schließlich. »Machen Sie sich um die Bezahlung keine Gedanken, ist schon geklärt.«

Der Kellner machte keine Anstalten, ihnen eine Rechnung auszudrucken, als sie das Restaurant verließen.

»So läuft es hier also«, merkte Audrey an.

11

Die Promenade rund um den Vieux Port hatte sich in den letzten Stunden gefüllt. Jetzt in den späteren Abendstunden hatten die meisten Touristen und Besucher sich bereits in den Restaurants eingefunden. Es war erstaunlich. Hier hatten sich nicht nur Marseilles beste Restaurants angesiedelt, sondern es hatten sich die Küchen der ganzen Welt in den Nebenstraßen breitgemacht. Griechisch, italienisch, algerisch, marokkanisch, japanisch, libanesisch – auf keine Küche mussten die Touristen und Einheimischen verzichten. Marseille war zu einer unberechenbaren, aber aufregenden Stadt geworden. Quirlig, mal herausgeputzt und zugleich erschütternd abgerissen. Die prächtige Basilika Notre-Dame de la Garde thronte angestrahlt auf dem Felsen am Hafen und wachte über eine Stadt, die nicht zu bewachen war. »Bonne Mère« nannten die Einheimischen ihre Sehenswürdigkeit.

Pascal und Audrey hatten es sich an der Mole auf einer Bank bequem gemacht. Der Knoblauch der Bouillabaisse forderte seinen Tribut, beide hatten eine Flasche Wasser zwischen ihre Beine geklemmt, aus der sie in regelmäßigen Abständen tranken. Sie schwiegen und beobachteten einen Fischer, der am Bug seines Kutters saß, um sein Netz zu flicken. Warum er seinen Liegeplatz am Ende des Hafengeländes angemietet hatte, dort, wo vor allem die Luxusyachten lagen, war Pascal ein Rätsel.

Am späten Nachmittag hatte Marcus Bessod sich noch einmal gemeldet. In einem Verhör mit den Jugendlichen hatte er erfahren, dass sowohl Julie als auch Melvin auf einer dieser Yachten gesehen worden waren. Offensichtlich gehörten sie reichen Spaniern, die hier häufig festmachten.

Für Audrey und Pascal war das zumindest ein Anhaltspunkt. Einen Versuch war es wert, vielleicht hatten sie Glück. Im Moment lagen die Schiffe dunkel nebeneinander an der Kaimauer.

»Sicher hat Marcus Bessod den Jugendlichen einen schmutzigen Deal angeboten«, bemerkte Audrey.

»Ganz sicher nicht das erste Mal.« Noch immer beschäftigte Pascal der schräge Typ von der CRS. Er fragte sich, wie viel er tatsächlich wusste. Pascal kannte die Taktiken der Drogenfahnder, sie standen jedweder Kooperation mit Kollegen kritisch gegenüber. Da Marcus Bessod ursprünglich aus der Drogenfahndung kam, hatte er diese Gepflogenheiten womöglich mit in seinen neuen Job genommen.

»Glaubst du, da läuft ein Geschäft zwischen ihm und dem Restaurant ›Miramar‹?«, fragte Audrey.

»Es würde mich nicht wundern, wenn Marcus Bessod seine Bouillabaisse dort regelmäßig kostenfrei löffelt. Im Budget eines Polizisten oder Drogenfahnders außerhalb der Reichweite. Ohne Korruption wird man es hier als Polizist nicht weit bringen.« Pascal erinnerte sich an seine Kollegen aus Paris, von denen einige es mit den Zuwendungen derart übertrieben hatten, dass sie im Gefängnis gelandet waren.

Es verging noch eine weitere halbe Stunde, nichts passierte. Auf vielen Yachten wurde das Licht gelöscht, die letzten Stimmen verstummten in der Bucht. Auch Audrey und Pascal dachten darüber nach, sich ein Hotelzimmer zu suchen, als plötzlich das Licht auf einer der Yachten anging.

Stimmengewirr, Männerstimmen sprachen laut, doch niemand war zu sehen. Der Eingang der Kajüte musste auf der von ihnen abgewandten Seite liegen.

Kurze Zeit später ging eine junge Frau an der Reling entlang Richtung Brücke. In der Hand eine Flasche, ihr Gang leicht torklig. Kurz vor dem Ausstieg bückte sie sich und zog ihre Schuhe an, die sie am Eingang hatte stehen lassen.

»Man kann auch mal Glück haben«, flüsterte Pascal. »Mit ihr werden wir uns unterhalten. Ich gehe hin.«

Audrey blieb sitzen. »Ich werde die anderen Yachten im Auge behalten.«

Pascal blieb für die Frau gut sichtbar unter einer Laterne

stehen, auf die sie zukam. Er musste sich eingestehen, dass er sie sehr schön fand. Sicher, ein wenig zu stark geschminkt, aber ihre markanten Gesichtszüge, ihr blond gefärbtes, lockiges Haar, das über ihre braun gebrannten Schultern fiel, waren auffällig.

»Bonsoir«, grüßte er die Frau freundlich.

»Bonsoir«, erwiderte sie und wollte schnell an ihm vorbeigehen.

»Darf ich Ihnen eine Frage stellen?«, erkundigte sich Pascal, und noch in derselben Sekunde wurde sie misstrauisch und griff in ihre Handtasche.

»Was wollen Sie?« Sie zischte die Worte heraus, offenbar erfahren genug, um zu wissen, wie schnell eine Situation wie diese im dunkleren Teil des Hafens von Marseille schlecht ausgehen konnte.

Ohne sich auszuweisen, fragte Pascal direkt: »Kennen Sie die Winzerin?«

Sie sah ihn misstrauisch an. »Warum fragen mich alle nach Julie?« Ihr Französisch hatte einen starken spanischen Akzent, für Pascal nicht direkt zuzuordnen.

»Sie kennen sie?« Im letzten Moment hatte Pascal die Gegenwartsform gewählt.

»So wie sie jeder hier kennt. Was wollen Sie von ihr?« Sie musterte ihn. »Wo steht Ihre Yacht?« Ihre Stimme war plötzlich eine Spur sanfter geworden, tiefer im Timbre.

»Ich suche keine Begleitung, ich möchte mehr über Julie erfahren. Mit wem sie hier verkehrt.«

»Ein Flic.« Die Frau wich zurück, machte einen Schritt Richtung Hafenbecken. »Ich habe es geahnt, als ich Sie gesehen habe.«

Instinktiv folgte Pascal ihr und versperrte ihr den Weg. Ein Fehler, wie sich herausstellte. Er kannte sowohl das Geräusch als auch den Geruch und die Wirkung von Tränengas, doch das half ihm nicht mehr, denn der Schmerz trat innerhalb von Millisekunden ein. Pascal war kurzzeitig blind. Er hörte nur noch ihre Schritte, sagte: »Merde«, und rieb sich die Augen. Durch seine Tränen hindurch erkannte er Audrey, wie sie der Frau hinterherlief und sie wenige Sekunden später stellte. Er konnte hören, wie die blonde Frau um Hilfe schrie, wie ihre Stimme brach, über dem Hafenbecken verhallte und wie sich in wenigen Sekunden viele Schritte näherten. Sie waren leise, Pascal erkannte trotz seiner brennenden Augen Turnschuhe. Viele Paar waren da, und alle rannten auf das Mädchen zu.

Pascal ging kurz in die Hocke, versuchte das Tränengas aus seinen Augen zu wischen, was ihm nicht gelang, im Gegenteil, der Schmerz wurde stärker. Sonst wäre Tränengas auch witzlos, dachte er, und schon lief er los.

Audrey stand jetzt inmitten von mehreren Jugendlichen, die sie in die Luft hoben, dann hörte er ihren unterdrückten Schrei, kurz darauf ein Platschen. Die Jungs hatten sie zwischen zwei Boote in das Hafenbecken geworfen. Der Aufschlag aufs Wasser war deutlich zu hören. Ein Auto raste über die Einbahnstraße am Hafen, die in den späten Abendstunden nur im Schritttempo befahren werden durfte. Autotüren eines weiteren Fahrzeugs wurden geöffnet, die Jugendlichen und die Frau sprangen hinein. Pascals tränende Augen ließen die beiden Rücklichter hundertfach aufleuchten.

»Audrey!«, rief er. »Audrey, bist du okay?«

Sie antwortete nicht. Es waren auch keine Schwimmgeräusche zu hören, nur das leise Plätschern der Yachten und die Tampen, die im Wind an die Masten schlugen – das Geräusch, das sie heute Morgen noch als angenehm empfunden hatten. Jetzt klang es bedrohlich.

»Audrey!«, rief Pascal erneut.

Keine Antwort. Welchen Sinn hätte es ergeben, jetzt selbst ins Wasser zu springen? Im Kopf spielte er seine Möglichkeiten durch, es gab nicht viele, er brauchte Kontakt zu ihr, er musste wissen, wo sie war.

Er rief noch einmal, doch Audrey antwortete nicht. Er musste sie suchen, brauchte eine Taschenlampe. Ein schwacher

Lichtschein würde schon helfen, doch das Wasser war von hier aus schwarz, durch das Tränengas verschwommen.

Es waren keine Passanten mehr so weit draußen auf der Mole. Die Touristen und Einheimischen hatten sich, falls sie noch auf der Straße waren, an der Kopfseite des Hafenbeckens versammelt, dort, wo die Straßenmusiker auftraten, die Tänzer und Feuerspucker ihre Shows präsentierten und die Markthändler ihren Schmuck, ihre Tücher und Souvenirs verkauften. Das Leben fand zu dieser Stunde auf der anderen Seite des Hafens statt.

Pascal rannte am Rand des Hafenbeckens hin und her und rief wiederholt Audreys Namen. War da ein Plätschern zu hören? Arme, die auf Wasser schlugen? Schwimmzüge gar?

Abrupt blieb er stehen. Seine Augen, sie brannten noch immer wie Feuer. Inzwischen war er zurück bei der Yacht, von der die Frau gekommen war. Das Licht war wieder erloschen, es war still. Pascal musste Hilfe holen, das Hafenbecken musste sofort abgesucht werden. Er brauchte Licht. Licht um jeden Preis. Dann meinte er ein leises Plätschern zu hören, hatte das Gefühl, das Boot bewege sich, aber er konnte sich täuschen, die Tränen in den Augen verwischten die Tatsachen.

Er ging ein paar Schritte von der Hafenkante weg, als wollte er nicht, dass Audrey ihn hörte.

Die Einsatzkräfte versprachen, schnell zu kommen, er hatte nur den Standort in das Handy gerufen, man sei unterwegs. Als Nächstes versuchte er Marcus Bessod zu erreichen, der kannte die Gegend, wahrscheinlich auch die Leute auf den Yachten, wusste, was sich dort nachts abspielte. Pascal drehte sich vom Hafenbecken weg und tippte die Nummer in sein Handy.

»Bitte hinterlassen Sie eine Nachricht.« Marcus Bessod hatte sein Mobiltelefon ausgeschaltet, hatte sich aus der Bereitschaft verabschiedet. Pascal musste aufs Boot, irgendwie. Was, wenn Audrey sich inzwischen dort befand? So weit kannte er sie, sie würde jetzt das Offensichtliche tun, sie würde versuchen auf die Yacht zu kommen.

Das Brennen in den Augen ließ nicht nach, die Yacht, der Hafen, die Straße, alles war verschwommen. Kniete jemand auf dem Boot am Bug? Pascal drückte den Ärmel der Jacke auf seine Augen, als würde es etwas helfen, als könne er sich Linderung verschaffen. Plötzlich ein Geräusch, etwas fiel ins Wasser, etwas Leichtes, ein Tampen vielleicht. Schnell schritt Pascal auf das Boot zu, doch er war zu spät.

Die Yacht hatte sich bereits von der Kaimauer gelöst, glitt fast lautlos zurück in das Hafenbecken.

»Hey! Arrêtez«, rief Pascal.

Er konnte die Person an Bord nur unscharf erkennen. Es gab kein Licht, das hätte er gesehen, zumindest schemenhaft, wie Rücklichter eines Autos, doch weder die Backbord- noch die Steuerbordlichter waren eingeschaltet. In völliger Dunkelheit bewegte sich das Boot rückwärts Richtung Hafeneinfahrt, schnell war es außerhalb seiner Sichtweite.

Dann hörte er, wie ein Motor startete und mit leisem Summen die Yacht vorantrieb, weg von ihm. Erneut rieb er sich über die Lider, das Brennen ließ nicht nach, auch seine Nase tropfte. Er musste seine Augen schließen, doch halt – da war eine zweite Person neben der anderen. Sie standen eng beieinander. Blickten in seine Richtung.

»Arrêtez! Halten Sie an!«, rief Pascal erneut. Wenn Audrey an Bord war, würde er sie jetzt gefährden, das wusste er, und so kniete er sich hin und spähte durch seine Tränen auf die Hafenausfahrt, dahinter das Meer und die Yacht, die darüber hinwegglitt.

12

»Am Ende des Tages ist Monsieur Pascal Chevrier auch nur ein einfacher Dorfpolizist, der seine großen Pariser Jahre hinter sich hat«, sagte Jean-Paul Betrix, zynisch und unwirsch, weil er an einem späten Abend ins Rathaus hatte kommen müssen.

Frédéric Dubprée, sichtlich berührt von den Geschehnissen, schüttelte den Kopf. »Non, Monsieur le maire, wir haben andere Erfahrungen mit ihm gemacht. Seine Vergangenheit spricht eine andere Sprache.«

»Ach ja, wie oft hat er denn verschwundene Kolleginnen wiedergefunden?«, konterte der Bürgermeister.

»Es reicht, Monsieur Betrix.« Die Worte fuhren wie ein Peitschenschlag durch das Büro des Rathauses. Frédéric Dubprée ließ keinen Zweifel an seiner Position als leitender Polizist aufkommen.

Heute, am Tag nach Audreys Verschwinden im Hafenbecken von Marseille, saßen sie zusammen im Rathaus von Lucasson.

Den ganzen Tag hatte Pascal an der Seite der Einsatzkräfte von Marseille verbracht, hatte wieder und wieder um eine Untersuchung des Hafenbeckens gebeten, war in höchster Anspannung stundenlang neben den Booten auf und ab gegangen und hatte mit suchendem Blick auf das Auftauchen der Unterwassereinheiten, die den Meeresboden absuchten, gewartet. Wieder kein Ergebnis, wieder keine Gewissheit, wieder Unruhe, wieder Hoffnung.

Pascal hatte keinen Schlaf gefunden, keine Mahlzeit zu sich genommen, physisch und psychisch befand er sich auf Talfahrt.

Das Gewicht des Versagens wog tonnenschwer auf seinen Schultern, raubte ihm seine klaren, strukturierten Gedanken. Verlor er gar die Präzision seines Verstandes? Wie ein Schuljunge hatte er sich vorführen lassen.

Er schloss die Augen. Der tausendste Versuch, die verschwommenen Bilder aus der Nacht scharf zu stellen, das Geschehene wieder heraufzubeschwören, es immer wieder zu verlieren, all das sorgte für eine dumpfe Verzweiflung in Pascal. Audrey, die Frau, die Laterne, die Boote und das Meer. Es kam auf die Genauigkeit an, die Akribie der Schilderungen des Dramas.

»Lassen Sie uns einen kühlen Kopf bewahren und uns auf das konzentrieren, was wir wissen.« Frédéric Dubprée strich die Zettel mit den Aufzeichnungen vor sich auf Jean-Paul Betrix' Schreibtisch glatt, als würde er die Unklarheiten vom Papier wischen wollen. »Es gibt zwei Möglichkeiten, das Verschwinden unserer Kollegin zu erklären. Entweder ist sie im Hafenbecken ertrunken ...« Während er das sagte, begann sein Mund zu beben, fast unmerkbar, doch seine Stimme blieb fest. »Aber auch nach fast vierundzwanzig Stunden, in denen die CRS-Kollegen den Meeresboden im Hafen abgesucht haben, gibt es keine Spur von ihr. Bis zu diesem Zeitpunkt können und sollten wir das positiv anmerken.«

Pascal verstand, dass dieser Satz ihm galt, dass er ihm auf eine geradezu rührende Art und Weise Mut machen sollte. Doch die Worte erreichten ihn nicht, sie versickerten im Raum. Still saß er da, innerlich zusammengebrochen, äußerlich unbeweglich. Er sah aus dem Fenster, ins dunkle Nichts, nur eine matte gelbe Laterne beleuchtete unklar die Place de la Fontaine.

»Die zweite Möglichkeit ist«, fuhr Frédéric Dubprée schließlich fort, »und das ist nach jetzigem Stand der Dinge wahrscheinlicher: Audrey hat sich auf das Boot gerettet, das wenige Minuten später mit ihr an Bord den Hafen von Marseille verlassen hat. Das meint auch Pascal Chevrier so gesehen zu haben.«

»Voilà«, sagte Jean-Paul Betrix. »Dann bin ich ja beruhigt.«

Niemand reagierte auf den bissigen Einwurf, den erneut sarkastischen Unterton.

»Wir wissen außerdem«, sprach Frédéric Dubprée ungerührt

weiter, »dass die Yacht dem Spanier Alejandro Sánchez gehört, das konnten wir den Hafenunterlagen entnehmen. Hält er an seinem regelmäßigen Turnus fest, wird er in etwa acht Tagen wieder in Marseille anlegen und wie sonst auch nach vier Tagen wieder ablegen. Der Heimathafen der Yacht ist in Barcelona.« Frédéric Dubprée atmete aus, ließ die Zusammenfassung wirken.

»Was wissen wir über den aktuellen Standort der Yacht?« Pascal konnte nur mit großer Mühe die Frage hervorbringen, seine Stimme heiser, gebrochen.

»Die Kollegen aus Marseille sind das Küstengebiet mit einem Hubschrauber abgeflogen, doch bislang haben wir keine Spur, übrigens auch keinen Funkkontakt.«

»Wir fassen also zusammen«, mischte sich Jean-Paul Betrix eine Spur sanfter als gewöhnlich ein: »Ihre Kollegin Audrey wird seit etwa zwanzig Stunden vermisst?«

»Das ist korrekt, Monsieur Betrix.« Jetzt war Frédéric Dubprée es, der aus dem Fenster in die Finsternis starrte, auf die Laterne, auf den Frieden auf der Place de la Fontaine.

»Und wie geht es jetzt weiter, Monsieur Chef de police?«, wollte Jean-Paul Betrix wissen.

»Polizeialltag«, antwortete Frédéric Dubprée. »Wir haben einen Mord aufzuklären.« Er sah zu Pascal. »Monsieur Chevrier, sind Sie dazu in der Lage?«

Und dann kam plötzlich dieser Moment, der sich Pascal tief einbrannte. Was würde passieren, wenn er jetzt Nein sagen würde? Wenn er sagen würde, er könne es nicht, nicht nach dem, was passiert war. Möglicherweise auch in Zukunft nicht mehr, weil seine Hoffnung, die Welt jemals zu ändern, dahin war, weil er mit eigenen Augen nichts mehr hatte erkennen können, sein Verstand sich trübte, das Gefühl der Machtlosigkeit übermächtig geworden war. Und dann?

Er würde sich auf eigene Faust auf die Suche nach Audrey begeben. Dies war seine Motivation, das war es, was ihn in Wahrheit interessierte, wofür es sich zu kämpfen lohnte. Es sprach nicht mehr der Gendarm in ihm, nur noch ein Mann, der eine unkonkrete Liebe verloren hatte. Kein Schuldgefühl, keine Verantwortung der Gesellschaft gegenüber, keine Werte, auf die er einst geschworen hatte. Dies überstieg seine Professionalität. Selbst wenn er wollte, wäre er überhaupt in der Lage zu ermitteln? Sich Geschichten, unzählige Lügengeschichten, anzuhören? Wollte er in anderen Leben herumstochern, wo doch sein eigenes gerade einen Bruch erlitten hatte? Pascal kam diese Aufgabe plötzlich übermenschlich vor. Was also, wenn er jetzt aufstehen und den Raum, das Rathaus, sogar diesen Ort verlassen würde? In der Erkenntnis, sein Leben als Polizist sei nur ein großes Missverständnis gewesen.

»Monsieur Chevrier?«, fragte Frédéric Dubprée. »Was sagen Sie?«

Pascal hörte ihn kaum, er versank in seine Gedanken, wog das Essenzielle im Leben ab. Worum ging es? Es war, als fiele eine graue Wand vor seinen Blick. Er konnte nicht hindurchschauen, als stünde er in einem undurchdringlichen Nebel. Er hörte polternde Worte: »Der Mann ist unbrauchbar.« Was aber hatte Pascal in Wahrheit mit Jean-Paul Betrix zu tun? Warum eigentlich gab er sich mit ihm ab? Hinter dieser Rathaustür befand sich die Freiheit. Nur ein paar Schritte. Er würde es tun. Jetzt.

Er öffnete den Mund, wollte es aussprechen: Nein, ich bin nicht mehr dazu in der Lage. Er spürte, wie sein Körper ihn aufstehen ließ. Die Schritte fielen ihm schwer, also blieb er vor dem Schreibtisch des Bürgermeisters stehen, der ihn fragend anschaute, ahnend, dass etwas passieren könnte, das sie alle betraf.

»Darf ich bitte mit Monsieur Chevrier allein sprechen?«

Frédéric Dubprée war ebenfalls aufgestanden, wartete keine Antwort ab und begleitete Pascal aus dem Büro, halb ziehend, halb stützend. Durch den Flur, im Gang über die dunklen Holzbohlen, vorbei an den Bürgermeisterporträts, ein paar Gemälden, durch die Tür in das Büro der Gendarmerie.

Pascal spürte den sanften Druck Frédéric Dubprées, wie er ihn zum Stuhl geleitete und sich dann auf die Schreibtischkante vor ihm setzte, das Gesicht dicht vor seinem.

»Ich werde Sie nicht überreden, Monsieur Chevrier, das ist nicht meine Aufgabe.« Dann schwieg er, und es war, als würde Pascal erwachen.

Was war das?, fragte er sich, sprach es aber nicht aus.

»Möglich, dass genau diese Momente in Wahrheit Ihre Stärke sind«, sagte Frédéric Dubprée eher nachdenklich als bestimmt. »Das Hinterfragen des großen Ganzen, die Fragen des Lebens. Nein, Monsieur Chevrier, ich werde Sie nicht überreden, auch diesmal nicht. Ich gebe Ihnen Zeit. Drei Tage, dann erwarte ich Ihre Antwort.«

Pascal hörte die Worte, die von einem Handyklingelton erdrückt wurden.

»Oui«, sagte Frédéric Dubprée und setzte sich auf einen Stuhl neben Pascal. Er ließ sein Handy sinken, sein Blick undurchdringlich auf den Platz gerichtet. »Man hat die Leiche einer Frau am Strand gefunden. An der Plage du Prado.«

13

Pascal spürte die feuchte, warme Nase an seinem Arm, dass Bordeaux neben ihm saß, am Fenster, und mit ihm hinausschaute in die Dunkelheit, die allumfassend war. Bordeaux hechelte leise, schließlich legte er sich wieder hin, seinen Kopf auf Pascals Füßen.

»Vielleicht fragst du dich, warum ich hier allein am Fenster sitze«, sagte Pascal. »Es hat nichts mit dir zu tun.«

Der Hund schaute ihn an, rührte sich aber nicht, drehte nur seine Augen nach oben, als würde er sich versichern wollen, dass sein Herrchen noch da, noch lebendig war.

Pascal trank einen Schluck Whiskey. Er hatte ihn aus Paris mitgebracht. Jahrelang hatte er in seinem Schrank gestanden, niemals zuvor hatte er ihn angerührt. Er war immer die zweite Wahl gewesen, hatte gegen jeden Wein verloren. In dieser Nacht brauchte Pascal aber seine Wirkung, gierte nach jeder Sekunde Benebelung.

Vieles hatte er an diesem Sonntag ausprobiert. Er war mit Bordeaux im Wald gewesen, hatte sich an Bäume gesetzt, auf seine Bank vor dem Haus, was ihm in der Regel Kraft spendete, wenn die Sonne rechts neben ihm hinter dem Hügel, auf dem im Sommer das Lavendelfeld blühte, versank. Zu dieser Jahreszeit war es abgemäht, die Äste der Bäume kahl und schroff, ohne Leben. Auch die Blätter fielen in diesen Tagen so, als würde das Leben aus ihnen weichen, als würde es abgeschüttelt werden.

Wie nahe Pascal sich der Natur fühlte, wie er den Herbst spürte. Er trank einen weiteren Schluck des Whiskeys, das Brennen im Hals, die Magenwände, die um Hilfe schrien, und schon schenkte Pascal sich ein neues Glas ein. Unsicher tastete er nach dem Kopf des Hundes. So musste es bereits Stunden gegangen sein, nur unterbrochen von den bangen Blicken auf das Display seines Handys.

Frédéric Dubprée war am späten Abend sofort zurück in sein Büro der Police nationale nach Apt gefahren. Er hatte Pascal versprochen, sich zu melden, doch den gesamten Sonntag über schwieg sein Handy. Wie lange würde es also dauern, bis das Entsetzen zur Gewissheit wurde? Man müsse die junge Frau von der Plage du Prado zunächst identifizieren, Sicherheit gewinnen.

Die Katastrophe kam also in homöopathischen Dosen. Pascal wusste, wie ein Mensch aussah, der zwei Tage lang im Wasser gelegen hatte. Ein Anblick, der dem Grauen so eindrücklich ein Gesicht gab, dass diese Sekunden für immer blieben.

Die Jahre mit Audrey erschienen ihm plötzlich hell – ihre Liebesbeziehung, selbst die Stunde der Wahrheit, als sie ihm gestanden hatte, wie tief ihre Liebe zu Lydia gewesen war, und Pascal gedacht hatte, alles würde zu Scherben zerbrechen.

Wie unbedeutend ihm diese Delle im Zusammensein mit Audrey heute vorkam. Wie sie sich später geliebt hatten, hier in diesem Haus, in Aix im Hotelzimmer. Wie sie gesprochen hatten.

»Ich weiß nicht, wo du bist«, flüsterte Pascal erschrocken, und Bordeaux hob den Kopf, er hörte in die Nacht hinein. Alles still, und so legte er sich wieder auf Pascals Füße.

Pascal liebte die Welt, hatte in der Provence seine Heimat gefunden, aber Audrey hatte er noch ein bisschen mehr geliebt. Dieser Gedanke an sie, an ihre Haut, ihre Augen, ihre Hände auf ihm … Er hatte gehofft, die Leidenschaften und Lieben in Audreys Vergangenheit seien nur ein Umweg für sie gewesen, am Ende des Lebens würden sie zusammen sein. Jetzt würde er lernen müssen, die kommenden Jahre ohne sie zu sein. Dunkel würden sie werden.

Stunden hatte er auf die Wirkung des Whiskeys gewartet. Wie dankbar er sie annahm, als sie über ihn kam, erst die Welt aus den Angeln hob und schließlich die Müdigkeit brachte. Hab keine Angst, hab keine Angst vor morgen, dachte Pascal, und er fand, dass das immerhin ein Anfang war.

Waren nur Sekunden, Minuten oder gar Stunden vergangen, bis die Scheinwerfer eines Autos das Fenster streiften und Bordeaux in Position brachten, um sein Herrchen bis aufs Blut zu verteidigen? So jedenfalls klang sein Bellen, sein Grollen.

Für einen Moment war Pascal unfähig, sich zu bewegen, seine Zunge klebte am Gaumen, der Durst war übermenschlich. Traum oder Wirklichkeit? War da ein Klopfen? Bordeaux' Bellen steigerte sich zu purer Bedrohlichkeit. Wer suchte ihn nachts auf? Es musste ein Versehen sein, dachte Pascal, während der Gendarm in ihm in Alarmbereitschaft ging. Doch plötzlich öffnete sich die Tür.

Es wird Frédéric Dubprée sein, er wird die Gewissheit bringen, schoss es Pascal durch den Kopf. Kein Anruf, keine Nachricht, zu gewichtig würden diese Worte sein. Er hörte Schritte auf den Fliesen im Flur, ein leises Klatschen, wie barfuß. Bordeaux hatte sich beruhigt. »Eben eine Hunderasse, die dem Einbrecher die Taschenlampe hält«, hatte Pascals Freund Leblanc gesagt, als er Bordeaux erfolglos die Trüffelsuche hatte beibringen wollen.

»Bonsoir, Pascal«, sagte sie, doch der Türrahmen drehte sich, der Boden verformte sich zu einer Kugel, als wären sie beide allein auf dem Ball, auf der Erde. Der Himmel drehte sich mit der Tür, immer schneller.

»Pascal.« Sie machte eilige Schritte auf ihn zu, er spürte ihre Hände, ihre warmen Finger auf seinen Wangen, dann ihre Lippen auf seinen, ihre Zunge. »Da bin ich«, sagte sie. »Es ist nichts passiert.« Sie küsste ihn erneut. »Da bin ich.« Jetzt ruhiger, überlegen. »Du trinkst ohne mich?« Sie schaute beleidigt.

»Audrey?«, flüsterte Pascal. »Audrey?«

»Oui, da bin ich.«

Pascal konnte den plötzlichen Geschehnissen keine Konturen verleihen, sich nicht konzentrieren, und so saß er da, angelehnt in seinem Sessel, den Blick abwechselnd auf das Gesicht vor ihm und die Dunkelheit im Hintergrund gerichtet.

»Ich durfte wieder an Land. Sie haben mich laufen lassen.«
Sie flüsterte.

Unfähig, Worte zu finden, nahm Pascal die Fakten einfach
hin.

»Sie hielten mich für eine Diebin.« Audrey lachte. »Ich bin
zu dem Boot geschwommen. Ich habe dich gehört, aber wie
sollte ich zurückrufen? Man hätte auch mich gehört, und das
hätte alles kaputtgemacht. Immerhin war die Yacht eine Spur.«
Sie küsste ihn lange, gierig. Ihre Zunge in seinem Mund. »Ich
habe es dort im Wasser verstanden und auf dem Boot. Ich war
blind. Und du? Du warst immer da.«

»Wie?«, brachte Pascal hervor.

Ihre dunklen Augen waren an seine geheftet. »Sie haben
wirklich gedacht, ich will sie bestehlen. Ich konnte es verstehen.
Da kommt einfach nachts eine Frau über die Badeleiter auf
ihre Yacht und sucht Kontakt zu ihnen. Sie müssen skeptisch
geworden sein. Eine junge Frau in einem Sommerkleid. Ich
glaube, sie waren scharf auf mich.«

Unter dem Auge hatte sie eine Schwellung, soweit Pascal es
in der Dunkelheit beurteilen konnte. »Was ist das?«

»Das erzähle ich dir, wenn wir geschlafen haben. Zusammen.«

»Wie viele waren es?«

»Sie waren zu dritt, aber sie haben mir nichts getan. Sie
versprachen, mich zur Polizei zu bringen, und das haben sie
gehalten. Zur spanischen Polizei. Sogar zur katalanischen bei
Barcelona.« Audrey war dicht an Pascal herangerutscht, immer
wieder übersäte sie ihn mit Küssen. »Dann gab es eine Menge
Telefonate. Ich habe mit Frédéric Dubprée gesprochen, für
seine Verhältnisse war er euphorisch. Er hat mir von dir berichtet, wie groß deine Sorge um mich war. Wolltest du echt
hinschmeißen?«

Still saß Pascal da. Unfähig, mit dem Kopf der Emotion zu
folgen.

»Und dann hat er einen Hubschrauber geschickt, und der

hat mich nach Apt geflogen. Bist du schon einmal in einem Hubschrauber geflogen?«

Er konnte nur lächeln, müde, betrunken, abgespannt, zermürbt im Kampf um sein inneres Gleichgewicht.

»Langsam sind die und laut.« Erneut das Lachen, das er gemeint hatte, nie wieder hören zu können. »Ich habe Frédéric Dubprée bekniet, dir nichts zu sagen. Ich kenne dich, ich weiß, wie sehr du dir Fehler vorwirfst, auch wenn du keinen gemacht hast. Wie du alles auf dich nimmst, obwohl du schuldlos bist. Eines von vielen Dingen, die ich an dir liebe. Es sind so viele. Sei dankbar für diese Tage. Ich bin es. Lass uns nicht mehr zuschauen, wie andere glücklich sind.« Dann warf sie sich auf ihn, nahm ihn fest in den Arm. »Niemand umarmt mich wie du«, hauchte sie. »Ich dachte für einen Moment, es wäre vorbei, und in diesem Moment warst du da. Wenn ich gehen muss, dann drehe ich mich noch einmal zu dir um, daran musste ich denken.« Sie drückte sich an ihn, sodass er ihre Brust spürte, was ihn erregte. »Ich schlafe heute Nacht hier bei dir. Neben dir, mit dir«, flüsterte sie in sein Ohr, ihre Stimme fordernd. »Ich brauche das jetzt.« Dann stand sie auf. »Ich weiß noch, wo dein Schlafzimmer ist.«

War es das Adrenalin in ihr? Pascal kannte sie in diesem Zustand nahe dem Wahnsinn. Er hatte von Menschen gehört, die übereinander hergefallen waren, nur weil sie knapp einem Flugzeugabsturz entgangen waren, und doch ließ er es geschehen. Zu groß war das Wechselbad der Gefühle. Er folgte ihr, blind vor Verlangen.

Im Schlafzimmer ließ sie sich fallen, zog ihn an sich, ließ ihre Finger über seinen Rücken laufen. Er packte sie, schob seine Hand hinunter zu ihrem Po, unter die Hose, auf die Haut. Er küsste sie, lange. Dann spürte er ihre Hand unter seinem T-Shirt, wie es sich dehnte und über seinen Kopf gezogen wurde. Er spürte die kalte Luft, die durch das Haus wehte, Audrey hatte die Tür nicht geschlossen. Er griff zur Decke und legte sie über Audrey, als wollte er sie beschützen. Doch sie richtete sich wieder auf, zog ihr Hemd über den Kopf, war plötzlich nackt über ihm. Sie fasste in seine Hände und drückte sie. Dann legte sie sich auf ihn. Er fühlte ihre Haut, wie sie sich an seine schmiegte. Aufgeheizt von den Stunden der Ungewissheit, versanken sie ineinander. Pascal spürte Audreys feste Brust. Die Welt verschwand wie schon so oft in diesen Tagen und Stunden des Dramas.

Später, in den Morgenstunden, stand Audrey auf und ging nackt durch Pascals Schlafzimmer zu seiner Kaffeemaschine. Die ersten Sonnenstrahlen erhellten den Raum, ihren Rücken, ihren nackten Po. In der Tür drehte sie sich um und lächelte, zeigte ihm ihre Brust, das Glück war unendlich. Er spürte, wie es sich ausbreitete, durch den ganzen Körper. Er roch den Kaffee und hörte ihre Stimme.

»Wir haben viel zu tun, aber erst Koffein, und dann schauen wir, wie fit du wirklich bist.« Ein Lachen, als sie mit den beiden Tassen zurückkehrte und sich auf den Rand des Bettes setzte.

14

Jean-Jacques war der erste Mensch, den Pascal kennengelernt hatte, als er vor drei Jahren in den Ort Lucasson gekommen war – damals noch unsicher, ob die Entscheidung, nach der Trennung von seiner Frau Catherine seinen Job bei der Police nationale in Paris zu kündigen und ein neues Leben als Dorfgendarm im Luberon zu beginnen, die richtige gewesen war. Zugegeben, Jean-Jacques hatte ihn nicht gerade optimistisch in seine Zukunft schauen lassen. Mit der abgebrannten Zigarette im Mundwinkel und dem abgetragenen Hemd hatte er mit einem Kellner eines Pariser Bistros nichts gemein. Schweigend und mit misstrauischem Blick hatte er ihm damals seinen ersten Pastis unter südfranzösischer Sonne serviert, im Winter wohlgemerkt.

Über drei Jahre später war Pascal in Jean-Jacques' Gunst deutlich aufgestiegen. Er erntete ein Nicken und ein »Voilà«, als er seine Bestellung aufgab.

Mindestens eine Stunde blieb ihm, bis Audrey kommen würde. Ihren Wunsch nach einer Dusche und frischer Kleidung konnte Pascal nach den zwei Tagen nachvollziehen, und so machte er es sich mit der Tageszeitung »La Provence« unter der Markise bequem. Noch einen Moment beobachtete er die Touristen und Dorfbewohner, die über die Place de la Fontaine schlenderten. Erst als Pascals Kaffee wortlos vor ihn gestellt wurde, schlug er die Zeitung auf. Macron hatte unter heftigen Protesten die Höchstgeschwindigkeit auf den Bundesstraßen reduziert. Olympique Marseille hatte das erste Spiel der Saison gewonnen, dafür streikte dort die Müllabfuhr.

Pascal trank einen Schluck und blätterte um. Zu sehen war eine junge Frau, Audrey nicht unähnlich, wie sie vor einem Weingut posierte.

Junge Biowinzerin tot am Strand bei Marseille aufgefunden

Pascal vergaß die Tasse in seiner Hand, als er den Artikel las. Wie in einem Stillleben saß er an dem Bistrotisch.

Die junge Pauline Pouquet wurde gestern Morgen von einem Jogger tot am Strand bei Marseille gefunden. Die Obduktion ergab, dass der Leichnam mindestens zwei Tage lang im Mittelmeer getrieben haben musste.
Bei der jungen Frau handelt es sich um die Erbin des Weinguts Pouquet, das in den letzten Jahren in Verruf geriet, weil es Weine von zweifelhafter Herkunft auf den Markt brachte. Ob der möglicherweise gewaltsame Tod von Pauline Pouquet in Zusammenhang mit dem Weingut steht, ist noch vollkommen unklar und derzeit reine Spekulation.
Zuletzt wurden in der Gegend um Marseille immer wieder Straftaten rund um den Weinhandel aufgedeckt. Die kinderlose Pauline Pouquet ist nur zweiunddreißig Jahre alt geworden.

Pascal betrachtete das Bild der jungen Frau. Sie hätte noch weit mehr als die Hälfte ihres Lebens vor sich gehabt. Sie hatte sicher Träume gehabt, Ziele. Wer trauerte jetzt wohl am meisten um sie? Pascal konnte sich gegen diese aufkommenden Fragen nie wehren.

Er legte die Zeitung auf den Tisch und trank seinen Kaffee aus. »Weine von zweifelhafter Herkunft«, hatte er gelesen. Warum von zweifelhafter Herkunft? Da war ein Weingut, ein Weinberg, wie also sollte der Wein aus zweifelhafter Herkunft stammen?

Und was sollte die Bemerkung in dem Artikel: »Zuletzt wurden in der Gegend um Marseille immer wieder Straftaten rund um den Weinhandel aufgedeckt«?

Pascal musste tiefer in die Weinhändlerszene eintauchen. Er musste mehr herausfinden. Möglich, dass das der Schlüssel war. Warum brannte jemand einen Weinberg nieder? Was sollte das ihm, dem Winzer, dem Umfeld oder gar dem gesamten Département sagen?

Pascal dachte an die Menschen, die er in den letzten drei Jahren in der Provence kennengelernt hatte und die sich mit dem Weinhandel auskannten. Viele Namen durchquerten sein Gehirn.

Da war vor allem David Perieux, der so ziemlich alles über den Weinanbau wusste und die Geschäfte kannte. Pascal dachte an den nächsten Boulenachmittag auf der Place de la Fontaine. Kaum jemand war so vernetzt wie David Perieux, außerdem kannte der Winzer und Trüffelhändler die Geheimnisse – die großen und die kleinen.

Und es gab René, den Winzer vom Mont Ventoux, der vor vielen Jahren auf Bioweine umgestellt hatte, schon lange bevor es zum Trend und zum Kaufargument bei den Kunden geworden war. René. Genau den würde Pascal so schnell wie möglich besuchen.

Er hatte Hunger. Wie lange musste er auf Audrey warten? Sie waren verabredet. Noch kamen ihm diese vergangenen Tage wie ein böser Traum vor, aber immerhin mit einem Happy End, das sich ein Hollywood-Regisseur nicht besser hätte ausdenken können. Die letzte Nacht, die letzten Stunden, Pascal war nicht bereit, sie zu hinterfragen, das Glück war zu groß.

Was war mit Audrey die letzten Tage passiert? Er schaute zur Uhr, eigentlich hatte sie schon längst hier sein wollen. Er nahm sein Handy aus der Tasche. Er hatte es nicht gehört, es war auf lautlos gestellt. Sie hatte geschrieben.

»Ich schaffe es leider nicht, habe zu tun. Je t'embrasse, Audrey«.

»Bon«, schrieb Pascal. Was sonst sollte er auch schreiben? »Wir müssen arbeiten«, tippte er kurze Zeit später.

»Bien sûr, aber bitte erst morgen.«

»Können wir telefonieren?«

»Morgen holen wir alles nach.«

Jetzt wusste Pascal nicht mehr, was er antworten sollte. Audrey fiel zurück in ihre Unberechenbarkeit. Er hatte sie die letzten drei Jahre immer wieder so erlebt. Fast manisch, zwischen Euphorie und Ablehnung. Für Pascal, der Beständigkeit und Verlässlichkeit liebte, war sie Gift. Tief in seinem Herzen wusste er das, doch konnte er nicht von ihr ablassen, die Stunden der gemeinsamen Euphorie wogen zu schwer. Er hatte mit dem grausamsten aller Enden gerechnet, sich mit Alkohol aus der Realität katapultiert, um ertragen zu können, was nicht zu ertragen war, bevor die Achterbahn durch seine Gefühlswelt begonnen hatte.

Pascal legte fünf Euro auf den Tisch, stellte seine Tasse darauf, sodass der Schein nicht wegwehen konnte, und ging zum Rathaus.

Jean-Paul Betrix war nicht in seinem Büro, auch sonst war es still in der Mairie. Mails, die Post oder die Bearbeitung kleinerer Delikte in Lucasson waren in den Hintergrund getreten. Pascals Konzentration für seine eigentlichen Arbeiten war schlichtweg nicht mehr vorhanden.

Noch immer hatte er die »La Provence« in der Hand. Er legte sie auf den Tisch und ließ sich in seinen Schreibtischstuhl fallen. Still saß er da, folgte seinen Gedanken, die durcheinanderkreisten und sich langsam wieder formten und ihrer gewohnten Logik folgten.

Pascals Blick blieb erneut an der Zeitung hängen. Da waren die tote Frau und der Satz: »Zuletzt wurden in der Gegend um Marseille immer wieder Straftaten rund um den Weinhandel aufgedeckt.« Oder »Wein von zweifelhafter Herkunft«.

Zunächst googelte Pascal das Weingut Pouquet. In einer Stunde konnte er da sein. Würde er dort wieder auf verzweifelte Menschen treffen? Würde er das aushalten nach diesen Tagen, nach dem Besuch bei Julies Eltern? Doch dieser Fall gehörte in die Hände der Kollegen aus Marseille, mit ihnen müssten

Pascal oder Frédéric Dubprée sprechen. Der mögliche Mordfall in Marseille fiel nicht in seinen Zuständigkeitsbereich. Er
hatte nur ein Grundgefühl, dass Julies und Pauline Pouquets
Fälle miteinander zusammenhingen. Aber nur, weil beide tote
Frauen etwas mit Wein zu tun gehabt hatten? Das war zu wenig, das wusste Pascal. Und war Julie überhaupt ermordet worden? Nur die Brandbeschleuniger wiesen darauf hin. Hatte der
Täter vielleicht gar nicht gewusst, dass Julie sich im Weinberg
befunden hatte? War das Ganze am Ende nur der Auswuchs
eines außer Kontrolle geratenen Konkurrenzkampfes?

Die Fragen waren noch immer dieselben wie am Tag nach
dem Brand. Er war kein Stück weitergekommen.

Und da gab es diesen Widerspruch: Julies Eltern hatten ihm
erklärt, sie sei am Weinhandel nicht interessiert gewesen, habe
den Betrieb nicht übernehmen wollen. Marcus Bessod hatte
ihnen aber erzählt, Julie sei sehr wohl an Wein interessiert gewesen, nur nicht an dem ihres Vaters. Was also steckte dahinter? Vielleicht gab es etwas, was Pascal übersehen hatte. Einen
wichtigen Fakt.

Er schaute auf die Uhr, inzwischen war es zwei. Er musste
noch einmal zu dem Weingut Domaine la fierté fahren. Er
hatte Fragen, und so steuerte er seinen Mégane über den Pass,
der den Kleinen vom Großen Luberon trennte, in Richtung
Ménerbes.

15

Pascal nahm von Bonnieux aus in der Regel die kleinere Landstraße, die das Bergdorf mit Ménerbes verband. Er liebte diese
Strecke, rechts der Wein, links das Bergmassiv und der Laven-
del im Sommer, die Natursteinhäuser inmitten der Felder, die
Zypressenalleen zu den Weingütern. Würde er einem Touristen
seinen Luberon zeigen müssen, er würde mit ihm diese Strecke
zurücklegen, und sein Gast würde seine Liebe für die Provence
entdecken. Und wie Pascal aus eigener Erfahrung genau wusste,
würde diese Liebe ewig währen.

Er passierte den Ort, der sich wie in einer Fotomontage an
den nördlichen Berghang klammerte, auf dem ganz oben das
Trüffelmuseum thronte, und bog hinter der Kirche Saint-Luc
in einen Feldweg zur Domaine la fierté ein. Er brauchte eine
ganze Zeit, um sie zu erreichen, denn anscheinend lagen die
dreißig Hektar Anbaufläche allesamt vor dem Gut.

Pascal betrachtete die abgeernteten Weinberge, die schnur-
geraden Pfade, den aufgehäuften Kies an den Wurzeln der
Reben, die – so hatte der Winzer Nathan es ihm bei seinem
letzten Besuch erzählt – über fünfzig Jahre alt waren. Spätestens nach dieser langen Zeit im Dienst für den Genuss wurden
die Trauben weniger, die Ernte spärlicher. Was nichts über die
Qualität aussagte, denn je weniger Trauben, desto besser der
Wein, hatte er mal von seinem Winzerfreund David gehört,
dessen Weinstöcke stolze siebzig Jahre alt waren.

In der Provence gab es nur wenige Weinbauern, die sich
Stöcke in diesem hohen Alter leisteten – die meisten von ihnen
standen im Gebiet des Châteauneuf-du-Pape. Pflanzen von bis
zu sechzig Jahren und älter waren dort keine Seltenheit, der
Ertrag dadurch viel geringer, der Preis dafür aber höher. Rebstöcke kurz vor der Rente schlugen tiefe Wurzeln und zogen
Nährstoffe aus dem Boden. Geschickten Winzern gelang die-

ses Kunststück durch den Schnitt schon nach zwanzig Jahren. Eine Wissenschaft, die Pascal begeisterte. Die Arbeit im Einklang mit der Natur, mit all den neuen Herausforderungen des Klimawandels. Das Leben eines Winzers war so hart wie das eines Künstlers. Am Ende zählte das Ergebnis, und das sollte die Menschen begeistern. Niemand fragte, wie viel Mühe in einem Glas Wein steckte. Ein Winzer stellte sich sowohl der intellektuellen als auch der körperlichen Herausforderung. Jeden Tag aufs Neue. Bewundernswert.

Pascals Telefonat mit David Perieux hatte nicht viel gebracht. Er hatte ihm erzählt, dass es ein Weinhändler einer Kooperative war, der ihn nachts angerufen hatte, um ihm von dem Brand zu berichten. Nichts Besonderes, dass die Winzer und Händler sich über Neuigkeiten schnell gegenseitig informierten.

Pascals Fahrt endete, als er an ein prunkvolles schwarzes Eisentor gelangte, das verschlossen war. Ein ungewöhnlicher Anblick zu dieser Jahreszeit, denn das Geschäft mit den Touristen, die die Weingüter abfuhren und nach einer Verkostung gern ein paar Kisten mitnahmen, entging den Winzern auf diese Weise. Sicher war der Schmerz für sie in diesen Wochen zu groß, um sich um das Tagesgeschäft kümmern zu können.

Pascal läutete an einer großen Glocke neben dem Eingang. Der volle Klang des Eisens hallte in den Bergen wider, doch war dies nicht von Erfolg gekrönt. Pascal versuchte es ein zweites Mal, aber auch nach mehreren Minuten Wartezeit regte sich nichts. Er schaute durch die Gitterstäbe, doch das Gebäude war von seiner Position aus schwer einsehbar. Ein weiteres Ziehen an dem Seil unter der Glocke wäre zwecklos, entschied er und betätigte wie nebenbei die schwere Türklinke am Tor. Er war überrascht, dass er es tatsächlich öffnen konnte.

Pascal ging hinein. Der Weg vor ihm von Sand zerfurcht. Die Trecker und Lastwagen, die aus den Weinbergen kamen, hatten ihre Spuren hinterlassen, vertrocknete Trauben lagen am Wegesrand. Niemand schien darauf geachtet zu haben, die Auffahrt für die Touristen wieder attraktiv zu gestalten.

»Bonjour!«, versuchte Pascal sich mit lauter Stimme bemerkbar zu machen – auch um herauszufinden, ob ihm ein schlecht gelaunter Hund entgegenkommen würde. Doch es ertönte kein Bellen. Außer dem mit jedem Schritt weiter anschwellenden Gesang der Zikaden war nichts zu hören.

Der Sandweg endete hinter einer Reihe wilder Kiefern an einem großen Platz vor dem Gebäude. Es roch nach Thymian. Niemand schien hier zu sein, kein Auto parkte in den Einbuchtungen an der linken Seite des Hauses. Pascal ging zu der schweren Holztür in der Mitte, um festzustellen, dass sie verschlossen war. Es gab immerhin eine Klingel, die er betätigte. Wie die Glocke an der Pforte gab auch diese ein gellendes Läuten von sich, das aus dem Inneren widerhallte.

Schon bei seinem ersten Besuch auf der Domaine la fierté war Pascal der breite Flur aufgefallen, auch die düsteren Porträts in den schweren schwarzen Rahmen an den Wänden hatten einschüchternd auf ihn gewirkt, während Audrey mit ihrer Konzentration bei dem Ehepaar gewesen war. Pascal, ganz nach seiner Gewohnheit, hatte versucht, sich all die Details einzuprägen. Jede Faser seines Körpers war angespannt gewesen, immer von der Sorge begleitet, er würde etwas übersehen.

Diesmal aber blieb ihm der Gang durch den Flur verwehrt. Auch nach zwei weiteren Versuchen erklang kein Geräusch aus dem Inneren des Hauses. Niemand öffnete die Tür.

Das Gebäude war in einem gepflegten Zustand. Die für die Provence typischen hellblauen Fensterläden waren vor Kurzem gestrichen worden, Pascal nahm einen fast unmerkbaren Farbgeruch wahr. Die Natursteine schienen wie poliert, der gesamte Innenhof wurde offensichtlich von einem Gärtner gepflegt. Oleander wuchs aus zwei beeindruckend großen Terrakottatöpfen, die der Eingangstür eine prunkvolle Würde verliehen.

Pascal ging um das Gebäude herum. Auf der Rückseite fand er eine Terrasse mit einem eingeklappten Sonnenschirm,

Stühlen und einem Tisch, darauf ein schwerer Aschenbecher. Von hier aus hatte er eine gute Sicht auf das Bergmassiv, auf dem Ménerbes thronte. Dazwischen ein leeres Feld; möglich, dass dort einst Reben gestanden hatten. In der Mitte ein recht großes Steinhaus, wie es sie zu Tausenden auf den Feldern in der Provence gab – eine Borie, eine ehemalige Unterkunft für Schafe. Heute wurden meist Geräte darin gelagert. Ein Relikt der Vergangenheit. Spuren von Rädern zeichneten den Boden überall auf dem Feld, ein vertrautes Bild zur Erntezeit.

Einen Moment verweilte Pascal, ließ die Atmosphäre auf sich wirken, dann ging er zum Aschenbecher, öffnete ihn und hielt die Finger darüber. Keine Wärme ging davon aus, nur der Geruch von alten Zigarettenstummeln.

Pascal trat zu der gläsernen Terrassentür und spähte in das Hausinnere. Nirgendwo brannte Licht. Doch ohne eine Erkenntnis, eine Idee oder eine Einsicht wollte Pascal diesen Ort nicht verlassen. Er lief zurück zur Vorderseite des Hauses, blieb vor dem Eingang stehen, schaute sich um und untersuchte die Treckerspuren. Ohne Ziel setzte er seine Füße in die Furchen. Möglich, dass es in den letzten Tagen geregnet hatte, Pascal konnte sich nicht daran erinnern. Die Reifenabdrücke lagen tief, gruben sich bis unter die helle Sandschicht in den Ackerboden hinein.

Ein weiterer alter Schuppen stand auf dem Gelände, nicht nach oben abgerundet wie eine Borie, sondern mit einem Flachdach, halb versteckt hinter einer etwa drei Meter hohen Hecke. Dieser Bereich war für die Besucher nicht gleich einsehbar. Für einen Trecker oder ein anderes Erntefahrzeug war das Gebäude zu niedrig, aber einen Blick hinein wird sich lohnen, sagte eine laute Stimme in Pascal.

Ihm wurde bewusst, er durfte nicht hier sein, hatte das Gelände ohne jede Befugnis betreten, nur in dem Ansinnen, noch ein weiteres Mal mit Julies Eltern zu sprechen. Und so zog er ziellos, neugierig, der Nase nach um das Haus herum. Ein Weingut wie jedes andere auch, mit einem Hauptgebäude,

Spuren von schweren Fahrzeugen, einem Schuppen, eher einer Scheune, in der wahrscheinlich Weinkisten sowie landwirtschaftliche Geräte für die Reben gelagert wurden.

Pascal ging zu der Schuppentür. Sie stand offen. Er drückte dagegen und war überrascht, denn das, was er sah, war etwas ganz anderes als erwartet. Hier gab es keine Utensilien eines Weinbauern, keine Astscheren oder Bewässerungsvorrichtungen, Schläuche oder Hacken, sondern eine Art Wohnung, die an ein Loft erinnerte. Hatte sich das Winzer-Ehepaar so weit auseinandergelebt, dass der Mann in der Scheune übernachtete? Bei dem Umgang der beiden miteinander hätte Pascal das nicht gewundert. Seine Aufmerksamkeit aber galt der Einrichtung, die nicht an die grobmotorischen Hände des Winzers, sondern eindeutig an die einer Frau denken ließ.

Es war schummrig im Inneren. Pascal sah sich um, suchte nach einem Lichtschalter und fand ihn schließlich neben der Eingangstür. Als der Raum sich erhellte, sah er klarer, vor ihm befand sich eine komplett eingerichtete Wohnung – nur ohne Wände. Das Bett stand neben dem Esstisch, die Küche neben einer offenen Dusche. Es gab keine Türen, keine Abtrennungen, die gesamte Einrichtung verteilte sich auf einen Raum. Die Luft war abgestanden, stickig. Offensichtlich war lange niemand mehr hier gewesen, was Pascals Theorie widersprach, dass einer der beiden Elternteile hier wohnte. Die Möbel versprühten den Charme einer vergangenen Generation, einige wenige stammten offenbar von Ikea. Es gab keinen Zweifel: Dies musste die Unterkunft einer Junggesellin sein. Nicht groß, vielleicht dreißig Quadratmeter, zweckmäßig eingerichtet, wenn auch nicht ungemütlich. Es war wohl Julies Reich gewesen.

An Nägeln an der Wand hing eine Lichterkette, darunter ein paar Fotos, über dem Bett Bilder, die mit Wäscheklammern befestigt waren. Auf mehreren war Julie mit unterschiedlichen Jungs zu sehen. Wieder fiel auf, dass sie sich als junges Mädchen Mühe gegeben hatte, schick auszusehen. Sie war modisch gekleidet, ihr Haar auf vielen Fotos nach oben gesteckt, dazu trug sie Ohrringe und Lippenstift. Auf anderen schaute Pascal in die Augen eines Mädchens, das der Gothic-Szene entsprungen zu sein schien. Die Augen mit dunklem Kajal verfinstert, eine silberne Kette mit Kruzifix-Symbolen, zerlöcherte Strumpfhosen und Springerstiefel. Aus dem einst modebewussten Mädchen war ein Punk geworden.

Nur wie passte diese Veränderung zu dem, was Julie ganz offensichtlich am Ende ihres kurzen Lebens getan hatte? Wenn es stimmte, dass sie als Hostess auf Motoryachten Geld verdient hatte, warum hatte sie dann ihren Look so verändert? Pascal konnte sich nicht vorstellen, dass reiche Yachtbesitzer ein Punkmädchen einer gestylten Frau vorzogen. Das ergab keinen Sinn. Was also hatte sie veranlasst, eine derart extreme Veränderung an ihrem Körper vorzunehmen?

Pascal holte sein Telefon heraus, fotografierte die Bilder einzeln ab und legte direkt einen Ordner auf seinem Desktop an.

»Die Winzerin«, flüsterte Pascal. Man hatte sie die Winzerin genannt, aber warum? War das ihr Name gewesen, weil ihre Eltern dieses prunkvolle Weingut besaßen, oder steckte mehr dahinter? Pascal konnte sich keinen Reim darauf machen.

Er sah sich weiter um. Als Erstes öffnete er die Schubladen an einem kleinen Schminktisch, der offenbar lange nicht mehr benutzt worden war, Staub lag darauf, der Spiegel war stark verschmutzt, mit blinden Flecken.

Pascal ging zum Kleiderschrank und öffnete ihn. Hinter der rechten Tür hing ausnahmslos schwarze Kleidung. Kutten, Hemden, schwarze Tücher und darunter Strumpfhosen und zerschnittene Jeanshosen.

Pascal öffnete die zweite Tür und staunte. Die Kleidung hinter dieser Tür sah vollkommen anders aus. Er nahm einen Bügel mit einem Kleid heraus und betrachtete es. Ein Sommerkleid mit einem geschmackvollen modischen Muster. Dunkelgrün auf weißem Stoff. Er hängte es wieder hinein und nahm ein zweites Kleidungsstück heraus: eine fast durchsichtige Bluse. Auf einem weiteren Bügel hing ein kurzer schwarzer Rock.

War diese Frau zwei Personen gewesen? Zumindest äußerlich?

Pascal kam sich geradezu schäbig vor, während er in dem Kleiderschrank herumwühlte, aber Julie hatte seine Neugierde geweckt. Er schloss die Türen und zog die Schubladen darunter auf. Slips in allen Farben, ebenso Strumpfhosen und BHs. Schnell schob Pascal die Laden wieder zu und ging ziellos durch den Schuppen.

Hatte Julie hier gewohnt, oder war es nur eine Art Unterschlupf? Er musste nachdenken und setzte sich auf das Bett. Es gab nach, die Matratze weich und durchgelegen. Pascal lehnte sich an das Kopfende und sah in den Raum. Das war es, was Julie gesehen hatte, wenn sie ins Bett gegangen war. Es war auf eine ernüchternde Weise vollkommen unspektakulär. Die Wohnung einer Frau an der Startlinie des Lebens mit zusammengesammelten Möbeln. Auf den ersten Blick unterschied Julie nichts von anderen jungen Menschen, wären da nicht die unterschiedlichen Outfits, die zwei Leben, die sie auf diese Weise zur Schau gestellt hatte.

Pascal drehte seinen Kopf noch einmal nach oben und betrachtete die Fotos. Zu sehen waren mehrere Mädchen in Julies Alter, viele lächelten unbeschwert. Ein dunkelhaariger Junge war auf einigen Bildern zu sehen. Auf einem hatte er einen Joint im Mundwinkel, auf einem anderen trug er eine Art Schiebermütze. Er war unrasiert, seine Frisur wild. Diesen jungen Mann würde Pascal suchen müssen, es war wohl Melvin Tarron.

Endlich hatte er ein Foto, das er mit der Datenbank abgleichen konnte. Zur Sicherheit kontrollierte er noch einmal auf seinem Handy, ob er die Bilder alle in seiner Mediathek hatte. Zufrieden steckte er es wieder in seine Tasche.

Langsam stand er auf und ging zu dem Bücherregal, das er bislang nicht beachtet hatte. Es stand auf der anderen Seite des Raums. Ein paar Romane und Bestseller, dazwischen populäre

Krimis, in einem anderen Regalfach eine CD-Sammlung. Die meisten hatten ein schwarzes oder dunkelgraues Cover, es war eine Mischung aus ihm unbekannten Punk- und New-Wave-Bands. Um sie genau zu betrachten, kniete er sich auf den Boden. Da waren auch noch Bücher. Sachbücher – die meisten über Biologie, Pflanzenkunde, Gemüseanbau und mindestens drei Bücher über Rudolf Steiner, den Gründer der Waldorfschule mit Hang zur Philosophie. Das umfangreichste Buch war eines über biodynamischen Gemüseanbau.

Pascal zog es heraus und blätterte darin. Es war abgegriffen, viele Passagen waren unterstrichen, Eselsohren markierten einzelne Seiten. Das war es also, was Julie beschäftigt hatte. Pascal nahm das Buch mit zum Küchentisch und studierte die angemarkerten Stellen. Da waren vor allem die Passagen über Weinanbau unterstrichen. Dafür, dass Julie sich für diesen Berufszweig laut ihres Vaters nicht erwärmen konnte, war dieses Buch ganz schön durchgearbeitet worden.

Pascal klappte es wieder zu, ging hinüber zum Regal, wollte es eben zurückstellen, als er ein Pergamentpapier entdeckte, das offensichtlich hinter die Bücher gerutscht war. Er zog daran und legte einen Grundriss frei. Auf den ersten Blick war es eine Landschaft, Felder und Wege. Mit Bleistift notierte Zahlen und Buchstaben waren darauf zu lesen, mit der ordentlichen Hand eines Architekten geschrieben. Dies war ein Grundbuchauszug. Pascal beschloss, das Pergament mitzunehmen, kniete sich hin und rollte es zusammen. Dann sah er ganz unten auf der Zeichnung eine Adresse und dazu den Satz: »Rock the Casbah«.

»Das ist doch mal ein Anfang«, flüsterte er, als er seine Aufmerksamkeit wieder dem Regal, den vielen Sachbüchern darin widmen wollte. Doch dazu kam es nicht mehr, Pascal vernahm ein Motorgeräusch und hörte kurz darauf, wie Autoreifen über den Sand rollten. Augenblicklich löschte Pascal das Licht und blieb still hinter der Tür stehen. Der Motor wurde abgeschaltet, und Pascal öffnete vorsichtig die Schuppentür. Er konnte nicht auf den Innenhof schauen, die Hecke war zu hoch, sosehr er sich auch reckte.

Wer war da gekommen? Vielleicht Julies Mutter Therese? Immerhin war Pascal hier, um mit ihr zu reden, es wäre also nur logisch gewesen, sie jetzt anzusprechen. Doch wenn sie ihn hier im Schuppen bemerkte? Nein, er würde einen neuen Anlauf starten und entschied sich, das Grundstück möglichst unauffällig zu verlassen. Er lugte hinter der Hecke hervor und sah eine Frau, die aus dem Auto ausstieg und stehen blieb. Das Klappen der Autotür durchbrach die Stille. Auch die Zikaden schwiegen, denn die Temperatur war unter fünfundzwanzig Grad gefallen – der Moment, in dem sie das Zirpen einstellten.

Pascal erkannte die Hausdame wieder, Therese Lavelle, die keine Anstalten machte, Richtung Haus zu gehen.

Plötzlich rief sie: »Hallo? Monsieur le gendarme?«

Natürlich wusste sie, dass Pascal sich auf dem Grundstück befand, immerhin hatte er seinen Mégane vor dem Eingangsportal stehen lassen, sie musste also misstrauisch geworden sein.

Blitzschnell entschied Pascal, die Pergamentrolle zu falten und sie in seiner Innentasche verschwinden zu lassen. Dann trat er hinter der Hecke hervor und antwortete: »Verzeihen Sie, Madame, ich hatte Sie gesucht.«

Sie fuhr sichtbar zusammen. »Monsieur. Monsieur le gendarme, was tun Sie hier?«

»Ich wollte mit Ihnen und Ihrem Mann sprechen.«

Ihr Gesicht war wie versteinert, der Mund unbeweglich. Tiefe Falten gruben sich in ihre Haut, die Brauen dunkel geschminkt, graue Ringe unter den Augen ließen sie krank aussehen.

»Verzeihen Sie, dass ich hier so hineinplatze, aber ich habe Fragen an Sie.«

Sie rang um Fassung. »Mein Mann ist nicht da«, sagte sie schließlich. »Er ist nicht mehr hier.« Ihr Blick schien durch Pascal hindurchzugehen. Sie atmete schwer aus.

»Wo ist er denn?«

»Ich weiß es nicht.« Sie versuchte Haltung zu bewahren. »Er ist gegangen.« Sie atmete ein, als wollte sie noch etwas ergänzen, tat es aber nicht.

»Sie sollten jetzt zusammen sein, in diesen Stunden des …« Pascal brach ab, er sah wieder Tränen in ihren Augen, die sich wild von links nach rechts bewegten wie die eines gefangenen Raubtiers, nach einem Ausweg suchend. »Können wir uns irgendwo hinsetzen?«, fragte Pascal und deutete zum Haus.

»Non, non!«, rief sie mit mehr Energie und Volumen in der Stimme, als Pascal es von ihr erwartet hätte. Sie war eine zierliche Person, eine ältere Dame im Körper eines Mädchens. »Nicht ins Haus«, sagte sie.

»Das müssen wir auch nicht, Madame. Gibt es eine andere Möglichkeit?«

Sie schaute hektisch über den Innenhof, als sei sie fremd hier.

»Wir können nach hinten gehen, ich habe dort eine Terrasse gesehen.«

»Non, non, non, nicht die Terrasse.« Therese schien zu schwanken.

»Brauchen Sie Hilfe?« Pascal war besorgt, aber auch alarmiert. Er betrachtete sie. »Ich habe den Schuppen gefunden. Julies Reich?«, fragte er und deutete in die Richtung der Scheune.

»Was machen Sie in Julies Reich?« Ihr Ton war plötzlich schneidend geworden, hatte ihrer Stimme die Brüchigkeit genommen.

»Ich hatte nach Ihnen gesucht, und da war der Schuppen, und ich war nicht davon ausgegangen, dass dort eine Wohnung ist. Im Schuppen.«

»Niemand darf dort hinein. Verstehen Sie das? Niemand.«

Pascal atmete scharf ein. »Madame Lavelle, wir haben noch nicht viel herausgefunden. Wir denken aber, dass Ihre Tochter«, kurz rang er nach Worten, sich der Wirkung des folgenden Satzes bewusst werdend, »es tut mir leid, es Ihnen so deutlich sagen zu müssen – möglicherweise ermordet wurde. Wir wissen nicht, ob es ein Zufall war, dass sie nachts im Weinberg war. Was wir aber wissen, ist, dass es Brandstiftung war. Wir ermitteln also in einem Mordfall, und bei einem möglichen Verbrechen ist es für uns Pflicht, uns bei dem Opfer umzuschauen. Verstehen Sie das, Madame?«

Die zarte Person schwankte, sie hielt sich am Auto fest und blickte auf den Boden. »Sie ist ermordet worden«, flüsterte sie, und darin lag nichts Fragendes, eher eine Bestätigung. Dann sagte sie es noch einmal: »Sie ist ermordet worden.« Fassungslosigkeit in ihrem Ausdruck, in ihrer Stimme.

»Darf ich Ihnen Fragen stellen, Madame?«

Müde deutete Therese auf eine Bank am Haus im Schatten. Sie sagte nichts, machte nur eine Geste, und Pascal wartete, bis sie sich gesetzt hatte. Etwas war hinter ihr auf die Lehne der Bank gedruckt, doch sie verdeckte die Anfangsbuchstaben der Worte.

Schenkst Du Guten ein,
Schaust Du Gott im Wein.

Pascal erinnerte sich an den Satz, den er schon im Weinkeller gelesen hatte: »Schenkst Du Guten ein, schaust Du Gott im Wein.« Wahrscheinlich war es der werbewirksame Spruch des Guts.

»Wir haben uns ein bisschen umgehört, Madame, und immer wieder ist von Melvin Tarron die Rede, den Sie schon erwähnt hatten und mit dem Ihre Tochter die Liaison hatte. Was können Sie mir noch über den Mann erzählen?«

»Ach, Melvin, ich habe immer auf sie eingeredet, er sei nichts für sie. Seitdem sie ihn kennengelernt hatte, ging es abwärts mit ihr.«

»Können Sie das konkreter machen?«

»Mein Mädchen war eine attraktive junge Dame, voll von Ideen und Plänen. Sie wollte reisen, vor allem nach Spanien.

Eine Zeit lang war sie auch mit einem Spanier liiert, aber der ist dann nach Barcelona gegangen, das war schlimm für sie. Dann hat sie neue Leute kennengelernt, und an den Wochenenden ist sie oft nach Marseille gefahren. Ich meine, sie war volljährig, was sollten wir dazu sagen? Sie kannte eine Menge Leute dort.«

Pascal fielen die drei Jugendlichen an der Metrostation ein. »Kannten Sie diese Leute aus Marseille?«

»Nein, keinen einzigen, sie hat sie mir nie vorgestellt. Das waren wohl Freunde von Melvin.«

»Wo hat sie Melvin kennengelernt?«

»Ach, hier in der Nähe irgendwo, wahrscheinlich in Apt. Er hat Swimmingpools gereinigt. Tssst«, pfiff sie.

»Ja, das haben wir auch gehört. Was ist Melvin für ein Typ?«

»Ein Junkie, ein Nichtsnutz. Ich hasse diesen Jungen, er hat meine Tochter ruiniert. Sie hat sich durch ihn verändert und sich von uns abgewandt. Plötzlich wollte sie nichts mehr mit Wein zu tun haben.« Madame Lavelle hatte ihre Fassung zurückgewonnen, sie bewegte sich auf vertrautem Terrain, sie war in das Leben ihrer Tochter eingetaucht.

»Wann war das etwa?«

»Das hat vor ein paar Monaten angefangen. Sie hat nicht viel über ihn gesprochen. Er war wohl immer pleite, hat nicht besonders viel verdient mit seiner Poolreinigung. Jedenfalls hat er sie immer um Geld angeschnorrt.«

»Und Sie haben sie unterstützt?«

»Ich schon, aber mein Mann war dagegen. Er hat gegen den Jungen angekämpft und bestand darauf, ihr keinen Cent zu geben.«

»Und daran haben Sie sich gehalten?«

»Sie haben ja keine Ahnung, wie er sein kann. Es muss genau so laufen, wie er es sich vorstellt. Aber wenn ich als Mutter jetzt nicht für Julie da wäre, das wusste ich, dann würde ich sie verlieren. Mit achtzehn Jahren ist die Erziehung abgeschlossen, als Mutter wird man zur Partnerin.«

Pascal schwieg einen Moment, musste an seine eigene Tochter

denken. Wie musste es sich anfühlen, wenn die Eltern gegeneinander kämpften? Pascal erinnerte sich an den brutal aussehenden Mann, und so fragte er: »Hat Nathan Ihre Tochter geschlagen?«

»Das habe ich nie mitbekommen, sie hat aber mal so was angedeutet, und dann hat sie mit Melvin gedroht. Sie sagte – und das werde ich nie vergessen: ›Sollte er mich noch einmal anrühren, dann macht mein Freund ihn kalt.‹« Therese zögerte kurz, dann fügte sie hinzu: »Und das habe ich ihr geglaubt.«

»Haben Sie ein Foto von Melvin Tarron? Ein neueres?«

»Wahrscheinlich in Julies Reich.« Sie zuckte mit den Schultern.

»Wir haben ihn bereits in unserer Datenbank. Wussten Sie, dass er in Drogengeschäfte involviert war?«

»Es überrascht mich nicht. Sicher in Marseille, da waren die beiden ständig.«

»Oui, Madame, dort ist er auch schon einmal festgenommen worden.«

Müde hob sie die Schultern. »Spielt ja jetzt keine Rolle mehr«, sagte sie resigniert, teilnahmslos.

Pascal holte sein Telefon aus der Tasche und öffnete seine Foto-App. Er fand das Bild von dem jungen Mann, den er für Melvin hielt. »Ist er das, Madame Lavelle?«

Sie warf einen flüchtigen Blick auf das Handy. »Wenn ich den schon sehe …« Ihre Stimme wurde brüchig, verebbte, sodass Pascal die letzten Worte nicht verstehen konnte.

Schnell suchte er ein neues Thema, er musste jetzt dranbleiben. »Ihr Mann deutete in unserem Gespräch an, dass Julie ihr Geld auf den Yachten am Vieux Port verdiente. Was hat er damit gemeint?«

Sie zuckte zusammen, dann sah sie ihn unsicher an. »Davon weiß ich nichts.« Ihre Stimme klang heiser. Und Pascal spürte, dass sie es nicht wissen wollte. Es würde ihn auch nicht weiterbringen, sie wusste nichts vom Leben ihrer Tochter am Hafen von Marseille. Julie war ihren Eltern längst entglitten und an die falschen Leute geraten.

Pascal erinnerte sich auch an die Bemerkung des Mannes über das Vorleben seiner Ehefrau, doch das würde er ihn lieber selbst fragen. Stattdessen fragte er: »Wissen Sie, wie Ihre Tochter am Hafen von Marseille genannt wurde?«

Ratlosigkeit in ihrem Blick.

»Die Winzerin«, sagte Pascal langsam.

»Ist doch klar, war sie doch auch, sollte sie werden. Bis Melvin kam. Dann wollte sie plötzlich nichts mehr damit zu tun haben.«

»Wie hat Ihr Mann darauf reagiert, als er erfahren hatte, dass Ihre Tochter das Weingut nicht übernehmen möchte?«

»Was glauben Sie? Er ist vollkommen ausgeflippt, er hatte einen Tobsuchtsanfall. Er hat Stühle zerschlagen.«

Pascal konnte der Frau ansehen, wie sehr sie diese Geschichte noch immer mitnahm. Ihre Lippen bebten.

»Hat Julie denn gesagt, dass sie mit *Ihrem* Weingut nichts zu tun haben wolle, oder hat sie gesagt, sie wolle mit Wein niemals etwas zu tun haben?«

»Was soll diese Frage? Wo soll denn der Unterschied liegen?« Doch es war wieder keine Frage, es war eine Feststellung, Thereses Augen blitzten.

»Es gibt einen großen Unterschied, Madame. Es ist doch möglich, dass sie den Beruf der Winzerin gern ausüben wollte, nur nicht auf Ihrem Gut.«

»Wozu? Da bekommt ein junger Mensch ein Weingut auf dem Silbertablett serviert und sagt: ›Oh, der Beruf der Winzerin ist toll, aber doch bitte nicht dieses schöne Dreißig-Hektar-Gut.‹« Es schien, als glaubte Therese selbst nicht, was sie erzählte, ihre Stimme war kraftlos, als hätte sie schon viele hundert Male genau diesen Satz ausgesprochen.

War es möglich, dass sie so wenig über ihre Tochter wusste? Existierte auch in ihrem ganzen Sein nur ihr Weingut?

»Welche Rebsorten bauen Sie hier an, Madame?«

»Unser Rosé ist weit über die Grenzen der Provence bekannt, er macht etwa siebzig Prozent unseres Weins aus. Unsere

Syrah- und Grenache-Reben sind unser Kapital. Zu dreißig Prozent bauen wir Rotwein an, dafür haben wir schon viele Preise bekommen.«

»Aber Ihr Wein ist konventionell gekeltert?«, wollte Pascal wissen.

»Bien sûr.« Sie schüttelte unwillig den Kopf. Die Gedanken über die Reben und ihren Wein ließen ihr eine kleine Verschnaufpause in der Dunkelheit ihres Gemüts.

»Wir haben gehört, dass Ihre Tochter sich sehr wohl für Wein interessierte, aber vor allem für den biologisch angebauten Wein. War das mal ein Thema?«

Therese zuckte zusammen und murmelte den nächsten Satz. »Ja, sie hat irgendwann vor etwa einem Jahr mal gefragt, warum wir keine Bioweine machen. Aber das kam für meinen Mann nie in Frage. Er ist von unserem Wein überzeugt. Wir haben hervorragende Reben, wir bekommen Preise. Wenn wir auf Bio umstellen würden, würde es uns um Jahre zurückwerfen. Das war in der Regel die Antwort meines Mannes.«

»Haben Sie nie in Betracht gezogen, dass Ihre Tochter sich vielleicht in Richtung eines Bioweinguts orientiert hat?«

Thereses Reaktion war übertrieben heftig, sie erhob die Stimme. »Davon habe ich nie etwas gehört«, sagte sie. »Und mein Mann Gott sei Dank auch nicht, denn er ist ...« Sie brach ab.

»... überzeugt oder besessen?«

»Sie haben recht, Monsieur, er ist besessen. Die Reben, sein Wein, der Boden, das alles ist ihm viel wichtiger als seine Familie. Erst kommen für ihn die Reben, dann die ganzen anderen bösen Winzer in der Umgebung, dann das Land Frankreich, denn er ist Patriot, und ganz am Ende seiner Leidenschaften steht seine Familie. So fühlt sich das an seiner Seite an.« Sie klang wieder verbittert.

»Und wissen Sie, wo er ist?«

Sie wand sich unter der Frage, schaute sich um, setzte an, verstummte wieder und sagte dann: »Wahrscheinlich bei seinen Freunden, den anderen Winzern.« Auch sie machte kleine Tüttelchen in die Luft, wie Pascal das auf die Nerven ging, ihre Hände flatterten unsicher über ihrem Kopf. »Die sich alle ungerecht behandelt fühlen, denn die Welt ist ja so schlecht.«

»Warum fühlt er sich schlecht behandelt?«, wollte Pascal wissen.

»Die Weinpreise, die Importe, die Wertschätzung für französische Weine, die Steuern, ich kann es alles nicht mehr hören.«

»Ich möchte gern noch einmal mit ihm sprechen. Wissen Sie, wann ich ihn erreichen kann?«

»Ich weiß es nicht, ist mir auch egal.«

Sie spielte eine gewisse Teilnahmslosigkeit vor, die Pascal ihr nicht abkaufte. Doch für den Moment reichte es ihm. Er stand vor einer Mutter, die ihr Kind verloren hatte. Eine schon lange vorher zerbrochene Familie hatte den Todesstoß bekommen. Nichts mehr war noch von Bedeutung für sie.

»Eine Frage habe ich noch«, sagte Pascal. »Unbedeutend, aber für mich von Interesse. Ich habe auf der Rückseite des Hauses ein leeres Feld gesehen, auch die Reben sind entwurzelt. Dort, wo die Borie auf dem Feld steht. Warum haben Sie das getan?«

»Ich?« Sie krächzte. »Ich habe nichts getan.«

»Das hoffe ich, Madame, aber warum ist das Feld leer?«

»Mein Mann. Er will dort Manseng Noir anbauen, eine fast ausgestorbene Traubensorte.«

Pascal hatte von dieser Traube noch nie etwas gehört, er zog die Augenbrauen hoch.

»Fragen Sie mich nicht, warum er das tun möchte, aber es passt zu ihm. Eine urfranzösische Traube, die ihr Zuhause im Südwesten Frankreichs hat. Ein ungenießbarer Wein mit viel zu viel Säure, schwer anzubauen, aber eben französisch, und das ist ja das Wichtigste für diesen Nazi.«

»Madame!« Pascal fuhr zusammen.

»Er baut diese Traube nur an, damit wir Franzosen sie erhalten. Es gibt in ganz Frankreich nur vier Hektar, auf denen sie noch kultiviert wird. Wenn mein Mann einen Hektar seines Landes opfert, dann werden wir wieder zur Heimat. Und vor allem haben wir dann einen Hektar mehr Anbaufläche Manseng Noir als die Spanier, und das ist das Allerwichtigste für ihn.« Sie machte eine kurze Kunstpause. »Das ist krank.« Sie klang verächtlich.

»Der Grund für den Anbau des Weins ist also, dass wir die Nase gegenüber den Spaniern vorn haben mit einer vollkommen unbekannten Traubensorte?« Pascal schüttelte den Kopf.

»Ja, so ist er. Außerdem ist sie widerstandsfähig gegen Mehltau, und Mehltau oder die Reblaus sind seine ganz großen Themen. Julie und ich mussten uns stundenlange Ausführungen darüber anhören, besonders über die Reblaus-Plage. Er wolle gewappnet sein, hat er immer gesagt. Was für ein Blödsinn. Wir haben hier längst die amerikanischen Reben, die ohnehin immun sind, aber es sind eben amerikanische und keine französischen, und das ist sein Problem. Eines von vielen«, fügte sie hinzu.

Pascal hatte fürs Erste genug gehört, er musste noch einmal mit Nathan sprechen, und so ging er auf Madame Lavelle zu und gab ihr seine Karte.

»Bitte melden Sie sich, wenn er wiederauftaucht.«

Ihre Hände zitterten, wieder hatte sie Tränen in den Augen. Sie sah so traurig aus, so am Ende ihrer Kräfte, dass Pascal der spontanen Versuchung erlag, sie in den Arm zu nehmen.

»Die Zeit heilt manchmal die Wunden«, flüsterte er hilflos.

Sie stieß sich von ihm ab.

»Non«, sagte sie harsch. »Nichts wird wieder, nichts verheilt. Fini.«

16

Als Pascal vor drei Jahren die Provence als sein Zuhause entdeckt hatte, hatte er Lucassons Nachbarort Lourmarin schnell
in sein Herz geschlossen. Insbesondere das »Café Gaby« hatte
es ihm angetan. Eine Insel der Verlässlichkeit, die sich den Jahreszeiten anpasste. Mit seiner exquisiten Lage im Ortskern an
der Rue Henri de Savornin, die in den Sommermonaten von
Touristen aus aller Welt geflutet wurde, die mit dem Blick eines
Jägers diejenigen Gäste an den Bistrotischen fixierten, die die
Unverschämtheit besaßen, noch ein wenig sitzen zu bleiben,
nachdem sie für jeden Passanten gut sichtbar ihren Kaffee oder
Pastis bereits ausgetrunken hatten. Da gab es keinerlei Mitleid
mit den hungrigen Leuten, die in praller Sonne auf der Kopfsteinpflasterstraße warteten, dem Verdursten nahe.

Im Winter dagegen, wenn nur die Einheimischen sich zum
Schutz vor dem Mistral ins Innere verzogen, um Tennis- oder
Fußballspiele auf dem großen Fernseher zu verfolgen, den
neuesten Dorfklatsch auszutauschen und dabei mit besorgter
Miene die Trüffelpreise zu vergleichen, fand Pascal immer einen
Platz. Das »Café Gaby« war eine Institution im Ort, und Pascal hatte schon so manche Stunde hier verbracht. An ruhigen
Tagen mit der »La Provence« auf dem Tisch, an hektischeren
vis-à-vis mit den Dorfbewohnern, die ihm ihr Leid klagten,
weil zum Beispiel der Nachbar seinen wildernden Hund nicht
hatte stoppen können, als dieser eine Hühnerschar entfedert
hatte.

Pascal war in die Provence gekommen, weil es diese kleinen
Geschichten waren, die ihn interessierten, das Dorfleben in
all seinen Facetten. Die kleinen Delikte, die unspektakulären
Fälle, die die Menschen hier beschäftigten. Ihr Zusammenleben,
ihr Glück, das war längst zum Motor seiner täglichen Arbeit
geworden. Mit Grauen erinnerte er sich an die Pariser Metro-

stationen, die als Drogenumschlagplätze dienten, an die durch die Straßen ziehenden Gangs, die Messerstechereien oder die Überfälle – zuerst hatte er sie nur verdrängt, inzwischen tief in seinem Gedächtnis vergraben. Pascal war selbst zu einem Dorfbewohner des Südens geworden, sein Schritt hatte sich über die Jahre verlangsamt, sein ganzes Wesen entschleunigt.

An diesem Morgen war er zehn Minuten vor der mit Audrey verabredeten Uhrzeit im Café. Sie hatten es sich längst zur Gewohnheit gemacht, das Geschäftliche mit den Mahlzeiten zu verbinden. Statt des tristen Police-nationale-Gebäudes in Apt oder der Mairie in Lucasson, in der ständig der Choleriker Jean-Paul Betrix durch die Gänge und Büros polterte, entschieden sie sich lieber für eines der kleinen Restaurants in den Orten des Luberon oder für ein Café, so wie heute.

Pascal hatte sich bereits einen Kaffee bestellt und entfaltete nicht wie am Morgen üblich die Tageszeitung, sondern die Pergamentrolle, die er vom Weingut Domaine la fierté mitgenommen hatte. Unverkennbar waren darauf zwei Gebäude, umgeben von Feldern, zu sehen. Zusätzlich war ein Richtungspfeil mit dem Hinweis auf die Landstraße D 3, die Bonnieux und Ménerbes miteinander verband, eingezeichnet.

»Bonjour, chéri«, sagte Audrey, die an seinen Tisch getreten war. Sie gaben sich die drei Bises wie zwei Kollegen, doch ihre Blicke sprachen andere Worte.

Pascal atmete ihren Geruch tief ein – sie roch nach Sommer, nach wilden Blumen –, jenen Duft, den sie wie ein eng anliegendes Kleid immer an sich zu tragen schien. Dazu ihre sportliche Figur, ihre Eleganz, die Klasse, mit der sie die Uniform der Police nationale trug. Sie war eine bildschöne Frau, und das musste Pascal ihr in diesem Moment sagen, was sie mit einem verschwörerischen Lächeln quittierte.

»Was hast du da für eine Schatzkarte vor dir ausgebreitet? Sieht nach einer Schnitzeljagd aus«, sagte sie, als sie ihr Petitdéjeuner bestellt hatten. Beide hatten die Croissants und die Marmelade gewählt, dazu ein Omelett.

Pascal erzählte von seinem Besuch auf der Domaine la fierté bei Therese Lavelle und wie er zunächst Julies Unterkunft gefunden, sich alles angeschaut und dann diese Karte entdeckt hatte.

»Jetzt wissen wir, warum man sie ›die Winzerin‹ nannte«, sagte Audrey schließlich. »Zeig mir mal das Pergament.«

Pascal reichte ihr die Rolle über den Tisch und erklärte ihr seine Theorie.

»Das dürfte tatsächlich ein Weingut sein«, sagte sie nach wenigen Sekunden. Eingehend betrachtete sie die Linien. »Ein Feld ist gestrichelt, es liegt direkt an der D 3«, ergänzte sie, ihre Augen dicht über der Karte. Sie bemerkte zunächst gar nicht, wie das Frühstück und ein Orangensaft zwischen sie gestellt wurden. »Merci«, hauchte sie dem Kellner zu, der sie anlächelte.

»Meine Interpretation dieser Karte ist«, begann Pascal, »Julie wollte sich möglicherweise auf diesem Weingut einbringen. Vielleicht ist es ein Bioweingut.«

»Das würde zu der Aussage von Marcus Bessod passen«, bemerkte Audrey, als sie sich ihr Croissant mit Aprikosenmarmelade bestrich. »Julie war also alles andere als uninteressiert an der Herstellung von Wein. Alles passt zusammen. Sie wollte einen eigenen Weg finden, ohne ihren Vater.«

Pascal nahm einen Bissen von seinem Croissant, dazu trank er seinen Kaffee aus einer Milchschale. »Ich habe in ihrer Wohnung Bücher über biologischen Weinanbau gefunden. In einem stand etwas von Naturweinen, sogar vom biologisch-dynamischen Weinanbau nach Rudolf Steiner. Ich glaube, sie plante etwas in der Richtung. Ich werde hinfahren und mir das Weingut anschauen, so schwer wird es nicht zu finden sein. Wir haben immerhin die Schatzkarte.« Er wedelte mit der Pergamentrolle.

Audrey leerte ihr Glas Orangensaft in einem Zug. »Mach das, versuche etwas herauszufinden.« Dann brachte sie sich in Position.

Pascal merkte ihr an, dass ihre Geschichte ihr nicht leicht

über die Lippen gehen würde, aber sie war der Grund, warum sie hier waren. Audreys Geschichte über die Nacht in Marseille.

»Ich habe einen Fehler gemacht, Pascal, nein, viele Fehler sogar«, begann sie.

Pascal lehnte sich ein Stück zurück, die Vormittagssonne war hinter den alten Häuserfassaden hervorgekommen und blendete ihn. Noch ein paar Minuten und er würde gegen das tief stehende Licht eine Sonnenbrille aufsetzen müssen, was der Intimität, der Schwere der Geschichte nicht zuträglich sein würde.

»Ich konnte mich nicht wehren, der Angriff der Männer kam zu plötzlich. Noch als ich in das Hafenbecken geworfen wurde, war mir klar, dass wir in einer fremden Stadt und dann auch noch in Marseille niemals hätten allein ermitteln dürfen.«

Pascal nickte, längst war auch ihm das klar geworden. Im Moloch Marseille, wie die Stadt von vielen Einheimischen noch immer genannt wurde, galten andere Regeln. Straftaten waren organisiert, Kräfte standen dahinter, die auch nach vielen Jahren Erfahrung nicht leicht zu durchblicken waren, vielen Kollegen gelang es nie.

»Das Wasser war nicht allzu kalt, und da entschied ich, nicht zur Kaimauer zu schwimmen, um die Treppe nach oben zurück zum Vieux Port zu nehmen, sondern wollte wissen, wer sich auf der Yacht befand. Also bin ich an den Booten vorbei bis zum Heck geschwommen, dort gab es eine Badeleiter. Alles war wieder dunkel, und so habe ich den zweiten Fehler gemacht.« Audrey stockte und sah Pascal an, ihre Augen Schlitze.

»Ich habe nach dir gesucht, ich habe versucht, etwas zu hören, sehen konnte ich nichts. Das Tränengas …« Die Erinnerung an sein Versagen ließ Pascals Stimme beben. Er konnte die Szene wieder vor sich sehen.

»Ich habe dich gehört, Pascal, aber ich wollte nicht antworten, dann wäre unsere Spur dahin gewesen. Und dann war ich schnell an Bord.« Audrey senkte den Kopf, dann sagte sie leise: »Aber sie haben mich gesehen. Sie waren zu dritt. Einer hat mir seine Hand so fest auf den Mund gedrückt, dass ich keinen Laut hervorbringen konnte, und ein anderer hat nach meinen Beinen gegriffen. Es hat nur ein paar Sekunden gedauert, und ich war in der Kajüte. Da war eine Glastür Richtung Heck, über das ich gekommen war, die haben sie sofort geschlossen. Der Typ lockerte seine Hand auf meinem Mund keinen Millimeter. Ich konnte noch aus dem Seitenfenster sehen, wie sich die Yacht neben uns bewegte. Man weiß auf einem Boot schließlich nie, ob man sich selbst oder ob sich das Boot gegenüber bewegt. Nun, es war unser Boot, denn plötzlich zog die Kaimauer an mir vorbei.«

Pascal hörte aufmerksam zu. Die Sonne schien inzwischen in seine Augen, er ignorierte es, schob die beiden Teller und die Tassen zusammen und stellte sie an die Kante des Tisches, sodass er sich nach vorne beugen konnte, näher zu Audrey, der es schwerfiel, diese Niederlage einzugestehen. So weit kannte er sie.

»Wir haben in dieser Nacht beide versagt«, merkte er an.

»Der Typ hinter mir roch nach irgendeinem teuren Parfum. Ich spürte, wie diese schwere Hand durch meinen Speichel und meinen Atem langsam feucht wurde.« Audrey fuhr fort, als hätte Pascal nichts gesagt. »Es ist komisch, wie diese Details sich einbrennen. Ich kann es noch immer spüren.«

Das erste Mal während der Erzählung nahm Pascal bei ihr eine Spur von Furcht wahr. Er griff unter dem Tisch nach ihrer Hand, suchte einen Moment ihre Finger, bis sie ihre Hand in seine legte, als sei sie dankbar, jetzt nicht mehr allein zu sein. Es kribbelte zwischen Pascals Fingern, den ganzen Arm hinauf.

»Es müssen Minuten vergangen sein, bis dieser Typ hinter mir die Hand von meinem Mund nahm und mich unsanft auf eine weiße Ledercouch schubste. Ich konnte ihn das erste Mal sehen. Er war fett, aber keineswegs unattraktiv. Er trug einen teuren Anzug, was ich auf einem Boot komisch fand. Nichts an ihm wirkte maritim, und bisher hatte niemand auf dem Boot gesprochen, das war mir aufgefallen, das beängstigte mich. Auch von den anderen Männern war nichts zu hören oder zu sehen. Ich wusste zu diesem Zeitpunkt erst, dass es zwei Männer waren. Aber plötzlich sagte der Dicke etwas auf Spanisch. Es waren mehrere schnelle Sätze, seine Augen funkelten dabei, er war sichtlich erzürnt. Ich konnte von oben einen zweiten Mann hören, der etwas zurückrief und dann mit einem weiteren sprach. Auch auf Spanisch. Ich verstehe nur einige wenige Worte, ich konnte den Männern nicht folgen, aber ich wusste, es würde nicht gut für mich laufen. Und so war es auch.« Sie schaute für eine Sekunde auf ihr halb gegessenes Croissant, ohne es in die Hand zu nehmen.

Auch Pascal schwieg kurz, dann fragte er: »Haben sie dir wehgetan?« Der Satz war so voller Furcht, so sehr aus tiefstem Herzen, dass Audrey ihn mitleidig ansah.

»Armer Pascal, immer besorgt.« Sie lächelte nur mit dem Mund, ihre Augen blieben ernst. »Keine Sorge, ich bin ein großes Mädchen. Sie haben mir sogar ein Handtuch gereicht, damit ich die weiße Ledercouch nicht noch nasser mache. Aber sie waren skeptisch, beide wussten sofort, dass ich nicht durch Zufall auf die Yacht gelangt war, und das war mein Problem.« Sie nahm einen Schluck von ihrem Kaffee, in den sie vorher ihr Croissant getaucht hatte. »Als der zweite Mann dicht vor mich trat, überkam mich allerdings eine diffuse Angst. Er sah nicht gewalttätig aus, er schaute mich an und musterte mich länger als nötig. Kann sein, dass ich ihn angemacht habe in meinem durchnässten Kleid. Er sah aus wie jemand, der auf so etwas achtet. Vielleicht sind ihm miese Gedanken gekommen. Niemand würde mich hören, niemand sehen. Es gab kein Entrinnen, aber dann begann er zu sprechen, zu meiner großen Erleichterung zwar sehr schlechtes, aber immerhin verständliches Französisch.«

»Und hast du dich zu erkennen gegeben?«

»Ich hatte kurz darüber nachgedacht, mich aber dagegen entschieden. Die Folgen waren nicht einzuschätzen. Was würde passieren, wenn sie erfahren würden, dass ich von der Police nationale bin? Ich hatte den Eindruck, es gäbe für mich mehr Nachteile als Vorteile. Ausweisen konnte ich mich ohnehin nicht. Ich hatte meine Tasche im Hafenbecken verloren. Alles weg, Handy, Portemonnaie, Schlüssel. Daher bin ich gestern zu dir gekommen.« Sie lachte verschmitzt. »Ich hatte schließlich keinen Schlüssel mehr.«

»Das war natürlich der einzige Grund«, wagte Pascal sich hervor.

»Bien sûr«, konterte sie. »Ich tischte ihnen eine Geschichte auf, dass ich während eines Streits mit meinem Freund ins Wasser geschubst worden sei und mich nicht wieder hochgetraut habe, denn man wisse ja nie. Also sei ich zur nächsten Yacht geschwommen, und da war ich. Schon während ich das sagte, spürte ich, dass sie mir nicht glaubten. Sie tauschten sich aus, natürlich auf Spanisch. Sie diskutierten, und plötzlich kam mir der Gedanke, während ich die Wellen unter dem Boot spürte, das Plätschern und den Wind in den Segeln hörte, dass sie mich einfach über Bord schmeißen könnten. Die Yacht war groß genug, dass sie ohne Probleme mindestens in einem anderen Land, vielleicht sogar auf einem anderen Kontinent hätten sein können, bis ich irgendwo irgendwann angespült worden wäre. Möglich, dass dieser Gedanke auch den beiden Männern kam. Sie sahen sich um und schwiegen. Es war offensichtlich, ich störte sie bei etwas, vielleicht bei einem Geschäft. Ich meine, drei Männer auf einer Segelyacht, der eine im Anzug. Nach einem Ausflug unter Freunden sah das nicht aus. Also fragte ich sie und bemerkte bereits den Fehler. Dann fragte mich der Mann, der Französisch sprach, auf welchem Weingut ich arbeiten würde. Pascal, ich begriff sofort, dass wir eine Spur haben.«

»Soso«, antwortete Pascal. »Nur warst du nicht in der Position, reagieren zu können. Du warst gefangen, nicht sie.«

Audrey ignorierte Pascals Bemerkung. »Ich überlegte, was ich ihm sagen sollte, ich wollte keinen weiteren Fehler machen, aber ich wollte auch etwas herausfinden. Warum fragten sie mich, auf welchem Weingut ich arbeite? Sie müssen einen Verdacht gehabt haben. Für ein paar Sekunden schwieg ich also, aber das war ein weiterer Fehler. Der dicke Spanier setzte sich dicht vor mich, ich konnte seinen Atem riechen. Dann sagte er etwas auf Spanisch, ohne seinen Compagnon anzusehen, aber der übersetzte trotzdem. Er wollte noch einmal von mir wissen, für welchen Winzer ich arbeite oder für welche Organisation. Was sollte das? Was für eine Organisation?« Audrey machte eine kurze Gedankenpause. »Und dann schlug er mir mit dem Handrücken ins Gesicht, bevor ich etwas sagen konnte. Er traf genau den Knochen unter meinem Auge. Für einen Moment konnte ich nichts sehen. Ich glaube, das hatten wir beide gemeinsam, wir konnten in dieser Nacht beide nicht mehr richtig sehen.« Sie lächelte, Pascal nicht. Zu schwer war es für ihn zu ertragen, dass sie von einem Mann geschlagen worden war. »Aber dem anderen Mann an Bord, der der französischen Sprache mächtig war, gefiel das nicht. Er stand auf und packte den fetten Spanier an den Haaren, dieser wehrte sich nicht. Ich glaube, er hatte in dem Dreierkonstrukt nicht viel zu sagen.«

»Einer von ihnen war der Weinhändler Alejandro Sánchez, das wissen wir bereits von Frédéric Dubprée«, warf Pascal ein.

Audrey nickte. »Es gab einen weiteren Mann an Bord, den dritten, und der steuerte diese Protzeryacht. Eigentlich war es zu wenig Besatzung für das Riesending. Dann fragte mich Alejandro Sánchez erneut, ob ich nicht doch aus der Weinbranche komme, und da dachte ich, wenn ich jetzt Ja sagen würde, dann könnte ich etwas herausfinden – sicher eher, als wenn ich sagen würde, dass ich bei der Police nationale arbeite. Ich behauptete also, dass ich plane, einen Weinladen zu eröffnen. Ich hielt das für eine gute Idee, denn ich musste dafür nicht zu viel Ahnung haben, ich wäre in der Findungsphase und müsste mich noch in das Thema einarbeiten. Ich verringerte die Gefahr, in Fachgespräche hineingezogen zu werden. Und es hat funktioniert, denn sie fragten mich, wo dieser Laden sein solle. Ich sagte, dass ich noch überlege, vielleicht in Marseille. Ich wollte keine

Spur in das Hinterland legen, nicht in den Luberon. Erst hatte ich das Gefühl, sie würden mir glauben, doch dann schlug mich der Dicke ohne Vorwarnung wieder ins Gesicht, auf dieselbe Stelle.« Pascal konnte jetzt deutlich die Schwellung unter ihrem Auge sehen. »Er schrie etwas auf Spanisch«, sagte sie, »und diesmal reagierte der andere Mann nicht. Er übersetzte auch nicht und stellte nur fest: ›Also stimmt die Geschichte mit ihrem Freund nicht.‹ Seine Augen, sie starrten mich kalt an, und in diesem Augenblick verstand ich, dass diese Männer an Bord etwas zu verbergen hatten. Und ich wusste auch, es musste etwas mit dem Weinhandel zu tun haben. Mir blieb also nichts anderes übrig, als weiterzulügen. Ich beharrte darauf, dass meine Geschichte stimmt. Nur weil ich einen Weinladen eröffnen wolle, bedeute das doch nicht, dass ich keinen Streit gehabt haben könne. Und tatsächlich, die beiden schienen mir zu glauben.«

Der Kellner des »Café Gaby« kam und fragte, ob sie noch einen weiteren Kaffee trinken wollten. Sie bestellten zwei, und Pascal schob seinen Stuhl ein Stück in den Schatten. Jetzt konnte er Audreys Gesichtszüge durch das Gegenlicht zwar nicht mehr so deutlich erkennen, spürte aber eine sofortige Entspannung seiner Haut.

Audrey nahm das Gespräch wieder auf. »So ging es eine ganze Zeit hin und her. Sie fragten mich aus, welche Weine ich einkaufen wolle, bohrten nach, und irgendwann fragte ich sie, warum sie das so interessiere. Da sagte der Typ mit den Französischkenntnissen, dass er Weinhändler sei. Das Gespräch wurde freundlicher. Der Dicke, der mich geschlagen hatte, entschuldigte sich sogar, aber ich müsse ihn verstehen, schließlich sei ich unbefugt auf seine Yacht gekommen, und man müsse vorsichtig sein. Man teilte mir einen Schlafplatz zu. Es war offensichtlich, sie waren zu früh losgefahren, und sie hatten einen Termin. Ich fragte sie, wann ich an Land könne, und sie antworteten, dass das vor Barcelona nicht möglich sei. Erst so habe ich erfahren, dass meine Reise nach Spanien ging.

Ich schien nach ein paar Stunden für die Männer vollkommen uninteressant zu sein, man beachtete mich überhaupt nicht mehr. Sie waren vielleicht keine Verbrecher, aber sie machten Geschäfte, bei denen nicht alles sauber ablief. Und dann konnte ich es nicht lassen.« Audrey sah Pascal prüfend an. »Schließlich ist das unser Job.«

»Du hast nach Spuren gesucht. Nachts«, stellte Pascal nüchtern fest.

Audrey nickte. »Sie hatten das Boot in einer Bucht irgendwo in Südfrankreich oder Spanien vor Anker gelegt, und ich konnte sie schnarchen hören. Ich durfte auf der weißen Ledercouch übernachten, das war so etwas wie das Wohnzimmer. Die Männer hatten sich in die Kajüten zurückgezogen, ich war also allein und habe mich ein bisschen umgeschaut.«

Pascal nickte und stellte seine Tasse zurück auf den Tisch.

»Ich wusste, dass ich es mit Spaniern zu tun hatte, die in der Weinbranche arbeiten, daraus machten sie schließlich keinen Hehl. Aber ich wollte es genauer wissen und schlich zunächst ziellos durch die Kajüte. Es gab einen Schrank, in dem sie Holzkisten gestapelt hatten. Da war nichts Verdächtiges. Dass ich ausschließlich französische Weine fand, war zunächst nicht auffällig, vielleicht waren sie auf Einkaufstour gewesen, Konkurrenzverkostungen.« Audrey lächelte.

»So könnte man es nennen«, stellte Pascal fest.

»Aber ich habe weitergeschaut und die ausziehbare Couch hochgeklappt. Auf einer Yacht etwas in einem Bettkasten zu lagern schien mir logisch. Und da habe ich etwas gefunden, das mir wirklich komisch vorkam.« Audrey machte eine kurze Pause. »Ich habe Rollen mit Etiketten gefunden.«

Pascal sah sie fragend an.

»Ich habe mir zunächst nichts dabei gedacht, aber dann habe ich sie mir genauer angeschaut.« Audrey griff in ihre Handtasche und legte ein Etikett auf den Tisch. »Was fällt dir auf?«

Pascal nahm das Etikett in die Hand und las, was daraufstand: »Château des trois-mille saveurs«. Außerdem war ein gezeichnetes Schloss zu sehen, ein paar Weinreben im Vordergrund. Weiterhin verriet das Etikett, dass es sich um einen Cuvée mit den für die Provence typischen Rebsorten Carignan, Syrah, Calitor und Mourvédere handelte.

»Was ist das für ein Weingut? Wo ist es?«

Audrey war der Triumph ins Gesicht geschrieben. »Dieses Weingut, Pascal, gibt es nicht. Weder in Spanien noch in Frankreich. Das war es, was ich gestern herausfinden musste, bevor wir uns trafen.«

»Das bedeutet …?«

»Dass irgendwo Weinflaschen umetikettiert und unter dem Namen eines Phantasieweinguts verkauft werden.«

»Und dass diese Männer auf der Yacht dabei eine tragende Rolle spielen«, ergänzte Pascal.

Audrey nickte.

»Und du bist dir sicher? Das Weingut gibt es nicht?«, fragte Pascal.

»Oui, wir haben es bei der Police nationale überprüft. Außerdem haben wir sofort die Fahndung herausgegeben, wo dieser Wein überall verkauft wird. Allerdings noch ohne Ergebnis. Im Carrefour oder Supermarché nicht, das wissen wir bereits. Das wäre auch zu auffällig. Sie brauchen Herstellungsnachweise, und die wird es nicht geben. Sie werden sich auf die kleinen Händler konzentrieren. Und als mir das klar wurde, dachte ich, so groß waren meine Fehler gar nicht. Immerhin hatte ich mich als unabhängige Weinhändlerin ausgegeben, und somit war ich eine potenzielle Geschäftspartnerin. Man kann auch mal Glück im Leben haben«, fügte sie hinzu und leerte ihren längst kalt gewordenen Kaffee.

»Respekt, Audrey, das ist eine Spur, auch wenn ich noch keine Ahnung habe, wo sie uns hinführen wird.«

»Wir wissen aber, dass etwas in der Weinbranche in Südfrankreich unsauber läuft. Nur können wir das Ausmaß noch nicht abschätzen. Ob das bis zur Brandstiftung eines Weinguts reicht oder gar zu einem Mord, das gilt es herauszufinden.

Gesetzt den Fall, diese Weine werden im großen Stil verkauft und Flaschen werden umetikettiert, dann wird es jemanden geben, der Wein produziert, der nie unter dem richtigen Namen verkauft werden kann. Wer weiß also, was da alles drin ist.«

Pascal musste an Julies gesteigertes Interesse an Bioweinen denken, was vielleicht auf den ersten Blick noch nicht ins Gewicht fiel war. »Vielleicht gibt es da eine Verbindung. Vielleicht hat unsere Winzerin, die einen ähnlichen Job ausübte wie die Frau, die von der Yacht gestöckelt kam, eine ganz andere Verbindung zu den drei Spaniern.« Pascal machte eine kleine Pause. »Ich denke, du hast sie nicht das letzte Mal in deinem Leben gesehen. Wir werden sie ausfindig machen müssen, diesmal als Mitarbeiter der Polizei.«

»Wir brauchen nur etwas Geduld, bis sie wieder im Hafen von Marseille festmachen.«

Pascal hob die Hand, um bei dem Kellner eine Bestellung aufzugeben. »Zwei Gläser Rosé. Bitte den vom Weingut Constantin.« Er nickte Audrey beruhigend zu. »Das Weingut gibt es immerhin wirklich.«

17

Nachdem Pascal die Serpentinstraße D 943 zwischen Lourmarin und Bonnieux unfallfrei gemeistert hatte, was bei der Enge und den schlecht einsehbaren Kurven nicht selbstverständlich war, den Vorzeigeort durchquert hatte und auf die kleine Bergstraße Richtung Lacoste gesteuert war, konnte er schon von Weitem das Château erkennen, wie es hoch über dem Luberon thronte. Die bewegte Geschichte dieses Gebäudes zog jedes Jahr viele Touristen an, umgab es doch eine dunkle Aura, die den Abenteuerlustigen einen Schauer über den Rücken laufen ließ.

Das Schloss, erbaut auf einer Burgruine aus dem 11. Jahrhundert, war siebenhundert Jahre später zu zweifelhaftem Ruhm gekommen, weil der Marquis de Sade, bekannt durch seine Bücher über abnormale und brutale Sexualpraktiken, ein paar Jahre dort sein Unwesen getrieben hatte. Besonders die Kellergeschosse des Gebäudes, die größtenteils noch immer für die Öffentlichkeit gesperrt waren, umgab ein düsterer Grusel. Bis zu seinem Tod vor einigen Jahren hatte das Château dem Modeschöpfer Pierre Cardin gehört, der es renoviert und schließlich den Urlaubern wieder zugänglich gemacht hatte. In dem Vierhundert-Einwohner-Örtchen war der Mann nicht gerade beliebt gewesen, hatte er doch Stück für Stück den halben Ort aufgekauft und die Immobilienpreise explodieren lassen. Viele Einheimische hatten Lacoste verlassen müssen, ihre Wohnungen waren heute teure Feriendomizile.

Pascal aber mochte Orte mit einer bewegten Geschichte, er liebte es, in die Historie einzutauchen. Besonders Lacoste mochte er mit den steilen Kopfsteinpflasterwegen, vorbei an den uralten Häusern aus Natursteinen bis hinauf zum Château. Was hatte diese enge Gasse schon alles gesehen? Was hatte die Menschen über die Jahrhunderte bewegt, als sie diesen Weg eingeschlagen hatten?

Im 16. Jahrhundert, nach der Pest, als viele Dörfer im Luberon entvölkert gewesen waren, hatten die Waldenser sich hier niedergelassen. Die christliche Glaubensgemeinschaft aus Lyon, die mit ihrem asketischen Leben der katholischen Lebensweise entgegengetreten war und den Adel und die Obrigkeit allein durch ihre Anwesenheit provozierte, war 1545 in einem blutigen Massaker fast vollkommen vertrieben worden. Doch noch heute gab es Spuren der Waldenser in Lacoste. Ihr 1883 neu eingerichteter Gebetsraum stand den Bewohnern in der Umgebung noch immer als Gemeindesaal zur Verfügung.

Hinter dem Ort, zwischen Felsen gelegen, gab es eine Abzweigung, zunächst schwer erkennbar, nur durch ein kleines Holzschild zu identifizieren. »Rock the Casbah«, stand darauf geschrieben.

Die Strecke war holprig, sodass Pascal sich um die Achsen seines Mégane sorgte, der für Wege wie diese nicht entwickelt worden war. Sofort fielen ihm die Weinfelder rechts und links der Strecke auf. Es war erstaunlich, wie sich das Bild der Weinberge in der Provence in den letzten Jahren verändert hatte. Wo einst ausschließlich Reben gestanden hatten und jedes noch so kleine andere Gewächs mittels Gift oder einer Hacke eliminiert worden war, wuchsen nun auf immer mehr Weingütern Pflanzen zwischen den Weinreben, auf diesem Weinberg waren es sogar Kräuter. Thymian und Rosmarin verströmten ihren betörenden Duft, der durch das geöffnete Fenster in das Wageninnere drang.

Pascal hatte das Pergament mit dem Grundriss aus Julies Zimmer auf dem Beifahrersitz liegen. Er versuchte den Weg zu erkennen, auf dem er sich gerade befand, dabei rätselte er, ob all die Reben rechts und links des Weges zu dem Weingut mit dem mysteriösen Namen Rock the Casbah gehörten. Was hatte Julie mit diesem Winzer zu tun? Warum hatte sie den Grundriss in ihrem Zimmer aufbewahrt? Und was war das für ein Name? So heißt doch kein Weingut, dachte Pascal.

Hinter der letzten holprigen Kurve steuerte Pascal auf einen sichtbar verwahrlosten Hof zu, der mit den erhabenen Gebäuden, Villen und herausgeputzten Weingütern der Gegend nichts gemein hatte. Einige Fensterläden hingen schräg in ihren Verankerungen, die Tür zum Gebäude stand offen. An einer Wäscheleine hingen T-Shirts und Jeans, die vorherrschenden Farben waren Schwarz und Grau in vielen Facetten, grundsätzlich farblos.

Pascal parkte seinen Mégane auf dem mit Unkraut übersäten Hof neben einem verrosteten Pick-up. Hier gab es keine Parkplätze für Besucher, die ihren Wein direkt beim Hof kaufen wollten, geschweige denn einen Shop, in dem Weinverkostungen angeboten wurden. Ein Nebengeschäft, das sich im Luberon kein Winzer freiwillig entgehen ließ.

Pascal stieg aus und läutete an einer großen Glocke, die über der Eingangstür hing. »Rock the Casbah«, war in Graffiti-Buchstaben auf die Steinmauer gesprüht.

Zunächst hörte Pascal Hundegebell. Zwei Mischlinge mit struppigem Fell kamen aus dem dunklen Flur, bremsten vor Pascal ab und bellten weiter. Ihre Augen musterten ihn finster.

»Bonjour!«, rief Pascal, aber er bekam keine Antwort.

Nachdem die Hunde das Bellen auch nach einer gefühlten Ewigkeit nicht eingestellt hatten, kam ein junger Mann mit kurz geschorenem Haar und tätowiertem freien Oberkörper auf ihn zu. War das tatsächlich eine Weinflasche auf seiner Brust? Im Gehen streifte er ein gelbes T-Shirt über. Der Schriftzug »Rock the Casbah« war dem Logo eines berühmten Albums von The Clash nachempfunden, das Pascal nur durch seine Tochter Lillie kannte, die in ihrer Sturm-und-Drang-Phase versucht hatte, ihm diese Band näherzubringen.

»Bonjour«, antwortete der Mann schließlich mit tiefer und misstrauischer Stimme.

Wie könnte es auch anders sein?, dachte Pascal. Was wird in seinem Kopf vorgehen, wenn ein Gendarm vor seiner Tür steht?

Sofort versuchte Pascal eine Ebene mit dem jungen Mann

zu schaffen, indem er sagte: »Keine Sorge, es geht nicht um Sie oder das Weingut. Ich bin aus einem anderen Grund hier.«

»Da bin ich aber gespannt«, sagte der Mann lauernd und lehnte sich, um Entspanntheit auszudrücken, an die Tür. Dabei strich er sich über das kurze Haar und blickte Pascal skeptisch an.

»Können wir uns irgendwo hinsetzen?«, fragte Pascal. In keinem Fall wollte er dem Mann hier im wahrsten Sinne des Wortes zwischen Tür und Angel erklären, dass Julie Lavelle tot aufgefunden worden war. Er wusste nicht, wie nahe sie sich gestanden hatten.

»Bitte schön«, sagte der Mann und deutete auf zwei Bänke mit einem Tisch im Schatten am Rande des Weinbergs. Er setzte sich und bot Pascal einen Platz ihm gegenüber an.

»Mein Name ist Pascal Chevrier. Ich arbeite für die Police nationale in Apt. Wir ermitteln in einem Mordfall.«

Der Mann sah ihn erschrocken an, aufrichtig erschrocken. »Und was haben wir damit zu tun?«

»Ich denke, gar nichts, Monsieur, zumindest gehe ich nicht davon aus.« Pascal versuchte ein freundliches Gesicht aufzusetzen, vermittelnd. »Wie ist Ihr Name?«

»Ich bin Noah. Noah Sauvage.«

»Und Sie sind der Besitzer?«

»Nein.«

»Also ein Mitarbeiter?«

»Nein, ich bin der Lehrer.«

»Der Lehrer?«, fragte Pascal.

»Man kann kein Land besitzen. Fragen Sie doch mal die Natur, wem sie gehört.«

»Also sind Sie so etwas wie ein Verwalter?«

»Um in Ihren Mustern der Beamten und Behörden zu sprechen, kommt das vielleicht hin, obwohl es nie mein Lebenstraum war, irgendwann mal ein Verwalter zu werden.« Noah schüttelte sich vor Abscheu.

»Arbeiten hier noch mehr Leute? Mehr Lehrer?«

Jetzt zögerte Noah Sauvage. »Wer ist denn tot?«

»Wir haben am letzten Samstag die Leiche von Julie Lavelle in einem Weinberg bei Saignon gefunden.«

Der Tisch zwischen ihnen bot Noah Sauvage in der nächsten Minute Halt, er war ihm eine Stütze, dann stammelte er: »Mein Gott!« Er schwankte. »Julie?«

»Oui, Monsieur, ich bedaure, Ihnen das mitteilen zu müssen.«

Noah ließ sich gegen die Rücklehne der Bank fallen, diese knarrte bedrohlich, das morsche Holz versuchte standzuhalten.

»Das bedeutet«, begann Pascal nach einer Pause, die er dem Winzer beziehungsweise dem Lehrer gönnen wollte, um zumindest die Worte zu begreifen, »Sie kannten Julie gut?«

»Oh ja, natürlich.« Seine Stimme klang plötzlich heiser, dann begann er zu weinen. »Julie«, schluchzte er. »Daher ist sie so lange nicht gekommen.«

»Sie hat hier gearbeitet?«

Noah schaute ihn erstaunt an. »Sie ist hier zur Schule gegangen.«

»Verstehe«, entgegnete Pascal. »Oder auch nicht«, flüsterte er. Er gab Noah einen weiteren Augenblick, sich zu sammeln, seine Gedanken zu sortieren, um dem Gespräch überhaupt folgen zu können. »Wir wissen noch nicht genau, ob es sich um einen Mordfall handelt, daher sprechen wir mit den Menschen aus ihrem Umfeld.«

Kurz hatte Pascal das Gefühl, Noah würde ohnmächtig werden. Seine Augen begannen sich zu drehen, gleich würden sie nach oben rollen, und dann würde er das Bewusstsein verlieren. Er stand unter Schock. Doch er fing sich.

»Wollen Sie etwas trinken, Monsieur? Holen Sie sich gern etwas, ich habe Zeit«, sagte Pascal.

Er nickte. »Müsste ich das nicht Sie fragen?« Er stand auf. »Entschuldigen Sie mich.« Er schlurfte über den Hof, als wäre er um Jahre gealtert, es war nicht mehr der Gang eines jungen Mannes.

Pascal sah sich um, betrachtete den Weinberg. Die Reben waren bei Weitem nicht so ordentlich geschnitten wie auf anderen Weingütern, sie schienen vernachlässigt dahinzuvegetieren. Auf dem Boden wuchs Gras, und es gab keinerlei Treckerspuren. Möglich, dass sie hier auf jedes technische Gerät verzichteten. Pascal hatte von Weingütern gehört, die sich ganz der Natur und dem Wildwuchs verschrieben hatten, mit aus seiner Sicht mäßigem bis ungenießbarem Ergebnis.

Instinktiv wusste er, dass Noah nicht so schnell zurückkehren würde, und so stand er auf und schaute sich ein bisschen um. Er ging zu dem Schuppen neben dem Hauptgebäude. Die Tür stand offen. Es war dunkel, Pascals Augen mussten sich daran gewöhnen. Er sah zunächst nur Umrisse von kleinen Fässern, die man sich mit Gurten auf den Rücken schnallen konnte. Am hinteren Ende des Gebäudes befand sich eine Abgrenzung aus alten Holzbalken, es roch nach Stall.

Pascal holte sein Telefon aus der Tasche und schaltete die Taschenlampe ein. Damit leuchtete er auf eine Stelle am Ende des Schuppens. Da waren Kuhmist und in einem Plastikbehälter daneben eine Tonne, die mit Kuhhörnern gefüllt war. An den Wänden hingen alte Pflüge, Hacken und verrostete Schaufeln. Alles wirkte, als betrete er ein Weinmuseum.

Er drehte sich um, wollte gerade wieder zu der Bank hinübergehen, da sah er durch die geöffnete Tür Noah zurückkehren. In der einen Hand hielt er eine Flasche Wein und in der anderen Gläser.

Noah schaute zu der Bank und sah sich um, suchte nach seinem Besucher. Zu gern hätte Pascal sein kleines Geheimnis des Herumstöberns für sich behalten, doch es war zu spät. Noah kam langsam auf den Schuppen zu und blieb im Licht der geöffneten Tür stehen, sodass Pascal seine Gesichtszüge nicht erkennen konnte. Für einen Moment starrte er Pascal an. Jetzt war seine Stimme schroff.

»Sie wollten sich hier umsehen? Warum fragen Sie nicht?«

Pascal ging auf ihn zu. »Ich wusste nicht, wie lange Sie

weg sein würden, daher habe ich ein bisschen herumgeguckt. Schlimm?« Pascals Betonung war fragender als gewollt, prüfend.

Noah ließ sich jedoch nicht darauf ein, er ging einen Schritt zur Seite und betätigte einen Lichtschalter neben der Tür. Zunächst flackerten an der Decke zwei Neonröhren, dann beruhigten sie sich und erhellten schließlich den Raum. Das Licht war kalt.

»Das ist unsere Scheune. Hier ist alles, was wir brauchen, um Wein zu produzieren. Unsere beiden Pferde stehen drüben.«

Pascal sah ihn erstaunt an. »Sie bewirtschaften Ihre Felder ohne Trecker?«

»Die Felder … Wir bewirtschaften das Land mit Pferden, nicht unsere Felder. Sie gehören niemandem, das hatte ich Ihnen doch schon erklärt.«

»Verzeihung.« Pascal fühlte sich gerügt, als hätte er in der Schule nicht aufgepasst. »Und wozu brauchen Sie diese Kuhhörner?« Er deutete auf die Tonne.

»Das absolut Essenzielle im Naturweinanbau ist der Hornmist. Das ist ein Geheimnis, das keines sein sollte. Man nennt es 500P.«

»Und wie funktioniert 500P?«

Noah stellte die Weinflasche und die Gläser auf den Boden und ging zu dem Fass mit den Hörnern. Eines nahm er heraus und schwenkte es vor Pascal hin und her.

»Wir füllen das Horn mit Kuhmist und vergraben es dann in der Erde. Schon nach kurzer Zeit hat der Boden sich vollkommen verändert.« Er ließ das Horn wieder zu den anderen fallen, Horn fiel auf Horn, es klang dumpf. »Dann vermischen wir die Substanz mit Wasser. Und das Wasser speichert die Information.«

»Aus dem Horn?«

»Aus dem Horn und dem Kuhmist, aus 500P.« Noah ging auf die andere Seite des Schuppens, zu den Kanistern mit den Gurten.

Erst jetzt sah Pascal an der Wand an unterschiedlichen Haken etwa einen Meter lange Düsen hängen, die über ein Schlauchsystem in die Kanister führten.

Noah Sauvage nahm einen der Sprinkler herunter. »Und dann geben wir das Wasser an den Boden weiter. Wir besprühen die Reben damit und fördern den natürlichen Kreislauf. Und das Beste daran ist, wir brauchen nur minimale Mengen, nur hundert Milliliter, die Wirkung aber ist erstaunlich. Im letzten Jahr haben wir die Bronzemedaille mit unseren Weinen gewonnen, dieses Jahr wird es Silber. Jetzt sprechen wir von ›unserem‹ Wein, denn die Natur hat ihn uns geschenkt.« Noah nickte, als würde er das Gesagte bestätigen, dann hängte er die Düse wieder an den Haken. »Der Weinberg heißt Rock the Casbah, wie der Song von The Clash, in dem heißt es:

You have to let that raga drop
The oil down the desert way
Has been shakin' to the top

Ein Song, der oft fehlinterpretiert wurde, aber nicht von uns. Es ist kein Song gegen jemanden, er sagt nur, die Erde ist geplündert, das Öl in der arabischen Wüste schwappt nach oben. Kasbah ist die arabische Bezeichnung für eine Festung, und so sehen wir uns, daher sagen wir Rock the Casbah. Und es handelt vom Verbot der Rockmusik im Iran unter Ayatollah Khomeini. Im Lied wird die Geschichte des Widerstandes erzählt, und den müssen auch wir leisten, gegen die Ausbeutung der Natur durch diese ganzen geldgeilen Winzer.« Noah pustete erleichtert aus, als er mit seiner Suada endete.

Pascal erinnerte sich plötzlich an das The-Clash-T-Shirt des Jungen aus Marseille, aber sicher war das ein Zufall, wenn es Zufälle denn überhaupt gab. Zweifel überkamen Pascal in fortschreitendem Alter in immer kürzer werdenden Abständen. Durchaus möglich, dass es eine Verbindung gab, eine Haltung.

»Hier in unserem Weinkeller läuft ausschließlich Punkrock

als Freiheitsausdruck, der an die Reben weitergegeben wird. Monsieur, das ist Natur, und die ist am aufregendsten, wenn sie frei ist. Nur dann kann sie Wunder vollbringen. Wollen Sie probieren?« Noah wartete keine Antwort ab und ging zu einem der Fässer im Schuppen. Als er den Korkenzieher ansetzte, nickte er Pascal aufmunternd zu. Der Wein spritzte aus der Flasche, als wäre er Sekt oder Champagner. Schon jetzt konnte man sehen, wie hell er war. Wie Holunderbrause.

Noah reichte ihm das Glas, Pascal roch daran, die Nase neutral wie auch der Geschmack. Ein klassischer Rotwein war das nicht, schon das Prickeln auf der Zunge widersprach jeder Regel für einen guten Wein. Er schmeckte sauer wie vergorener Traubensaft, und unterm Strich war er auch genau das.

»Interessant«, sagte Pascal und stellte das Glas wieder hin, »aber ich bin im Dienst, da muss ich aufpassen.« Wie dankbar Pascal diesem Rettungsanker, diesem Geistesblitz war.

»Setzen wir uns wieder raus«, sagte Noah, nahm die Weinflasche und die Gläser vom Boden, löschte das Licht und ging zu den Bänken unter dem Baum.

Pascal folgte ihm und setzte sich zurück auf seine Bank, Noah gegenüber.

»Wir haben keine Lobby für unsere Weine, niemand glaubte an uns. Aber wir sind Punks und sind es gewohnt, außerhalb der Gesellschaft zu stehen. Die Gesellschaft«, er lächelte, »die interessiert uns nicht.«

»Ich habe von Bioweingütern schon oft gehört, aber was ist der Unterschied zu Naturweinen?«, wollte Pascal wissen.

»Dieser Wein«, Noah deutete auf die Flasche, »ist frei von Sulfiten. Kein Önologe darf hier auch nur das Gelände betreten. Das ist das Gesetz von Naturweinen. Wir geben absolut keine Zusätze dazu, wir lassen die Trauben in Ruhe gären. Unsere ganze Aufmerksamkeit schenken wir dem Boden. Er hat sie sich verdient. Wir leben im ständigen Kreislauf der Natur, der Gezeiten, der Launen. Das ist Biodynamik in Vollendung. Wir erschaffen hier Weine nach der Lehre von Rudolf Steiner.«

»Also Demeter?«, fragte Pascal.

»Ja, Demeter, aber diese Prüflinge lassen wir auch nicht bei uns auf den Hof. Wir haben unsere Kunden, und wir verzichten aufs Herkunftssiegel.«

»Sie verzichten auf das Herkunftssiegel?« Pascal konnte nicht glauben, was er hörte. Das war eine Grundregel in der Weinherstellung. Nur durch das Siegel wurde Wein zu einem Qualitätswein. »Das bedeutet, ich weiß nicht, woher der Wein kommt?«

»Nein, er ist ein Geschenk der Natur, und die ist global. Wir wissen das.«

»Verstehe«, sagte Pascal. Oder auch nicht, dachte er. Er versuchte das Gespräch zurück zu Julie zu lenken. »Und Julie hat all diese Gedanken geteilt?«

Noah nickte ernst, dann starrte er einen Moment auf die Tischkante vor sich, seine Arme hingen wieder herunter. »Sie war oft hier, sie wollte unsere Mission verbreiten. Wie wir alle hier.«

»Wie muss ich das verstehen?«, fragte Pascal. »Was für eine Mission?«

»Die Mission des Naturweins. Über Jahrhunderte haben wir die Böden im Languedoc und der Provence mit Giften getötet, sie vergewaltigt. Wir haben den Boden malträtiert und missbraucht, und am Ende haben wir uns nur noch auf den Ertrag konzentriert. Das ist Ausbeutung. Wir wollten einen sanften Rachezug.«

»Mhm«, sagte Pascal. »›Einen sanften Rachezug‹?« In ihm stiegen die Bilder des abgebrannten Weinfeldes auf, der Geruch, die verbrannte Erde. Wer wusste schon so genau, wie ein Rachezug der sanften Art aussah? »Was bedeutet das?«, wollte er wissen.

Noah schwieg.

Pascal versuchte es erneut: »Möchten Sie wissen, wie Julie ums Leben gekommen ist?«

Noah nickte still.

»Sie ist Opfer einer Brandstiftung geworden. Jemand hat den Weinberg vom Château des quatre chiens angezündet. Wir haben Brandbeschleuniger gefunden.«

»Der gehört Luc Adel«, entfuhr es Noah.

»Sie kennen Monsieur Adel?«

Er blickte auf. »Jeder kennt Luc. Er steht für alles, was wir aus tiefstem Herzen ablehnen.«

»Und das wäre?«

»Das wäre beispielsweise«, Noah hatte seine Stimme erhoben, »dieser Betrug mit den Bioweinen. Ich sage Ihnen, der ist nicht sauber. Jetzt hat er einige Parzellen zu Bioanbaugebieten gemacht, aber den Rest spritzt er zu Tode. Er vergewaltigt seine Reben, er ist ein Sexualverbrecher der Trauben. Wie kann das sein, frage ich dich.«

Pascal zuckte mit den Schultern. Er ahnte, wie schwer Noah das Sie fiel, wie wenig das zu seiner Haltung passte.

»Bioweine funktionieren nur, wenn im Umkreis von vielen Kilometern keine Felder gespritzt werden, wenn kein Pflanzenschutzgift eingesetzt wird. Das macht der feine Luc Adel aber nicht. Der schwenkt jetzt die Biofahne und geht zur ganz großen Marketingoffensive über, spritzt aber rundherum seine Felder. So geht das nicht. Haben Sie sich das mal angeguckt, Monsieur ...?« Er stockte.

»Chevrier.«

»Chevrier, haben Sie sich das mal angeschaut? Da stehen sogar Bienenstöcke. Er verkauft Biolavendelhonig. Nur ist sein Lavendelfeld viel zu weit entfernt. Und viel schlimmer: Es liegt auf der falschen Seite. Die Bienen fliegen in den Süden, immer Richtung Sonne, also mitten durch seine Giftberge. Mir ist es ein Rätsel, wie ein Mann wie Luc Adel das Biosiegel bekommen hat. Aber bei der Kohle kann er sich alles leisten, auch so einen Biosiegel-Cretin. Die haben bei uns ohnehin Hausverbot.«

»Das sagten Sie schon«, beruhigte Pascal den Winzer. »Gibt es viele Kollegen, die so über den Mann denken?«

»Oh ja, Monsieur. In den letzten Jahren hat er alles dafür getan, den Hass zu schüren.«

»Und das wäre?«, fragte Pascal.

»Für uns, die ausziehen, um ihre Mission unter die Weintrinker Frankreichs zu tragen, ist die Biolüge am schlimmsten. Wir werden es ihm auch noch nachweisen. Spätestens nach der nächsten Weinlese, wenn er mit seinen Giftweinen die Supermärkte beliefert und damit in der Bioabteilung landet. Dann werden wir da sein und Untersuchungen anstellen.«

»Was hat er noch getan?«

»Er ist ein Ausbeuter. Er zahlt seinen Angestellten zu wenig, nur wenn er muss, dann gerade mal den Mindestlohn. Außerdem gibt es da so einen Verdacht.«

Jetzt wird es interessant, dachte Pascal, jetzt bloß nicht unterbrechen.

»Sind Sie bereit für eine kleine Rechenaufgabe? Wissen Sie, wie viel Wein sechzig Hektar in etwa einbringen? Luc Adel hat, soweit wir wissen, sechzig Hektar. Pro Hektar erntet er sechstausendsiebenhundertfünfzig Liter Wein. Das bedeutet, er bringt Jahr für Jahr vierhundertfünftausend Liter in seine Tanks, füllt sie ab und verkauft sie. Aber wir haben recherchiert. In Wahrheit verkauft er fünfhunderttausend Liter. Zufällig wissen wir von Abnehmern aus Supermärkten, dass sie fast die gesamte Menge abnehmen. Wir haben unsere Leute und Informanten überall. Das bedeutet, dieser Mann verkauft mehr Wein, als er produzieren kann. Nur leider kann ihm das niemand nachweisen. Er hat Kontakte in aller Welt, ein Netzwerk aus Firmen. Er kauft Weingüter wie andere Leute Klamotten. Kein Mensch steigt da mehr durch, wahrscheinlich er selbst nicht. Wenn sie ihn nicht wegen der Biolüge dranbekommen, dann sicher über die Steuerfahndung. Ihm müssten ganze Inseln in den Steuerparadiesen gehören.«

Pascal kam eine Idee. »Haben Sie schon einmal etwas von dem Weingut«, er nahm das Etikett in die Hand, das er von Audrey bekommen hatte, »Château des trois-mille saveurs gehört?«

Der bislang selbstbewusste Noah stockte das erste Mal, seine Augen flackerten, dann schüttelte er den Kopf. »Bedaure, Monsieur, leider nicht.«

Pascal machte keine Anstalten, das Etikett wegzunehmen. Während er Noah das Logo dicht vor das Gesicht hielt, studierte er die Mimik, jedes Zucken in dessen Mundwinkeln. Es war offensichtlich: Noah sah das Etikett nicht zum ersten Mal.

Pascal beabsichtigte nicht, das Spiel zu beenden, sondern fügte hinzu: »Soweit ich weiß, sind die Rebsorten Carignan, Syrah und Calitor darin, nur die letzte ist mir entfallen.« Er machte eine Pause, wollte Noah die Möglichkeit geben, den Satz zu Ende zu führen. »Wie heißt sie noch?«

Noah blickte finster auf den Tisch, versuchte das Etikett vor seinem Gesicht zu ignorieren.

»Könnte es die Traube Mourvédere sein?«, sagte Pascal nach ein paar unendlich langen Sekunden.

Noah wand sich. »Hören Sie, Monsieur ...«

»Chevrier.«

»Monsieur Chevrier, ich will damit nichts zu tun haben. Mourvédere ist eine spanische Traube und heißt eigentlich Monastrell. Diese Traube ist eine Diva, nicht zu viel Wind, nicht zu viel Hitze, schon in dreihundert Metern Höhe hat sie ein Problem. Wir würden es nicht erzwingen, wir erzwingen nichts. Ich weiß, dass sie hier in der Provence viel angebaut wird, aber das Ursprungsland ist Spanien, und da kenne ich mich nicht aus und will es auch nicht.« Noah klang bockig wie ein kleiner Junge, den man beleidigt hatte.

»Nun, Monsieur«, sagte Pascal, der seine Hausaufgaben gemacht hatte, »eine Gen-Analyse von 1998 hat das Gegenteil bewiesen. Die Monastrell-Traube ist nicht identisch mit der Mourvédere-Rebe. Inzwischen wird Mourvédere vor allem im Châteauneuf-du-Pape angebaut und, ich glaube, im Bandol.«

»Ah«, sagte Noah jetzt spitzbübisch, »der Monsieur Commissaire möchte mir Unterricht im Weinanbau geben. Da bin ich aber gespannt, was ich noch alles lernen kann.« Inzwischen war

Noah wieder ganz er selbst. Er lehnte sich zurück, verschränkte die Arme vor der Brust. Seine Augen funkelten. Seine ganze Körperhaltung verriet pure Ablehnung. »Châteauneuf-du-Pape, Bandol ... Haben Sie eigentlich eine Ahnung davon, wie sehr wir diese Bourgeoisie-Weinverkostungen missbilligen? Es sind zu Tode gespritzte Trauben, die Weine vollkommen überteuert. Das sind genau die Leute, gegen die wir uns auflehnen. Diese kontrollierten Winzer mit ihren Showrooms für amerikanische Touristen – wie ich das verachte.« Er spuckte wie ein Fußballer aus, der fünfzig Meter gerannt war.

»Sie meinen, Winzer wie Luc Adel? Ein Weingut, in dem sich reiche Amerikaner die Klinke in die Hand geben und die Weine kistenweise aus dem Shop tragen?«

»Oui, genau die, Monsieur.«

»Als wie stark würden Sie Ihren Hass gegen Adel und das Château des quatre chiens bezeichnen?«

»Sie meinen, ob ich die beschissenen Weinberge von diesem Snob abgebrannt habe?« Noahs Stimme hatte sich gesteigert, jetzt schrie er Pascal an. Er hatte sich nach vorn gebeugt, seine Augen funkelten. »Sie Scheißbulle meinen, ich wäre ein Brandstifter?«

»Nun, Monsieur, Sie müssen mich verstehen. Ich muss das fragen, immerhin ermittle ich.«

Der Faustschlag quer über den Tisch traf Pascal vollkommen unerwartet. Zunächst dachte er, der Knochen über seinem Auge sei gebrochen. Er hob die Arme zum Schutz vor einem möglichen weiteren Schlag, aber der Winzer schien nicht nachlegen zu wollen.

Noah sagte mit ruhiger Stimme: »Nun, Monsieur, ich bin Punk, ich muss das tun.« Er betrachtete die Fingerknöchel an seiner Hand, sie schienen zu schmerzen. Zumindest war das Pascals Interpretation, soweit er das aus einem Auge einschätzen konnte. Das andere Auge war in Sekundenschnelle zugeschwollen, außerdem blutete er an der Augenbraue.

»Und jetzt verschwinden Sie von hier. Sie können mich ja

verklagen, dann reden wir mal darüber, wer sich auf wessen Grundstück unbefugt eingeschlichen hat und den Schuppen ohne Genehmigung betreten hat. Oder haben Sie etwas dabei? Irgendein Papier, das mich dazu verpflichtet, Sie reinzulassen?«

Pascal holte ein Taschentuch hervor und drückte es auf seine Augenbraue, schnell war es durchnässt, mit Blut durchtränkt.

Noah stand auf und ging zu seinem Schuppen, ohne Pascal noch einmal zu beachten. Es schien ihn nicht zu interessieren, dass er am Tisch sitzen blieb, benommen von dem plötzlichen Gewaltausbruch. Nach ein paar Sekunden schallte ein Punk-rocksong von The Clash über den Innenhof.

By order of the Prophet
We ban that boogie sound
Degenerate the faithful
With that crazy Casbah sound
But the Bedouin, they brought out
The electric camel drum
The local guitar picker
Got his guitar-pickin' thumb
As soon as the Sharif had cleared the square
They began to wail.

Mit dem auf das Auge gedrückten Taschentuch ging er Richtung Schuppen, mit jedem Schritt wurde die Musik lauter, der schleppende Ska-Reggae-Punk-Mix, stand im Gegensatz zu der Landschaft, den Weinreben, der Schönheit.

In aller Seelenruhe, als sei nichts geschehen, sortierte Noah seine Kuhhörner, hielt sie gegen das kalte Neonlicht.

»Ich gebe Ihnen eine Chance!«, schrie Pascal gegen die Musik an. »Wir können das hier vergessen, wenn Sie mir etwas über Melvin Tarron sagen können.«

Noah fuhr herum, er hatte Pascal zuvor offenbar nicht hören können – wie auch bei dem Lärm? Schon Pascals Tochter Lillie sagte, man könne diese Musik nur laut hören.

Tatsächlich ging Noah zu einer uralten Kompaktanlage, die Pascal vorher nicht aufgefallen war, die aber die gleiche war, die er selbst damals in seinem Jugendzimmer stehen gehabt hatte. Ein Konfirmationsgeschenk aus dem Supermarkt von der deutschen Marke Schneider. Pascal konnte sich auch nicht erklären, warum ihm das auffiel, aber so war es eben manchmal mit seinem Gehirn.

»Melvin Tarron?«, fragte Noah quer durch den Raum. »Was hat denn dieser Loser damit zu tun?« Er ging ein paar Schritte auf Pascal zu, der gerade das Taschentuch wendete, weil eine Seite bereits durchgeblutet war. »Was kommen Sie auch einfach her?« Mit ein wenig Wohlwollen war Mitleid in Noahs Stimme zu vernehmen.

»Also«, antwortete Pascal. »Kennen Sie Melvin Tarron gut?«

»Na ja, er hat sie manchmal abgeholt, wenn er mit seinen Pools fertig war. Aber was hat der denn damit zu tun?«

»Wir haben herausgefunden, dass er ebenfalls im Weinberg war. Ob er das überlebt hat, wissen wir noch nicht, aber möglicherweise ist er mit verbrannt und wenn nicht, dann dringend tatverdächtig.«

Noah verzog das Gesicht. Er sah jetzt aus wie der Joker, er lächelte, ohne dass sich weitere Gesichtszüge veränderten. »Sie meinen, dieser kleine Scheißkerl hat Julie auf dem Gewissen? Die Geschichte wird ja immer absurder.«

»Wie gesagt, noch ist es nur ein Verdacht. Wissen Sie, woher Melvin kommt? Wo hat er gewohnt?« Pascal kramte in seiner Tasche, was mit einer Hand nicht einfach war. An der anderen spürte er das Blut, wie es durch das Taschentuch über seine Finger lief. Schließlich bekam er das Foto zu fassen und holte es aus seiner Uniformtasche. »Ist das Melvin?«

Noah schaute darauf, reagierte aber nicht. »Soll ich Ihnen ein Taschentuch holen?«

Pascal nickte, und Noah verschwand in den hinteren Teil des Schuppens. Kurz darauf kam er mit einer Küchenrolle zurück. »Hier«, brummte er. »Ich hab Sie unglücklich getroffen.«

»Also ist er das? Und was wissen Sie über ihn?« Pascal riss sich drei Blätter von der Rolle, während er bemüht war, den Gesprächsfaden nicht zu verlieren, stopfte das durchgeblutete Taschentuch in seine Jackentasche und presste die sauberen Tücher auf sein Auge.

»Kennen tue ich ihn nicht, aber er war öfter hier. Ich glaube, er kam aus Marseille, mehr weiß ich nicht über seine Herkunft. Er war ganz vernarrt in die Kleine, brachte oft Geschenke mit. Aber Julie hat es ihm auch nicht leicht gemacht. Manchmal haben wir hier gesessen und zusammen gekifft.« Plötzlich hielt Noah inne. »Oh, verhaften Sie mich jetzt?«

»Nicht für das Kiffen, eher wegen Körperverletzung.«

»Na ja, das hatten wir ja schon besprochen. In jedem Fall ist das Melvin auf dem Foto.«

Pascal nickte. »Noch eine Frage: Wie war Julie gekleidet, wenn sie hier arbeitete?«

»Gelernt hat, meinen Sie.«

»Egal, wenn sie hier war.«

»Nun, meist schlicht so wie wir. Ein bisschen Gothic, meist schwarz. Wir hatten die gleichen Ideale. Warum ist das wichtig?«

»Weil wir wissen, dass sie manchmal auch ganz anders ausgesehen hat. Mit Kleid und Schminke und so.«

Plötzlich lachte Noah. »Unmöglich. Julie und ein Kleid? Da müssen Sie sich täuschen.«

»Kann es nicht sein, dass Julie ein Doppelleben geführt hat? Haben Sie mal von ihren Nächten in Marseille gehört?«

»Non, keine Ahnung. Mit Melvin?«

»Möglich«, entgegnete Pascal, während er die durchgebluteten Tücher wieder von der Stirn nahm, um sich neue abzureißen.

»Ich glaube, Sie sollten damit zum Arzt«, bemerkte Noah trocken, als hätte er nichts damit zu tun. »Kommen Sie, ich fahre Sie hin.«

»Das ist geradezu entzückend von Ihnen, aber ich komme schon klar.«

»Haben Sie das mal gesehen? Kommen Sie, ich möchte es wiedergutmachen. Letztendlich wollen Sie ja nur den Mord an Julie aufklären, da habe ich wohl überreagiert.«

»Das kann man wohl sagen.«

Nicht, weil Pascal nicht selbst zum Arzt fahren konnte, willigte er ein, sich von Noah chauffieren zu lassen, sondern um vielleicht noch an die wichtige Information zu kommen, wie gut Noah das Château des trois-mille saveurs kannte. Seine Reaktion schrie nach Nachfragen.

»Na gut. Wo steht das Auto?«, fragte er schließlich.

Noah griff in seine Tasche, um sicherzugehen, dass er den Autoschlüssel dabeihatte, dann ging er um den Schuppen herum. Auf der Rückseite standen mehrere Fahrzeuge, auch wenn sie als solche nur noch schwer erkennbar waren, ineinandergeschoben, verbeult, ausrangiert. Ein Ort wie eine Schrotthalde. Nur ein kleiner R4, wie Pascal ihn schon lange nicht mehr gesehen hatte, war mit einem Nummernschild ausgestattet. Auch dieser war mit Beulen übersät, die Sitze waren aufgerissen, als hätte ein Hund sich aus purer Langeweile das Wageninnere vorgenommen.

Nach Hund roch es auch, als Noah ihm die Tür öffnete und Pascal ein heißer, penetranter Geruch entgegenschlug. Noah bat ihn mit der Bemerkung: »Aber bluten Sie das Auto nicht so voll«, Platz zu nehmen.

»Sie kennen also das Château des trois-mille saveurs?«, begann Pascal ohne Umschweife. Er war überrascht, wie schnell die Antwort kam.

»Das ist Fusel«, sagte Noah. »Mehr weiß ich nicht.« Und dann drehte er die Musik auf. »I Fought the Law« erklang.

18

»Ja, wo warst du, als ich dich brauchte?« Pascal sah in zwei große braune Augen, die Brauen sorgenvoll nach oben gezogen, der Blick skeptisch. »Du hättest das nicht zugelassen.« Er tätschelte Bordeaux, der sich neben ihm ins Badezimmer gesetzt hatte.

Pascal hatte die beiden Lichter über dem Spiegel eingeschaltet, um seine Verletzung genau betrachten zu können. Über dem Auge befand sich ein Cut, der von Dr. Fabrice grobschlächtig mit zwei weit auseinanderliegenden Stichen genäht worden war. Ohne Betäubung – zu aufwendig kurz vor Feierabend. Die beiden schwarzen Fäden hingen gut sichtbar über den Augenbrauen, dem Schmerz konnte Pascal noch immer nachspüren.

»Soll ich Noah zur Rechenschaft ziehen? Was meinst du, Bordeaux?« Er sah seinen Hund nicht an, sondern weiter in den Spiegel. »Gewalt gegen den Staat nennt man das.« Auch wenn es ihn in dem Fall nicht weiterbringen würde, dachte er.

Pascal spürte, wie sein Portable in der Hosentasche vibrierte. Ohne den Blick von seinem Spiegelbild abzuwenden, hielt er es vor sich und konnte kaum glauben, welcher Name auf dem Display zu sehen war. Er musste schlucken, sein Herz schlug schneller. Er ließ sich auf den Rand seiner Badewanne fallen.

»Catherine«, stand dort – seine Ex-Frau –, und weil Pascal nicht wusste, was er sagen sollte, wenn er das Gespräch annahm, sagte er einfach nichts, drückte aber auf den grünen Button.

»Pascal?«, tönte es aus dem Handy. Und kurz darauf: »Pascal? Kannst du mich hören?«

»Oui«, antwortete er kurz, und es klang viel härter, als er es beabsichtigt hatte, als sei er noch immer wegen der Scheidung verletzt, obwohl das längst nicht mehr der Fall war. Im

Gegenteil, er empfand sogar eine gewisse Dankbarkeit, die er nach den härtesten Jahren seines Lebens nie erwartet hatte. Catherines Geständnis am Tag des Auszugs ihrer Tochter, jemand anderen kennengelernt zu haben, hatte Pascals Herz in Stücke geschnitten. Doch jetzt, fünf Jahre später, war ein Leben in Paris und an ihrer Seite für ihn undenkbar geworden. Und so wiederholte er sein »Oui« und fügte ein fröhliches »Bonjour« hinzu, das allerdings nur in seiner Vorstellung unbeschwert klang, in Wahrheit aber neutral war. Neutral, der Begriff gefiel Pascal. Er passte zu seiner Empfindung Catherine gegenüber. Neutral war ein guter Gefühlszustand, so unanstrengend.

»Catherine«, sagte er schließlich – ebenfalls neutral.

»Wie geht es dir im Süden?« Sie klang fröhlich, doch auch skeptisch, so wie sie es schon immer gewesen war, wenn Pascal an einem Ort war, an dem sie auch gern wäre, und sie den Neid im Klang ihrer Stimme nicht verbergen konnte. Wie sehr hatten Pascal diese Vorwürfe immer verunsichert.

»Très bien«, sagte er und dann, um seinem »Sehr gut« noch eine kleine Krone aufzusetzen: »C'est le paradis.«

Catherine lachte. Es schien von Herzen zu kommen, als sei sie erleichtert, ihn weder emotional noch räumlich an den Abgrund geschoben zu haben. »Das freut mich. Wirklich, Pascal, du hast es dir verdient.« Sie klang plötzlich sanft. »Was machst du den ganzen Tag, außer Verbrecher zu jagen?«

Jetzt war es Pascal, der lachte. »So viele wie in Paris gibt es hier gar nicht, aber dafür erscheint mir die Arbeit …«, er überlegte, wie er es sagen sollte, »… komplexer.«

»Ach, da spricht mein alter Denker, der stille Pascal mit den Geistesblitzen.«

Pascal hörte, wie seine Ex-Frau sich eine Zigarette anzündete. Sie hatte also noch immer nicht damit aufgehört. Er konnte sie vor sich sehen, wie sie eine der drei Zigaretten des Tages anzündete und sie dann mit ihren langen, spitzen Fingern zum Mund führte. Vor vielen Jahren hatte sie das stilvolle Rauchen auf die Spitze getrieben, indem sie fortan ein Mundstück benutzte. Wie affektiert ihm das damals wie heute vorkam.

»Ich meine, was machst du sonst? Wie lebst du?«

War das jetzt ein aufrichtiges Interesse an seinem Leben, aus dem sie immerhin vor fünf Jahren von einem Tag auf den anderen ausgestiegen war? Worauf wollte sie hinaus? Warum rief sie ihn überhaupt an?

»Ich habe ein kleines Mas, ein Bauernhaus. Ich glaube, es wird nie fertig, aber ich habe meine Freude daran. Und ich habe einen Hund – und einen Gemüsegarten.« Warum er das erwähnte, wusste er gerade nicht. Als würde sie das interessieren.

»Klingt romantisch.« Und wieder war der zu erwartende lauernde Unterton kaum hörbar. »Von dem Hund hat Lillie mir schon berichtet.« Sie stöhnte auf. »Ach, einen Hund hätte ich auch gern, aber ich weiß nicht, wie ich ihm gerecht werden kann. Dazu müsste ich wohl auch aufs Land ziehen.«

Pascal grinste, was für ein geradezu absurder Gedanke: Catherine auf dem Land. Wie sie mit ihrem schicken weißen Mantel durch den Wald zu seinem Haus spazieren und versuchen würde, die Äste und das Laub von den weißen Schuhen abzuschütteln. Selbst ihren angewiderten Blick wegen des Schmutzes konnte er sich vorstellen. Nein, seine Ex-Frau passte hier nicht her. Sie gehörte in die Stadt, sie brauchte die Geschäfte, die Boutiquen, die Juweliere, die feinen Restaurants.

Ein ihm bis dahin unbekanntes Gefühl breitete sich in Pascal aus, eine Enge, ein Unwohlsein. Plötzlich kam ihm sein Leben damals an der Seite dieser Frau in der Metropole beängstigend vor. Zu viele Menschen, zu viele Autos, zu viel Konsum, zu viele Verbrechen. Wenn er in sich hineinhorchte, fühlte sich sein früheres Leben dunkel an. Die ständigen Kontrollen, die Wohnungen, zu denen er gerufen worden war, weil es dort laut war, weil Männer und Frauen aufeinander losgingen. Häusliche Gewalt, Misshandlungen oder Drogenkonsum. Nie hatte er gewusst, was ihn erwartete, in welchem Zustand die Menschen sich befanden, wegen derer er gerufen wurde.

Und dann war die Zeit, die Wochen und Monate, der Sinnsuche gekommen, als er sich gefragt hatte, warum er das tat, was er tat. Was er eigentlich mit jenen Menschen zu tun hatte, die verbale Kommunikation gegen Gewalt eingetauscht hatten, denen die Worte fehlten, Konflikte zu lösen. Das Gesetz allein hatte Pascal am Ende nicht mehr gereicht, um seine persönliche Erfüllung aus dem Beruf zu ziehen. Natürlich, Pascal war Pariser, und ein Teil von ihm würde das immer bleiben, aber ein Zurück war für ihn undenkbar geworden. Wie all diese Gefühle und Erinnerungen in wenigen Sekunden Achterbahn mit ihm fuhren, überraschte ihn.

»Du bist also Gemüsebauer geworden?« Catherine sagte das nicht zynisch oder spöttisch, sie stellte es nur fest.

»Oui, ich bin viel im Garten, es ist Erntezeit. Ich bereite mein eigenes Gemüse zu. Ich habe Hühner, und so habe ich immer frische Eier. Es ist ein Genuss.« Pascal wusste, dass das der Augenblick war, in dem Catherine hellhörig wurde. Sie hatte einen Hang zu gutem Essen, zu guten Getränken, eigentlich zu allem, was teuer war.

Als Pascal Letzteres eines Tages ausgesprochen hatte, hatte es eine Meinungsverschiedenheit gegeben, die anwuchs und damit endete, dass sie ihm unterstellte, seine Ehefrau nicht zu kennen. Pascal hatte aus diesem Streit sowie aus unzähligen, die folgten, resümiert, dass sie in Wahrheit nicht zusammenpassten. Und so war ihm auch bewusst, wie wenig Catherine sich ihren Mann in einem Gemüsebeet vorstellen konnte. Für sie musste es sich anfühlen, als spräche sie mit einem Unbekannten.

Doch sie sagte: »Das kann ich mir gut vorstellen.«

»Wie geht es *dir*?«, wollte Pascal wissen.

»Es ist okay«, sagte sie. »Ich wohne jetzt im ersten Arrondissement, direkt an der Seine. Es ist schön, es ist mein Paris. Das Ufer ist inzwischen autofrei, dadurch strömen aber die Touristen an meinem Fenster vorbei, daran musste ich mich gewöhnen. Aber so wachsen das kulinarische Angebot und die Vielfalt permanent. Ach …« Sie machte eine Kunstpause, weil sie um die Wirkung der folgenden Worte wusste. »Direkt vor meinem Fenster hast du Lillie damals das Fahrradfahren beigebracht. Ich musste vor Kurzem daran denken, als ich die alten Fotos angeschaut habe.«

Und sie hatte richtig kalkuliert, die Worte trafen Pascal ins Mark. Warum tat sie das? Warum wollte sie jene Momente des Familienglücks heraufbeschwören? Sie wusste, wie anfällig Pascal für Geschichten wie diese war, wenn sie die guten Monate und Jahre, das Glück ihrer Familie, in den Vordergrund rückten. Wie fragil er doch war.

»Oui«, brachte er schließlich hervor. Direkt bei den Bouquinisten und ihren Auslagen von Büchern, Karten, Stadtplänen und kuriosen Schriften. Wie viele Abende hatten sie gemeinsam dort verbracht, wie gerne hatten sie an der Seine gesessen, wie sehr hatten sie die Flohmarktatmosphäre mit den grünen Buden geliebt. Von Lillie wusste er, wie sehr auch sie diese Zeit geliebt hatte. So sehr, dass sie heute noch, wenn sie ihre Mutter besuchte, die Wege von damals nachging und dort bei den Bouquinisten ihre Bücher kaufte. »Und jetzt heiratet unsere Lillie«, stellte er fest, von seinen Erinnerungen und Bildern benommen.

»Oui, und genau darüber wollte ich mit dir sprechen.« Endlich verriet sie den Grund ihres Anrufs. Sie hatten seit Jahren keinen Kontakt mehr zueinander gehabt. »Ich meine«, fuhr sie fort, »wir sollten diesen Tag unvergesslich für sie machen.«

»Natürlich, dafür werde ich alles geben«, bemerkte Pascal.

»Das weiß ich. Für deine Familie hast du immer alles getan.« Sie sprach leiser, anerkennend. »Nur, was bedeutet das für uns?«

Pascal wusste nicht, worauf Catherine hinauswollte, und schlug vor, dass man versuchen solle, sich wie normale, zivilisierte Menschen zu verhalten. Das sei ein gutes Vorhaben, fand er.

»Ich denke, dass wir das hinbekommen.« Schließlich gebe es nach den vielen Jahren nichts mehr zu besprechen, der Schorf über den Wunden war längst abgefallen.

Pascal musste an den Anfang des Gesprächs denken. Neutral, schoss es ihm wieder durch den Kopf. »Meine Gefühle dir gegenüber sind neutral. Wir sind erwachsene Menschen, wir haben uns nichts Besonderes mehr zu sagen.«

Catherine stieß eine Art Seufzer aus. »Schön, das zu hören. Das freut mich. Lass uns erwachsen sein, das haben wir viele Jahre nicht hinbekommen. Vielleicht war alles zu früh. Meinst du, es ist für Lillie auch zu früh? Wird sie denselben Fehler machen?«

»Fehler«, stöhnte Pascal. Es war ihm entfahren, unbeabsichtigt, und er ärgerte sich schon darüber, bevor es Catherine erreicht hatte. »Es war kein Fehler«, ergänzte er dann sicherer. »Wir haben Lillie, und wir hatten gute Jahre.«

Ein Schweigen legte sich über das Gespräch, Sekunden verrannen.

»Du hast recht«, sagte Catherine. »Wir hatten diese Jahre. Und jetzt«, sie stockte, »werden wir diese in Bildern und Videos durchleben. Du weißt doch sicher, wie eine Hochzeit abläuft.«

»Ich war seit Jahren auf keiner mehr«, antwortete er.

»Eine Hochzeit wird eine Rückbesinnung sein, ein Meer voller lustiger, rührender und emotionaler Erinnerungen. Es werden Fotos gezeigt, vielleicht ein Film mit Kindheitserinnerungen. Joanne, die Trauzeugin, hat mich bereits angerufen, sie wollte Bilder. Das bedeutet, Pascal, wir werden unser Leben noch einmal durchlaufen. Kannst du das? Können wir das?«

Die Hochzeit würde ein emotionaler Kraftakt werden, dachte Pascal. Die glücklichen Jahre in Bildern festgehalten, auf großen Leinwänden, im Hochzeitsbuch, in Reden und Tischgesprächen. Im Vordergrund würde das Positive stehen, das Glück, die wertvollsten Jahre eines Paares. Es sollte ein Freudentag werden, der schönste des Lebens, wenn alles glatt lief, und das sollte es.

»Wir müssen es«, antwortete er schließlich. »Wir schaffen das.«

»Hast du mit Lillie über den Ablauf gesprochen?«

Pascal erzählte von dem Treffen mit seinem Freund Paul Natale.

»Gut, ihr habt über das Essen gesprochen und sicher über den Wein, aber ich meine die Zeremonie, die Reden, die Tischkarten, die Blumen, die Kleiderordnung, die Hussen über den Stühlen, das Besteck.«

»Über die Tischkarten? Über Hussen?« Er hörte, wie Catherine den Rauch scharf einsog und wartete. Im ersten Moment konnte er mit dieser Aufzählung nichts anfangen, denn was hatte er damit zu tun? »Das werden sie im Griff haben«, sagte er schließlich. »Vor allem die Hussen, die Stühle sind schön.«

Eine kurze Pause entstand. Erneut.

»Lillie hat mich um etwas gebeten, über das wir reden müssen.« Sie blies den Rauch aus. »Sie möchte an diesem Tag gern einen Familientisch. Mit Claudes Eltern und mit uns. Mit uns beiden.«

Pascal schwieg.

»Du weißt, was das bedeutet, Pascal?«

Jetzt sprach sie auf diese besondere Weise mit ihm, wie Pascal es immer geliebt hatte, wie sie es getan hatte, als sie noch ein Paar gewesen waren, als sie sich vertraut hatten, als ihr Dreigestirn der Lebensmittelpunkt für sie alle gewesen war.

»Was ich damit sagen möchte, Pascal …« Sie machte eine kurze Kunstpause, das hatte sie drauf. »Du müsstest deine kleine Polizistin zu Hause lassen.«

»Meine kleine was?«

»Es ist gut für dich«, sagte sie. »Lillie hat es mir erzählt.«

Pascal stockte. Er war immer davon ausgegangen, dass es einen Familientisch geben würde. Es war Lillies Hochzeit, und sie waren die Eltern. Nie hatte er daran gedacht, dass sie mit neuen Partnern getrennt sitzen würden. Und Lillie war nicht der Mensch, der freudig in die Gesellschaft rufen würde: »Das hier ist meine Patchworkfamilie! Mein Vater ist mit einer Kollegin der Police nationale liiert, zumindest immer mal wieder. Und das hier, der Mann neben meiner Mutter, ist der Architekt, für den sie am Tag meines Auszugs meinen Vater verlassen hat. Jetzt sind wir alle eine glückliche Familie.« Für den Familienmenschen Lillie, traditionell veranlagt wie wenige ihrer Generation, war das undenkbar.

Audrey mit zu der Hochzeit seiner Tochter zu nehmen, das hatte für Pascal nie zur Debatte gestanden, bis eben war ihm nicht einmal der Gedanke gekommen. Ihre Beziehung war ein fragiles Konstrukt, weit entfernt von Verlässlichkeit und Vertrauen, zumindest auf privater Ebene. Beruflich hatte Audrey ihm schon zweimal das Leben gerettet, aber das war ihr Job, das Berufsethos.

»Ich wollte meine ›kleine Polizistin‹ auch nicht mitbringen«, sagte Pascal schließlich.

Catherine reagierte nicht, offensichtlich wartete sie auf die Gegenfrage, was mit dem Architekten sei, Pierre.

»Was ist mit Pierre?«, fragte er schließlich, auch um die Stille zu brechen und Catherine zu erlösen.

Er kannte sie. Für die Stille war sie nicht geschaffen. Es gab Tage, an denen Pascal seinem Wesen entsprechend ruhig war und nicht ständig das Gespräch suchte, sondern in sich gekehrt seinen Gedanken nachging und diese Stimmung nicht als bedrückend empfand. Pascal war das nie aufgefallen, er hatte nur Catherines Unbehagen gespürt. Er konnte sich daran erinnern, wie sie durch ihr Telefon gescrollt und überlegt hatte, wen sie anrufen könnte, damit diese Stille endlich aufhören würde. Wie verschieden sie doch waren, dachte er, aber auch, wie sehr sie sich einst geliebt hatten.

»Ach, Pierre«, sagte Catherine. »Das ist längst vorbei. Hat Lillie es dir nicht erzählt?«

»Nein, wir haben nie darüber gesprochen.« Und das entsprach der Wahrheit. »Ich dachte, ihr wolltet heiraten.«

»Pffft«, machte Catherine. »Wen der alles heiraten wollte, während wir zusammen waren.«

»Das tut mir leid«, sagte Pascal.

Der Badewannenrand drückte ihm in seinen Po, noch immer

saß er auf der Kante. Er stand auf und ging ins Wohnzimmer, ließ sich in seinen Sessel fallen. Bordeaux dagegen ließ sich unwirsch schnaufend zu seinen Füßen nieder. Es würde noch dauern, bis sie ihre gemeinsame Abendrunde durch seinen geliebten Wald und Lucasson drehen würden.

»Ich weiß jetzt, wie es ist«, sagte Catherine. »Was du durchgemacht hast. Du hast Größe bewiesen.«

»Danke«, sagte Pascal. »Es war nicht leicht.«

»Ich weiß.«

Für eine Weile war es wieder still, niemand sprach. Nur das leise Atmen der beiden war zu hören. Die Ruhe war erträglich. Endlich war sie erträglich.

»Ich dachte damals, der schnelle Schnitt wäre die richtige Entscheidung. Kein Hinhalten mehr, kein Vielleicht. Wenn ich daran zurückdenke, wie du in der Tür gestanden hast. Ganz still warst du. Du schautest nur auf mich, auf meinen Koffer. Du wolltest die Tür hinter mir schließen, als ich schon auf der Treppe stand, aber du hast es nicht getan, als würdest du sie für mich offen halten. Diese Geste verfolgt mich bis heute.«

Pascal konnte sich daran erinnern. Er war nicht fähig gewesen, sich zu bewegen. Der Schock hatte ihn körperlich hingestreckt, seine Arme waren gelähmt gewesen.

Jetzt wollte er sie fragen, was das solle, dass sie ihn einfach anrief, nach so vielen Jahren. Wollte sie ihr Gewissen erleichtern? Frieden schließen? Pascal wollte es ihr nicht schwer machen und sagte nur: »Das ist lange her.«

»Nein, ist es nicht«, entgegnete sie.

Pascal wusste nicht, was er dazu sagen sollte. Wie unterschiedlich Zeiträume wahrgenommen werden konnten. Sein neues Leben in der Provence hatte die Zeit wieder in ihre ursprüngliche Form gebracht. Für Catherine offensichtlich nicht. Der Ortswechsel in den Luberon hatte ihm gutgetan. Sie war geblieben, vielleicht war das ihr Fehler gewesen, dachte Pascal, und ihm wurde klar, dass er jetzt, in diesem Moment, und dann auch noch am Telefon keine Aufarbeitung brauchte und wollte.

»Du lebst also allein?«, fragte er schließlich, auch wenn es eine rhetorische Frage war, längst hatte er es zwischen den Sätzen und Worten herausgehört. Niemals hätte Catherine sich auf eine Aufarbeitung oder auf diese Sentimentalität eingelassen, wenn sie glücklich an der Seite ihres Freundes leben würde.

»Ja«, sagte Catherine. »Ich bin très seule, sehr einsam.«

Pascal nahm eine leise Qual wahr, eine Verbitterung, die er von ihr nicht kannte. Diese auf ständigen Austausch bedachte Pariserin war ohne Mann an ihrer Seite, der sie bewunderte, kaum vorstellbar. Wovon sie wohl lebte? Wie sie es schaffte, eine Miete oder eine Rate aufzubringen, um in dieser Gegend leben zu können. »Kommst du gut über die Runden?« Das Thema Geld war zwischen ihnen nie eines gewesen.

»Oh, auch das hat Lillie dir nicht erzählt?« Es klang geradezu vorwurfsvoll, beleidigt. Catherine musste sich erhofft haben, mehr im Mittelpunkt des Interesses gestanden zu haben.

In den ersten beiden Jahren nach der Scheidung war das noch der Fall gewesen, seine Tochter hatte alles darangesetzt, sie wieder zusammenzubringen, irgendwann aber aufgegeben. Als Pascal nach zwei Jahren schließlich in die Provence gezogen war, hatten sie nicht mehr über Catherine gesprochen, jedenfalls konnte Pascal sich nicht daran erinnern.

»Zumindest nicht ausführlich.« Er wollte ihr nicht das Gefühl geben, sie sei ihm gleichgültig, er wollte sie nicht verletzten.

»Pierre hat die Wohnung in einem verliebten Moment auf mich überschrieben. ›Ein Liebesbeweis‹, hat er gesagt, in Wahrheit aber ein Steuertrick. Damals hat er sicher noch gedacht, das zwischen uns sei für die Ewigkeit. Ich übrigens auch, sonst hätte ich das nie getan. Niemals hätte ich meine Familie verlassen. Und jetzt glaubt er ja wohl nicht, dass er seine schöne Wohnung zurückbekommt.« Sie lachte befreit auf. Jetzt war sie wieder seine Catherine. »Und da wir nicht verheiratet waren, nun ja … Jetzt hat er seine schöne Wohnung verloren und bei mir Hausverbot. Bis auf das Türschloss musste ich nichts erneuern und nichts renovieren.«

»Clever warst du schon immer«, bemerkte Pascal. Er unterdrückte die Bemerkung, dass sie in diesen Dingen geradezu eine Inselbegabung habe.

»Was ist mit dir? Wie wirst du deiner kleinen Polizistin beibringen, dass sie bei unserem Familienfest zu Hause bleiben muss?«

Pascal erkannte die Taktik. Catherine wollte etwas über sein Liebesleben erfahren. Er kannte ihre Neugier, sie war ausgeprägt, genauso wie ihr Hang zur Dramatik.

Doch Pascal wusste selbst nicht, wo er stand, wie sich die Beziehung entwickeln würde. Hatte Audrey nach ihrem Abenteuer auf der Yacht eine Erkenntnis gehabt? Zumindest hatte sie ihm das vermittelt, als sie plötzlich nachts in seinem Wohnzimmer gestanden hatte. Die ständigen Richtungswechsel in ihrer Beziehung, wenn man sie überhaupt als solche bezeichnen konnte, waren ihm unheimlich, daher hatte er schon einmal für sich einen Schlussstrich gezogen, war dann aber doch wieder eingeknickt. Zu seinem eigenen Unbehagen. Aber Catherine war die Letzte, mit der er über sein Liebeschaos sprechen wollte, und so schwieg er.

»Ich hatte dein Schweigen ganz vergessen«, bemerkte sie schließlich. »Aber weißt du was? Ich musste in den Jahren mit Pierre oft daran denken. Ich habe mich sogar dabei erwischt, wie ich mich danach gesehnt habe. Das ständige Herumposen meines Freundes ist selbst mir auf die Nerven gegangen, und ich habe eine Schwäche für Männer, die sich behaupten. Da war so viel heiße Luft, so viele Bauprojekte, die er so gut wie abgeschlossen hatte und für die er dann im entscheidenden Moment den Zuschlag nicht bekommen hat. Aber glaubst du, das hat an seinem Selbstvertrauen gekratzt?«

Das musste schwer gewogen haben, den Reichtum ihres Freundes hatte Catherine sich sicher gewaltiger vorgestellt. Zu gern hätte Pascal das ausgesprochen, aber er tat es nicht. »Das klingt nach einem dramatischen Ende.«

»C'est la vie«, sagte sie. Was sonst hätte sie auch sagen sollen?, dachte Pascal, der das Gespräch zurück auf Lillie lenken wollte.

»Und jetzt lässt unsere Tochter uns Großeltern werden.«

»Du weißt es also«, sagte sie erleichtert. »Ich hatte gehofft, dass sie es dir sagt, denn das wollte sie natürlich selbst tun.«

»Ja, sie war bei mir, und sie hat keinen Champagner getrunken.«

»Das dumme Ding«, lachte sie.

»Und was sagst du? Opa?«

»Noch nicht«, bemerkte Pascal. »Und ob ich mich von dir so betiteln lassen möchte, da bin ich mir noch nicht sicher. Oma.« Er lachte, und Catherine tat es ihm gleich. Es war befreiend nach dem Blick in die Vergangenheit mit all der Schwere.

»Also, wir beide schaffen das«, sagte sie schließlich, und es lag nichts Fragendes darin.

Es war an Pascal, dazu etwas zu sagen, ihr zuzustimmen, ihr vielleicht mitzuteilen, dass er sich freue, sie wiederzusehen, aber dazu kam es nicht. Das Knirschen von Reifen auf dem Schotter vor seinem Haus lenkte ihn ab. Auch Bordeaux sprang auf und begann zu bellen, als sie beide hörten, wie ein Motor ausgeschaltet wurde und wenige Sekunden später eine Autotür zuklappte.

»Pardon, Catherine«, sagte er. »Ich glaube, wir müssen später weitersprechen.«

Doch zweifelte er daran, dass er überhaupt noch zu verstehen war zwischen dem Knurren und Bellen seines Hundes, der Pascal jetzt in höchster Alarmbereitschaft signalisieren wollte, dass er sich auf unerwarteten Besuch einstellen sollte.

19

»Mit dem Wein steht und fällt eine Hochzeit«, verkündete Claude mit ernster Miene, als sie das Waldstück passiert hatten und auf Lucasson zusteuerten.

Bordeaux lief gut zehn Meter vor ihnen, in die Spuren anderer Hunde vertieft, die es gewagt hatten, den Herbstabend ebenso bei einem Spaziergang zu genießen und die Büsche mit dem Geruch ihres Urins zu ihren zu erklären.

»Natürlich, Claude«, sagte Pascal, als er Bordeaux zu sich pfiff, weil sie die kleine Hauptstraße überqueren mussten, um in das Dorf zu gelangen.

»Manchmal versteht Lillie mich nicht, obwohl sie schließlich, ganz wie der Vater«, Claude lächelte ihn von der Seite an, »einem guten Wein nie widerstehen konnte. Na gut, im Moment schon, aber das weißt du ja.«

Pascal nickte. »Ja, sogar den Champagner hat sie abgelehnt.« Er sah zu Claude, seinem zukünftigen Schwiegersohn, wie er neben ihm herging mit seinem kantigen Gesicht und seinem strahlenden Blick, als würde er ein Ziel fixieren. Der Sternekoch aus Lyon war Pascal sympathisch. Er war es ihm von Anfang an gewesen.

Ihr erstes Zusammentreffen hatte es noch in Paris gegeben. Lillie hatte Claude über das Wochenende mitgebracht. Aufgeregt waren sie alle gewesen, denn das Unausgesprochene, das Zwischen-den-Zeilen-Lesen, das Leuchten der Augen, das Kneten der Hände, die Versonnenheit ihrer Tochter hatte ihnen bereits verraten, dass diese Beziehung weit über einen Flirt hinausging. Claude war damals noch in der Ausbildung gewesen, aber als sie aus lauter Verlegenheit auf der Suche nach Themen schließlich über die Zubereitung exquisiter Gerichte gesprochen und ein gemeinsames Thema gefunden hatten, hatte Pascal schnell gespürt, mit welch einem Kaliber er es zu tun hatte. Es hatte ihn gefreut, dass seine Tochter einen Mann wie Claude gefunden hatte. Er konnte sich gut ausdrücken, er hatte Ziele im Leben, Leidenschaften, und sie liebten sich. Was sollte man als Vater mehr erwarten?

Jetzt, sechs Jahre später, hatte Claude gemeinsam mit Lillie entschieden, den schönsten und wichtigsten Tag ihres Lebens bei Pascal in der Provence zu verbringen. Nicht in Paris, wo noch immer die meisten Freundinnen und Freunde Lillies lebten. Nicht in Lyon, wo Claudes Familie und sein gesamter Freundeskreis lebten, er hatte diese Stadt fast nie verlassen. Sondern bei Pascal in Lucasson, einem kleinen Bergdorf bei Lourmarin. Die geladenen Gäste mussten ohne Ausnahme eine Reise auf sich nehmen, um der Zeremonie beizuwohnen. Und so bekräftigte Pascal erneut, wie wichtig die Auswahl des richtigen Weines sein würde. Immerhin bestand der Großteil der geladenen Gäste von Claudes Seite sicher aus Köchen, Gourmets und Sommeliers.

»Du wirst also schon morgen mit der Weintour beginnen?«, fügte Pascal hinzu. »Ich werde nicht dabei sein können, ich stecke in einem Fall, bei dem es noch viele Fragen gibt. Morgen treffe ich auf Leblanc, meinen Freund, den Gerichtsmediziner.«

»Ist das nicht der Typ, der Bordeaux zum Trüffelhund ausbilden wollte und sich dann nach Norwegen verzogen hat?«

Pascal nickte und brachte ihn auf den neuesten Stand. Wie Leblanc der norwegischen Dunkelheit zu trotzen versucht und jetzt aufgegeben hatte. Er würde seiner Freundin und sich eine kleine Auszeit gönnen, hatte er ihm am Telefon berichtet. Pascals Vorfreude, seinen Freund wiederzusehen, war groß. Und wie üblich würde Leblanc ihn auch bei seinem Fall um die durch das Feuer zu Tode gekommene junge Frau weiterbringen. Auch davon erzählte er Claude, der sich immer für den Beruf seines Schwiegervaters interessiert hatte und schon einmal selbst durch ihn in Gefahr geraten war, als Pascal in einem Fall über eine Gourmetbruderschaft ermittelt und Claude um Mithilfe gebeten hatte.

»Jeder Fall scheint mir noch grausamer als der letzte zu sein«, sagte Claude schließlich. »Wie hältst du es nur aus, immer in die Abgründe von Mördern und Geisteskranken zu schauen?«

»Das wüsste ich selbst gern«, antwortete Pascal. »Auch wenn ich mir diesmal nicht sicher bin, ob wir es mit einem grausamen Mörder zu tun haben. Möglich, dass es sich um einen tragischen Unfall handelt.«

»Da ist das ›Le Fournil‹«, wechselte Claude das Thema. Die Hochzeit rückte näher und forderte volle Konzentration ein. Warum also sollte er sich um Mordfälle und verbrannte Menschen kümmern? Pascal konnte ihn verstehen. Er erzählte Claude, er sei schon mit Lillie dort gewesen und habe eine Menge mit ihr und dem Koch besprochen.

»Très bien«, sagte Claude, in seiner Stimme lag Eifer. »Wir wollen kein Sternemenü, wir wollen ein ehrliches, ein bodenständiges Mahl, wie es hier serviert wird. Lillie ist es wichtig, die Regionalität der Provence zu würdigen. Du weißt ja, für sie ist es auch eine Hommage an dich.«

Pascal war gerührt. »Ja, ich weiß, aber es ist euer Tag, es geht nicht um mich.«

»Aber um ihre Familie, und das möchte ich auch. Ich habe keine so enge Beziehung zu meinen Eltern. Du kannst dir etwas darauf einbilden. Grand-père.«

Pascal wollte ihm den Spaß nicht verderben und machte gute Miene zum bösen Spiel. An »Opa« hatte er sich noch nicht gewöhnt, und noch lag es ihm fern, sich damit abzufinden, so groß seine Freude auf sein erstes Enkelkind auch war. »Ich könnte noch immer mein Veto einlegen, pass also auf.« Er lachte. »Zumindest, wenn wir in Oman leben würden.«

»Tun wir aber nicht, wir sind in der Provence, und jedes Mal wenn ich hier bin, kann ich dich verstehen. Ich liebe die Stadt, ich liebe Lyon, aber das hier …« Claude breitete die Arme aus, um ihn herum die alte Gasse mit ihren Fensterläden, aus denen um diese Uhrzeit die Geräusche von Familien drangen, die beim Abendessen saßen.

Bordeaux blieb vor ihnen an der nächsten Querstraße stehen, so wie er es immer tat. Es war Pascal selbst schleierhaft, wie es ihm gelungen war, ihm beizubringen, an Bürgersteigen zu warten, bis er den Befehl bekam, die Straße zu überqueren.

Sie gingen zusammen hinüber und standen vor Jean-Jacques' Bistro. Lärm drang aus dem kleinen Café auf die Straße. Mehr Gäste als sonst waren versammelt, sie diskutierten angeregt, die meisten von ihnen waren Männer.

»Was ist hier los?«, fragte Claude.

»Ich weiß es nicht. Ich glaube, ein Winzertreffen. David Perieux erwähnte etwas, als wir uns letzte Woche zum Boule getroffen haben.«

»Guck mal, es sind sogar ein paar Gäste aus Spanien hier«, bemerkte Claude, als er die Nummernschilder auf dem kleinen Parkplatz neben dem Bistro studierte.

»Manchmal frage ich mich, wer von uns beiden der Gendarm ist.« Pascal ging um eine Luxuslimousine herum. »Aus Barcelona. Muss ja eine Menge zu besprechen geben.«

Claude wusste sicher, was im Kopf seines zukünftigen Schwiegervaters vorging. »Na gut, trinken wir hier noch einen Wein zusammen.«

Pascal nahm Bordeaux an die Leine; er kannte Jean-Jacques' Einstellung zu Hunden, und sie war jenseits von Gut. Man respektierte sich, ging sich aber aus dem Weg, solange es möglich war, schließlich betrieb der konservative Provenzale das einzige Frühstückscafé im Ort.

Sie nahmen an einem Tisch am Fenster Platz, und wie üblich scannte Pascal den Raum. Die meisten Dorfbewohner kannte er, auch David Perieux nickte ihm zu, wandte sich dann aber schnell wieder an die beiden Männern, die vor ihm standen und erregt gestikulierten. Offensichtlich waren sie Spanier. Die Wortfetzen, die Pascal wahrnehmen konnte, identifizierte er zumindest nicht als Französisch. Dabei versuchte er sich die Gesichter einzuprägen. Einer der Männer war korpulent und passte ziemlich genau auf Audreys Beschreibung. War es Zufall? Warum waren sie hier? Aber reichte das schon, um hier in Aktion zu treten? Pascal entschied sich dagegen, wollte abwarten, schließlich konnte man nicht jeden Winzer verdächtigen, der aus Spanien kam.

Bei Jean-Jacques, der ungewöhnlich schnell zu ihrem Tisch kam, bestellten sie den Hauswein, was sich als Fehler herausstellte.

»Charakterlos«, kommentierte Claude nach dem ersten Schluck. »Und zu warm.«

Pascal nickte abwesend, denn er versuchte weiter zu verstehen, worüber die Männer so angeregt sprachen. Bezüglich des Unglücks im Weinberg, Audreys unfreiwilliger Bootstour und seiner Gespräche mit den Winzern war das, was hier besprochen wurde, nicht gerade unwichtig. Doch Pascal wollte nicht unfreundlich sein und den Notizblock nicht ignorieren, den Claude auf den Tisch legte. Also holte Pascal so diskret wie möglich sein Handy aus der Tasche, schaffte es sogar, auf die Gesichter der beiden Männer zu zoomen und ein Foto zu machen. Audrey würde ihn identifizieren können, so hoffte er.

»Santé«, ermunterte er seinen Schwiegersohn, der ihn beobachtet hatte und kaum merklich den Kopf schüttelte, der Szenerie jedoch keine weitere Beachtung schenkte. Und doch machte Claude keine Anstalten, das Glas ein zweites Mal an den Mund zu führen. Stattdessen strich er mit der flachen Hand über eine Seite des Notizblocks.

»Hier habe ich alle Weingüter aus der Umgebung aufgeschrieben und auch die Weine vermerkt, die es im Luberon zu verkosten lohnt.« Er reichte seinen Block über den Tisch, Pascal überflog die Seiten. »Wichtig sind die Jahrgänge«, setzte er hinzu. »Weißt du, was im letzten Jahr bei Bordeaux passiert ist?«

Pascal verneinte.

»Hast du schon einmal etwas von Sauternes-Weinen gehört?« Ohne eine Antwort abzuwarten, fuhr er fort. »Das sind süße Weine. Extrem empfindlich und sehr teuer, weil die Winzer niedrige Erträge einfahren, besonders im letzten Jahr. Seit Mitte der achtziger Jahre werden die Weine gefroren gepresst. Es gibt so viele Faktoren, die eine Rolle spielen, wie auch der Alkoholgehalt, der bei mindestens dreizehn Prozent liegen muss. Und letztes Jahr ist es passiert. Das totale Desaster.« Claude blickte Pascal fragend an. Er erwartete eine Reaktion, doch Pascal war hin- und hergerissen. Auf der einen Seite versuchte er zu verstehen, was an der Bar passierte, auf der anderen Seite wollte er Claudes Geschichte folgen.

»Aufgefallen ist es eigentlich den Supermärkten in der Gegend, denn plötzlich verkauften sie mehr Zucker als jemals zuvor. Der Pro-Kopf-Konsum war auf sechs Kilo pro Haushalt angestiegen. Jetzt frage ich dich, Pascal, wie kann ein normaler Haushalt im Monat sechs Kilo Zucker verarbeiten?«

Pascal hatte keine Ahnung, worauf sein Schwiegersohn hinauswollte.

»Schuld waren die Winzer. Sie kauften in Massen Zucker, weil die Ernte schlecht war. Sie konnten die Süße nicht erreichen und schon gar nicht den Zuckergehalt, und so halfen sie nach. Quel scandale.«

Pascal blickte ihn fragend an. Was für eine Geschichte, aber noch immer hatte er keine Idee, worauf Claude hinauswollte.

»Nur ein Winzer in Sauternes hat nicht mitgemacht. Aber er hat seine Kollegen auch nicht verpfiffen, nicht einmal, als sie ihre Weine unter das Volk brachten. Was für ein Zufall, dass wir mit unserem Restaurant in Lyon den Sauternes von genau diesem Weingut beziehen – den nicht gepanschten. Manchmal gibt es solche Zufälle. Ein Mitarbeiter von Parker war bei uns. Du kennst Parker?«

Pascal nickte. Inzwischen hatte Claude seine volle Aufmerksamkeit. »Jeder Weinliebhaber kennt die Parker-Punkte. Wer hundert Punkte von dem Amerikaner erhält, verdient das Geld seines Lebens.«

»So ist es«, bestätigte Claude. »Und wer kam eines Abends nach langen, anstrengenden Weinproben und unzähligen Bestechungsversuchen von Winzern, die gern die hundert Punkte oder zumindest fünfundneunzig Parker-Punkte bekommen würden, zu uns?«

Wieder zuckte Pascal mit den Schultern. »Mr Parker?«

Claude lachte. »Der nicht, aber seine rechte Hand, die sich die Weine rund um Lyon anschaute. Zum Dessert bestellte er einen Sauternes und bekam den nicht gepanschten Wein. Du kannst dir nicht vorstellen, was los war. Mr Smith hatte wirklich einen extrem guten Gaumen. Er lobte diesen Wein in den Himmel und machte sich am nächsten Tag sofort auf den Weg, um den Winzer zu treffen. Hundert Punkte sollte er bekommen. All die anderen gepanschten Weine wurden abgewertet. Das abgekartete Spiel hatte er durchschaut. Der ganze Fusel gilt bis heute als unverkäuflich. Da wir gute Kontakte zu dem Weingut haben, schließlich verkaufen wir seine Weine seit Jahren an unsere Gäste, fragte ich ihn, wie er es geschafft hat, trotz der missratenen Ernte einen so exzellenten Wein hinzubekommen. Und jetzt kommt es, Pascal.«

Pascal hatte sich über den Tisch zu Claude gebeugt, das Gespräch der Spanier war zu laut.

»Der Mann hat all seine Hektar abgeerntet und die Trauben vermischt. Er hat nur die besten verwendet. Der Verlust der Ernte war eine Katastrophe, erzählte er mir. Aus diesen Resten hat er seinen Wein gekeltert. Eine einmalige, niemals zu wiederholende Mischung. Er hat aus der Not eine Tugend gemacht und damit den Dessertwein des Jahrhunderts gekeltert.« Aus Verlegenheit oder einfach um irgendetwas zu tun, schüttete Claude seinen Hauswein herunter. »Noch heute sprechen die Weinliebhaber auf der ganzen Welt von diesem Tropfen.«

»Eine tolle Geschichte, Claude, aber was hat das mit uns zu tun?«

»Ich will einen solchen Wein zu unserer Hochzeit. Ich will einen Wein, den es nur an diesem einen Tag gibt, und danach soll er ausgetrunken sein, vom Markt verschwunden. Es soll niemals eine Möglichkeit geben, ihn ein zweites Mal zu keltern.

Wie eine Hochzeit, wie der perfekte Tag, den es eben nur einmal im Leben gibt. So ein Fest will ich, und deshalb bin ich schon eine Woche früher angereist, um diesen Wein zu finden. Das letzte Jahr war auch hier in der Provence eine Katastrophe. Namenhafte Winzer haben ihre Weine gar nicht auf den Markt gebracht, sondern sie nur als Massenware, als Tafelweine, in den Handel gegeben. Niemand wollte seinen Ruf riskieren.« Claude lachte. »Was meinst du, warum ich hier Tafelwein bestelle? Ich suche den besonderen Wein.«

Pascal lächelte ebenfalls. »Und du meinst, hier bei Jean-Jacques, der nicht einmal einen anständigen Espresso serviert, findest du ihn?«

»Ich weiß, dass einige Winzer es probiert haben. Es gibt in der Provence Weinbauern, die etwas versucht haben, obwohl ihnen das Wasser bis zum Hals stand, im wahrsten Sinne des Wortes. Und diesen einen Winzer habe ich gesucht und gefunden.«

Am Ende des Satzes schlug Claude, um seiner Begeisterung Nachdruck zu verleihen, auf den Bistrotisch – so laut, dass sich die beiden Spanier, die gerade im Begriff waren, die Tür zu öffnen und das Café zu verlassen, erschrocken umdrehten, dann aber ihren Schritt beschleunigten und verschwanden.

»Ich bin gespannt«, sagte Pascal.

»Und ich bin mir nicht sicher, aber mein Sommelier hat monatelang recherchiert und ist auf den Namen René vom Weingut Valcombe gekommen. Er soll noch eine ganze Menge Flaschen besitzen, rückt damit aber nicht heraus. Er hat sie auch nie verkauft, nur einige wenige Stammgäste bekamen als Geschenk eine dieser Flaschen. Wie sie zu Mr Smith gelangt sind, weiß ich nicht. Nur, dass er auch diesmal begeistert war. Doch leider wurde der Wein nie bewertet, weil er nicht erhältlich ist. Du siehst, Pascal, die Geschichte wird immer besser. Ich fasse zusammen: Diesen Wein soll es auf unserer Hochzeit geben. Wir haben alles versucht, um ihn zu bekommen, aber René rückt ihn nicht heraus. Richtig misstrauisch ist er geworden.«

Claude brauchte nicht weiterzusprechen.

»Und jetzt komme ich ins Spiel«, sagte Pascal fast resigniert.

»Exactement«, entgegnete Claude. »Ihr seid doch befreundet. Wenn ihn einer besorgen kann, dann bist du es.«

Pascal schaute Claude an, musterte ihn, um herauszufinden, ob das sein voller Ernst war, ob ihm das wirklich so wichtig war. Aber er erkannte Claudes festen Willen, und so sagte er: »Ich werde es probieren.«

»Merci«, sagte Claude, und er schien überglücklich, fast hätte er seinen künftigen Schwiegervater in den Arm genommen.

»Es wird eng die nächsten Tage, der Fall, die Vorbereitungen ...«

»Keine Eile«, entgegnete er Pascal, zuversichtlich, dass der ihm seinen Herzenswunsch erfüllen konnte. »Ich werde die nächsten Tage ein paar Weingüter abklappern und mich durch die Provence trinken. Ich brauche eine Alternative, falls du es nicht hinbekommst, und damit muss ich rechnen, dieser René ist stur.«

»Eine gute Idee«, sagte Pascal, ohne zu wissen, dass es der verhängnisvollste Einfall war, den die beiden in diesem Moment haben konnten.

20

Wie üblich, wenn Besucher in das Rathaus von Lucasson kamen, ließ Jean-Paul Betrix es sich nicht nehmen, persönlich am Eingang der Mairie zu stehen, um sie zu begrüßen. Dabei gelang es ihm in der Regel, die Gäste spüren zu lassen, wie wichtig sie ihm waren. Die Bürgermeister anderer Orte, die überregionale Presse oder gar ein Mitglied des Élysée-Palastes wurden mit größter Hochachtung in sein Büro gebeten. Kollegen der Police nationale aus Apt wurden lediglich mit einem Nicken willkommen geheißen, wenn es nicht gerade deren Chef Frédéric Dubprée war.

Der Gerichtsmediziner Leblanc spielte für den Bürgermeister eine untergeordnete Rolle. In den letzten Wochen hatte Jean-Paul Betrix ihn gar nicht mehr zu Gesicht bekommen. Von dessen Auswanderungsplänen nach Norwegen hatte er nichts erfahren – sein Interesse hielt sich in Grenzen, sein Verständnis dafür, Frankreich zu verlassen, tendierte gegen null.

Pascal wunderte sich, als Betrix pünktlich um neun Uhr in dem breiten Holzportal des Hôtel de Ville stand und Leblanc mit einem Handschlag begrüßte. Offensichtlich erhoffte er sich bahnbrechende Erkenntnisse von dem klugen Mann und wollte Pascal mit einem Informationsvorsprung demütigen.

Doch dazu kam es nicht, denn als Leblanc Pascal hinter Jean-Paul Betrix im Flur stehen sah, ließ er den fülligen Mann nach dem gebotenen Freundlichkeitshandschlag stehen, um Pascal herzlich zu umarmen.

»Endlich zu Hause«, raunte er und lockerte auch nach vielen Sekunden nicht die Umarmung seines Freundes.

»Dann hätten wir das ja auch geklärt«, raunte Betrix zurück. »Irgendeine Erkenntnis, Monsieur Leblanc?« Eine gewisse Schärfe lag in seiner Frage, wie Lehrer sie anwenden, wenn sie einen ihrer Schüler wegen verpasster Hausaufgaben rügen.

»Das kommt auf den Blickwinkel an, wie immer im Leben«, antwortete Leblanc.

Pascal machte eine einladende Geste in Richtung seines Büros.

Betrix zog die Augenbrauen zusammen und schüttelte den Kopf. »Kinderkram«, setzte er hinzu. »Ich erwarte dann Ihren Bericht, Monsieur Chevrier.« Dann wandte er sich seinem eigenen Büro zu, sein Telefon klingelte. Er schien erleichtert.

Pascal wusste, wie ungern Betrix einer Sitzung beiwohnte, in der er nicht die Hauptrolle spielte, in der er zum Zuhören verdammt war. Und Zuhören galt nicht als seine Stärke, Neuigkeiten und Fakten konnte er nur in kompakter Form als Zusammenfassung ertragen. Er mochte sich nicht in seitenlange Artikel vertiefen. Sein Gemüt war schlicht, aber er wusste, wie er die Unwissenheit in der Öffentlichkeit überspielen konnte.

Pascal wunderte sich, wie es Betrix gelang, die Bewohner von Lucasson dazu zu bewegen, ihn wieder und wieder zu wählen. Hatten sie nicht einen klügeren Mann verdient? Inzwischen hatte sich bei nicht wenigen in Lucasson herumgesprochen, dass er persönliche Wahlversprechen unbürokratisch umsetzte und persönliche Interessen gegen Stimmen eintauschte. »Bauland für dein Kreuz am Wahlsonntag«, hatte er einmal in angetrunkenem Zustand Pascal gegenüber erwähnt.

Leblanc und Pascal schlossen die Bürotür der Gendarmerie. Statt sich hinzusetzen, blickte Leblanc auf die Place de la Fontaine, die gerade zum Leben erwachte. Erste Passanten gingen über den historischen Dorfplatz, eine herrenlose Katze hatte sich auf den Rand des Brunnens gesetzt, um Wasser zu trinken.

»Weißt du, wie ein Leben ohne das hier aussieht?« Leblanc wandte sich nicht vom Fenster ab, im Gegenteil, er ging einen letzten Schritt darauf zu, ließ seinen Blick über das pittoreske Bild schweifen. »Es ist möglich, aber sinnlos«, sagte er schließlich und lächelte.

»Was hat sie gesagt?«, wollte Pascal wissen. Sie, das war

Agnes, die Liebe von Leblanc, eine Norwegerin, für die der Gerichtsmediziner seine geliebte Provence verlassen hatte.

»Sie hat es akzeptiert, wir werden einen anderen Weg finden. Wir haben uns nicht getrennt, aber wir hätten es fast getan, denn ich habe mich zu einem Troll entwickelt. Einem bösen Troll.« Er machte eine Pause. »Pascal, ich war unausstehlich. Vor allem der Winter war die Hölle. Es war immer dunkel. Die haben da auch Wind, aber nicht wie den Mistral, der kommt und geht, sondern er war immer da. Immer. Schneidend kalt. Dazu der viele Schnee und die vereisten Straßen. Es war nur ein paar Stunden am Tag hell, und alle waren so wie in skandinavischen Krimis. Hinter jedem Verbrechen steckte ein Serienmörder, ein Schlächter, der seine Zeichen im Schnee hinterließ.« Leblanc drehte sich vom Fenster weg. »Und versuche mal französischen Wein zu bekommen. Die Auswahl ist mau, und man muss wie ein Verbrecher in bestimmte Läden gehen, wo es nur Alkohol gibt. Es gibt keine Selbstverständlichkeit im Umgang mit unserem Kulturgut. Ich kam mir jedes Mal wie ein Alkoholiker vor, wenn ich die blickdichten Tüten aus dem Laden zu meinem Auto trug. Es war aber nur Wein, nicht einmal ein Linie-Aquavit, den sie da zu jedem Anlass trinken, sogar zu einem Essen, das den Namen nicht verdient hat. Ihr gepökeltes Fleisch und die Köttbullar aus Schweden oder ihre Bockwürste, umwickelt mit einer Art Crêpe, nur geschmackloser – sie sind nur mit hartem Alkohol zu ertragen, und der ist unbezahlbar.«

»Du wurdest also zu einem Scheusal«, bemerkte Pascal. »Die arme Agnes.«

»Ja, die arme Agnes, das habe ich auch gemerkt. Und sie hat sich so eine Mühe gegeben. Wir wollen uns weiter besuchen und ein paar Wochen im Jahr zusammen verbringen, so verschieden wir auch sind. Wenn ich weiß, dass ich wieder wegkann, werde ich Norwegen lieben, das hat sie mir versprochen. Und tatsächlich, es ist ein schönes Land mit all den Bergen und Fjorden und den hübschen Holzhäusern. Außerdem mag ich Agnes' Skrei-Gericht. Das werde ich vermissen.«

»Skrei?«

»Ja, Kabeljau, arktischer Kabeljau, Winterkabeljau. Den gibt es hier gar nicht. Auch die Meeresfrüchte oder die Viecher, die im Fjord leben, die waren alle nicht schlecht, aber es waren Ausnahmen, nicht gerade die Alltagsküche.«

»Warum hast du es nicht mit dem Kochen probiert?« Pascal hatte nach einer Einladung bei seinem Freund einst gesagt: »Essen würde ich bei dir nichts, aber dafür alles essen, was du im Restaurant bestellst.« Damals hatten sie beide darüber gelacht, und als Pascal sich daran erinnerte, spürte er, wie er ihn vermisst hatte, seinen schrägen Freund mit dem Hang zur großen Bühne.

Inzwischen hatte der sich an den Schreibtisch gesetzt und eine Plastiktüte aus seiner Tasche vor sich gelegt. Auch Pascal hatte Platz genommen und betrachtete sie, wie sie auf seinem Tisch lag. Wenn ihn nicht alles täuschte, handelte es sich dabei um Zähne, aber er wollte nicht vorweggreifen, der Leblanc-Show nicht ihren Zauber nehmen.

»Mir hat dieser Fall keine Ruhe gelassen. Und als ich von Frédéric Dubprée auch noch angerufen wurde und er mich gebeten hat, mich einzubringen, weil man wissen müsse, ob neben Julie Lavelle noch eine weitere Person umgekommen sei, habe ich meine Koffer gepackt und bin zurückgekommen. Wobei ich gedenke zu bleiben.« Er lächelte vor sich hin wie ein Professor kurz vor einem Vortrag, dabei zog er sich Einmalhandschuhe über. »Ich habe ein langes Gespräch mit einem US-Gerichtsmediziner geführt, Mr Fletcher, der gerade in Baltimore an einer Jahrestagung teilgenommen hat und den ich noch aus meinem Studium kenne. Auf dieser Tagung ging es um neue Ansätze, Menschen nach einem Feuer zu identifizieren. Vor allem konzentrieren sich die Experten und Gerichtsmediziner auf biochemische Analysemethoden. Fletcher interessierte sich genau wie ich für die Frage, wie viel DNA wir nach einem Feuer tatsächlich noch nachweisen können. Die Kollegen haben rund achtzig Brandopfer analysiert und erforscht, welche Extraktionsprotokolle für eine DNA-Analyse brauchbare Ergebnisse bringen – dabei wurden vor allem Knochen und Zähne untersucht.«

Leblanc öffnete die Tüte und ließ ein paar Zähne sowie einige kleine Knochen auf Pascals Schreibtisch fallen. In den Südstaaten hätte man die Szenerie als Voodoo-Zauber interpretiert.

»In den Zähnen, vor allem in den Backenzähnen, ist die DNA meist noch gut eingebettet, weil sie durch die Kieferknochen geschützt sind und bei einem Feuer meist nicht so beschädigt werden. Die Ausnahme ist übrigens das Verbrennen im Krematorium. Die Temperaturen beim Verbrennen einer Leiche sind in der Regel so hoch, dass später keinerlei Spuren übrig bleiben. Aber mit der Hitze in einem Krematorium kann ein Feuer im Weinberg nicht mithalten.« Er versicherte sich mit einem Blick bei Pascal, ob dieser Zusammenhang erlaubt war.

Er war es. Schließlich hatte Pascal sich in den drei Jahren, in denen er inzwischen in der Provence lebte, an derartige Herleitungen des Gerichtsmediziners gewöhnt.

Leblanc nahm einen der Zähne und bewegte seine Hand mit dem braunweißen Stummel dicht vor seinem Gesicht auf und ab. »Was meinst du, mon ami, ist das wirklich der Zahn einer Frau?«

Pascal wusste nicht, was er darauf antworten sollte, also schwieg er. Diesem makabren Spiel wollte er nicht folgen, auch wenn die Art der Fragestellung an eine Quizshow erinnerte.

»Nun sag schon«, forderte Leblanc ihn auf. »Findest du ihn nicht ein bisschen groß? Was für ein Gebiss muss unser armes Opfer denn gehabt haben?«

»Na gut, Leblanc, ich habe den Verdacht, dass dieses Prachtstück von Zahn keiner Frau, sondern einem Mann angehörte.«

Jetzt lächelte Leblanc. »Sicherlich hast du recht, aber reicht uns das? Wollen wir aufgrund der Tatsache, dass der Zahn für eine Frau zu groß ist, sagen, er gehörte einem Mann?«

»Genau darauf will ich hinaus. Es würde dem Fall eine interessante Wendung geben.«

»Das ist aber Blödsinn. Ich habe mich in eine Studie aus dem Jahr 2011 vertieft, die eindeutig besagt, dass weibliche und männliche Zähne nicht voneinander zu unterscheiden sind. Frauenzähne sind weder runder noch unbedingt kleiner.«

Pascal atmete schwer aus. »Gut, Leblanc, du hast gewonnen. Wie immer bist du vorbereitet und ich nicht.« Er seufzte. »Was für ein Zahn ist es also?«

»Das Feuer im Weinberg hatte keine allzu hohe Temperatur, daher konnten wir alle Informationen aus dem Zahn identifizieren. Hier ist die Stelle, an der wir ihn analysieren konnten.« Leblanc drehte den Zahn ein Stück ins Licht. »Und, voilà, es ist eindeutig der Zahn von Melvin Tarron. Außerdem haben wir Knochenreste gefunden. Es war aufwendig, aber wenn wir jetzt eines sagen können, dann, dass Melvin Tarron entweder bei dem Mord an Julie Lavelle selbst umgekommen ist, weil er mit seinem zugekifften Gehirn den Ausgang nicht mehr gefunden hat. Denn auch das war eindeutig zu erkennen: Melvin Tarron hatte große Mengen an Cannabis zu sich genommen, und das wahrscheinlich über Monate, wenn nicht über Jahre. Oder es war ein gemeinsamer Selbstmord. Wäre ich noch in Norwegen, würde ich genau das behaupten, aber das bin ich nicht mehr. Hier ist es hell …« Er deutete zum Fenster auf die Place de la Fontaine.

»Oder jemand wusste, dass die beiden im Weinberg sind, und hat ihn angezündet«, ergänzte Pascal. »Wobei die Brandbeschleuniger die Vermutung zulassen, dass der Mörder genau wusste, wann sie in den Weinberg gehen.«

»Genau, Pascal. Das Treffen der beiden war vorbereitet worden. Eines können wir mit Sicherheit sagen: Der Weinberg sollte brennen. Es gilt, das Warum herauszufinden und wer Interesse daran gehabt haben könnte, sie zu ermorden.«

»Genau genommen stehen wir am Anfang«, sagte Pascal. »Die einzige dringend tatverdächtige Person wurde selbst zum Opfer.«

Leblanc steckte die Knochen und Zähne wieder in die Plastiktüte und verschloss sie gewissenhaft.

»Wir brauchen jetzt nicht weiter nach Melvin Tarron zu suchen. Und wie es aussieht, brauchen wir nicht einmal jemanden zu informieren, denn da gibt es niemanden. Er hat keine Verwandten mehr, seine Mutter ist schon vor Jahren gestorben, zu seinem Vater hatte er nie Kontakt. Das ist alles traurig, finde ich«, resümierte Pascal. »Da verbrennt ein Mensch, und niemanden interessiert es, niemand ist unmittelbar betroffen.«

»In dem Fall aber«, Leblanc schwenkte die Tüte, bevor er sie in seiner Tasche verschwinden ließ, »sind wir einen Schritt weiter. So sehe ich das zumindest.« Er schaute sehnsüchtig aus dem Fenster, fixierte die Bar auf der anderen Seite der Place de la Fontaine. »Pastis?«, fragte er schließlich vorsichtig.

»Ich habe auf diese Frage gewartet«, sagte Pascal, lächelte und nahm seine Uniformjacke vom Haken.

21

Pascal hielt seine Nase dicht über eine der Honigmelonen in seinem Garten. Viele waren nicht mehr so grün wie noch in der letzten Woche, inzwischen hatten sie einen gelblichen Ton angenommen und waren somit auf dem besten Weg, ihren perfekten Zustand zu erreichen. Eine kleine war bereits reif und verströmte ihren dezenten süßlichen Duft. Es war Pascals erste Melonenernte. Er hatte in seinem Garten an der Steinmauer, die sein Haus von dem angrenzenden Lavendelfeld trennte, das zu dieser Jahreszeit bereits abgeerntet war, eine Rankhilfe errichtet. Er wusste, die besten Honigmelonen der Welt kamen aus Cavaillon, gute dreißig Kilometer von Lucasson entfernt. Er betrachtete seine kleine Zucht als eine persönliche Herausforderung, irgendwann mit seinen Pflanzen geschmacklich nicht zu weit von den berühmten Honigmelonen des Luberon entfernt zu landen. Et voilà, die erste hielt er in der Hand.

Irgendwann am Abend erwartete er Claude zum Essen. Nach seinem Spontanbesuch gestern hatte es Pascal viel Überredungskunst abverlangt, bis sein Schwiegersohn in spe es sich im Gästezimmer bequem gemacht hatte, statt ein Zimmer im örtlichen Hotel zu bezahlen. Für Pascal eine Selbstverständlichkeit, Claude aber, der ungern anderen zur Last fiel – dafür war er zu sehr Gastronom, das Prinzip des Gastgebers umzudrehen lag ihm fern –, kostete es einiges an Überwindung. Im Gegenzug hatte er versprochen, sich an den nächsten Tagen um das Abendessen zu kümmern.

Doch noch war Claude nicht von seiner Weindegustation zurückgekehrt. Aus eigener Erfahrung wusste Pascal, wie anstrengend es sein konnte, nach einer Tour durch die Weingüter entlang des Luberon noch ein Gericht zu kredenzen. Um diese Zeit dürften die gute Laune, der Weinrausch einer angenehmen Müdigkeit gewichen sein. Sicher würde Claude eine Kleinigkeit

essen wollen, bevor es am späteren Abend ins »Le Fournil«
gehen sollte.

Claude wollte sich noch mit dem Koch Paul Natale austauschen, nichts wollte er bei der kulinarischen Wahl dem Zufall
überlassen. Er vertraute dem besten Koch des Dorfes. Schon
oft war es diesem gelungen, Pascal, der mit seinen Gästen, vor
allem Lillie, gern in das Restaurant ging, zu begeistern.

Das »Le Fournil« gehörte zu den besten Restaurants der
Gegend – nicht gerade preiswert, dafür gab es jedoch ein Menü,
über das man noch lange sprechen konnte. Nie hatte Paul Na-
tale es auf die reichen Pariser Urlauber abgesehen, die in den
Sommermonaten die pittoresken Orte des Luberon fluteten
und Trüffelschaum schlürfen wollten, lieber kredenzte er seinen
Gästen eine täglich wechselnde, leichte provenzalische Küche.
Snobismus war bei Paul Natale verpönt, das gefiel Pascal.

Bei ihrem letzten Besuch waren Paul Natale und Claude
ins Diskutieren geraten, da der Koch aus Lucasson sich brennend für die Sterneküche interessierte. Pascal traute ihm ohne
Weiteres zu, sich eines Tages den begehrten Michelin-Stern
zu erkochen, doch Claude hatte neben all dem Ruhm, den
ein Stern mit sich brachte, auch die Schattenseiten aufgezählt.
Viele Köche in der Umgebung hatten sich durchgerungen, die
Auszeichnung freiwillig abzugeben, der Aufwand war ihnen
schlichtweg zu groß gewesen.

Pascal entschied sich, einen leichten Snack zuzubereiten. Er
hatte ein paar Bioriesengarnelen aufgetaut und erntete seinen
Salat, der sich in diesem Jahr prächtig entwickelt hatte. Überhaupt hatte Pascal seinen Gemüsegarten gut im Griff.

»Komm, Bordeaux«, sagte er und ging durch die Gartentür
in sein Haus. Die Sonne stand bereits tief und tauchte die Küche
in ein orangefarbenes, dunkelgelbes Licht. Einen Moment blieb
Pascal mit seiner Ernte in der Hand stehen und betrachtete,
wie es sich in der Fensterscheibe brach und die Weingläser in
seinem Büfett auf der anderen Seite der Küchenzeile strahlen ließ. Alles, was man über das Licht in der Provence sagt,

stimmt, hatte er festgestellt, und in diesem Moment spürte er, wie das Glück, hier sein zu können, in ihm aufstieg und alles andere verdrängte.

Er lächelte, als er die Melone auf ein Holzbrett und den Salat zum Abwaschen in die Spüle legte. Der Duft der Honigmelone wurde noch intensiver, als er sie aufschnitt und die Kerne wie bei einem Kürbis auskratzte. Er schnitt sie zunächst in Scheiben und dann in mundgerechte viereckige Stücke. Es gab Köche, die formten kleine Kugeln aus der Melone, aber darauf verzichtete Pascal, es sollte nur ein Snack werden, er wollte keinen Preis gewinnen.

Nachdem er den Salat gewaschen hatte, zerpflückte er ihn. In einer zweiten Schale vermischte er Olivenöl, Balsamico und etwas Sojasauce mit ein paar Kräutern aus dem Garten, würzte das Ganze mit Salz und Pfeffer und stellte die Schüssel zunächst beiseite. Die Pfanne mit dem Olivenöl für die Garnelen wollte er erst erhitzen, wenn Claude zurückkam. Außerdem wollte Pascal noch etwas von der Marinade über die Garnelen gießen und am Schluss kurz die Honigmelone in der heißen Pfanne angrillen.

Er hatte sich gerade alles zurechtgelegt, als sein Mobiltelefon klingelte. Es war Lillie.

»Papa.« Ihre Stimme zitterte. »Wo ist Claude?«

Pascal lächelte in sich hinein. »Er ist in die Tiefen des provenzalischen Weins eingetaucht.«

»Was heißt das?« Lillie klang ungeduldig, aufgebracht.

»Das bedeutet, dass er sich heute Morgen auf den Weg gemacht hat, die nahen Weingüter zu besuchen. Du kennst ihn doch, er will den perfekten Wein, und den muss er suchen.«

»Jaja, der Wein«, sagte sie kein bisschen beruhigt. »Ich habe seit heute Morgen nichts mehr von ihm gehört, das ist ganz und gar ungewöhnlich. Er geht immer ran, wenn ich ihn anrufe. Und in den seltenen Fällen, in denen er es nicht tut, schickt er mir eine Nachricht.« Dann hob sich ihre Stimme ins Hysterische. »Er war seit elf Uhr dreißig nicht mehr online.«

Jetzt überkam auch Pascal ein leicht ungutes Gefühl. »Wie ungewöhnlich ist das? Es könnte doch auch sein, dass er, wie soll ich sagen, versackt ist.«

»Nein, nicht Claude. Wein ist genauso sein Geschäft wie Essen, ich habe selten erlebt, dass er zu viel hatte.«

In Pascals Ohren klangen diese Fakten nicht ermutigend. Auf keinen Fall wollte er sich das anmerken lassen, er wollte Ruhe und Gelassenheit ausstrahlen, so wie er es immer tat. Er dachte an das Baby. Genau betrachtet waren es jetzt zwei Wesen, die er beruhigen wollte, doch mit reinen Tatsachen war das nicht möglich. Wenn Claude tatsächlich seit heute Morgen nicht mehr erreichbar war, dann gab es nur eine Möglichkeit, und die sprach Pascal aus, so ruhig es ging. »Sicher ist sein Akku leer, und er hat keine Chance, sein Telefon aufzuladen.«

Zwischen Lillie und ihm gab es in dieser Sekunde eine Art stilles Einverständnis. Sie wollten Ruhe bewahren. Lillie schwieg einen Moment, und Pascal hörte genau hin, auf ihren Atem.

»Lillie?«, fragte er.

»Oui, Papa.«

»Es wird alles gut. Ich rufe dich an, sobald er da ist. Versuche dich zu entspannen.«

Pascal wusste, wie sinnlos so ein Satz war. Längst war der Moment verstrichen, Sorge beherrschte sie.

Was würde es bringen, wenn er jetzt losfahren würde, um ihn zu suchen? Er würde verschlossene Weingüter vorfinden. Um sie zu betreten, bräuchte er einen konkreten Verdacht, eine Vollmacht von der Police nationale. Wo sollte er überhaupt hin? Claudes Verschwinden konnte unendlich viele Gründe haben. Ein Autounfall, ein anderer Unfall auf einem der Weingüter, ein Unglück oder sogar Gewalt? Lag er vielleicht im Krankenhaus? Jemand hätte Lillie benachrichtigt.

Pascal mochte seinen eigenen Gedankengängen nicht mehr folgen. Er musste jetzt optimistisch sein, für seine Tochter, deren Angst um Claude durch das Telefon zu spüren war. Ihr

Atem ging noch immer schnell und unkontrolliert. Wieder ein Beschwichtigungsversuch, in der Stimme überzeugend. »Ich werde später ein Wörtchen mit ihm reden, eine Unverschämtheit, sich bei meiner Tochter nicht zu melden.« Er bemühte sich um ein Lachen, doch es klang bitter.

22

Die Sonne zeigte sich in den frühen Morgenstunden erst schemenhaft hinter den Hügeln der Provence. Ein schmaler Lichtschein tauchte die wenigen Wolkenformationen in ein dramatisches Rot. Pascal hatte die letzten Stunden in einem Dämmerzustand zugebracht. Jedes Geräusch hatte er registriert, bei jedem Knacken die Hoffnung gespürt, es seien Autoreifen, die über den Sand vor seinem Haus rollten. Doch jeder noch so unbedeutende Laut war erstickt. Die drückende Stille der Nacht hatte Pascal ausgelaugt. Und als in den Morgenstunden tatsächlich ein Auto über die sandige Zufahrt rollte, nahm Pascal es kaum noch wahr, zu sehr hatte die Nacht an ihm gezehrt.

»Bonjour«, vernahm er wenige Minuten später Audreys Stimme in seinem Flur. »Ich habe Croissants mitgebracht.«

»Audrey«, sagte Pascal müde. »Du kommst wie immer überraschend.«

Am späten Abend hatte er noch Frédéric Dubprée informiert. Das Verschwinden seines zukünftigen Schwiegersohnes musste er melden. Noch war es keine Vermisstenanzeige, das würde erst nach vierundzwanzig Stunden der Fall sein, aber jetzt, da die Weingüter im Fokus der Police nationale standen und ein Mensch verschwunden war, musste reagiert werden.

Frédéric Dubprée hatte ruhig zugehört, als Pascal ihm von Claude berichtet hatte. Die Anweisung, keine Ermittlungen mehr allein durchzuführen, hatte Pascal unwillig zur Kenntnis genommen. Ein Impulsgendarm, so wie er sich selbst verstand, brauchte die Freiheit und jederzeit die Möglichkeit, seinem Gefühl zu folgen. Die neue Anweisung seines Chefs machte seine gewohnte Vorgehensweise unmöglich. Sich der Anordnung zu widersetzen kam für Pascal nicht in Frage, was unterm Strich bedeutete, dass er fortan im Team mit Audrey arbeiten würde.

»Möchtest du einen Kaffee?«, fragte Audrey aus der Küche, während sie die Maschine einschaltete.

Pascal gefiel die Selbstverständlichkeit, mit der sie sich durch sein Haus bewegte. »Oui!«, rief er aus dem Schlafzimmer.

Kurze Zeit später stand sie in der Tür, schaute auf das ungemachte Bett. »Ich habe gute Erinnerungen daran.«

Sie lachte, wandte sich zurück zur Küche, holte Tassen und Teller aus dem Schrank, um sie auf den Küchentisch zu stellen. Sie war bester Laune, voller Tatendrang. Pascals Niedergeschlagenheit schien sie gar nicht wahrzunehmen. Für sie war es ein Detail in einem großen komplizierten Fall.

»Es gefällt mir, dass wir zusammen zu den Weingütern fahren«, sagte sie fröhlich und gab ihm mit einer unerhörten Selbstverständlichkeit einen Kuss, als seien sie ein Paar, dann strich sie ihm über das Haar.

Zu gern hätte er sich ihrer Laune angepasst, aber wie? Claude war die ganze Nacht über nicht aufgetaucht. Er hatte sich nicht gemeldet und war nun seit fast vierundzwanzig Stunden nicht mehr online gewesen. Am Abend wollten die ersten Gäste anreisen, in fünf Tagen sollte die Hochzeit stattfinden. Unter den Gästen waren viele seiner Freunde, Claudes Trauzeuge aus Lyon, seine Familie. Niemand konnte ihn erreichen, sie würden sich Sorgen machen, Fragen stellen, vor allem Lillie. Sie hatte Pascal stündlich geschrieben, zuletzt vor zehn Minuten, als ob Pascal sich nicht sofort bei ihr gemeldet hätte, wenn Claude aufgetaucht wäre. All die negativen Nachrichten wie »Noch nicht, mein Schatz«, »Er wird sicher gleich kommen« und »Auch ich mache mir Sorgen«. Gemeinsam ließ es sich besser ertragen. »Ich werde ihn suchen fahren«, hatte er zuletzt geschrieben.

Pascal setzte sich an den Tisch, Audrey ihm gegenüber. Wie Eheleute saßen sie dort, ihre Stimmungen hatten sich angenähert.

Audrey wurde zur Polizistin. »Wo fangen wir an?«

»Bei René«, sagte Pascal.

Er erzählte ihr von seinem Freund vom Weingut Valcombe

und dass er versuchen wollte, den einzigartigen Wein, den Claude so gern für seine Hochzeit hätte, zu besorgen. Er habe es ihm versprochen, erzählte Pascal, und wenn Claude wiederauftauchen würde, und damit rechnete er noch immer, auch wenn Claude inzwischen eine verdammt gute Ausrede brauchte, dann wollte er ihn mit der guten Nachricht überraschen, dass er den Wein hatte. Außerdem war es nicht auszuschließen, dass Claude den Weg zum Weingut am Mont Ventoux selbst noch einmal auf sich genommen hatte. Er wusste von Claude, dass er niemals aufgeben würde, vor allem nicht, wenn es um einen besonderen Wein ging.

»Gehen wir die Möglichkeiten durch.« Audrey biss ein Stück von ihrem Croissant ab.

»Unser Hauptverdächtiger Melvin Tarron fällt als Täter aus. Er ist selbst Opfer des Brandes im Weinberg geworden.«

Wenn er das Feuer gelegt hatte, dann hatte er die Möglichkeit des Freitods vielleicht von vornherein mit in Betracht gezogen. Möglich, dass er sogar einen Selbstmord geplant hatte, diese Fälle von verzweifelten Liebhabern kamen immer wieder vor. Oder war es eine Romeo-und-Julia-Tragödie, als letzte Lösung? Pascal schauderte es bei dem Gedanken.

»Julie gehörte der Punk-Szene an, die haben einen Hang zu destruktiven Abgängen«, merkte Audrey an. »Über Melvin Tarron wissen wir nicht viel. Er hat keine Familie, keine Verwandten, wir kennen nur Teile seiner Drogenvergangenheit von Marseille, seine Geschäfte, seine schiefen Bahnen im Leben, abseits der Gesellschaft. Offensichtlich fühlte Julie sich von seinem Lebensstil angezogen. Überhaupt, was verband die beiden denn eigentlich? Für einen Außenstehenden waren sie ein ungleiches Paar. Julie mit dem klaren Ziel, Biowinzerin zu werden, Melvin, der in den Tag hineinlebte.«

Pascal nahm einen Schluck von seinem Kaffee. Es tat gut, seine letzten verbliebenen Lebensgeister nach dieser Nacht wurden zumindest kurz an ihre Existenz erinnert. »Julies Leben war kompliziert. Sie hatte ein schlechtes Verhältnis zu ihren

Eltern. Ihr größtes Interesse galt trotz alledem dem Wein, aber das konnte sie nicht ausleben.«

»Zumindest nicht mit diesem Vater. Ist der eigentlich inzwischen wiederaufgetaucht?«

Pascal hatte seit seinem Besuch vor zwei Tagen nichts mehr von Therese Lavelle gehört.

»Also haben wir genau genommen zwei Vermisste.«

»Das können wir so nicht sagen«, erwiderte Pascal. »Nur weil sie bislang nicht angerufen hat, bedeutet das nicht, dass er verschwunden ist. Wir sollten nachfragen.«

»Ich werde das veranlassen«, sagte Audrey und nahm ihr Mobiltelefon aus der Tasche. Nach wenigen Sekunden sprach sie mit einem Kollegen der Police nationale in Apt und bat ihn, der Familie Lavelle einen Besuch abzustatten. Man müsse den Mann verhören, wenn er wiederauftauche. Pascal und sie würden sich jetzt zum Mont Ventoux aufmachen, denn es gebe inzwischen mit Claude einen zweiten Vermissten, betonte sie und sah Pascal dabei besorgt an. »Ja, zum Mont Ventoux«, bestätigte sie ein zweites Mal, offenbar hatte es eine Nachfrage gegeben. Ihre Miene hatte sich verfinstert.

Pascal kannte ihre Geschichte. Audreys große Liebe Lydia, mit der sie monatelang am Mont Ventoux trainiert hatte, war dort mit ihrem Fahrrad verunglückt. Ein Einschnitt in Audreys Leben, den sie nie verkraftet hatte. Lange war nicht klar gewesen, ob Lydia den Unfall überlebt hatte, bis zu einer überraschenden Begegnung des ehemaligen Liebespaares vor zwei Jahren. Die Liebe zu Lydia hatte Pascal und Audrey immer im Weg gestanden. Audrey war seit dem Unfall nie wieder am Mont Ventoux gewesen. Sie würde die Fahrt mit gemischten Gefühlen antreten.

Schließlich sagte er: »Das Weingut Valcombe liegt nur in der Nähe des Mont Ventoux. Man kann den Berg sehen, aber wir müssen nicht hinauf.«

Audrey sah ihn an. »Ich werde es schon schaffen.« Sie nahm seine Hand.

23

Auf dem Weingut Valcombe hatte bereits die Weinernte begonnen. Es war der Höhepunkt im Jahresrhythmus des Winzers René. Für den Ertrag hatte er das ganze Jahr gearbeitet. Er war mit der Astschere durch die Reben gegangen, hatte bei jedem Wetter nach ihnen geschaut und den Reifegrad der Trauben überprüft.

Pascal wusste, wie ungelegen sein Besuch in diesen Wochen für seinen Freund kam, aber er konnte es nicht ändern. Audrey und Pascal hatten vereinbart, ihm so wenig Zeit wie möglich zu stehlen, und so stellten sie sich zunächst an den Rand des Weinbergs, um auf eine passende Gelegenheit zu warten.

Eine Weile beobachteten sie das Treiben der Erntehelfer. René hatte seinen Trecker am Rand des Feldes stehen, eine Leiter führte auf die Ladefläche seines Anhängers. Die Arbeiter hatten gelbe Plastikeimer auf den Rücken, deren Ränder weit über ihre Köpfe hinausreichten. Die Trauben ernteten sie per Hand, unermüdlich, in beeindruckender Geschwindigkeit. War ihr trichterartiger Eimer voll, gingen sie zurück zu dem Anhänger, kletterten über die Leiter zur Ladefläche hinauf und ließen ihre Ernte auf ein Laufband gleiten. Zwei Frauen standen an dem Laufband, sortierten Äste und Blätter aus und entschieden, welche Trauben die richtige Qualität hatten, um eingebracht zu werden. Die Feinarbeit übernahmen meist Familienmitglieder an einem zweiten Laufband im Gebäude, wusste Pascal. Dort wurden die schlechten Trauben entsorgt, während die guten über ein Förderband in Behälter liefen, bevor sie gepresst wurden. Erst im Gebäude begann die Magie eines guten Weines.

René schaute zu ihnen beiden herüber und hob kurz die Hand zum Gruß, dann gab er seinen Mitarbeitern ein paar Anweisungen und klopfte einem von ihnen motivierend auf die Schulter. Schon von Weitem war zu sehen, mit welcher Routine und Ruhe René die Ernte leitete. Mit langsamem Schritt kam er über den mit Gras und sogar Kräutern übersäten Weg zwischen zwei wie mit dem Lineal gezogenen Weinstöcken auf sie zu. Der Weinberg erinnerte nicht an die Mondlandschaften anderer Weingüter, wo der Boden mit Glyphosat und anderen Giften zu einer Art Marsoberfläche verkümmert wurde.

»Bonjour, Madame.« René reichte Audrey seine schwere, von Erde überzogene Hand. Sie stellten sich vor, dann begrüßte er Pascal mit einer Umarmung.

»Heute ist der große Tag?«, fragte Pascal.

»Ah, oui.« René strahlte und nahm ein paar Trauben von einer Rebe. »Voilà.« Er steckte eine in den Mund, nach ein paar Sekunden spuckte er einen Kern aus und nahm ihn in die Hand. »Schau her, der Kern ist braun, da ist kein Grün mehr zu sehen. Die Trauben sind reif.«

Er reichte seinen beiden Besuchern ebenfalls ein paar der grünen Trauben. Audrey probierte eine und ließ die Männer an ihren Gesichtszügen erkennen, wie der Geschmack der Traube sie in Verzückung geraten ließ. Fachmännisch nahm auch sie einen der Kerne und legte ihn auf ihre Hand.

»Stimmt«, merkte sie an. »Erntetag.«

»Und jetzt probieren Sie, beißen Sie darauf«, forderte René sie auf.

Audrey tat es.

»Was schmecken Sie?«, fragte er.

»Schmeckt nach gebrannten Mandeln.«

»Très bien«, ermunterte René sie. »Genau so müssen sie schmecken, nach verbrannten Mandeln, dann sind sie reif. Im Grunde ist unsere Arbeit ganz einfach, wenn man die Natur machen lässt.«

René hatte sich bereits vor über zehn Jahren für die Produktion von Bioweinen entschieden. Er kam ohne Chemie aus, Grünschnitt und Grünlese erfolgten ausschließlich per Hand. Dafür nahm René sich Zeit. Er ging in seiner Arbeit auf, und er hatte Pascal einst eröffnet, wie sehr die Mondphasen den

Wein beeinflussten, wie weich der Boden wurde, wenn die universellen Naturgesetze genutzt wurden. Hinzu kam die Nähe zum Mont Ventoux, jenem für Audrey unheilvollen Berg, der dem Weingut Valcombe so viel geben konnte. Der säurehaltige Boden bot René das bestmögliche Terroir – die Zusammensetzung aus Klima, Boden, Landschaft und unzähligen weiteren Faktoren.

René hatte einmal am Rande seines Weinbergs gestanden, als Pascal ihn besucht hatte. Es hatte geregnet, und René war geradezu euphorisch gewesen. Er hatte ihm erklärt, wie das Regenwasser dann in den lehmhaltigen Boden eindrang und in den Schichten gespeichert wurde. Aus seinen bevorzugten Rebsorten Syrah, Carignan und natürlich der für die Provence typischen Grenache-Traube, die rund fünfzig Jahre alt war, kelterte René Weiß- und Roséweine, erhob aber den Rotwein zu seiner Königsdisziplin, was nur wenige provenzalische Winzer nachvollziehen konnten. Doch zählten seine Rotweine, wie der Epicure, zu den besten der Provence und schafften es auf die Weinkarten einiger Toprestaurants aus der Umgebung.

Für einen Moment waren nur die Geräusche der Astscheren der beiden Erntehelfer zu hören, die sich inzwischen bis auf wenige Meter genähert hatten, dazwischen das Fallen der Trauben in die Eimer. Sie sprachen nicht miteinander, jeder war in seine Arbeit vertieft. Die Reben waren sauber abgeerntet, die Reihen schienen von hier aus unendlich lang zu sein. Die Sonne brannte bereits vom Himmel, der Mont Ventoux hinter den Weinbergen sah imposant aus. Von hier aus war die Baumgrenze deutlich zu sehen. Der obere Teil des Bergs sowie die Spitze waren kahl, weiß.

»Was führt euch zu mir?«, fragte René schließlich.

»Wir vermissen meinen zukünftigen Schwiegersohn, er heißt Claude, und wir wollten wissen, ob er gestern hier war. Zur Weinprobe?«, fragte Pascal.

»Claude?«, antwortete René. »Der Mann, der meinen Spéciale haben möchte für seine Hochzeit? Ich erinnere mich an ihn. Er war schon zweimal hier, er wollte unbedingt meine letzten Flaschen kaufen, aber das kann ich nicht machen. Er ist für besondere Anlässe. Er war ein netter Mann, aber gestern war er nicht bei mir.«

»Bist du sicher, René?«

»Um sicherzugehen, muss ich meine Frau fragen, sie war gestern die ganze Zeit im Keller. Ich war immer wieder auf dem Grenache-Berg.«

»Wo können wir sie antreffen?«, mischte Audrey sich ein.

»Sie müsste im Keller sein, dort, wo die Trauben ankommen«, sagte René. »Seit wann vermisst ihr ihn?«

»Seit gestern Morgen haben wir nichts mehr von ihm gehört.« Pascal nahm sein Handy aus der Tasche, um sich zu vergewissern, dass sich daran noch nichts geändert hatte. »Er war am Vormittag zu einer Weinprobe aufgebrochen. Er wollte das Beste der Provence für die Hochzeit. Claude wird der Ehemann meiner Tochter sein. In vier Tagen.«

»Das hätte er mir doch sagen sollen«, empörte sich René. »Ich wusste nicht, dass er … Natürlich bekommt er meinen Wein, wenn er deine Tochter heiratet.« René wirkte geradezu konsterniert. »Das hat er mir nie gesagt, er wollte nur meinen Wein, den Spéciale.« Er lächelte.

»Was ist so besonders an diesem Wein?« Jetzt war Audreys Interesse geweckt, hinter jedem Detail könnte sich eine Spur finden, wusste auch Pascal.

»Ein Unfall«, sagte René. »Es ist ein Wein aus dem Jahr 2017, ein schwieriges Jahr. Wir bekamen noch einmal Frost im März, viele meiner Triebe, besonders meine Grenache- und Syrah-Weine, waren erfroren, ein Desaster. Dann kamen der Schnee und der Mistral, stark wie seit Jahren nicht mehr. Und, als ob das nicht genügte, eine Dürreperiode. Ich habe ein kleines Weingut, gerade mal achtundzwanzig Hektar. Wir produzieren nur für die Umgebung. Ich gehöre keiner Kooperative an. Verkaufen konnte ich meinen Wein nicht, und chemische Zusätze und Aromastoffe, um dem Wein eine andere Note zu geben, kommen für mich nicht in Frage. Ich bin Winzer. Ich brauche keine Chemiker. Was also habe ich gemacht? Ich habe die Trauben geerntet, die das Jahr 2017 überlebt haben, und sie alle zusammengemischt. So ist der Spéciale entstanden. Und was für ein Dilemma, er hat Preise gewonnen, meine Kunden und Restaurants lieben ihn, sie wollen mehr davon.« René schaute geradezu beleidigt. »Aber quelle catastrophe, ich kann ihn nie wieder keltern, weil ich schlicht nicht mehr weiß, was drin war, geschweige denn dass ich mich noch an die Anteile erinnere. Woher Claude diesen Wein überhaupt kannte, ist mir ein Rätsel. Er kam hierher und hat ganz konkret danach gefragt, das kam mir komisch vor.«

»Claude ist ein Sternekoch aus Lyon. Sein Sommelier ist ein Genie. Es dürfte keinen französischen Wein geben, von dem er nicht zumindest schon einmal gehört hat. Er organisiert den Einkauf. Ein paar Kisten deines Spéciale dürften also den Weg nach Lyon gefunden haben.« Pascal klopfte René anerkennend auf die Schulter, so wie dieser es gerade bei seinem Erntehelfer getan hatte.

»Was für eine Geschichte«, merkte Audrey nach einer kurzen Weile an, in der sie René beobachtet hatte, dessen Blick auf die Erntehelfer, auf seinen Weinberg und den Mont Ventoux gerichtet war.

»Oui, Madame, die besten Geschichten schreibt die Natur, nicht wir Menschen. Aber so ist es nun mal.« Dann wandte er sich wieder Pascal zu. »Natürlich bekommst du meine letzten Vorräte für das Fest.«

»Nur müssen wir ihn jetzt finden, um ihm diese gute Nachricht zu unterbreiten«, ergänzte Audrey. »Dürfen wir mit Ihrer Frau sprechen?«

Pascal bewunderte Audrey in diesen Momenten. Wie klar sie blieb, wie wenig sie sich ablenken ließ. Audrey blieb konkret und nüchtern, und Pascal, der sonst Gespräche wie diese genoss, war dankbar, sich jetzt bloß nicht in Details verlieren zu müssen.

»Natürlich, kommt mit«, sagte René zu Audrey. »Die Trauben finden auch ohne mich den Weg in den Keller, sie sind ja bisher auch ohne mich ausgekommen.« René lächelte in all seiner Gelassenheit. Er hatte sich komplett dem Rhythmus der Natur verschrieben. Er sei ein Mann der Erde, hatte er mal gesagt, und auch die Natur sei nie hektisch, dem habe er sich angepasst.

Der Weg in den Weinkeller war unscheinbar. Ein kleiner Schotterweg, gerade breit genug für einen Trecker, führte zu einem Tor unter dem Wohnhaus. Das Château Valcombe hatte mit den großen Weingütern in der Gegend, die Millionen Liter von Roséweinen in die ganze Welt verschifften, nichts gemein. René wollte es so. Schon oft hatte er die Möglichkeit gehabt, weitere Weinberge in der Gegend zu kaufen und zu bewirtschaften. Bei seinen Fähigkeiten hätte ihn das zu einem reichen Mann gemacht – aber es hätte auch den finanziellen Aspekt in den Vordergrund geschoben, und so weit kannte Pascal René: Reichtum und Glück passten bei dem Mann der Erde nicht zusammen. Ohne Frage hatte er auch so sein Auskommen. Seine Weine waren keine Schnäppchen, und wer sie getrunken hatte, blieb dabei und wurde zum Stammkunden wie Pascal.

Im Keller gab es eine kleine Weintheke aus Holz. Ein paar Gläser standen darauf. Filmplakate und eine Auswahl von Renés Etiketten waren eingerahmt und hingen dekorativ hinter dem Tresen, daneben ein paar Auszeichnungen, unter anderem für den Wein La Spéciale.

»Chloé!«, rief René in das Kellergewölbe.

»Oui, chéri, ich kann gerade nicht, je suis desolée.«

René ging in den Kellerraum, in dem die Fässer untergebracht waren. Chloé saß mit weiteren Frauen an einem Laufband, auf dem die Trauben vom Trecker vor dem Gebäude in den Keller transportiert wurden. Die großen Kisten um sie herum füllten sich schnell mit schlechten Trauben und Geäst. Ab und zu entfernte Chloé mit bloßen Fingern Insekten, vor allem Schnecken, die, benommen vom Most, vollkommen bewegungsunfähig an den Trauben hingen. Pascal beobachtete, wie sie Ohrenkneifer von den Trauben pickte. Sie packte sie in der Mitte, sodass die Scheren hilflos in der Luft nach irgendetwas Essbarem oder etwas, das es in den letzten Lebenssekunden noch zu verletzen galt, schnappten.

Chloé schaute kurz auf, ohne das Förderband anzuhalten. »Bonjour, Pascal«, sagte sie, während sie Audrey freundlich zunickte. »Wie kann ich helfen?«

»Diesmal ist Pascal mit seiner Kollegin Audrey offiziell im Auftrag der Police nationale hier.«

»Das bedeutet hoffentlich nicht, dass er ohne Wein wieder abreist.«

»Sie müssen wissen, ob dieser Claude noch mal hier war. Weißt du, der, der mir die letzten Flaschen Spéciale für diese unverschämt hohe Summe abkaufen wollte.«

Claude hatte offensichtlich sogar noch eine Menge Geld geboten. Dieser Wein scheint ihm sehr wichtig zu sein, dachte Pascal. Nicht einmal dabei war René weich geworden – wieder eine Bestätigung, welch untergeordnete Rolle Geld in seinem Leben spielte. Und jetzt bekam Claude den Wein, nur weil er der zukünftige Ehemann von Pascals Tochter war. Pascal hatte Hochachtung vor diesem aufrechten Winzer.

»Non, mon chéri, an den würde ich mich erinnern.« Sie sortierte weiter Trauben.

»Was ist passiert?«, wandte René sich wieder an Audrey und Pascal. »Gibt es einen Grund zur Sorge, falls man abends noch mal auf die Straßen der Provence gehen möchte?«

Das Förderband machte ein lautes Geräusch.

»Hast du noch ein paar Minuten? Dann erzähle ich es dir.«

René blickte auf das Förderband, auf die Erntehelferinnen, auf seine Frau und nickte. »Kommt, wir gehen nach vorne.«

Sie verließen den Keller, und René nahm die drei Stühle von der Weintheke und stellte sie in einen Kreis. »Rosé oder rot?«, fragte er. »Ich habe noch zwei offene Flaschen von der letzten Verkostung.«

»Rosé«, antwortete Audrey, und Pascal haderte mit diesem Zusammensein, dieser Verkostung, beherrschte doch der Gedanke an Claude all sein Tun in diesen Stunden.

»Aber nur ein Glas, die Nachsichtigkeit der Gendarmerie hier in der Umgebung ist einer unberechenbaren Strenge gewichen. Und wir haben noch nicht einmal Mittag«, merkte Audrey an.

»Voilà«, sagte René und hörte den beiden bei einem Glas Rosé aufmerksam zu. Nicht das erste Mal. René interessierte sich für den Beruf seines Freundes, schon oft hatte Pascal nach Feierabend bei ihm auf der Bank vor dem Haus gesessen und aus seinem Alltag berichtet. Eines Abends hatte er sogar bei ihm übernachtet, in einer der kleinen Wohnungen, die er in den Herbstwochen den Erntehelfern zur Verfügung stellte. Aber jetzt ging es nicht um einen Fall wie sonst, es ging um seine Familie.

»Hast du von dem Brand auf dem Château des quatre chiens gehört, bei dem eine junge Frau ums Leben gekommen ist?«, wollte er wissen.

»Oui, ich habe darüber in der Zeitung gelesen.«

»Inzwischen haben wir Gewissheit, dass auch ihr Freund ums Leben gekommen ist«, ergänzte Audrey.

»Oh, das wusste ich nicht, welche Tragödie.«

»Wir ermitteln in dem Fall«, fuhr Audrey fort. »Es gibt eine Menge offener Fragen. Warum wird ein Weinberg angezündet? Wir haben Brandbeschleuniger gefunden, wir wissen also, dass es sich um Brandstiftung handelte. Die Frage, die wir uns stellen, lautet: Ging es um den Weinberg oder um das junge Paar? Auch einen Suizid können wir nicht ausschließen. Die junge Frau gehörte der Punk-Szene an. Ihr Freund war ein Drogendealer aus Marseille. Nicht gerade die Oberschicht, mit der Julie sich eingelassen hat. Wir wissen über sie auch, dass sie ein sehr schwieriges Verhältnis zu ihrem Vater gehabt hat.«

René nickte eifrig. »Ich weiß, ich kenne die Familie. Der Vater, Nathan, ist ein übler Typ.«

Audrey schaute ihn erwartungsvoll an. »Erzähl, was meinst du damit?«

»Nun, sagen wir mal so: Er ist ein Nationalist, jemand, mit dem man sich ungern anlegt. Er gehörte der Partei von Marine Le Pen an, er organisierte Wahlkämpfe im Luberon. Jetzt, wo sie moderatere Töne wählt, hat er sich der noch rechteren Bewegung von Éric Zemmour angeschlossen, außerdem unterstützt er mehrere rechtsradikale Bewegungen in der Umgebung. Es gibt hier mehr davon, als man meint. Es wurde viel über ihn erzählt, er würde seine Frau schlagen und sei dem Alkohol nicht abgeneigt.« René trank einen Schluck seines Rosés.

»Wir überprüfen derzeit, wo er sich aufhält, könnte sein, dass wir ihn als vermisst melden müssen«, fügte Audrey hinzu.

»Genau wie Claude, den Bräutigam«, merkte René an.

»Genau wie Claude«, sagte Pascal. »Und das bereitet uns Sorgen. Um ehrlich zu sein, große Sorgen. Warum diese beiden Männer, die sicher nichts gemein haben?«

»Und warum ist wenige Tage zuvor Nathans Tochter Opfer eines Brandanschlags geworden?«, fragte Audrey. »Ich glaube, du bist nicht der einzige Mensch, der eine Abneigung gegen diesen Mann hat.«

»Ich würde es niemandem verdenken«, sagte René. »Allein, was parteipolitisch passiert ist.«

»Seine Tochter Julie war das Gegenteil, sie gehörte der alternativen Szene an und war ganz sicher keine Frau, die eine rechte Partei gewählt hätte. Es muss im Hause Lavelle ganz schön gekracht haben«, sagte Pascal, sein Glas war unberührt, ihm fehlte die Ruhe zum Genuss, es kam ihm falsch vor.

Audrey dagegen trank einen Schluck.

»Bleibt die Frage: Was ist mit Monsieur Adel, dem Winzer des Château des quatre chiens? Immerhin ist er das eigentliche Opfer, der Anschlag könnte auch ihm gegolten haben. Kennst du Luc Adel?«, wollte Pascal wissen.

René lachte. »Wer kennt ihn nicht? Er gehört zu den extrovertiertesten Winzern in der Provence. Er macht gute Weine, obwohl sie Massenprodukte sind. Aber er schafft es auch, regelmäßig wichtige Auszeichnungen zu bekommen. Er ist ein ausgesprochen cleverer Geschäftsmann, an dem ich mir mal ein Beispiel nehmen sollte.«

»So schlecht läuft es ja nun auch nicht«, bemerkte Pascal.

»Ich kann mich nicht beschweren.«

»Was erzählt man sich unter den Winzern in der Region? Sind der Brand und der Tod des jungen Paares ein Thema?«

»Gerade ist jeder mit der Weinernte beschäftigt«, entgegnete René. »Wir alle haben davon gehört. Die Angst vor diesen Terroristen geht schließlich immer wieder um.«

Audrey und Pascal ließen ihr Glas sinken. »Welche Terroristen?«, fragte Pascal.

Jetzt war es René, der ungläubig guckte. »Ich dachte, die CRAV sei die erste Adresse für die Ermittlungen.«

»Wer ist die CRAV?«, wollte Audrey wissen. »Ich habe nie von ihnen gehört.«

In diesem Moment trat Chloé zu René, sie war aufgeregt. »Der Trecker streikt«, sagte sie. »Ich habe doch gesagt, wir brauchen einen neuen.«

»Ich komme«, sagte René.

»Und jetzt?«, fragte Audrey. »Wir müssen wissen, wer die CRAV ist und was sie damit zu tun hat.«

»Wenn ihr mehr darüber wissen möchtet, dann kommt heute Abend zu mir. Es sind Nationalisten der schlimmsten Sorte, aber ich muss weitermachen, für morgen ist Regen angesagt, ich muss die Ernte einfahren. Pardon.« Und schon eilte er hinaus.

24

Den quälend langen Nachmittag verbrachten Audrey und Pascal in einem Café in Carpentras, einem kleinen Städtchen in der Nähe des Weinguts mit einer Menge Bars und Restaurants. Während Audrey zu Mittag aß, gab Pascal sich mit einem Salat zufrieden, in jeder Sekunde bereit loszufahren, falls es etwas Neues gäbe. Ständig hatte er sein Mobiltelefon in der Hand und las alles, was er zum Thema CRAV finden konnte. Es könnte eine Spur sein, ein Hinweis, ein kleiner Anfang.

Indessen hatte Audrey die Nachricht erhalten, dass auch von Nathan weiterhin jede Spur fehle, seine Frau Therese habe das der Police nationale bestätigt. Die Kollegen aus Apt waren sogar ins Haus gelassen worden, um sich selbst davon zu überzeugen. In den Vormittagsstunden wurde Nathan Lavelle offiziell als vermisst gemeldet, genau wie Claude, beide wurden von der Gendarmerie und der Police nationale gesucht.

Nur mit Mühe war es Pascal in mehreren Telefonaten mit Lillie gelungen, sie davon abzuhalten, sich direkt auf den Weg in die Provence zu machen. Selbst die dreistündige Fahrt aus Lyon nach Lucasson wollte Pascal ihr nicht zumuten. Sie hätte ohnehin nichts ausrichten können. Am nächsten Tag wollte sie kommen, gleich morgens ins Auto steigen, zum Mittag erwartete er sie. Außerdem war das erste Mal der Satz gefallen, die Hochzeit vorerst abzusagen, doch auch davon hatte Pascal Lillie abhalten können. Solange man nicht wisse, wo Claude sich aufhalte, sei jede offizielle Aussage schwierig. Auch wenn die Anzahl der anreisenden Gäste von Tag zu Tag anstieg. Am Ende des Telefonats hatte Pascal an Lillies Pflichtbewusstsein appelliert, schließlich gab es ein Restaurant, das geleitet werden musste, und da sei Lillie in Lyon unersetzlich.

»Viel habe ich über die CRAV nicht gefunden«, sagte Audrey schließlich. »Meist ist auf Nachrichtenseiten die Rede von dieser nationalistischen Vereinigung von Winzern. Ihr Ziel scheint es zu sein, den Handel mit ausländischen Weinen, vor allem aus Spanien, in Frankreich zu verbieten, um die heimischen Produkte zu unterstützen.«

Das waren auch die Artikel, die Pascal gefunden hatte.

Immer wieder war der Streit eskaliert. Die Winzervereinigung hatte vor wenigen Jahren einen spanischen Weinlaster zum Stoppen gebracht und den geladenen Rotwein als Zeichen ihres Protestes über die Straße laufen lassen. Es gab sogar Bildmaterial dazu, eine kleine Meldung aus der regionalen Nachrichtensendung. Außerdem hatte die CRAV Weingüter geplündert, immer wieder Weinberge in Brand gesetzt, doch in den letzten Jahren war es still um die Organisation geworden.

Was sie also mit dem Verschwinden der beiden Männer zu tun haben könnte, erschloss sich Pascal und Audrey nicht. Und doch wollten sie nach dem Bindfaden greifen und sich am Abend wie besprochen mit René zusammensetzen. Sicher wusste er mehr. Er war Insider in der Winzerszene und gut vernetzt. Das war zumindest eine Chance.

Und so fanden sie sich gegen achtzehn Uhr wieder auf dem Weingut Valcombe ein, auf die Minute, denn jede zählte. Vor dem Gebäude war ein großer Tisch aufgebaut, darauf eine weiße Tischdecke, die sich im Rhythmus des Abendwindes bewegte. Die Erntehelfer saßen zusammen, sie mussten gerade gegessen haben, Nachtischschalen standen vor ihnen. Chloé und René brachten Kaffee und stellten ihn vor ihre Gäste. René schenkte ihnen Rotwein nach. Einige leere Flaschen vom Epicure standen auf dem Tisch. Die Stimmung war gelöst, sie scherzten miteinander und unterhielten sich.

Pascal, eigentlich anfällig für ein Idyll wie dieses, dachte für gewöhnlich in diesen Momenten daran, was für ein Gefühl es wohl war, den Wein aus diesen Flaschen von den ersten zarten Knospen an über die Ernte und den Gärprozess bis zur Abfüllung begleitet zu haben und ihn jetzt an diesem Herbstabend gemeinsam mit guten Kollegen zu entkorken. Das Glück des Winzers, des Arbeiters, des Südfranzosen. Doch heute, da ihm die Minuten durch die Finger rannen, fiel es ihm schwer. Gleichzeitig wusste er, wenn er mehr über die CRAV erfahren wollte, wenn er seinem Wesen entsprechend auf die Details achten wollte, dann war Hektik sinnlos. Er brauchte die ganze Geschichte, um weiterzukommen. Natürlich hatten die CRAV und das Verschwinden von Claude auf den ersten Blick nicht viel miteinander zu tun, aber was hatte in diesem Fall schon miteinander zu tun? Ein Punkmädchen im Weinberg? Eine spanische Yacht? Weinimporteure? Welche Rolle spielte also die CRAV bei alledem? Vielleicht keine, aber etwas in ihm sagte, nein es rief: Gehe den Dingen auf den Grund! Pascal versuchte sich also zu entspannen, er brauchte die Ruhe zurück, so schwer es auch fiel.

Ihnen wurde ein Platz an der langen Tafel angeboten, einige der Arbeiter hatten sich schon auf den Weg nach Hause begeben.

»Rotwein, Audrey?«, fragte René, wartete die Antwort aber nicht ab und schenkte ihnen beiden ein Glas ein.

Pascal sah, wie er sie beobachtete, während sie an dem Wein rochen, dann anstießen und ihn schließlich tranken. Pascal kannte diesen Wein nur allzu gut. Viele Kisten hatte er bereits aus dem Keller zu seinem Auto getragen und zu Hause in guter Gesellschaft mit seinem Freund Leblanc oder seiner Tochter Lillie und Claude getrunken. Pascal konnte sich gegen den Gedanken nicht wehren – würde es diese geselligen Runden auch in Zukunft geben? Würde Claude wiederauftauchen, und alles würde wie früher sein? Die Unbeschwertheit in seinem Blick, die jugendliche Leichtsinnigkeit, sein ansteckendes Lachen.

Pascal gelang es nicht, die Schwere zu verdrängen, sein Magen grummelte. Still tranken sie ein paar Schlucke des Weins, die Erntehelfer rückten näher zusammen, der Abstand zwischen ihnen und ihm vergrößerte sich. Jetzt kam für die Gesellschaft der gemütliche Teil des Abends, und René hatte endlich Zeit, sich zu ihnen zu setzen. Auch er nahm sich ein Glas Wein.

»Wie ich euch einschätze, habt ihr bereits recherchiert und wisst inzwischen, wer die CRAV ist?«

Sie erzählten ihm, was sie gefunden hatten und welche Berichte sie auf YouTube gesehen hatten.

»Ich denke«, sagte René nach einer Weile, »wir sollten etwas Zeit damit verbringen, in die Geschichte des französischen Weinanbaus einzusteigen.«

Pascal wurde bewusst, wie wenig es jetzt gab, was er tun konnte, und so ergab er sich, denn in der Regel interessierte er sich brennend für Geschichten, vollkommen abseits jeglicher Ermittlungen. Diese Stärke, die ihn schon oft zur Lösung eines Falls geführt hatte, musste er jetzt ausspielen. Er lehnte sich zurück. Und auch Audrey schien sich für die Ausführungen des Winzers zu interessieren.

»Was seht ihr, wenn ihr euch umschaut?« René deutete auf das Land um ihn herum, auf die Weinreben, die Berge.

»Wein, so weit das Auge reicht«, sagte Pascal und führte endlich das Glas zu seinem Mund.

»Im 19. Jahrhundert«, begann René, »erlebte diese Region, vor allem der Languedoc, einen Weinboom. Statt auf gute Weine zu setzen, wurden Massen produziert, immer mehr. Dafür wurden sämtliche Ländereien, vor allem im Languedoc, zu Weinbergen gemacht, sogar Seen wurden trockengelegt, um noch mehr Wein anzubauen. Die Welt hatte Durst und die Arbeiter übrigens auch. Sie tranken bis zu drei Liter am Tag, mit Genuss hatte das nichts mehr zu tun. Die ganze Region wurde reich, stolze Weingüter und Schlösser wurden errichtet. Der ganze Süden Frankreichs wurde zur Monokultur. Es waren die fetten Jahre, bis die Natur zurückgeschlagen hat. Sie schickte uns in der zweiten Hälfte des 19. Jahrhunderts die Reblaus, die Phylloxera. Dieser aggressive Schädling griff das Wurzelsystem der Reben an, bis die Pflanzen innerhalb eines Erntejahres abstarben. Zunächst waren die Winzer in Nordfrankreich betroffen, dann die Kollegen im Burgund und um die Stadt Bordeaux, schließlich wir Provenzalen. Eines der ältesten Weingebiete der Welt mit der größten Vielzahl an Trauben wurde innerhalb eines Jahres zerstört, einfach so.« René schüttelte den Kopf. »Unsere Kultur wurde entwurzelt.«

Audrey und Pascal waren näher gerückt. René sprach nicht besonders laut, er flüsterte fast, als dürften die Erntehelfer nicht hören, was er erzählte, als sei der Schock noch so allgegenwärtig, dass niemand das Wort »Reblaus« in den Mund nehmen sollte.

»Nur der Languedoc wurde verschont. Dort hatte man, um Masse zu produzieren, auf amerikanische Reben gesetzt, die resistent gegen den Schädling waren. Was passierte, war klar. Die ohnehin schon gut betuchten Winzer wurden steinreich. Die Preise stiegen an, und im Languedoc wurde jeder Quadratzentimeter als Anbaufläche genutzt, jede Garage, jeder Schuppen zum Weinlager umgebaut. Viele der Schlösser stehen bis heute, vor allem an den Küsten, viele im neugotischen Stil oder im Stil der Neorenaissance. Heute sind das die großen Weingüter, die fast alle industriell geführt werden. Die letzten Qualitätsweine wurden im Norden des Languedoc produziert, von Bauern, die sich nicht durchsetzen konnten. Es ging nur noch um Masse. Den Bauern blieb also nichts anderes übrig, als sich zu Winzergenossenschaften zusammenzutun. Die ersten Kooperativen sind in dieser Zeit entstanden und haben bis heute überlebt.«

Pascal mochte die Kooperativen. Bei jedem Kauf hatte er das Gefühl, die kleinen und unabhängigen Güter zu unterstützen. Viele seiner Lieblingsweine kamen aus Weinanbaugebieten, die landesweit unbedeutend waren, oft waren sie nicht größer als drei oder vier Hektar. Sie waren Individualisten, die vieles ausprobierten und nicht selten mit Medaillen belohnt wurden.

»Diese Winzergenossenschaften wurden von der sozialistischen Partei unterstützt. Ihnen gefiel der ›Einer gegen alle‹-Gedanke. Aber der Weinmarkt erholte sich langsam. Die Produktion der Massenweine hatte inzwischen erschreckende Formen angenommen. Sie panschten die Weine zusammen, mit viel Zucker oder Rosinen. Aber, Monsieur et Madame, wir leben in Frankreich, und wir Franzosen waren nicht länger bereit zuzusehen, wie unser Kulturgut zerstört wurde. Ein Cafébesitzer, ein gewisser Marcelin Albert, erklärte den Panschern den Krieg und forderte sogar das Verbot von Wein ohne Trauben.«

»Wein ohne Trauben? Mein Gott, das hat es mal gegeben?«, mischte sich Audrey ein, die jetzt gespannt zuhörte. Diesen Geschichtsunterricht würden sie beide so schnell nicht vergessen.

»Marcelin Albert war eine hochinteressante Persönlichkeit. Er schaffte es, immer mehr Winzer hinter sich zu vereinen und dass sie seinen Idealen folgten. Mit Bannern, Trommeln und Hörnern zogen sie durch die Straßen und Dörfer und demonstrierten gegen die immer schlechter werdenden Bedingungen. Hinzu kam ein Steuersystem, das die Winzer in den Bankrott trieb. Zwielichtige Händler brachten zusätzlich algerischen Wein, der meist aus Saft mit Alkohol bestand, auf den Markt und drückten damit weiter die Preise der Winzer. Diese wurden arbeitslos und litten Hunger. Kurzum, sie kämpften um das Überleben ihrer Familien. In den ersten Jahren reagierte die Regierung nicht auf die Proteste, erst als die Demonstranten immer mehr wurden, immer lauter. Marcelin Albert hielt seine Reden von Häuserdächern aus. Am 9. Juni 1907 versammelten sich auf der Place de la Comédie in Montpellier weit über sechshunderttausend Menschen, darunter viele ehrliche Winzer, um der Regierung den Kampf anzusagen. Es war eine Revolte. Ja, wir Winzer sind stark.« René lachte und prostete den beiden zu.

Pascal nahm die Weinflasche vom Tisch und schenkte zunächst Audrey und dann René nach.

»Aber die Regierung setzte sich zur Wehr, es hat Tote gegeben. Die Bauern wurden niedergeschlagen. Doch es gab Nachahmer, die Proteste weiteten sich bis in die Champagne aus.«

»Beim Champagner verstehen wir keinen Spaß«, bemerkte Audrey und trank einen Schluck.

»Dann erlebten wir zwei Weltkriege, und die Not wurde noch größer. Nach den Kriegen richtete sich der Hass von uns südfranzösischen Bauern gegen die Eliten aus Paris, und dann schlossen sie sich zusammen und nannten ihre Organisation Comité régional d'action viticole, kurz CRAV. Sogar Libyens Schreckensdiktator Gaddafi wollte die CRAV mit Waffen und Geld ausstatten, wenn sie denn bereit wären, während ihrer Proteste die französische Regierung zu stürzen. Es war bekannt, dass er viele terroristische Vereinigungen auf der ganzen Welt wie die IRA und die ETA unterstützte, doch die Libyer hatten etwas vergessen: Sie hatten es mit Franzosen zu tun, und die wollten ihre Probleme gern selbst lösen und schlugen das Angebot aus. Dennoch kriminalisierten sich viele innerhalb der CRAV. Inzwischen waren die Kommunikationsmittel besser geworden, sie waren besser organisiert als noch 1907, und so stellten sie Forderungen an die Regierung. Mit einer klaren Botschaft: ›Gebt uns Subventionen und verbietet den Import ausländischer Weine. Andernfalls werden die Proteste wieder aufflammen.‹«

Inzwischen waren die Erntehelfer vom Tisch aufgestanden und hatten sich teilweise ins Haus zurückgezogen, andere waren in die umliegenden Orte zu ihren Schlafplätzen gefahren. Morgen früh würden sie weitermachen, sobald die Sonne aufging, vor dem angesagten Regen. René aber fuhr mit seiner Geschichte fort.

»Viele Jahre gab es immer wieder Aufstände, bis 1976, da änderte sich alles. Ein beliebter Winzer, Émile Pouytès, wurde bei Protesten von der Polizei erschossen. Mit ihm noch ein zweiter. In seiner Heimatstadt Montredon versammelten sich Hunderte von Menschen, um seinen Tod zu betrauern. Die CRAV aber zog Konsequenzen und griff ebenfalls zu den Waffen. Damit verloren sie die Sympathie vieler Menschen im ganzen Land, viele traten aus, und die CRAV wurde zu einer heute nicht mehr allzu bekannten Untergrundorganisation.«

»Ich erinnere mich, dass wir im Geschichtsunterricht in der

Schule mal über diese Organisation gesprochen haben, aber ich hatte es vergessen«, sagte Audrey schließlich. »Und die CRAV ist bis heute aktiv?«

René lehnte sich zurück, steckte die Nase in sein Weinglas, nahm einen Schluck und nickte schließlich. »Die Ausgangsposition ist bis heute klar. Fünf Prozent allen Weins der Welt stammen aus dem Languedoc, dort befindet sich das größte Weinanbaugebiet Frankreichs, dagegen sind wir Provenzalen nichts. Ein paar Kilometer von hier entfernt werden pro Jahr eins Komma sieben Billionen Flaschen verkorkt oder heutzutage verschraubt.« Er lachte bitter auf. »Aber viele der Weine sind noch immer Tafelweine, und die haben gewaltige Konkurrenz aus dem Ausland bekommen. Dort wird der Wein billiger produziert. Die Arbeitskräfte verdienen weit unter dem Mindestlohn, unser französischer Wein hat keine Chance gegen die Konkurrenz. Daher setzte die CRAV sich für ein Einfuhrverbot ausländischer Weine ein. Sie forderten sogar dazu auf, die Tour de France abzusagen, weil einer der Sponsoren ein chilenischer Weingroßhandel war. Natürlich ist niemand darauf eingegangen, und so legte die CRAV Feuer. In Supermärkten oder in Regierungsbüros. 2005 griffen Männer mit Schusswaffen einen spanischen Weintransporter an und setzten ihn in Brand. Der Fahrer hatte noch im Fahrzeug gesessen. Dann sabotierten sie das Eisenbahnsystem, damit kein Wein aus Spanien mehr die Grenzen passieren konnte. Vor allem die Spanier mit ihren billigen Arbeitslöhnen und den Massenweinen wurden zu ihren Erzfeinden erklärt. Als Sarkozy 2007 gewählt wurde, drohte die CRAV dem Präsidenten in einem Video im Stil von al-Qaida mit Gewalt, falls er nicht die Ziele der CRAV wahrnehmen und stattdessen den offenen Weinhandel der EU unterstützen würde. ›Blut wird über die Straßen fließen‹, sagten sie, und das haben sie umgesetzt. Kurz nach dem Sarkozy-Video gab es Explosionen. Weingüter, meist genossenschaftliche Weingüter, wurden zerstört, Reben angezündet.«

Audrey und Pascal rückten nach vorn, jetzt wurde es spannend. Ihre Gläser hatten sie längst geleert.

René entkorkte eine neue Flasche. »Ich habe noch ein Zimmer übrig. Wenn es euch nicht stört, könnt ihr meine Gäste sein, aber wie gesagt, nur ein Zimmer.«

Pascal überließ Audrey die Antwort. »Pas de problème«, sagte sie, und dann war da wieder dieses Funkeln in ihren Augen, der kurze Blick, der Pascal ins Mark traf. Sie hatte ihn in der Hand, und Pascal war nicht wohl dabei. Auch nicht bei der Geschichte, die er gerade hörte. Mit einer Organisation solchen Ausmaßes hatte er es in seiner Laufbahn noch nie zu tun gehabt, das war eine Nummer zu groß für ihn, das würde er nicht allein bewältigen können.

»Und weil sie Weinberge anzündeten, glaubst du, es könnte einen Zusammenhang geben?«, fragte er schließlich.

»Das ist natürlich schwer zu sagen. In der Regel hat die CRAV Gründe für ihre Anschläge, auch wenn sie weit außerhalb unseres Verständnisses liegen. Sie wollen Winzer, Kooperativen und vor allem immer wieder die Regierung unter Druck setzen. Sie sind immer auf der Suche nach Sündenböcken, immer ist jemand schuld an der angeblichen Notlage der Weinbauern. Mal ist es die Regierung, mal die EU, die Verantwortlichen in Brüssel oder einfach der französische Handel, der seinem Geschäft innerhalb der EU nachgeht. Nach dem Video richteten sich die Anschläge gegen die Winzer und Geschäftsleute, die sich geweigert hatten, an den Demonstrationen gegen die geplanten EU-Reformen teilzunehmen. Das Merkwürdige daran aber ist«, fügte René hinzu, »die Anschläge hat es vor allem im Languedoc gegeben, in Hérault und Narbonne, nicht aber bei uns in der Provence. Ich würde sagen, da haben sich weitere Gruppen abgespalten und radikalisiert.«

»Kennt man einige CRAV-Mitglieder mit Namen? Gab es so etwas wie Sprecher wie bei anderen Terrororganisationen? Was, wenn die Regierung mit ihnen verhandeln wollte? Wie war das möglich?«, wollte Audrey wissen.

René lachte bitter auf. »Doch, die gab es, und sie waren überall. Viele saßen in wichtigen Gremien. In den nuller Jahren Jean Huillet. Der war sogar lange Präsident der Union of Co-Operative Wineries. Er war für den französischen Landwein zuständig und hat ganz offiziell immer wieder Stellung bezogen und auf die Not der Winzer hingewiesen. Ob er aber wirklich der CRAV angehörte, ist schwer zu sagen, denn die CRAV ist eben keine offizielle Organisation mehr, sondern vielmehr ein Sammelbegriff. Das zeigt aber, wie verbreitet die Ideale der CRAV sind. In gewissen Bereichen unseres Geschäfts haben sie Angst und Schrecken verbreitet, und wenn ich ehrlich bin, sie tun es noch immer.«

»Du bist besorgt, alter Freund?«, fragte Pascal nach einer Weile.

René nickte. »Immerhin bin ich selbst ein Aussteiger. Viele meiner Kollegen fürchteten die Hardliner bei der CRAV. Obwohl meine Weine vor allem von französischen Restaurants gekauft werden, aber natürlich versuche ich sie auch in anderen EU-Ländern anzubieten und hatte auch immer wieder Abnehmer in Deutschland, den Niederlanden oder in Spanien. Im Gegenzug habe ich einem meiner spanischen Kollegen geholfen, seine Weine in Aix anzubieten. Als ich das Geschäft abgeschlossen hatte, bekam ich eine anonyme Drohmail, man wisse, wo ich meine Weinberge habe.«

»Hast du die Mail noch?«, fragte Pascal.

»Non, ich habe sie in den Papierkorb geschoben, und damit war der Fall für mich erledigt. Aber jetzt kommt die Erinnerung wieder hoch.«

Es war dunkel am Tisch geworden, Chloé hatte ein paar Kerzen angezündet, das Licht flackerte über Renés Gesicht. Seine Züge waren nicht mehr deutlich zu erkennen. Chloé hatte sich zurückgelehnt, in die Dunkelheit.

»Ich habe immer die Chancen in der EU gesehen. Viele meiner Kollegen konnten den globalisierten Markt für sich nutzen. Ich gönne ihnen das. Ich versuche aber zu erhalten, was ich habe. Der Klimawandel wird uns vor enorme Herausforderungen stellen. Mein Ertrag sinkt von Jahr zu Jahr, es ist zu trocken, besonders meine Grenache-Trauben leiden. Niemand weiß, wie lange ich sie noch anbauen kann. Möglich, dass ich bald auf andere, resistentere Trauben ausweichen muss. Das sind die Probleme, denen wir uns in Wahrheit stellen müssen. Wir müssen besser sein. Ich werde dazu aber keine Chemie einsetzen oder meinen Wein von Önologen mit Substanzen verändern lassen. Ich habe meine Weine in Eichenfässern gelagert, ich brauche keine Eichenchips, um Barrique-Weine zu imitieren. Ist es nicht komisch? Wir Franzosen sind führend in der Eichenchipproduktion, setzen sie aber selbst nicht ein. Auch wenn es nicht einmal die Abgesandten von Parker schmecken würden, aber es ist eine Frage der Ehre. Ich habe mir die österreichischen Fässer, die Stockinger-Fouder-Fässer, gegönnt, um die Frucht im Wein so lange wie möglich zu erhalten. Sie drängen sich nie in den Vordergrund, sie geben Eleganz ab, das können Eichenchips nicht.« René schaute in die Dunkelheit.

»Für wie wahrscheinlich hältst du es, dass die CRAV weitermachen wird?«, fragte Audrey, die Renés Ausschweifungen in das Weingeschäft charmant zu unterbrechen versuchte.

»Sie verändern immer wieder ihre Taktik. Es ist schwer zu sagen, aber dass zwei Männer verschwunden sind, stimmt mich nicht optimistisch. Nur passt es nicht zusammen. Claude ist ein Koch, und Nathan, nun ja, er gehört selbst der CRAV an, den solltet ihr euch vornehmen.«

»Dazu müssen wir ihn erst mal finden«, sagte Audrey bitter, fast resigniert nach der langen Geschichte von René. »Jetzt wissen wir, dass offensichtlich andere Kräfte hinter dem Anschlag stecken als ein verwirrter Pyromane.«

»Das können wir noch nicht sicher sagen«, merkte Pascal an. »Wir müssen mehr über den Handel vom Château des quatre chiens herausfinden, immerhin galt Luc Adel der Anschlag.«

René lachte auf. »Viel Spaß. Nicht einmal das Finanzamt steigt durch das verzweigte Geschäftsmodell durch. Luc ist clever, er zahlt seit Jahren kaum Steuern, sondern investiert das Geld in sein Hotel, in andere Weingüter und in seine Im- und Export-Geschäfte.«

»Er könnte also ein Dorn im Auge der CRAV sein?«

»Bien sûr. Das könnte jeder von uns sein«, resümierte René. »Lassen wir es für heute gut sein.« Er stand auf und griff nach den leeren Weingläsern. »Ich muss morgen früh raus, meine Arbeit einfahren. ›Schenkst Du Guten ein, schaust Du Gott im Wein.‹«

Pascal fuhr zusammen. »Was hast du da gerade gesagt?«

»Es ist nur ein altes Sprichwort der Zisterziensermönche aus dem 11. Jahrhundert. Ich mag es.«

»Diesen Satz habe ich schon einmal gelesen«, sagte Audrey. »Bei unserem Besuch bei Nathan und Therese.«

»Der Satz steht dort überall, im Weinkeller, sogar auf der Bank vor dem Haus.«

»Oui, das war damals ein Satz, den wir bei der CRAV gern verwendet haben. Damals in den wilden Jahren.«

Audrey war wieder in die Nähe des Tisches gerückt und wollte gerade aufstehen. Pascal konnte ihre Augen im Kerzenschein blitzen sehen, sie fixierte ihn wie ihre Beute.

»Dann wissen wir ja, was wir zu tun haben. Auch jetzt.« Mehrdeutigkeit war in Audreys Augen zu lesen.

25

Audrey hatte die Badezimmertür nur halb geschlossen, die ersten Sonnenstrahlen fielen durch das kleine Fenster, ließen ihren Rücken schemenhaft erstrahlen, in ein schwaches Rot getaucht. Sie stand auf Zehenspitzen, wahrscheinlich waren die Fliesen kalt. Nur mit einem Slip bekleidet, betrachtete sie sich in dem ovalen Spiegel über dem Waschbecken.

Pascal lag noch auf dem Bett und beobachtete sie. Er hatte erstaunlich tief geschlafen und tastete nach seiner Hose, dabei versuchte er kein Geräusch zu machen. Das Bild von Audrey, wie sie dort stand, fast nackt, in all ihrer Sportlichkeit, ihrer Anmut, in diesem Licht – er spürte, dies war der schönste Moment eines anstrengenden Tages, der vor ihnen lag, und so wollte er ihn nicht zerstören. Nur noch ein paar Minuten eintauchen in die Ruhe und den Frieden, der sich zwischen ihnen ausgebreitet hatte. Sie waren, nachdem sie miteinander geschlafen hatten, schnell eingeschlafen, erschöpft, mit dem Gefühl der vagen Vertrautheit des fremden Körpers.

Nur einmal, mitten in der Nacht, Pascal wusste nicht, wie spät es gewesen war, hatte er seinen Arm unter ihrem Nacken hervor zu sich gezogen. Er war eingeschlafen. Erst als das Kribbeln gestoppt hatte, hatte er zurück in den Schlaf gefunden.

Pascal sah, wie Audrey sich die Zähne putzte, dann drehte sie sich in der Tür zu ihm, strich sich das dunkle Haar aus der Stirn und erhob die freie Hand zu einem Peace-Zeichen, was so viel wie »Guten Morgen« heißen sollte. Ein Relikt aus ihrer Vergangenheit als Tochter eines Hippie-Paares. Dann drehte sie sich wieder zurück zum Waschbecken, spuckte aus und gurgelte kurz mit dem Wasser.

»Voilà, Monsieur le gendarme, hast du schon die Nachrichten auf deinem Mobiltelefon angeschaut?«

Pascal stöhnte. »Das tue ich nachts stündlich, tagsüber alle zehn Minuten. Jetzt wollte ich noch eine Weile deinen Anblick genießen, bevor es losgeht. Die Realität ist manchmal so viel schlechter da draußen vor dem Fenster.«

»Nun hast du genug gesehen«, sagte sie, zog ihr T-Shirt über und schlüpfte danach in ihre Uniformhose. »Ich kann dir eine Nachricht von Frédéric Dubprée vorlesen.« Sie wedelte mit ihrem Portable.

In diesem Moment startete ein Treckermotor vor dem Haus. Sie hörten Stimmen, die Arbeiter machten sich auf den Weg in die Weinfelder. Die Ernte begann früh, wenn die Trauben noch kalt von der Nacht waren, dann goren sie später.

Audrey las die Textnachricht vor. »Die Kollegen aus Marseille haben in der vergangenen Nacht Carla Rodriguez aufgegriffen.«

Der Beschreibung nach war es die junge Frau, die Audrey im Hafenbecken von Marseille hatte versenken wollen.

»Sie bringen sie heute Vormittag her. Sie hat wohl eine Menge zu sagen.« Audrey ließ das Telefon sinken. »Wir müssen also nach Apt in mein Büro, zur Police nationale.«

»Merde«, sagte Pascal. »Das kann ich nicht. Ich muss zu Hause sein, wenn Lillie kommt.«

»Du musst vor allem ihren Ehemann finden«, sagte Audrey trocken. »Sie ist groß genug, um sich selbst etwas zu Mittag zu machen.«

»Darum geht es nicht«, sagte er, »es ist besser, sie ist gerade nicht allein.« Aber Audrey hatte recht. Er musste in dem Fall vorankommen, und so stand er auf, reckte sich und verschwand für ein paar Minuten im Badezimmer.

Bevor Pascal ins Auto stieg, schaute er noch einmal auf sein Telefon. Lillie hatte geschrieben, er öffnete die Nachricht, während Audrey sich ans Steuer setzte und das Seitenfenster öffnete.

»Bin unterwegs zu dir«, hatte sie nur geschrieben. Das bedeutete, sie würde um zehn Uhr dreißig vor seinem Haus stehen. Bordeaux war bei Leblanc, sie würde also nicht einmal von einem freundlichen Hund begrüßt werden, während Pascal bei der Police nationale in Apt sein würde, um die junge Frau zu befragen.

»Habe noch zu tun«, schrieb er. »Sage dir Bescheid, wann ich da sein kann. Wir haben eine neue Spur«, hängte er dran, löschte dann aber wieder den letzten Satz, um ihr keine falschen Hoffnungen zu machen. Das konnte und wollte er nur persönlich erledigen, wenn sie vor ihm saß.

»Bon«, antwortete sie kurz.

Zu kurz, fand Pascal. Sie musste umkommen vor Angst und Sorge um Claude. Er wollte mehr wissen, mehr Worte, mehr herauslesen, eine Stimmung, auf die er reagieren konnte. Und so schrieb er nur »Hab dich lieb« als Abschluss eines hilflosen Chatverlaufs.

Claude war seit fast achtundvierzig Stunden wie vom Erdboden verschluckt. Sicher hatte Lillie bereits alle Krankenhäuser abtelefoniert, vielleicht hatte sie es auch bei Weingütern probiert. Lillie konnte nicht einfach nur dasitzen und abwarten, das schätzte Pascal an seiner Tochter. Sie fragte nicht, was sie tun konnte, sie erledigte einfach das Offensichtliche.

Eine Stunde später lenkte Audrey den Mégane auf den Parkplatz vor dem unansehnlichen Gebäude der Police nationale in Apt. Ein weißer Klotz mit einer französischen Fahne und dem Emblem des Départements Vaucluse.

Frédéric Dubprée saß bereits bei einem Kaffee mit Carla Rodriguez im Aufenthaltsraum. Nichts deutete darauf hin, dass sie unfreiwillig dort war. Statt im Verhörzimmer saßen sie wie alte Freunde zusammen.

»Bonjour, Audrey. Bonjour, Pascal«, sagte der Chef der Police nationale freundlich. »Darf ich vorstellen, das ist Carla Rodriguez.« Und an Audrey gewandt, mit einem feinen, abwartenden Lächeln: »Ihr habt ja bereits Bekanntschaft gemacht.«

Audrey schaute unsicher in die Runde.

»Madame«, sagte die Frau fast flehentlich auf gebrochenem Französisch mit spanischem Einschlag. »Ich bitte Sie um Entschuldigung. Ich wollte Sie nicht in Gefahr bringen, ich war in Panik.« Ihr rollendes R war ausgeprägt.

Audrey nickte und rückte sich einen Stuhl zurecht. Auch Pascal setzte sich an den Tisch. Die drei Polizisten schienen die junge Frau einzuschüchtern. In ihrer Erscheinung erinnerte sie an eine Barbiepuppe mit etwas zu großem Busen, den sie in einem engen weißen Top und mit tiefem Ausschnitt zur Schau stellte. Große goldene Kreolen hatten sich in ihrem schulterlangen strohblond gefärbten Haar verfangen. Sie trug knallroten Lippenstift, künstliche Wimpern und war stark geschminkt, alles an ihr schrie nach Aufmerksamkeit, aber nicht der billigen Art. Ihre Kleidung erinnerte zumindest im ersten Moment an teure Designeroutfits. Eine Dolce-&-Gabbana-Tasche hatte sie vor sich auf den Tisch gestellt, mit der sie eine hilflose, primitive Form von Reichtum präsentierte, der Schriftzug obszön groß, sodass auf den ersten Blick jeder Mann verstand: Diese Frau hatte ihren Preis, es gab keinen Verhandlungsspielraum. Ein mit Swarovskisteinen verziertes Feuerzeug war aus der Tasche gerutscht und lag neben ihren nackten braun gebrannten Armen auf dem Tisch. Neben zwei goldenen Ringen trug sie eine Rolex. Schwer zu sagen, ob sie echt war, Pascal kannte sich in diesen Dingen nicht aus.

»Wir haben noch nicht angefangen«, eröffnete Frédéric Dubprée das Gespräch. »Señorita Rodriguez traf gestern Nacht auf die Kollegen der CRS und hat sich bereit erklärt, Licht in den Fall der zu Tode gekommenen Julie Lavelle und ihres Freundes Melvin Tarron zu bringen.«

Die Frau nickte, ihre Ohrringe klapperten im Takt.

»Gut, Madame. In welcher Beziehung standen Sie zu Julie Lavelle?«

»Wir waren Freundinnen, sehr enge Freundinnen. Wir haben uns alles erzählt, und ich habe ihr geholfen, Geld zu verdienen.«

»Wie meinen Sie das, Señorita?«

»Das ist ein weites Feld«, sagte sie. »Ich arbeite seit vielen Jahren als Hostess am Hafen von Marseille. Ich kenne die Kunden, und ich habe sie bekannt gemacht.«

»Wie haben Sie sich kennengelernt?«

»Muss ich das sagen?«, fragte sie, das erste Mal unsicher.

»Es würde uns helfen«, sagte Frédéric Dubprée gewohnt ruhig. »Sie müssen nicht in intime Details gehen.«

»Na gut. Ich habe einen Bruder, der, wie soll ich sagen, abgerutscht ist. Drogen, Alkohol, die falschen Freunde. Er kannte Melvin Tarron schon lange, sie haben Geschäfte zusammen gemacht, wie er es ausdrücken würde. Nichts Großes, nur ein bisschen Gras. Sie hingen oft an der Metrostation rum, und eines Tages brachte Melvin eine Freundin mit. Julie Lavelle. Sie waren noch kein Paar, aber Melvin, so sagte es mir mein Bruder, konnte nicht mehr klar denken, nachdem er sie kennengelernt hatte. Natürlich, sie war bildschön, nur hatte sie eine komische Art, sich zu kleiden, irgendwie so düster, immer schwarze Klamotten und klobige Schuhe. Aber ihr Gesicht war hübsch, sehr hübsch sogar, und das ungeschminkt. Ungeschminkt würde ich mich nicht auf die Straße trauen.« Sie lachte unsicher. »Ich kam mit ihr ins Gespräch, und es war so eine Art Seelenverwandtschaft.« Sie brach ab, danach zitterte ihre Stimme. »Deshalb mache ich das hier alles. Ich hätte schon viel früher mit euch reden sollen. Jetzt ist es zu spät. Aber was ich tun kann, das will ich tun, damit es wenigstens ein bisschen Gerechtigkeit gibt. Ohne mich wäre sie niemals in diese Szene geraten, ohne mich wäre sie nie an Bord gegangen, ohne mich würde sie noch leben.« Sie begann zu weinen. Sie ließ die Tränen einfach über die Wangen laufen, erlaubte ihnen, Spuren zu ziehen, ohne sich darum zu kümmern. »Ich bildete mir ein, mich um Julie gekümmert zu haben, doch wahrscheinlich war es falsch. Ich habe sie zuerst auf ein Getränk und später zum Essen eingeladen. Irgendwann hat sie mir ihr Herz ausgeschüttet. Sie war die Tochter eines brutalen rechtsradikalen Winzers, der sie lieber bei den Reben statt in der Schule gesehen hat. Er wollte unbedingt, dass sie das Weingut irgendwann weiterführt. ›Irgendwann‹, hieß es immer, aber Julie war immer klar, dass dieses Irgendwann erst eintreten würde, wenn der Alte unter der Erde liegt. Und sie hatte Ideen, was sie machen wollte. Sie wollte Bioweine anbauen. Sie war in der alternativen Szene zu Hause, interessierte sich für irgend so einen Philosophen, der Schulen gegründet hat.«

»Rudolf Steiner«, sagte Pascal mit seinem neu erworbenen Wissen.

»Genau der. Nach seinem Prinzip wollte sie Wein produzieren. Sie wollte das Demeter-Siegel. Das hat sie irgendwann ihrem Vater erzählt, der aber ist ausgeflippt. Der ist ständig ausgeflippt. Als ich ihr eines Tages zu ihrem Geburtstag eine Kiste spanischen Wein geschenkt habe, die ich ihr aus meiner Heimat mitgebracht hatte, ist er gewalttätig geworden und hat die ganzen teuren Flaschen zerschlagen. Es kämen ihnen keine ausländischen Weine ins Haus, schon gar keine spanischen. Danach hat Julie nicht mehr mit ihm geredet und ist mit Hilfe ihrer Mutter in den Schuppen gezogen. Der liegt hinter dem Haus.«

»Ich weiß, ich war dort«, sagte Pascal leise.

»Echt jetzt?«, fragte sie. »Wie haben Sie das denn hinbekommen?« Sie musterte ihn gespannt.

»Es war ein Zufall, ich wollte mehr über sie erfahren.«

»Na, dann wissen Sie ja, wofür sie wirklich brannte. Sie wollte unbedingt ihren eigenen Wein machen. Und dann habe ich sie mit Noah Sauvage bekannt gemacht, einem Bekannten meines Bruders, der bei Lacoste ein alternativ geführtes Bioweingut leitet.«

»Den kenne ich auch«, sagte Pascal und zeigte auf die Wunde an seiner Stirn.

»Ach, hat er dich vermöbelt?« Carla Rodriguez lachte ungewollt, und Audrey konnte nicht anders und stieg ein.

»Ich weiß nicht, was daran witzig sein soll«, schob Pascal hinterher. »Aber der erzählte mir, er sei so eine Art Lehrer, und die Natur und die Reben würden niemandem außer der Natur gehören.«

»Pfft«, machte Carla. »Dass ich nicht lache. Ausgerechnet dieser Punk-Bhagwan muss das sagen.«

Alle drei blickten sie erstaunt an.

»Der hat aus jedem Quadratmeter Boden das Optimale rausgeholt. Wer da alles in der Lehre war. Haben Sie mal gefragt, was er als Lehrmeister die Stunde nimmt?«

Pascal wollte nicht zugeben, dass er Noah geglaubt hatte, und schwieg.

»Er hatte den großen Vorteil, dass sein ganzes Land, das er angeblich von seiner Oma geerbt hat, seit Jahren unbehandelt war. Um einen Boden vollkommen chemiefrei zu bekommen, dauert es Jahrzehnte. Erst dann darf der Wein als Demeter-Wein deklariert werden. Seine Oma war die erste Winzerin in der ganzen Provence, die auf Bioreben umgestellt hat. Sie ist mit fünfundneunzig Jahren, noch mit der Astschere in der Hand, gestorben, und Noah hat alles geerbt. Offensichtlich reichte ihm der Wein aber nicht, er hat daraus so eine Art Ökokommune gemacht und von jedem, der sich ihm anschloss, Geld genommen. Allerdings kann man ihm sein Wissen nicht absprechen. Er hat wirklich was drauf, und gegen die vielen Biowinzer, die wie Pilze aus dem Boden sprießen, erst recht. Immerhin ist Frankreich bei den Bioweinen ganz weit vorne, ein Riesenvorteil. Noah ist Berater und gefällt sich in der Rolle des Punks, auf den in den feinen Winzerkreisen gehört wird. Meine Freundin Julie war begeistert von ihm. Ich glaube, da lief auch etwas zwischen ihnen, aber das ist sicherlich nicht von Belang. Jedenfalls wollte sie bei ihm lernen, und er stellte ihr einen Hektar in Aussicht, den sie allein bewirtschaften dürfe, natürlich nach seinen Richtlinien. Ich habe noch nie jemanden erlebt, der etwas so dringend wollte wie Julie. Sie war getrieben von Überzeugung, vom Glauben an ihre Idee und sicher auch von der Rache an ihrem Vater. Sie hat von nichts anderem mehr gesprochen. Sie wollte diesen Hektar. Sie wusste nur nicht, wie sie das Geld zusammenbekommen sollte. Tja, und dann bin ich ins Spiel gekommen.« Carla sank ein Stück im Stuhl zusammen. »Darf ich noch ein Wasser?«

»Bien sûr«, sagte Frédéric Dubprée und stand auf.

»Sie machen das toll«, motivierte Audrey die junge Frau. »Das bringt uns wirklich weiter.«

Frédéric Dubprée kam mit einem Glas Wasser zurück und brachte die Flasche gleich mit. Er stellte sie daneben und lächelte Carla Rodriguez freundlich zu. Pascal fiel auf, wie selten er den Mann hatte lächeln sehen. Er hatte gar nicht gewusst, dass er das überhaupt konnte.

»Wir ahnen sicher alle, wie Sie Julie zu Geld verholfen haben, aber es wäre hilfreich, es aus Ihrem Mund zu hören«, sagte Audrey.

»Zunächst hat Julie mich für eine Nutte gehalten«, begann Carla. »Doch ich habe versucht, ihr den Unterschied zu erklären. Ich bekomme kein Geld für eine Nacht oder für meine Begleitung, zumindest wird das nie festgehalten. Es ist ein Abkommen, ein stilles Abkommen zwischen ihnen und mir.«

»›Ihnen‹, das sind Ihre Kunden?«, fragte Audrey. Sie hatte übernommen. Vielleicht brachte ein Gespräch zwischen Frauen das Drama schneller ins Ziel.

»Meine Freunde«, verbesserte Carla. »Ich habe Freundschaften mit einigen sehr einflussreichen und mächtigen Männern geschlossen. Viele von ihnen sind spanische Winzer, die hier ihren Geschäften nachgehen. Wenn sie mit ihren Yachten anlegen, dann rufen sie mich an, und ich gehe zu ihnen an Bord. Das war auch die Chance für Julie, aber natürlich nicht so, wie sie aussah. Sie hatte zwar die bessere Figur, aber eindeutig die schlechteren Klamotten. Also sind wir shoppen gegangen. Wie viel die reichen Yachtbesitzer einem zuschieben, ist oft nicht klar, aber sie zeigen sich immer erkenntlich. Sie ließen mich manchmal mit ihrer Kreditkarte shoppen, oder sie kamen mit und suchten meine Dessous aus. Es gab auch Handtaschen oder Schmuck, wenn es besonders gut lief. Und wenn es bei mir mal eng wurde, habe ich das Zeug eben wieder verkauft oder umgetauscht, Geld-zurück-Garantie.« Sie lachte auf.

»Und in diese Welt haben Sie Julie eingeführt?«, fragte Audrey.

»Ja, das habe ich. Ich hatte genug Geld und noch ein paar gute Kontakte zu Boutiquen in der Stadt, die auf Rechnung verkaufen. Wir kauften dann drei Outfits, ein bisschen Schmuck und eine ziemlich coole Handtasche. Zuerst sah Julie zwar gut aus, aber irgendwie verkleidet. Sie brauchte eine ganze Weile, um sie selbstbewusst zu tragen. Mein Gott, das war alles so weit weg von ihrem Wesen, aber ich habe das ignoriert. Ich habe sie an ihre Parzelle erinnert, und dann stöckelte sie hinter mir her über die Kaimauer und auf die Yachten der Spanier, Russen und Franzosen.« Carla brach ab, niemanden störte die Pause, niemand drängte sie zum Weitererzählen. Gemeinsam ertrugen sie die Stille.

Dann setzte Carla wieder an. »Zuerst hatte niemand Interesse an ihr. So hübsch sie war, sie strahlte irgendwie keine Bereitschaft aus. Sie versteckte sich, obwohl sie mit am Tisch saß. Ich weiß nicht, wie sie das gemacht hat, aber auf eine ganz eigene Weise war sie unsichtbar. Und während dieser ganzen Zeit gingen mein Bruder und Melvin auf Tour. Sie waren immer mit einem Roller durch die Gegend gefahren, an jeder Ecke stand ein Kunde, überall Bedürftige. Da konnte man Geschäfte machen, und das taten sie. Wie gesagt, nichts Großes. Obwohl Melvin immer versuchte, Julie zu treffen. Mein Gott, war der geil auf sie, dachte ich immer, aber er hat sie wirklich geliebt und gab sich Mühe, doch er war ein Loser. Er hat einfach nichts auf die Reihe bekommen, und während er dahinsiechte, nahm das Schicksal um Julie seinen Lauf. Und ich bin schuld. Als Julie mit den ersten Männern geschlafen hatte, wurde sie sicherer. Auch auf diesem Parkett muss man sich zu bewegen wissen. Das habe ich ihr beigebracht. Mir ist es egal, wo ich bin, ich komme überall klar.«

»In der Nacht, in der wir uns begegneten und Sie mich über

die Kaimauer gestoßen haben, landete ich auf dem Boot von zwei Spaniern. Wer war das?« Audrey wartete auf eine weitere Bestätigung. Sie wollte wissen, ob die Frau vor ihnen log.

Carla schaute sich unsicher um. »Deswegen bin ich hier, aber es fällt mir schwer.«

Jetzt mischte sich Frédéric Dubprée wieder ein. »Das verstehe ich, aber wir müssen wissen, wer diese Spanier sind. Kennen Sie die Namen?«

»Oh mein Gott, ich habe Angst«, stammelte sie.

»Señorita Rodriguez, wir verraten keine unserer Informanten, das versprechen wir Ihnen. Dieses Gespräch hat niemals stattgefunden, wenn Sie gehen.«

»Ich weiß, dass der Dicke Alejandro Sánchez heißt und der andere, glaube ich, Alex. So jedenfalls wurde er manchmal von ihm angesprochen. Den Nachnamen kenne ich nicht.«

»Denken Sie nach, denken Sie an Julie. Alles könnte uns helfen«, fügte Audrey hinzu, Dringlichkeit im Blick, in der Stimme. »Was wissen Sie über Alejandro Sánchez? Hat er Geschäfte mit einem gewissen Luc Adel gemacht? Ist der Name mal gefallen?«

Carla atmete tief ein. »Ich weiß es nicht, beim besten Willen nicht. Den Namen kenne ich nicht, obwohl ich oft mit ihnen gesprochen habe. Sie haben ständig angerufen, aber vor allem ging es um Julie. Ich wurde zu so einer Art Kontaktperson, so eine Zuhälterin. Julie ist meist gar nicht ans Telefon gegangen, wenn sie die spanische Nummer auf dem Display gesehen hat. Darum haben sie immer wieder mich angerufen. Ich sollte kommen, aber Julie mitbringen. Julie, Julie, Julie. Es ging immer nur um sie. Gut, dass es mir egal war, solange die Geschenke und die Kohle stimmten. Dafür habe ich auch ein paarmal mit dem Dicken geschlafen, mit diesem Alejandro. Ekelig war das, geschnauft hat er wie ein Schwein.«

»Das müssen Sie uns nicht erzählen«, unterbrach Audrey. »Das geht uns nichts an. Wir müssen nicht wissen, mit wem Sie geschlafen haben. Nur wie Julie zu den beiden stand, ist für uns relevant.«

»Ich glaube«, setzte sie wieder an, »irgendwann ziemlich eng, irgendwann ist sie rangegangen, wenn sie anriefen. Eine Zeit lang waren sie ihre Lieblingskunden, aber dann ist irgendetwas passiert. Sie wollte nicht mehr hin. Wir haben nie darüber gesprochen. Sie wollte es mir immer erzählen, aber dazu ist es nicht mehr gekommen.« Wieder liefen Tränen aus Carlas Augen, diesmal noch heftiger. Sie stützte ihr Gesicht in die Hände und schluchzte.

Audrey, die am nächsten bei ihr saß, legte ihre Hand auf Carlas Unterarm.

»Ich weiß nur, dass auch sie Wein aus Spanien nach Frankreich gebracht haben. Manchmal stand an der Kaimauer ein Kleinlaster, hin und wieder kamen Männer mit einem größeren Boot. Aber wo sie den Wein hingebracht haben, das weiß ich nicht.«

Jetzt bohrte Frédéric Dubprée noch einmal nach. »Fiel in dem Zusammenhang mal der Name Domaine la fierté. Oder Château des quatre chiens? Luc Adel?«

Carla schüttelte den Kopf, wieder klapperten ihre Ohrringe. »Nicht dass ich mich daran erinnern würde. Domaine la fierté? Das ist doch das Weingut ihrer Eltern, oder?«

»Ja, aber wir müssen allem nachgehen.«

»Ich weiß nur, dass das Verhältnis zu ihrem Vater noch schlechter geworden war. Sie schlich sich nachts ins Haus und morgens früh wieder weg. Eines Nachts erzählte sie mir von ihren Ängsten. Sie spiele mit ihrem Leben. Ihr Vater würde sie bestrafen, schlimm bestrafen, würde er von ihrem Verhältnis zu den spanischen Winzern erfahren. Und doch habe sie es gewollt, es sei der Gegenschlag gewesen, der Vernichtungsschlag gegen ihren Vater. Sie hat ihn gehasst. Diesen Nazi-Vater.«

»Wir erzählen Ihnen etwas«, sagte Frédéric Dubprée. »Nathan wird vermisst. Ihr Vater.«

Alle drei beobachteten die Reaktion der jungen Frau, suchten nach Spuren.

»Wir haben bereits eine Vermisstenanzeige herausgegeben,

und seit heute Morgen fahnden wir nach ihm. In diesen Minuten«, Frédéric Dubprée schaute auf seine Armbanduhr, »durchsuchen wir sein Haus. Wir haben zu viel Belastendes über den Mann gehört. Haben Sie eine Idee, wo er sich aufhalten könnte?«

Carla Rodriguez sah ihn erschrocken an. »Sie meinen, er hat etwas mit dem Tod seiner eigenen Tochter zu tun? Dieses Schwein!« Sie schrie die letzten Worte heraus, unkontrolliert, in die Höhe abrutschend, schrill.

»Bitte überlegen Sie, wo könnte er sich aufhalten?«

»Ich weiß es nicht. Der war doch immer nur bei seinen Reben.«

»Haben Sie mal etwas von dem Weingut Château des trois-mille saveurs gehört?«, setzte Frédéric Dubprée nach.

»Non«, sagte Carla Rodriguez kurz. »Ich habe mir die Namen auch nie gemerkt. Kann es sein, dass er dort ist?« Sie schaute in die Runde.

Sie alle wussten, dass dieses Weingut zumindest auf dem Papier nicht existierte, nirgendwo gemeldet war. Den Namen kannten sie nur von den Etiketten, die Pascal noch immer bei sich trug. Er nahm sie heraus und zeigte sie Carla.

»Haben Sie die schon einmal gesehen?«

Sie schaute auf das Etikett. »Klar, dieses Logo ist selbst mir aufgefallen. Es war auf dem Transporter, der manchmal an der Kaimauer stand. Und wenn sie auf dem Schiff tranken, stand oft eine dieser Flaschen auf dem Tisch. Scheint ein edler Tropfen zu sein.«

»Eher das Gegenteil«, entfuhr es Pascal.

»Könnte Nathan dort sein?«, fragte Carla Rodriguez erneut.

Pascal schüttelte den Kopf. »Nein, dieses Weingut gibt es nicht. Wir wissen aber noch nicht, was es damit auf sich hat.«

Inzwischen war Carla an den Hintergründen interessiert. »Das bedeutet, Alejandro und Alex haben ein Weingut, das es nicht gibt? Das wird ja immer besser.«

»Wie gesagt, noch können wir das nicht bestätigen«, sagte

Frédéric Dubprée. »Aber haben Sie mal mitbekommen, dass die beiden Streit hatten, dass vielleicht noch weitere Männer auf der Yacht waren?«

Carla dachte nach. »Ich will natürlich niemanden beschuldigen, aber ich weiß, dass sie Feinde hatten. Manchmal saßen sie mit mehreren Männern an Bord und diskutierten. Nicht immer war die Laune gut, erst nach ein paar Flaschen Champagner. Aber diese Streits wurden heftiger, und mir ist aufgefallen, dass die beiden bei vielen Aufenthalten in Marseille ihre Yacht gar nicht mehr verlassen haben. Früher waren sie noch mit uns in die Boutiquen gegangen, irgendwann haben sie nur noch die Besitzer angerufen und gesagt, dass da gleich zwei Kundinnen kommen würden.«

»Waren sonst noch andere Gäste regelmäßig an Bord?«

Wieder dachte sie nach, schüttelte erst den Kopf, machte einen Schmollmund, dann schien ihr etwas einzufallen. Sie nickte plötzlich heftig wie in einem Stummfilm und machte der Runde Hoffnung, Hoffnung auf mehr. »Ja, manchmal kam ein vierter Spanier. Der dritte auf dem Schiff war nur der Kapitän, er war schweigsam. Man konnte denken, er hätte mit alldem nichts zu tun. Wie auch immer, eines Tages gab es auch mit dem Spanier einen Streit. Ich habe ihn nie wiedergesehen, aber Julie musste es irgendwie ausbaden. Ich glaube, Alejandro hat sie geschlagen, sie hatte eine blaue Wange.«

Audrey erinnerte sich an den Schlag, den sie von ihm bekommen hatte. Sie konnte dem Schmerz noch nachspüren.

»Ich nehme an, Julie wollte Geld statt Taschen und Ohrringe, damit sie sich endlich ihre Parzelle auf dem Weingut kaufen konnte. Sie hat mir mal erzählt, dass sie die beiden fragen wollte. Ich habe ihr davon abgeraten, aber sie meinte, sie hätte eine enge Beziehung zu ihnen aufgebaut. Sie meinte sogar, Alejandro würde sie lieben, es wäre einen Versuch wert. Ich riet ihr trotzdem ab, es gibt keine Liebe in unserem Geschäft. Liebe, darüber kann ich nur lachen. Aber sie wusste es besser. Geld gab es nie von diesen Männern. Die wussten, das könnte schwierig werden. Bei Prostitution hörte ihre kriminelle Energie anscheinend auf. Also gab es nur Taschen und Uhren oder Sonnenbrillen. Julie verkaufte alles und versuchte das Geld zusammenzubekommen, um es diesem Punk für seine Parzelle zu geben. So viel zum Thema ›Das Land gehört uns nicht‹. Einmal hat Julie für einen ihrer Dienste eine Uhr bekommen, gar nicht übermäßig teuer, ich habe sie zum Juwelier begleitet. Sie hatte die freie Wahl, und ich sagte ihr, sie solle sich die teuerste aussuchen. Das hat sie aber nicht getan. Sie nahm die günstigste, weil sie sie so schön fand. Sie ist ihrem Herzen gefolgt, das unterschied sie von uns.«

Carla schluchzte wieder, als sie sich erinnerte, dann fuhr sie fort. »Irgendwann hat sie die Uhr nicht mehr getragen. Sie erzählte mir, die Spanier hätten sie ihr abgenommen. Das hat sie getroffen, obwohl sie sich aus materiellen Dingen nichts gemacht hat, aber diese Uhr mochte sie irgendwie. Und dann habe ich versucht, sie zurückzuholen. Eben in der Nacht, als Sie mir begegneten. Ich wusste, vielleicht musste ich die Uhr stehlen. Julie hatte ein paar Tage später Geburtstag, ich wollte sie ihr schenken. Aber dazu ist es nicht mehr gekommen. Ihren Geburtstag hat sie nicht mehr erlebt. In dieser Nacht wollte ich ihr die Uhr holen, doch ich hatte Angst. Also habe ich zur Sicherheit meinem Bruder und den anderen Jungs Bescheid gesagt, dass sie mich von der Yacht holen sollen, wenn ich nach dreißig Minuten nicht zurück bin. Und dann haben sie sich in den Hauseingängen versteckt. Zuerst habe ich Sie nicht als Flic, oh Entschuldigung«, sie schaute unsicher in die Runde, »als Polizist erkannt, bis Sie mir so komische Fragen gestellt haben. Okay, ich glaube, dann habe ich überreagiert und gesprüht. Pardon.« Sie zog einen Schmollmund. »Und dann kamen Sie«, sie deutete auf Audrey, »und Sie hatten auch keine Uniform an, für meine Brüder waren Sie ein Feind.« Carla schaute jetzt Audrey vorwurfsvoll an.

Audrey war sichtlich irritiert und sah zu Pascal, der aber schwieg.

»Ich dachte also, Sie gehören zu den Spaniern, und daher habe ich schnell reagiert und Sie geschubst. Tut mir leid, Madame.« Die Art, wie sie mit ihr sprach, war erschreckend einstudiert. Sie wusste, wie man sich ausdrückte, aber ihre Augen waren kalt. Das Mitleid kaufte Pascal ihr nicht ab, keine Sekunde.

»Danke, Madame«, sagte Frédéric Dubprée schließlich. »Sie können gehen. Aber wie erreichen wir Sie, wenn wir noch weitere Fragen haben?«

Sie lachte, als sie ihre Sonnenbrille aus dem Haar aufsetzte. »Monsieur, ich bitte Sie, Sie wissen doch, wo Sie mich finden.«

Mit einer eleganten Drehung wandte sie sich zur Tür und verschwand. Auf dem Tisch blieben nur ein mit Tränen durchtränktes Taschentuch und das Feuerzeug mit den Swarovskisteinen zurück.

26

Und wieder hatte es keinen Regen gegeben wie auch am Tag
zuvor nicht, wie die Wochen und Monate zuvor nicht. Der
Boden rissig, verzweifelt. Die Sonne brannte so erbarmungslos vom Himmel, dass Pascal die angenehme Kühle im Fahr-
zeuginneren genoss, alle Lüftungen hatte er auf sein Gesicht
gerichtet. Für die Winzer hieß der wahre Feind Klimawandel.
Pascal bewunderte, wie die Weinbauern die Herausforderungen
annahmen. Sie wussten nicht mehr, wie lange ihre Reben dem
Klima noch standhalten konnten, wovon sie leben sollten,
wenn ein später Frost kam, wenn der Mistral zum Tornado
wurde oder es einfach für ein halbes Jahr nicht mehr regnete.
Die Liebe zur Provence, die unverkennbar mit der Wärme und
dem blank geputzten Himmel zu tun hatte bei dreihundert-
zwanzig Sonnentagen im Jahr, konnte schnell vergehen. Noch
ein paar weitere Sommer und Herbstmonate mit dieser Hitze
im Luberon, und er würde sich schnell in eine unwirtliche, nicht
mehr lebensfreundliche Gegend verwandeln. Wie sichtbar der
Klimawandel war.

Eine Winzerin an der Côte d'Azur, die ihre Reben in den
Bergen mit Blick auf das Mittelmeer angebaut hatte, hatte Pascal bei einem Besuch am Strand von Saint-Raphaël den Himmel
gezeigt. Das Azur war schon vor Jahren einem Weiß gewichen.
Das Blau des Meeres, das einst mit dem des Himmels eins gewesen war, sich am Horizont mit ihm vereinigt hatte, zu dem
Azur geworden war, gab es nicht mehr. Bereits seit Jahren gab
es das nicht mehr – je mehr die Hitze zunahm, je gnadenloser
die Luft wurde, je tiefer die Risse im verdorrten Boden wurden.

Das Drama im Großen fand auch im Kleinen statt, in Pascals
Leben, in dem seiner Tochter. Wie schnell sich Lillies pure Vor-
freude auf den schönsten Tag des Lebens in nackte Angst und
Sorge gewandelt hatte. Welche Mächte waren am Werk, die

Menschen die Lebensfreude nahmen? Welche Rolle spielte die CRAV, von der Pascal bis gestern noch nie etwas gehört hatte? Wonach wählten sie ihre Opfer aus, wenn sie nicht nur in der Regierung die Schuldigen für die Misere der Winzer suchten?

Nathan gehörte der CRAV an, daran gab es keinen Zweifel mehr. Wozu war er in der Lage? Was hatte er bereits an Unheil angerichtet? Hatte er also den Weinberg des Château des quatre chiens angezündet? War sein Ziel Luc Adel gewesen?

Pascal erinnerte sich an das Gespräch mit Luc Adel, an dessen Gelassenheit, die geradezu stoische Gelassenheit, im Umgang mit dem Feuer. Der Brand war ihm am Ende sogar entgegengekommen. Er beschleunigte den Umbau zum Bioweingut. Die Versicherungssumme würde ihm helfen, neue Reben anzuschaffen. Sicherlich würde er eine Sorte wählen, die den zu erwartenden Klimabedingungen gewachsen war. Luc Adels Grenache-Trauben waren seine wertvollsten, aber sie bedurften viel Pflege, es wurde anstrengender, sie zu halten, bei den zermürbend langen Dürrezeiten.

Pascal wunderte sich über sein plötzliches Wissen. Wie viel er doch in den letzten Tagen über Weinanbau gelernt hatte. Er konnte inzwischen mitreden. Interessant war das gewesen, was Luc Adel ihm über die Weingeschichte erzählt hatte. Er wusste Bescheid, er kannte die CRAV, die er lapidar als ›Vandalen‹ bezeichnete. Warum hatte er den Namen nicht nennen wollen? Wie groß war die Angst vor der Organisation? Wie viel Schrecken konnte sie noch verbreiten? Ein weltoffener Winzer und Geschäftsmann wie Luc Adel musste schon von Natur aus zu den Feinden der CRAV zählen.

Und welche Rolle spielte Melvin Tarron? Warum er? Warum war er im Weinberg gewesen? Ein Unfall? Sollte er sogar den Weinberg anzünden? Sie hatten sich gekannt, immerhin war Melvin Poolboy bei Luc Adel gewesen. Steckte er vielleicht sogar mit Nathan unter einer Decke? Pascal winkte innerlich ab. Melvin und Nathan hatten sich gehasst. Schwer vorstellbar, dass er im Namen von Julies Vater gehandelt hatte.

Es gab viele Fragen, und es wurden immer mehr. Erdrückend fand Pascal das für einen Augenblick, denn schließlich ging es jetzt vor allem um seine Tochter. Sicher war Lillie schon bei ihm zu Hause und wartete auf ihn. Pascal hoffte auf Leblanc, der ihm in den Vormittagsstunden Bordeaux zurückbringen wollte. Er hatte wieder zwei Tage mit ihm trainiert und Trüffel in seinem Garten vergraben, um Bordeaux das Aufspüren beizubringen. Er gab einfach nicht auf, obwohl Pascal der Meinung war, dass sein Hund niemals Trüffel würde finden können. Aber Leblanc war eben ein Kämpfer, wenn es um den Genuss ging.

Pascal war überrascht, als er mehrere Autos vor seinem Haus parken sah. Leblancs zerbeulter Renault Kangoo überraschte ihn am wenigsten, mehr der schwarze Porsche und das Mercedes-Coupé. Nur Lillies Auto war nicht zu sehen. Sie hätte längst hier sein müssen – und all die anderen nicht, die jetzt offensichtlich in seinem Haus saßen.

Bordeaux bellte laut auf, als Pascal die Haustür öffnete, kam mit den Pfoten auf dem glatten Fliesenboden ins Rutschen und prallte, ungeschickt, wie er war, in Höchstgeschwindigkeit gegen Pascals Beine. Die Begrüßung fiel stürmisch und feucht aus. Dann hörte Pascal bereits mehrere Stimmen aus seinem Wohnzimmer und fuhr zusammen, als er als Erstes Catherine erblickte. Seine Ex-Frau saß auf seinem Sessel, den Blick auf die Tür gerichtet, durch die Pascal gerade hereinkam. Ein geheimnisvolles Lächeln umspielte für einen kurzen Moment ihren Mund. Sie hatte ihr blondes Haar nach oben gesteckt, trug eine schwarze Stoffhose, unten ausgestellt. Warum Pascal das auffiel, konnte er sich selbst nicht erklären, aber Mode in diesem Stil hatte er seit Jahren nur noch im Fernsehen gesehen. Dazu trug sie eine Sommerbluse, dezent geblümt. Sie ähnelte Catherine Deneuve, und wie Pascal sie einschätzte, war das kein Zufall. Die Grande Dame war damals ihre gemeinsame Lieblingsschauspielerin gewesen.

»Bonjour, Pascal.« Sie stand auf, eine feine Parfümnote begleitete sie. Sie kam auf ihn zu und küsste ihn zweimal. Auch das war ungewohnt, hier in der Provence gab es immer drei Bises.

Dann sah Pascal Lillie. Sie hatte sich an das Sofa gelehnt, drehte nur kurz den Kopf zu Pascal, lächelte nicht, starrte nur vor sich hin und wandte den Blick dann wieder zur Decke. Ihre Stimme schwach.

»Ich bin gestern von Paris aus nach Lyon zu Lillie gefahren, als ich gehört hatte, was passiert ist. In ihrem Zustand sollte sie nicht allein sein und schon gar kein Auto fahren, daher bin ich gefahren.«

Pascal fragte sich, ob sie mit dem Porsche gekommen waren. Er hätte zu Catherine gepasst, und das Geld hatte sie nach ihrer finanziell attraktiven Trennung sicher auch. Oder ob sie mit dem Mercedes gekommen waren, der immerhin ein Pariser Kennzeichen hatte. Wem gehörte dann der Porsche mit dem Lyoner Kennzeichen?

Die Frage klärte sich schnell, denn in der Küchentür, mit einer Flasche Wasser in der Hand, stand Mathieu. So jedenfalls wurde er Pascal von Catherine vorgestellt. Claudes Trauzeuge. Auch er war in größter Sorge, hatten er und Claude doch die fast schon schrullige Angewohnheit, jeden Vormittag um die gleiche Zeit zu telefonieren, erfuhr Pascal in den nächsten Minuten.

Leblanc stand an der Wand, er hatte Bordeaux zu sich zurückgerufen. Es war beeindruckend, wie die beiden zusammengewachsen waren. Musste man am Ende nur Trüffel im Garten verstecken, und schon wurde man eins mit dem Hund?

»Und, gibt es Neuigkeiten von Claude?« Catherine kam sofort zum Punkt und stellte die Frage, die einzig entscheidende Frage, die sich jeder im Raum stellte.

Alle starrten Pascal an, der langsam den Kopf schüttelte. »Es tut mir leid, wir haben noch nichts gehört.«

Lillie hielt sich ein Taschentuch ins Gesicht, das sie schon die ganze Zeit in der Hand gehalten haben musste, zerknüllt, zerrissen.

Pascal ging zu ihr, umarmte sie und gab ihr einen Kuss auf

den Kopf, ins Haar, das strohig und ungekämmt war. Untypisch für sie. Und weil Pascal nicht weiterwusste, keine Worte für das Drama fand, das sich um sie herum abspielte, sagte er: »Es gibt aber eine Spur. Sein Verschwinden könnte etwas mit einer Terrororganisation zu tun haben, die hier seit über hundert Jahren ihr Unwesen treibt.« Das war ein Fehler gewesen, denn jeder im Raum schaute ihn an, als ob er nicht alle Tassen im Schrank hätte.

»Claude und eine Terrororganisation?«, fragte Mathieu irritiert.

»Oh mein Gott«, fügte Catherine hinzu. »Wie anstrengend. Er hat sich nicht verändert.«

Erst waren Lillies Worte kaum zu hören, heiser klangen sie, aber dann war sie deutlicher zu verstehen. »Ich habe über alles nachgedacht. Wir sagen die Hochzeit ab.«

»Oh, ma chérie!«, rief Catherine, nicht so aufgebracht, wie Pascal sie kannte, nicht mehr wie eine Dramaqueen, sondern zarter und mütterlicher. Dann ging sie zu Lillie und setzte sich zu ihr aufs Sofa. Mit der Hand strich sie ihr durchs Haar. »Er wird schon wiederauftauchen.« Und dann, nach einer kurzen Pause: »Vielleicht hat er kalte Füße gekriegt. Männer sind manchmal so.« Sie versuchte es mit einem Lächeln, traf aber auf einen entsetzten Blick.

»Maman, wie kannst du so etwas sagen?«

Auch Mathieu mischte sich ein. »Non, das ist unmöglich, er liebt Lillie über alles. Er hätte es erwähnt.«

»Es gibt also noch immer keine Spur?«, fragte Leblanc, der bislang schweigend an der Wand gestanden hatte und Bordeaux streichelte. »Keine einzige?«

»Ich war gestern beim Château Valcombe. Dort hat Claude versucht, eine Weinrarität für die Hochzeit zu bekommen. Ich hatte große Hoffnungen, dass er noch einmal dort hingefahren ist, aber leider war das nicht der Fall. Meine Kollegen und ich arbeiten eine Liste ab, auf der alle Weingüter, die in Frage kommen, stehen, bislang haben wir keine Spur.«

»Wir sagen die Hochzeit ab!« Lillies Stimme war jetzt kräftiger, bestimmter.

»Non«, sagte Pascal, und alle schauten ihn an.

»Aber wir haben keine Ahnung, wo er ist«, sagte Catherine. »Ich habe noch keine Hochzeit erlebt, bei der die Braut allein vor dem Altar stand.«

»Er ist nicht freiwillig verschwunden, das weiß ich.« Mathieu hatte eine Flasche Wasser in der Hand, stand im Türrahmen und setzte sie an, um zu trinken, dann sagte er: »Lasst uns auch losfahren und Weingüter besuchen, wir müssen irgendetwas tun. Wir sind vier Leute, mit vier Autos.« Eifer lag in Mathieus Stimme.

»Wir sprechen mit allen Winzern, mit allen Angestellten. Irgendwo muss er doch gewesen sein. Vielleicht finden wir sein Auto. Hätte man hier bei euch in der Pampa mitbekommen, wenn er einen Autounfall irgendwo in den Wäldern gehabt hätte?«, wandte Mathieu sich an Pascal.

»Das wüssten wir. Vor allem, weil er als vermisst gemeldet wurde und wir auch nach seinem Fahrzeug fahndeten.«

»Voilà, lasst uns anfangen. Wie viele sind es?« Mathieu holte sein Handy aus der Hosentasche. »Aber nicht zu viele Weine verkosten«, versuchte er einen Witz.

»Ich bleibe bei Lillie«, sagte Catherine und schaute ihre Tochter an. Lillie schwieg.

»Bordeaux wird auf euch aufpassen«, sagte Pascal, als er Catherines unsicheren Blick sah. Sie tastete mit ihren dunklen Augen den Raum und das Haus auf mögliche Gefahren ab.

»Natürlich«, sagte Mathieu, der voller Tatendrang schien. »Ich werde meinen besten Freund wiederfinden«, sagte er überzeugt.

»Die Hochzeit wird nicht abgesagt«, ergänzte Pascal, ging noch einmal zu Lillie und flüsterte ihr zu: »Ich werde ihn finden, mon amour, verlass dich auf mich.«

27

Pascal besuchte zunächst zwei Weingüter in der Nähe seines Mas, bei denen er schon mehrmals eingekauft hatte. Sie standen vor allem für gute Rosés. Große Hoffnungen, dass Claude ausgerechnet bei ihnen an einer Weinprobe teilgenommen hatte, gab es jedoch nicht, zumal er sicher nach geeigneten Rotweinen gesucht hatte, so weit kannte Pascal seinen künftigen Schwiegersohn bereits. Es waren am Ende also vielmehr eine Art Routinebesuche.

Die Gespräche mit den ersten beiden Winzern erwiesen sich als unkompliziert. Keiner von ihnen konnte sich an einen einzelnen Kunden erinnern. Jetzt zur Weinerntezeit und in den Wochen, in denen es in vielen Ländern Herbstferien gab, kamen kaum Kunden allein. Sie kamen entweder in kleinen, manchmal sogar organisierten Reisegruppen oder als Paare in allen Altersgruppen. An einen einzelnen Kunden hätten die beiden Winzer sich erinnert.

Die Sonne war im Begriff, den Tag der Nacht zu übergeben, als er, Mathieu und Leblanc sich entschieden, sich zu trennen, um in kürzerer Zeit mehrere Weingüter zu besuchen. Pascal wollte vor Ladenschluss noch zum Château des quatre chiens, um Luc Adel zu treffen. Zu viele Fragen waren offen, die weit über den möglichen Besuch von Claude hinausgingen.

Mathieu wollte sich die Weingüter auf der anderen Seite der Bergkette anschauen, Richtung Bonnieux und Lacoste.

Leblanc orientierte sich Richtung Cadenet und Pertuis, während Pascal die Strecke Richtung Cucuron einschlug. Hinter dem beliebten Urlaubsort war es nicht mehr weit zum Château des quatre chiens. Er hatte noch genug Zeit, Audrey anzurufen.

»Mon cher«, begrüßte sie ihn.

»Gibt es Neuigkeiten?«

»Tut mir leid, Pascal. Wir haben unsere Suche inzwischen

ausgeweitet, auch die Kollegen aus Marseille sind alarmiert. Wir waren ein weiteres Mal bei der Domaine la fierté, aber dort haben wir niemanden mehr angetroffen. Wir wollten zumindest Nathans Frau Therese ein weiteres Mal befragen, doch das Weingut liegt vollkommen verlassen da, wie ausgestorben. Jetzt suchen wir auch seine Frau, als hätten wir nicht schon genug Vermisste.«

»Was ist mit dem Château des quatre chiens?«

»Auch da waren die Kollegen schon. Nichts. Wir haben den abgebrannten Weinberg noch nicht wieder freigegeben, haben aber das Gefühl, dass Luc Adel es eilig hat, das Land wiederherzurichten; er will seine neuen Reben anpflanzen. Aber solange wir den Fall nicht geklärt haben, bleibt es ein Sperrgebiet.«

»Bon«, sagte Pascal und wollte das Gespräch am liebsten schnell beenden, weil er wusste, welche Frage ihm als Nächstes gestellt werden würde. Und er hatte sich nicht getäuscht.

»Wo fährst du gerade hin, Pascal?«

Er nahm sich vor, die Wahrheit zu sagen. »Zu Luc Adel.« Er verbesserte sich. »Ich meine, zum Château des quatre chiens. Wein kaufen«, fügte er noch schnell hinzu.

»Wein kaufen.« Audrey klang skeptisch.

»Audrey, meine Tochter will die Liebe ihres Lebens heiraten, nur wissen wir nicht, wo der Bräutigam ist. Er ist verschwunden, genau wie das Ehepaar Lavelle, was mich offen gestanden gerade weniger interessiert. Es geht jetzt um meine Familie.«

»Das weiß ich«, unterbrach Audrey. »Aber diesmal hängt deine Familie mit dem Fall zusammen. Es ist doch komisch, dass inzwischen innerhalb weniger Tage drei Menschen verschwunden sind. Es gab eine klare Anweisung der Police nationale, dich nicht allein auf die Suche zu begeben.«

»Ich weiß, Audrey. Ich habe aber frei, immerhin bin ich auf einer Hochzeit eingeladen und gehe nur Wein kaufen.«

Audrey stöhnte genervt auf. Sie kannte ihn, wusste aber auch, dass sie es nicht ändern konnte. »Pass auf dich auf, chéri, und halte mich auf dem Laufenden.«

»Bien sûr«, antwortete Pascal, dann war das Gespräch beendet, aber in diesem Moment bemerkte er, dass er sich verfahren hatte. Er war an der Einfahrt des Weingutes vorbeigefahren. Es war ihm ein Rätsel, wie das hatte passieren können, und es war ihm ebenfalls ein Rätsel, wie Audrey ihn immer wieder derart aus der Bahn werfen konnte, sein Herz so berührte, selbst bei einem Dienstgespräch wie diesem. Wie gelang es ihr immer wieder, ihn aus der Welt zu katapultieren?

Pascal bog in einen Feldweg ein, um zu wenden, doch dann sah er, dass der Weg etwa fünfzig Meter weiter im Weinberg geteert war. Vielleicht gab es eine Möglichkeit, auch über diese Strecke zum Weingut zu kommen, vielleicht war es ein Lieferanteneingang. Pascal fuhr den Weg weiter, immer den Berg hinauf. Hinter einer kleinen Kurve konnte er bereits das Hotel von der Rückseite aus sehen. Dort war eine erhöhte Steinmauer, dahinter der Pool, an dessen Rand die Gäste über den Luberon schauen konnten. Was für eine beeindruckende Aussicht. Die Weinberge um ihn herum sahen gepflegt aus, so sehr, dass kein einziger Grashalm zwischen den Reben wuchs. Dieser Berg musste der mit Chemie behandelte Weinberg sein. Mit Bio hatten diese Reben nichts zu tun. Noch hingen die Trauben an den Ästen, grün und voll, bereit, sich in Wein zu verwandeln. Die Ernte musste auch hier in wenigen Tagen beginnen.

Ein Lieferwagen stand vor dem Hintereingang an einer Rampe. Mehrere Arbeiter entluden transparente weiße Kanister, durch die der Rotwein schien, mit Hilfe eines kleinen Gabelstaplers.

Pascal stoppte seinen Mégane hinter dem Lieferwagen. Dessen Türen waren geöffnet, jetzt war der Wein darin noch deutlicher zu erkennen.

Pascal pfiff leise durch die Zähne. »Bonjour«, sagte er.

Mehr als ein Nicken erntete er nicht.

»Komme ich über diese Halle zu Monsieur Adel?«

Keiner der Männer reagierte, nur einer nickte erneut freundlich. Pascal wollte noch etwas weiter zuschauen, doch die

Arbeiter machten keine Anstalten fortzufahren, stattdessen fixierten sie ihn. Pascal ging über eine kleine Treppe über die Rampe auf die Männer zu und schaute sich unter ihren skeptischen Blicken um, scannte die Weinbehälter auf der Suche nach dem Logo des Château des trois-mille saveurs, denn die Situation schrie nach diesem Beweis.

Offensichtlich standen die Männer aber unter Zeitdruck. Ein korpulenter Mann in einem Overall, wahrscheinlich ein Vorarbeiter, sagte etwas auf Spanisch. Zwei Männer setzten sich in Bewegung, ein dritter fuhr den Gabelstapler zurück an die Rampe. Die beiden letzten weißen Kanister wurden verladen. Der Gabelstapler drehte sich schließlich ein, wendete und fuhr dicht hinter Pascal in die Halle. In der hinteren Ecke standen weitere Kanister. Pascal prägte sich die gesamte Szenerie ein, dann wandte er sich zurück zu der offenen Seite der Halle. Von hier aus konnte er den Lastwagen sehen. Er stand im Gegenlicht, und so erfasste er nur schemenhaft, wie zwei der Männer in den Wagen stiegen, eilig die Türen schlossen und auf den Feldweg fuhren, über den Pascal vor wenigen Minuten gekommen war. Der Gabelstaplerfahrer stellte den Motor ab und verschwand durch eine Tür in der Rückseite des Gebäudes.

Nach wenigen Sekunden war Pascal allein. Der hintere Teil der Halle lag im Dunkeln, sodass er sein Mobiltelefon aus der Tasche nahm, um die Taschenlampe einzuschalten. Niemand hatte ihm Beachtung geschenkt, was darauf hindeutete, dass auch niemand sich schuldig fühlte. Niemand hatte das Gefühl, etwas Unrechtes zu tun, da war nur die Eile.

Pascal ging um die Weinkanister herum, hinter denen sich die Halle zu dehnen schien, weit hinaus nach hinten. Er erkannte ein Laufband mit Halterungen für die Flaschen und eine Vorrichtung, in die die Kanister eingeklemmt werden konnten. Vor ihm befand sich eine Abfüllstation. Nichts Verdächtiges, dies war der Sinn eines Weinguts. Doch Pascal wusste, dass er mehr finden würde, und wollte weitersuchen, als wie aus dem Nichts die Tür aufging und Luc Adel dastand. Ihre Blicke trafen sich, der Winzer betätigte einen Lichtschalter. Neonröhren an der Decke flackerten, sie gaben ein surrendes Geräusch von sich, das Licht wechselte kurz zwischen dunkel und hell, unrhythmisch wurden die Gesichter beleuchtet. Das Flackern entblößte die überraschten Züge des Winzers, bis die gesamte Halle in ein kaltes, grelles Licht getaucht wurde.

»Heute besuchen Sie mich durch den Hintereingang, Monsieur Chevrier?«

Adels Tonfall war lauernd. Seine Körperhaltung wie zum Sprung bereit. Er schloss die Tür hinter sich. Sie waren allein in der Halle, niemand würde sie hören. »Sicherlich haben Sie das Schild ›privé‹ übersehen.« Luc Adel ging einen Schritt auf Pascal zu. »Heute Vormittag waren bereits Ihre Kollegen der Police nationale hier. Ich muss schon sagen, Sie fordern eine ganze Menge Zeit ein.«

»Pardon, Monsieur«, sagte Pascal. »Aber wir suchen inzwischen drei Menschen. Ich bin hier, um Sie zu fragen, ob ein gewisser Claude Brêle hier war.«

»Das haben mich Ihre Kollegen auch schon gefragt. Gemeinsam sind wir bereits alle Kunden inklusive aller Hotelgäste durchgegangen. Außerdem kann sich meine Sommelière, die heute in der Degustation ausgeholfen hat, an alle Gäste und Kunden erinnern. Ein Mann, der mit Ihrer Beschreibung übereinstimmt, war leider nicht dabei. Kann ich sonst noch etwas für Sie tun?«

Pascal stand noch immer an dem Laufband. »Hier füllen Sie Ihre Flaschen ab?«, fragte er, um im Gespräch zu bleiben.

»Sieht ganz so aus, oder was meinen Sie?« Und dann nach einer Pause: »Ich habe eigentlich ziemlich viel zu tun, aber wenn ich noch Fragen beantworten kann, dann tue ich das gern.« Luc Adel wirkte angespannt, lauernd, bereit, sein Territorium zu verteidigen.

»Ich habe eine Frage zu alledem.« Pascal deutete auf die Anlage, auf die Flaschen, auf die Laufbänder.

»Bitte schön«, sagte Luc Adel. »Setzen wir uns doch.« Er

wies auf ein paar Klappstühle, die dicht neben dem Förderband standen.

Pascal machte zunächst keine Anstalten, sich hinzusetzen. Adel ging wieder ein paar Schritte auf ihn zu. Pascal war auf alles gefasst, hielt die Spannung in seinem Körper, doch der Winzer ging an ihm vorbei und setzte sich in aller Seelenruhe hin.

»Bitte schön«, sagte er ein zweites Mal und schob mit dem Fuß einen der Klappstühle dicht vor sich.

Pascal setzte sich und rückte ein Stück zurück.

»Leider kann ich Ihnen gerade nichts anbieten, wir beginnen morgen mit der Ernte. Ich stehe unter Zeitdruck. Außerdem kann das hier nicht lange dauern.«

Pascal suchte den Blick des Winzers. »Danke, ich möchte auch nichts. Eben ist eine große Menge Wein angeliefert worden, wenn ich es richtig gesehen habe. Helfen Sie mir. Waren das nicht Spanier?«

Luc Adel versuchte ruhig zu bleiben und sagte mit gespielter Freundlichkeit: »Sie sind ganz schön neugierig. Aber das wird eine Berufskrankheit sein, genau wie die Anspannung in Ihrem Körper. Kommen Sie doch mal runter.« Er lächelte süffisant. »Was genau wollen Sie eigentlich ständig von mir? Ich bin doch das Opfer. Immerhin ist mein Weinberg abgebrannt, haben Sie das vergessen?«

»Wissen Sie, Monsieur Adel, ich will ehrlich sein. Ich bin stutzig geworden, als Sie sich so wenig beeindruckt von dem Unfall gezeigt haben. Andere Winzer – und ich kenne ein paar von ihnen – lieben ihre Weinberge, ihre Reben. Ein Brand wäre für sie eine Katastrophe gewesen.«

Luc Adel zuckte mit den Schultern. »Ich dachte, Sie sind ein kluger Mann.« Er wirkte fast entsetzt. »Ich hatte Ihnen das doch schon erzählt. Ich mache Wein, um Geld zu verdienen. Und aus rein finanzieller Sicht war der Brand für mich keine Katastrophe. Die Vandalen haben dankenswerterweise genau den richtigen Weinberg ausgewählt. Lassen Sie es mich so sagen …« Er machte eine Kunstpause. »Dieses Gestrüpp musste ohnehin weg.«

»Die ›Vandalen‹?« Pascal lachte auf. »Sie meinen die CRAV.«

»Oh, Monsieur, Sie haben Ihre Hausaufgaben gemacht. Bravo.« Es fehlte nur noch, dass dieser selbstgerechte Mann in die Hände klatschte.

»Sie haben schon häufiger Kontakt zur CRAV gehabt?« Pascal fixierte ihn.

»Kann man so sagen. Es sind Terroristen, und ihnen gefällt meine Arbeit nicht.«

»Ich denke, man muss keiner terroristischen Vereinigung angehören, um Ihre Arbeitsweise nicht zu mögen. Wer legt schon Wert darauf, spanischen Tafelwein als französischen zu kaufen und dafür die doppelte Summe hinzulegen?«

»Was soll das werden, Monsieur? Etwa eine Unterstellung?«

»Nun, Monsieur, ich bin gerade Zeuge einer Weinlieferung geworden. Beschäftigen Sie so viele spanische Mitarbeiter?«

Luc Adel schaute ihn vorwurfsvoll an. »Was werfen Sie mir denn vor? Es ist doch nicht verboten, mit spanischem Wein zu handeln. Zumindest ist mir das unbekannt, und glauben Sie mir eines: Mit den Gesetzen kenne ich mich gut aus.«

»Es ist nur ein Verdacht, Monsieur«, sagte Pascal, griff in seine Innentasche, holte sein Portemonnaie hervor und zog das Weinetikett heraus, das er, nachdem Audrey es ihm gegeben hatte, sorgsam zwischen zwei Fünf-Euro-Scheinen aufbewahrt hatte. »Das dürfte Ihnen bekannt vorkommen«, sagte er und zeigte Luc Adel das Etikett, hielt es hoch genug, sodass es gut zu erkennen war. »Wo befindet sich dieses Weingut Château des trois-mille saveurs eigentlich genau, Monsieur?«

Jetzt lachte Luc Adel, es war ein gezwungenes, unsicheres Lachen. »Welche Rolle spielt das?«, fragte er schließlich.

»Wir haben nachgeforscht und konnten das Weingut nicht ausfindig machen. Als wir keinerlei Informationen darüber bekommen haben, haben wir uns bei den Weinkooperativen umgehört und auch bei den Verwaltungen der Landkreise. Es gibt dieses Weingut nicht.«

»Ach ja, Monsieur, wie auch. Es ist eine Gemeinschaftsproduktion zwischen mir, einem anderen Weingut in Frankreich und unseren spanischen Kollegen. Das Etikett zeigt ein Schloss, das eine Mischung aus meinem und denen meiner Kollegen ist. Was ist daran verboten? Glauben Sie, dass alle Châteaus auf den Weinetiketten einem Original entsprungen sind?« Er schien sich zu fangen, Oberwasser zu bekommen. »Wir haben gerade unsere erste gemeinschaftliche Produktion erschaffen. Wir sind noch nicht auf dem Markt. Sind Sie von der CRAV? Darf ich keine spanischen Weine verkaufen? Der Handel ist absolut legal und wird von den EU-Richtlinien gedeckt.«

»Natürlich dürfen Sie spanische Weine verkaufen, Monsieur, aber nicht, wenn Sie sie als französische Weine etikettieren. Kommen Sie. Verkaufen Sie mich nicht für blöd.« Pascal ging die Unverfrorenheit dieses Mannes auf die Nerven. »Damit werden Sie nicht durchkommen«, sagte er. »Das ist Betrug.«

»Ach, was Sie nicht sagen. Haben Sie mich denn dabei gesehen, wie ich Wein umetikettiere oder wie ich spanische Weine als französische verkaufe? Das habe ich nie getan. Ich bin doch nicht verrückt geworden. Ich habe einen guten Ruf, wir machen hier seit Generationen hervorragende Weine.« Er musterte Pascal, sah zur Rampe, an der gerade noch der Laster gestanden hatte. »Sie können mir nichts vorwerfen. Ich bin ein ehrenhafter Geschäftsmann.«

»Und genau das zweifeln wir an, denn wir haben da so einen Verdacht. Wir glauben, dass Sie genau wissen, wer Ihren Weinberg angezündet hat. Vielleicht waren Sie auch nicht besonders überrascht, dass er überhaupt gebrannt hat. Es besteht der Verdacht, dass Sie Ihre Versicherung betrügen wollten und dass Sie spanische Weine als französische verkaufen. Die CRAV kommt Ihnen dabei sehr gelegen, die sind im Zweifel immer schuld. Nur hätten die sich schon bekannt, denn sie sind in der Regel stolz auf ihre Taten und drohen mit dem nächsten Brand oder dem nächsten Vandalismus, wenn ihre Forderungen nicht akzeptiert werden. Natürlich bekennen sie sich nicht, wenn sie wissen, dass durch ihre Tat zwei Menschen gestorben sind, werden Sie sagen, aber in der Vergangenheit haben sie immer wieder Todesfälle in Kauf genommen.«

»Sie wollen mich fertigmachen, richtig?«, zischte Luc Adel plötzlich. »Deshalb sind Sie hier.« Er sah ihm direkt in die Augen. »Was wissen Sie eigentlich über die CRAV, Sie Experte? Außer dem, was in den Geschichtsbüchern steht oder bei Wikipedia eingetragen ist?«

»Ich habe mich schlaugemacht, ich habe mit Menschen gesprochen, die im Thema stecken.«

»Nein, ich meine, haben Sie mit jemandem von der CRAV gesprochen?«

Pascal wusste nicht, worauf der Mann hinauswollte. »Nun, die geben sich nicht gerade öffentlich zu erkennen, doch ich habe einen Verdacht. Aber da wir noch bei den Ermittlungen sind, darf ich Ihnen dazu leider keine nähere Auskunft geben.«

»Reden wir doch nicht um den heißen Brei herum.« Jetzt wirkte Luc Adel zornig. »Sie unterstellen mir, ich wüsste, wer meinen Weinberg in Brand gesetzt hat, aber so einfach ist es nicht, ich weiß es nämlich nicht. Sie spielen irgendein Spiel mit mir, in Wahrheit wissen Sie viel mehr, und nun versuchen Sie mir Fallen zu stellen.«

Jetzt wird es interessant, dachte Pascal. »Um ehrlich zu sein, Monsieur, wir wissen nicht, wer Ihren Weinberg angezündet hat. Wenn Sie es aber doch wissen, dann frage ich mich, warum Sie es nicht längst gesagt haben. Sie hätten uns eine Menge Arbeit erspart.«

Luc Adel dachte nach, wiegte seinen Kopf, bevor er sagte: »Ich helfe Ihnen, ich sage Ihnen die Wahrheit, aber Sie lassen mich nach meiner Aussage in Ruhe.«

»Das kann ich Ihnen nicht versprechen. Ich weiß nicht, was

Ihr Geständnis nach sich ziehen wird. Es könnte zu weiteren Fragen und Verwicklungen führen. Ich schlage vor, ich nehme Sie mit auf die Wache, und dort machen Sie eine Aussage.«

Luc Adel blickte ihn entsetzt an. »Sie wollen mich hier abführen? Haben Sie noch alle Tassen im Schrank? Hier, vor all meinen Mitarbeitern? Ich habe nichts getan, haben Sie das vergessen? In Ihrem Wahn? Mit all Ihren haltlosen Verdächtigungen?« Er wurde rot im Gesicht vor Zorn, die Überlegenheit wich aus seinen Zügen, fiel in sich zusammen, er wirkte plötzlich älter, faltig.

»Gut, Monsieur, dann erzählen Sie mir, was Sie zu sagen haben, aber ich kann Ihnen keine Zusagen machen. Sie kennen die Alternative: Sie kommen mit und machen eine Aussage.«

»Non«, sagte er. »Dazu können Sie mich nicht zwingen. Sie haben nichts, und das wissen Sie. Was soll gegen mich vorliegen?«

»Dazu habe ich eine andere Meinung, Monsieur.« Pascal wedelte erneut mit dem Etikett. »Ich denke, dass der Name Château des trois-mille saveurs der Schlüssel ist. Sie suggerieren den Verbrauchern, einen französischen Wein zu kaufen, in Wahrheit bekommen sie aber einen spanischen. Das ist Betrug, Monsieur, und das wissen Sie.«

»Der Wein gehört mir nicht«, sagte Luc Adel plötzlich. »All das, was in dieser Halle hier steht, gehört mir nicht. Ich habe den Raum vermietet. Mit dem, was hier passiert, habe ich nichts zu tun. Ich habe nur einen Anruf von den Lieferanten bekommen, dass hier jemand herumstreunert, daher bin ich hierhergekommen.«

Das, fand Pascal, war eine interessante Wendung, Sätze eines Verzweifelten. »Gut, Monsieur, wer ist der Mieter, und wem gehört dieses ganze Equipment?«

Luc Adels Gesicht verriet nicht viel, er schwieg. Er schien abzuwägen, er war auf der Suche nach dem besten Notausgang. Doch plötzlich funkelten seine Augen wie bei jemandem, der in letzter Sekunde eine Möglichkeit sieht, von Bord eines sinkenden Schiffes zu fliehen, und seine Mannschaft opfert, um sich selbst zu retten. »Therese Lavelle!«

Pascal rückte an den Stuhlrand. »Therese Lavelle? Von der Domaine la fierté?« Er konnte seine Überraschung nicht unterdrücken.

»Ja, genau, die Frau von Nathan, dem Brandstifter.«

»Das wissen Sie genau?«

»Was? Dass Therese die Halle gemietet hat? Ja, ich habe den Mietvertrag schließlich ausgestellt. Ich kann Ihnen die Papiere zeigen.«

»Schon gut«, winkte Pascal ab. »Ich meine, dass Nathan Lavelle der Brandstifter ist.«

»Sie könnten auch sagen, es war die CRAV, ganz wie Sie mögen. Sie könnten ja zur Abwechslung mal die CRAV verhaften. Das wäre mal was, dann kommen Sie in die Geschichtsbücher. Ich denke nur, der Knast ist nicht groß genug für alle Mitglieder.«

Pascal reagierte nicht. »Fangen wir also mit Therese Lavelle an. Warum hat sie diese Halle gemietet? Sie hat doch ein eigenes Weingut und da genug zu tun.«

Luc Adel lachte. »Sie wissen doch, wie es da läuft. Therese hat gar nichts zu sagen. Sie wurde ihre ganze Ehe über unterdrückt. Sie hatte nur Julie, und für sie hätte sie alles getan. Hat sie schließlich auch. Es ist so tragisch, so erschütternd.« Luc war der Schmerz anzusehen, ein aufrichtiger Schmerz. »Julie wollte um jeden Preis Wein machen, aber Bioweine oder Naturweine, diese Demeter-Plörre. Nur, dazu brauchte sie Geld, und das wollte Therese ihr besorgen und ihrem Mann damit ganz nebenbei auch noch eins auswischen. Sie hatte einen perfiden Plan. Sie begann hinter seinem Rücken, mit spanischen Billigweinen zu handeln. Ich hatte damit nichts zu tun. Ich bin selbst nur darauf gekommen, weil hier ständig spanischer Wein angeliefert wurde. Es war eher ein Zufall. Ich habe diese Weinetiketten selbst vor Kurzem das erste Mal gesehen. Ich wollte ihr abraten, sie bräuchte einen Partner, ein Weingut, das seinen

Namen für den spanischen Tafelwein hergibt, dadurch wäre alles einfacher geworden. Ich wollte damit nichts zu tun haben. Wissen Sie, Monsieur Chevrier, ich verkaufe meine Weine, aber sie tragen auch meinen Namen. Ich bin stolz darauf.«

»Verstehe«, sagte Pascal. Es hielt ihn nicht mehr auf dem Sitz. Er musste sich bewegen und ging neben dem Förderband auf und ab.

»Ich glaube, Nathan hat es irgendwie herausbekommen. Und als er erfahren hat, dass sie die Halle bei mir angemietet hat, haben er und seine Freunde von der CRAV sich zusammengetan und hier ein Feuer gelegt. Mir war klar, dass so etwas passieren würde.«

»Aber was war mit seiner Tochter und ihrem Freund? Warum waren die im Weinberg?«

»Das ist das eigentlich Tragische, das Drama.« Luc Adel schluckte. »Ich habe Julie gekannt, ich wusste von ihren Plänen und habe ihr auch Hilfe angeboten. Aber sie war ganz vernarrt in diesen Punk, mit dem sie zusammenarbeiten wollte. Ich entsprach mit meinen Weinen und meinem Handel eher dem Feindbild, das hätte sie als Verrat empfunden. Und Therese hat hier das Geld zusammenbekommen und wollte ihre Tochter damit überraschen und ihren Mann an seinem wunden Punkt treffen.«

»Nun, das dürfte ihr gelungen sein«, sagte Pascal. Doch dann vibrierte sein Telefon in der Tasche. Er las den Namen »Audrey« auf dem Display.

»Oui«, sagte er nur.

»Pascal, komm schnell, die gesamte Domaine la fierté steht in Flammen.«

28

Der Himmel hell, die Straße vor Pascal in Dunkelheit. Er fuhr den Hügel hinauf, immer Richtung Licht, Richtung Ménerbes, Richtung Feuer, dem Drama entgegen. Hier brannte eine ganze Landschaft inmitten der Trockenheit des provenzalischen Herbstes.

Unaufhörlich hörte er die Sirenen der Feuerwehr. Sie alle rasten in hohem Tempo auf die Flammenhölle zu. Das Gebäude brannte bereits vollständig, es würde keinen Sinn mehr ergeben, es zu löschen.

Die Feuerwehr musste sich auf das Feld vor dem Haus konzentrieren. Es grenzte an einen Kiefernwald, die trockenen Äste mit den langen Nadeln beugten sich bereits der Hitze entgegen, doch noch hielten sie stand.

Der Herd, das Herz des Feuers, lag auf der linken Seite des Hauses. Von seiner Position aus erkannte Pascal bereits, hier war nichts mehr zu retten. Die rechte Seite des Gebäudes, dort, wo auch Julies Unterkunft lag, brannte noch nicht. Die Feuerwehr konzentrierte sich auf diesen Teil des Anwesens und versuchte eine Wasserschneise zu legen. Alle riefen durcheinander, auch die Police nationale war angerückt. Polizisten liefen umher, nur schemenhaft waren sie vor den Flammen zu erkennen.

Pascal stellte sein Auto einfach ab, ließ die Tür seines Mégane offen stehen, alltägliche Handlungen wie diese spielten im Chaos keine Rolle, und so rannte er los. Über die rechte Seite hinter Julies Scheune, auf die andere Seite des Hauses, als hätte er eine Vision. Das Feld stand nur von einer Seite aus in Flammen. So musste es ausgesehen haben, als das Paar ums Leben gekommen war. In der Mitte das große Stallgebäude, die Borie, die Pascal damals bei seiner Begegnung mit Therese aufgefallen war, der er aber zu wenig Beachtung geschenkt hatte. Der kurze Gedanke wurde zu einer Erkenntnis, die ihn durchzuckte wie ein Stromschlag.

Vom hinteren Teil des Feldes aus züngelten bereits die Flammen an den Steinen. Noch hielten sie stand wie so viele hundert Jahre lang.

Ein Feuerwehrmann stand am Feld, neben ihm feuerfeste Kleidung für die Kollegen.

»Kann ich das anziehen, Monsieur?«, schrie Pascal gegen das fauchende Feuer an und zeigte seine Marke, reckte sie unkontrolliert in die Höhe.

Der Feuerwehrmann beachtete ihn kaum, nickte nur. Pascal riss sich die Jacke vom Körper, dann, mit ungelenken Bewegungen und wedelnden Armen, zerrte er an seiner Kleidung, um in die Schutzkleidung zu kommen.

»Ich weiß nicht, ob Sie das dürfen!«, rief der Feuerwehrmann. »Sie sollten da nicht hin.« Er deutete auf das Steinhaus, auf das Züngeln am Gebäuderand.

Die Blicke von Pascal und dem Feuerwehrmann begegneten sich nur für eine Millisekunde.

»Ich komme mit!«, rief der Mann und drehte an einem Rädchen am Schlauch. Der Wasserstrahl wurde härter, gewaltiger. »Kommen Sie!«, sagte er und ging voran.

Pascal hinterher, der Wasserregen über ihm und um ihn herum. Schnell war er durchnässt, seine Schuhe durch das Wasser schwer. Die Kälte des Wassers schützte ihn, doch je näher sie an das Gebäude herankamen, desto weniger war davon zu spüren.

»Was wollen wir hier?«, schrie der Feuerwehrmann vor ihm, sein Gesicht rot, überall Wasser, das Feuer spiegelte sich in seinen Augen. Ein Flackern.

»Es ist nur ein Verdacht!«, schrie Pascal. »Vielleicht ist alles umsonst.«

Die Flammen züngelten laut, seine Worte waren kaum noch zu hören. Die Reben standen in Flammen, die Ernte war dahin, die Existenz des Winzers tastete fauchend gen Himmel.

Pascal lief in Richtung des kleinen Hauses, die jahrhundertealten Steine knackten, dehnten sich unter der Hitze aus, aber das nahm Pascal nicht mehr wahr. Er sah nur das Loch im Boden, und schon hörte er die Schreie aus der Erde. Er hatte sich nicht getäuscht, da unten war Leben. Eine enge Steintreppe führte hinab, breit genug, dass auch der Feuerwehrmann neben ihm Platz fand. Er hielt den Schlauch nach oben, sodass die Flammen ihnen nicht den Weg abschneiden konnten. Die Schreie wurden lauter.

Pascal schrie zurück: »Claude!«

»Pascal!«

»Wir kommen zu Ihnen runter!«, rief der Feuerwehrmann, und schon stürmten sie Stufe um Stufe hinab, bis sie in einen Raum unter dem Feld gelangten. Spärlich beleuchtet. Es roch nach Benzin.

»Nichts wie raus hier!«, warnte der Feuerwehrmann. »Hier explodiert gleich alles.«

Claude saß gefesselt an einem Holzfass.

»Ich brauche ein Messer!«, rief Pascal.

»Wasser!«, schrie Claude. »Ich brauche Wasser!«

Mit hektischen, zitternden Fingern durchtrennte Pascal das Seil, das erst nicht nachgab. Er musste das Messer hin- und herbewegen. Er hatte das Gefühl, der Raum wurde heller, das Feuer wütete am Eingang. Dann würde es kein Zurück mehr geben, das Benzin würde sich entzünden, und dann wären sie hier zum Tode verurteilt.

»Geben Sie uns Schutz!«, brüllte Pascal.

Der Feuerwehrmann ließ das Wasser über den Boden laufen, es vermischte sich mit dem Benzin, im spärlichen Licht bildeten sich blaue Kreise und Blasen auf der Wasseroberfläche. Diese stieg an, erreichte schnell Pascals Knöchel. Es stank.

»Raus hier!« Der Feuerwehrmann hielt den Strahl nach oben, und tatsächlich: Das Feuer am Ausgang erlosch.

»Wo ist Nathan?«, fragte Pascal.

»Tot!«, schrie Claude. »Hier hinter mir im Fass. Tot!«

»Dann los!«, rief Pascal.

Der Feuerwehrmann schritt in all seinem Mut wieder voraus, und inmitten des Wassers rannten sie durch die Hitze Richtung Ausgang. Das Feuer auf dem Weinberg hatte sich ausgebreitet, langsamer als befürchtet. Die Reben waren offensichtlich bewässert worden, und das schenkte ihnen einige Minuten. Ein schmaler Gang zwischen den Reben führte nach draußen, ihre einzige Chance.

Pascal roch verbrannte Haare, verbrannte Haut, das Wasser in seinem Gesicht schien zu kochen. Er trieb den sichtlich geschwächten Claude vor sich her, dieser stolperte.

Pascal zerrte ihn hoch. »Reiß dich zusammen!«

»Ich schaffe es nicht! Ich kann nicht mehr, keinen Meter.«

Dann kam der Feuerwehrmann, der Übermenschliches leistete, der über sich hinauswuchs und Claude an sich riss, weiter Richtung Feldweg. Noch zwanzig Meter, dann wäre das Feuer hinter ihnen, doch Claude stolperte erneut, und diesmal blieb er liegen.

»Nehmen Sie den Schlauch!«, schrie der Feuerwehrmann, dann griff er Claude, als wäre er ein kleines Kind, und schmiss ihn sich auf die Schulter. Ein Hüne von einem Mann, doch auch er schwankte, kämpfte um einen stabilen Stand.

Pascal hielt den Schlauch in die Luft, kaltes Wasser peitschte auf sie nieder.

»Halten Sie den Strahl in die Flammen am Weg!«, wies der Feuerwehrmann ihn an und rannte los.

Nach wenigen Metern hatten sie es geschafft. Kollegen der Feuerwehr aus Apt hatten den Weg gesichert, das Feuer war an dieser Stelle unter Kontrolle.

»Wir brauchen einen Arzt!«, schrie Pascal.

Der Feuerwehrmann hatte Claude auf den Weg neben dem Feld gelegt, dann wandte er sich schwer atmend den Kollegen zu, sein Blick Richtung Feld. Der Weg, den sie gerade gegangen waren, war jetzt ein Feuermeer. Die Borie war nicht mehr zu sehen, von Flammen umschlossen.

Ein Notarzt bahnte sich den Weg zu ihnen hindurch, packte Claude und lud ihn auf eine Trage. Zwei Kollegen drückten ihm kleine Plastikstöpsel in die Nase.

»Sauerstoff!«, rief eine Frau. »Er lebt!«

Pascal lächelte den Feuerwehrmann an. »Sie sind ein Held.«

29

Das Centre Hospitalier du Pays d'Aix war ein modernes Krankenhaus, zentrumsnah in Aix-en-Provence gelegen. Der Bau in Rot, ganz im Stile südfranzösischer Gebäude gestrichen, im Inneren modern und mit allen notwendigen Abteilungen ausgestattet. Claude lag, nachdem er ein paar Stunden in der Notaufnahme verbracht hatte, auf der Station.

Was sich hier innerhalb von zwei Tagen abgespielt hatte, rührte die Schwestern und Ärzte des Hauses. Hochzeitsgäste waren fast im Minutentakt gekommen und hatten sich buchstäblich die Klinke in die Hand gegeben. Sie brachten Geschenke. Die eigentlich für die Hochzeit angeschafften Blumen wurden zu Genesungsblumen.

Lillie wich die gesamte Dauer des Aufenthaltes nicht von Claudes Seite. Seit drei Jahren waren sie inzwischen verlobt, die Hochzeit hatten sie bereits zweimal verschoben. Jetzt also der dritte Anlauf, genau genommen sogar der vierte, denn ein weiteres Mal verschoben sie den Termin in der Kirche. »Wir geben nicht auf«, hatte Lillie stolz und trotzig verkündet.

In den nächsten Stunden und Tagen wurden sie von dem Zusammenhalt und der Liebe ihrer Gäste überwältigt. Ausnahmslos alle wollten bei der schwer erkämpften, nun noch einmal verschobenen Hochzeit in einer Woche dabei sein. Sie nahmen sich Sonderurlaub, sagten andere Verabredungen ab, änderten Reise- und Berufspläne.

Auch der Pastor war einverstanden und hatte sogar Zeit. Die wenigsten Probleme bereitete ihnen das »Le Fournil«. Paul Natale hatten die dramatischen Stunden selbst mitgenommen, und beim kollektiven Aufatmen und dem Glücksgefühl, dass alles gut ausgegangen war, stand er in erster Reihe.

Pascal hatte sich auf den Weg gemacht, um Claude aus dem Krankenhaus abzuholen. Alle Untersuchungen waren abgeschlossen, die Lungenfunktion nach dem vielen Rauch wiederhergestellt, die leichten Verbrennungen an den Armen würden gut verheilen.

Lillie war bereits am Vormittag von Catherine abgeholt worden. Sie wollten noch eine Shoppingtour durch Aix unternehmen und Zeit miteinander verbringen. Pascal hatte nach den dramatischen Stunden im Feuer noch keine Möglichkeit gehabt, sich mit Claude über die Geschehnisse auszutauschen, wusste aber, wie wichtig das bei der Bewältigung sein würde und wie wichtig die Einzelheiten für die Aufklärung seines Falles waren. Immer waren Gäste bei Claude gewesen, lagen sich mit ihm in den Armen, gratulierten zum Überleben, zum zweiten Geburtstag, ständig flossen Tränen der Rührung, Lillie stimmte regelmäßig ein. Sie war es, die Pascal schützen wollte. Die Einzelheiten, den Schrecken, der sich unter der Borie zugetragen hatte, wollte er seiner Tochter ersparen.

Was für ein Schicksal, dachte Pascal. Die Bories, die in der ganzen Provence auf Lavendelfeldern, Weinbergen oder einfach in der Landschaft standen, wurden von den Einheimischen »Schutzräume« oder »Lebensinseln« genannt. Sie waren architektonische Wunder. Kein Mörtel, zum Glück kein Holz, keine Stützbalken, nur Steine, die in perfektem Gleichgewicht übereinanderlagen. War es am Ende doch auch bei Claude das Material gewesen, das ihm das Leben gerettet hatte. Wieder hatten die Bories ihren Zweck erfüllt und waren weit mehr als ein beliebtes Fotomotiv gewesen.

Für die Schäfer und Bauern hatten sie von jeher eine Funktion. Die ältesten der Bories hatten die Provenzalen einst schon vor der Pest, später vor dem rauen Mistral geschützt, oder sie dienten den Arbeitern auf dem Feld im Sommer während der Pausen als Schattenspender. Einige Bories wurden noch immer als Schuppen genutzt oder wie bei Therese als gut getarntes Versteck für einen improvisierten, geheimen Weinkeller.

Pascal war das runde Steingebäude in Igluform vor allem durch die Größe im Kopf geblieben. Es maß sicher das Dreifache eines gewöhnlichen Steinhauses, aber er hatte sich nichts dabei gedacht, das war ein Fehler gewesen. Zu sehr hatte er sich an den Anblick der Bories in der Provence gewöhnt. Es sollte über dreitausend dieser Steingebäude in der Gegend geben. Pascal war sogar einmal bei einem von Lillies Besuchen mit ihr nach Gordes gefahren und hatte sich ein ganzes Borie-Dorf angeschaut. Auf die Idee, unter einem dieser antiken Bauwerke könnte sich ein Keller befinden und darin auch noch ein als vermisst gemeldeter Mann gefangen gehalten werden – offensichtlich schon länger tot – und dazu auch noch sein Schwiegersohn, dem ein ähnliches Schicksal gedroht hatte, war Pascal nie gekommen.

Claude saß abreisebereit auf einer Bank vor dem Krankenhauseingang im Schatten der immer noch erbarmungslosen Herbstsonne.

Als er Pascal sah, stand er auf und kam ihm entgegen. Er wirkte entspannt und erstaunlich fröhlich für einen Mann, der vor zwei Tagen dem Tod von der Schippe gesprungen war. Sie nahmen sich in den Arm, drückten sich ein bisschen länger als üblich, bevor Claude auf dem Beifahrersitz Platz nahm.

»Es riecht nach Hund«, merkte er lächelnd an.

»Ich habe es nicht mehr geschafft, das Auto auszusaugen«, sagte Pascal. »Aber bis zur Hochzeit am Samstag wird alles sauber und perfekt sein, sogar mein Auto.« Dann lächelte auch er. »Einmal im Jahr ist es so weit.«

»Weißt du, Pascal, es gab ein paar Stunden in der letzten Woche, da hätte ich noch nicht einmal mehr mit einer Hochzeit im Schweinestall gerechnet. Insofern nehme ich den Hundegeruch mit Kusshand.«

Pascal startete den Motor und fuhr los. Für einen Moment schwiegen sie, im Radio lief George Bensons »On Broadway«, Claude wippte mit, aber dann stellte Pascal die Musik ab.

»Ich muss von dir wissen, was genau passiert ist«, sagte Pascal, ohne Claude anzuschauen. »Schaffst du es, das noch einmal mit mir durchzugehen?«

»Bien sûr«, antwortete Claude. »Ist die Frau inzwischen gefasst? Sie ist gefährlich.«

»Das wissen wir«, sagte Pascal. »Noch haben wir sie nicht, aber wir werden sie finden.«

»Aber ihr wisst nicht, wo sie sich versteckt, richtig?«

Pascal hatte sich seit damals, als Claude in Gefahr geraten war, vorgenommen, seine Familie in Zukunft aus seinem Beruf herauszuhalten. Heute, zwei Jahre später, war Claude ein weiteres Mal in Lebensgefahr geraten, und wieder hatte es etwas mit einem von Pascals Fällen zu tun, auch wenn sein Fast-Schwiegersohn eher durch unglückliche Umstände in Gefahr geraten war.

»Die Fahndung nach ihr läuft auf Hochtouren, meine Kollegen der Gendarmerie haben sogar schon Straßenkontrollen aufgebaut. Sie kann nicht weit gekommen sein. Ich möchte aber wissen, was genau passiert ist.«

»Ein Verhör, Pascal?«

Pascal lachte. »Nein, ich bin im Urlaub, habe mir für die Hochzeit rechtzeitig freigenommen, man weiß ja nie.«

»Du bist ein Arbeitstier.« Auch Claude lachte. »Du wirst sie aber trotzdem fassen, richtig?«

»Ich schätze, ich kann nicht anders.« Pascal bog auf die N 296 Richtung Norden ab. Hier musste er eine ganze Weile geradeaus fahren – so hatte er Zeit für ein Gespräch und möglicherweise wertvolle Details. »Also, was ist passiert?«

Claude atmete schwer ein. »Ich hatte mir eine Liste mit Weingütern zusammengestellt, die ich abfahren wollte. Ich musste schließlich vorbereitet sein, falls wir den Wein von deinem Kumpel René nicht bekommen würden. Wie du weißt, kommen eine Menge Sommeliers und Freunde aus Lyon. Ich wollte einen Wein, den es nur an diesem einen Abend geben würde. Ich bin zuerst zu der Domaine la fierté gefahren. Ich wusste, sie machen einen ordentlichen Wein, nicht zu kompliziert, aber ehrlich gesagt nicht meine erste Wahl. Wir hatten ihn vor ein paar Jahren auf unserer Weinkarte, aber die Begeisterung bei unseren Sommeliers und bei den Gästen hielt sich in Grenzen. Doch ich wollte dem letzten Jahrgang eine Chance geben. Das Weingut war geöffnet, außer mir war niemand dort. Es sah auf den ersten Blick auch gar nicht so aus, als würde man überhaupt eine Degustation anbieten, aber wo ich schon mal da war, dachte ich mir, ich frage mal nach, und klingelte. Es gab eine große Glocke am Haus.«

Pascal erinnerte sich daran. Sogar dem Klang konnte er noch nachspüren. Hätte Claude nicht an dieser Glocke gezogen, es wäre ihm vieles erspart geblieben.

»Erst passierte nichts, aber dann kam eine Frau ums Haus. Es war Therese, wie sich später herausstellte. Sie wirkte fahrig auf mich, gehetzt, und sie guckte sich ständig um. Auf ihrer Bluse hatte sie Weinflecken, das war mir sofort aufgefallen. Erst wollte sie mir keinen Wein zum Probieren geben, aber dann erzählte ich, dass ich extra aus Lyon gekommen sei, um hier in der Provence zu heiraten, und dass ich dabei sei, einen Wein für die Hochzeit auszusuchen. Vielleicht hat sie das große Geld gewittert, jedenfalls sagte sie, ich solle ihr folgen. Sie ging vor, ums Haus herum. Von der Terrasse aus konnte ich schon die Borie sehen, aber ich kannte diese Gebäude und fand nichts Besonderes daran. Wir gingen auch nicht hin, zumindest nicht direkt. Es gab einen Nebeneingang am Haupthaus, den schloss sie auf. Dahinter befand sich eine dieser typischen kleinen Theken, wie es sie hier überall auf den Weingütern gibt. Ein kleiner Tresen, ein Spucknapf, ein paar Gläser und ein Flyer über das Weingut und die unterschiedlichen Weine, die sie anbieten. Sie ging hinter die Bar, ich nahm auf einem der Hocker davor Platz. Sie wirkte in diesem Moment viel umgänglicher, lächelte sogar und fragte mich, welche Farbe ich denn bevorzugen würde. ›Alle‹, habe ich gesagt, und sie lachte darüber. Wir begannen mit dem Weißwein. Ein solider Wein, ein Stück über dem Niveau eines guten Tafelweins. Nicht überraschend, aber trinkbar. Mir gefiel das Südfrankreichgefühl, die typischen Trauben, Grenache, Syrah, sie waren deutlich herauszuschmecken. Ich bekam als Nächstes den Rosé, der war noch besser, ganz im Stil der Provence. Für Roséweine haben sie hier ein Händchen. Es hat einen Grund, dass sie das Hauptgeschäft sind. Neben den Rosés aus dem Languedoc würde ich sie als die besten der Welt bezeichnen. Ich nahm den Rosé auf meine Liste, machte mir Notizen. Ich glaube, besonders dieser Wein hätte Lillie zugesagt.«

»Aber sie wird nichts trinken, wie du weißt.«

Jetzt lachte Claude. »Ja, Opa.«

Dafür erntete er einen bitterbösen Blick.

»Dann aber kamen wir zum Rotwein, und damit nahm mein Schicksal seinen Lauf. Sie öffnete eine Flasche mit dem Namen Château des trois-mille saveurs. Davon hatte ich noch nie gehört, und eigentlich kannte ich alle Weine, die ich probieren wollte. Und so war ich überrascht und vor allem gespannt, wie er schmecken würde. Sie öffnete ihn, roch am Korken wie üblich und schenkte mir etwas davon ein. Du weißt, Pascal, ich kenne mich ein bisschen aus, vielleicht überdurchschnittlich, aber ich bin nach mehreren Gläsern Wein im Kopf sicher, eine so populäre Traube wie die Tempranillo herauszuschmecken.«

Pascal nickte. Er wusste, dass Claude sogar schon spanische Abende in seinem Restaurant veranstaltet hatte, da er eine Schwäche für alles Spanische hatte, familienbedingt.

»Meine Oma ist Spanierin, sie kommt aus dem Rioja. Wir haben als Familie oft dort Urlaub gemacht, und ich glaube, so war der erste Wein meines Lebens ein Tempranillo. Diese Traube hat mich mein Leben lang begleitet. Ich kenne sie als Cuvée oder als billigen Verschnitt. Ich kenne die Geschmacksnuancen, und ich kann einen guten Tempranillo von einem schlechten unterscheiden. Sagen wir es so: Ich bin ein Tempranillo-Kenner. Und das, was ich in meinem Glas hatte, war eindeutig ein Tempranillo.« Claude schaute aus dem Fenster und sah zu, wie Pascal einen Lastwagen überholte. »Tempranillo, das ist die Wiege der spanischen Trauben. Sie wird seit dem 13. Jahrhundert angebaut. Auch ich bin wie viele andere Generationen mit ihr aufgewachsen. Urlaubszeit war in meiner Welt Tempranillo-Zeit. Und ich war so dumm und erzählte Therese all das. Sie wurde wieder fahrig und unsicher. Erst wollte sie mir erzählen, dass es sich bei dem Wein um einen reinen Grenache handeln würde. Darüber habe ich gelacht und sagte, nie und nimmer sei das ein Grenache. Selbst die Farbe stimme nicht. Ich forderte sie auf, mir die Flasche zu geben, doch sie stellte sie rasch unter den Tresen. ›Ich dachte, Sie wollen den Wein verkaufen‹, merkte ich an, aber sie schüttelte den Kopf. Doch ich bestand darauf, und schließlich zeigte sie mir erneut die Flasche. Ich studierte das Etikett, konnte es jetzt in Ruhe anschauen. Ich hatte es noch nie gesehen.«

Pascal fuhr rechts ran und stoppte das Auto, schaltete den Motor aus. Dann griff er in die Innentasche seiner Jacke, holte sein Portemonnaie hervor und zeigte Claude das Etikett.

»Genau!«, rief der. »Was ist das für ein Wein? Ich habe im Krankenhaus danach gegoogelt, ich wollte sichergehen, dass ich mich nicht getäuscht habe, aber ich habe das Weingut nicht gefunden. Es ist zum Verrücktwerden.«

»Diesen Wein gibt es nicht, weil es kein französischer Wein ist«, sagte Pascal. »Es ist ein spanischer, der hier illegal als französischer verkauft wird. An wen alles, das weiß ich noch nicht, aber er ist seit Kurzem im Umlauf. Jetzt kennen wir den Urheber.«

»Und dieser Urheber«, Claude machte Tüttelchen in die Luft, wie es Versicherungsmakler tun, wenn sie eine Lebensversicherung verkaufen wollen, »ist nicht zimperlich. Therese forderte mich auf, ihr zu folgen. Sie wollte mir beweisen, dass es sich um eine französische Rebsorte handele, und bat mich, sie in die Borie zu begleiten. Ich fand natürlich, dass das ein merkwürdiger Ort war, um Weine zu lagern. Aber gut, dachte ich, mal schauen, wie hier der Wein gemacht wird. Die Borie war beeindruckend groß. Ich kenne die Gebäude sonst nur viel kleiner. Eine Treppe führte hinab. Daneben eine Art Rutsche, oben gab es einen Karabiner, mit dessen Hilfe man Weinkisten aus dem Keller nach oben befördern konnte und umgekehrt. Alles sehr einfach, fast unprofessionell. Du hast es ja gesehen.«

»Was ich so wahrnehmen konnte. Außerdem war es sehr heiß.« Pascal versuchte ein Lächeln.

»Ich sagte noch«, fuhr Claude fort, »dass ich finde, dass das ein komischer Ort sei. Ich witterte keine Gefahr, ich war einfach neugierig. Und dann kam ich in den kleinen Keller, in dem viele Kanister standen und ein Weinfass, das sie offensichtlich zum Vermischen mit dem Tempranillo benutzte. ›Wollen Sie mal hineinschauen?‹, fragte sie mich. Ich wunderte mich. Warum sollte ich in das Fass schauen? Dies sei der Grenache, den ich gerade probiert habe, bestärkte die Frau mich. Er lagere seit zwei Jahren in dem Fass. Ich bräuchte nur zu riechen, sagte sie und forderte mich auf, die kleine Leiter nach oben zu steigen. Das Letzte, was ich noch sah, war eine Leiche, ein Mann, der mit dem Kopf nach unten in dem Weinfass schwamm. Dann spürte ich einen Schlag auf den Hinterkopf, und mehr weiß ich nicht. Aufgewacht bin ich gefesselt an das Fass, in dem der Leichnam schwamm.«

»Ich glaube, du hast großes Glück gehabt, dass du nicht neben ihm schwimmst.« Pascal startete wieder den Motor. »Jetzt jedenfalls passt alles zusammen. Wir müssen Therese Lavelle nur noch finden.«

Claude schien noch an jenen Tag zurückzudenken. »Ich glaube, sie wollte mich in das Fass stoßen, aber ich bin über die Leiter zurück auf den Boden gefallen. Am Rücken habe ich eine Prellung, und diese zierliche Frau hat es nicht geschafft, mich dort hineinzubekommen. Also hat sie mich gefesselt und wollte mich dann mit allem zusammen verbrennen.« Claude schüttelte fassungslos den Kopf. »Und das nur wegen eines gepanschten Weins?«

»Nein, da steckt mehr dahinter. Ihr Ehemann, dessen Leichnam du gesehen hast, gehörte einer extremistischen Weinorganisation an. Er hat ausländische Weine abgelehnt und sogar Winzer angegriffen, die mit diesen Weinen handeln. Er wird von dem Tempranillo nichts gewusst haben. Es war ihr persönlicher Rachefeldzug.«

»Aber was habe ich damit zu tun?«, fragte Claude.

»Du hast sie mit deiner Nase und deiner feinen Zunge entlarvt, und dann ist alles zusammengebrochen. Therese wollte mit diesem Handel Geld verdienen, um es ihrer Tochter zu geben, damit die ihren Traum von einem Bioweingut umsetzen konnte. Nur ist ihre Tochter Opfer der Flammen geworden.«

»Dann hat sie auch einen Weinberg angezündet?« Claude wirkte entsetzt.

»Das wissen wir noch nicht«, sagte Pascal. »Aber bald.«

»Ich wusste nicht, wie gefährlich es sein kann, sich mit Wein auszukennen«, sagte Claude, als sie schließlich Lucasson erreichten.

30

Wieder hatte Pascal den Klang der Tampen im Wind im Ohr, wieder hatte er den schleichenden Verkehr entlang der Kaimauer des Hafens von Marseille vor sich – das typische Bild, die typischen Geräusche der Mittagsstunden am Vieux Port. Nur hatte Pascal es heute eilig. Seine Entspanntheit war seit Audreys Anruf dahin. Sie sei mit Frédéric Dubprée im Auto, es gebe eine wichtige Information. Sie würden sich am Hafen im »Boussole Café« treffen, er solle sofort losfahren. Das hatte Pascal getan – zur Verwunderung seiner Tochter, Mathieus und Paul Natales vom »Le Fournil«, mit dem sie für den Abend verabredet waren.

So kurz vor der Hochzeit denke man nicht mehr an die Arbeit, hatte Catherine schmollend angemerkt. Wo er doch Urlaub habe. Nur ging dieser Fall gerade vor, Pascal musste ihn zu Ende bringen.

Er stellte seinen Mégane in einer Nebenstraße ab, einer Wohnstraße mit Parkplätzen, wo die Autos so dicht standen, dass ein Einparken ohne Stoßstangenkontakt kaum möglich war. Aber dies war Südfrankreich. Wessen Auto hier unversehrt am Straßenrand parkte, war kein Einheimischer, das hatte Pascal schnell gelernt. Dagegen waren die Pariser geradezu spießig mit ihren Autos.

Das einfache und unauffällige Café lag dicht am Hafen. Vor dem Gebäude standen ein paar Bistrotische auf dem Bürgersteig. An einem saßen bereits Audrey und Frédéric Dubprée, doch sie waren nicht allein. Zwei weitere Männer saßen bei ihnen. Als Pascal näher kam, erkannte er Marcus Bessod von der CRS. Der dritte Mann, ein junger, dürrer Franzose mit spitzer Nase und wachen Augen, war von der La fonction garde-côtes, der Küstenwache, und wurde ihm als Monsieur Verdice vorgestellt.

»Ein ganz schönes Aufgebot«, merkte Pascal an, als er sich setzte. »Darf ich?«, fragte er und nahm dabei ein leeres Glas, um sich Wasser einzuschenken, das in einer großen Karaffe auf dem Tisch stand.

»Bringen wir Sie auf den neuesten Stand«, sagte Frédéric Dubprée und ergriff als Ranghöchster am Tisch das Wort. »Audrey hat den Vormittag bei unserem Freund, dem Winzer Monsieur Adel vom Château des quatre chiens, verbracht. Sie haben sich auf ein kleines Geschäft geeinigt, das wir für uns behalten sollten.«

Marcus Bessod zuckte mit den Schultern. »Ohne Geschäfte geht es nicht. Wir sind in Marseille.«

»Audrey und Luc Adel haben sich offiziell nie gesehen, ein Gespräch zwischen ihnen hat niemals stattgefunden. Außerdem hat Luc Adel die vermietete Halle niemals betreten und hatte keine Ahnung, was vor sich ging. Das ist der offizielle Teil.« Frédéric Dubprée schaute in die Runde. Niemand schien etwas einwenden zu wollen, also fuhr er fort. »Monsieur Adel hat uns bestätigt, dass Therese günstigen Tafelwein in nicht unerheblicher Menge auf Luxusyachten aus Spanien importierte, ihn panschte und als französischen Wein unter dem Phantasielabel Château des trois-mille saveurs auf den Markt brachte. Die Panscherei hat allerdings niemals in Monsieur Adels Halle stattgefunden. Ihr kleines Labor betrieb sie unterhalb der Borie. Dort will Luc Adel niemals gewesen sein, und so wusste er selbstverständlich auch nichts davon, dass in dem Weinfass ihr toter Ehemann schwamm.«

»Ist er eigentlich im Wein ertrunken?«, mischte sich Marcus Bessod ein und schickte eine Aufklärung direkt hinterher. »Oder ist er im richtigen Moment geschubst worden? Das kommt bekanntlich immer wieder vor. Wenn Trauben fermentieren, setzen sie giftige Gase frei, die gern tödlich sind.« Er sagte das in seinem typischen fast gelangweilten Ton, spielte den abgebrühten Polizisten, der alles wusste.

Eine Eigenschaft, über die sich Audrey schon nach der ersten Begegnung ausgelassen hatte, und so konnte sie sich den Kommentar »Monsieur Bessod hat uns bei unserem letzten Treffen schon wissen lassen, dass er ein Weinkenner ist – so eine Art Hobbywinzer, nicht wahr?« nicht verkneifen.

Marcus Bessod, sichtlich verunsichert, blickte in die Runde und wartete auf eine Bestätigung, die nicht kam. Schon gar nicht von Frédéric Dubprée, der undurchschaubar wie immer das Schauspiel beobachtete, während der Junge von der Küstenwache gelangweilt aufs Meer starrte. Er schien sich für sehr wenig zu interessieren.

»Wir konnten mit Monsieur Adel einen Deal machen, weil er vor allem Sorge um sein Geschäft hat«, fuhr Frédéric Dubprée schließlich fort. »Außerdem war er über Thereses Vorgehen entsetzt. Einen Mord hatte er ihr nicht zugetraut. Nicht einmal aus Rache. Da sei das Fass übergelaufen, hat er gesagt.«

»Wie gut kannten sie sich denn?«, fragte Pascal.

»Das ist das Merkwürdige an dieser Geschichte«, antwortete Audrey. »Sie kennen sich schon fast ihr Leben lang. Zwischen den Weingütern gab es einen lebenslangen Kampf. Während Luc Adel immer kommerziell ausgerichtet war, konzentrierte sich Nathan Lavelle ausschließlich auf die heimischen Weine. Irgendwann radikalisierte er sich aber und schloss sich der CRAV an. Während die beiden früher noch auf Weinmessen miteinander sprachen und sich austauschten, verebbten diese Gespräche schließlich, und die Beziehung schlug irgendwann in Hass um, zumindest von Nathan Lavelles Seite aus. Luc Adel verkörperte alles, was ins Feindbild der CRAV passte. Therese hatte das mitbekommen und warnte ihren alten Freund Luc Adel, aber der wollte sich nicht einschüchtern lassen.«

»Das bedeutet«, sagte Pascal, »Nathan hat möglicherweise das erste Feuer gelegt?«

»Alles deutet darauf hin«, sagte Frédéric Dubprée. »Die Art, wie der Weinberg abgebrannt wurde, trägt die Handschrift der CRAV. Wir haben nachgeforscht, und das Prinzip ist immer dasselbe – auch wenn sie in der Vergangenheit mehr die

Weingüter und Büros angegriffen haben. Weinberge setzten sie eher selten in Brand. Ob Nathan die Tat also allein verübt hat, wissen wir nicht, aber wir müssen davon ausgehen. Alles deutet auf ihn.«

»Und was, wenn es Therese war?«, fragte Marcus Bessod.

»Ausschließen können wir es nicht«, sagte Frédéric Dubprée.

»Aber es ergibt keinen Sinn. Sie brauchte das Weingut für ihr Geschäft, nur so konnte sie ihrem Mann schaden und ihrer Tochter helfen«, warf Audrey ein.

»Was ist schon schlüssig?«, merkte Marcus Bessod an. »In der Drogenfahndung ist nichts schlüssig.«

»Es geht aber um Wein und große politische Zusammenhänge«, sagte Audrey. »Wir sprechen hier über das Heiligtum unseres Landes.«

»Pfft«, machte Marcus Bessod. »Ist doch alles dasselbe. Drogen, Wein, Waffen. Kenne ich alles. Und wenn Sie mich festnageln, dann ist der Drogenhandel wesentlich politischer.«

Pascal konnte und wollte nicht widersprechen. Audrey aber atmete hörbar, bevor Frédéric Dubprée sagte: »Wir werden uns Therese Lavelle jetzt schnappen.«

»Ach ja?«, sagte Marcus Bessod, der von seiner Stichelei anscheinend nie genug bekam. »Und wir wissen, wo sie ist?«

Frédéric Dubprée nickte Audrey still zu.

»Ja, das wissen wir«, sagte sie und schaute Marcus Bessod dabei an. »Darum ging es mir schließlich bei dem Treffen mit Adel. Das ist das Geschäft, der Deal. Madame Lavelle befindet sich auf der Yacht von Señor Alejandro Sánchez, hier im Hafen. Er ist ihr Lieferant.«

»Und die Yacht ist wo?«, provozierte Marcus Bessod weiter.

»Im Vieux Port«, sagte Audrey trocken.

»Und sie kann nicht raus, weil wir die Hafenausfahrt kontrollieren«, sagte der junge Mann von der französischen Küstenwache, bei dem Pascal davon ausgegangen war, dass er inzwischen eingeschlafen war.

31

Es war Audreys und Pascals Wunsch, die Yacht gemeinsam zu betreten, während Frédéric Dubprée, Marcus Bessod und ein Überaufgebot von Polizei- und CRS-Kollegen die Kaimauer und damit den Zugang zur Stadt sicherten. Pascal bemerkte, wie wenig Notiz die Passanten von den Einsatzkräften nahmen, wie selbstverständlich Bilder wie diese zum Stadtbild von Marseille gehörten und mit welcher Ruhe sie den Umweg in Kauf nahmen, da die Straße sowie die Uferpromenade rund um die Yacht weiträumig abgesperrt worden waren.

Marcus Bessod hatte sich in Stellung gebracht, das Megafon Richtung Yacht gerichtet, um mit deutlicher Stimme die anwesenden Personen aufzufordern, mit erhobenen Händen von Bord zu kommen. Zunächst passierte nichts, doch die Yacht schaukelte fast unmerklich im Hafenbecken. Jemand auf dem Boot schien sich zu bewegen.

»Zugriff«, ordnete Frédéric Dubprée an. Anspannung lag in seiner ruhigen Art, seine Augen scannten die Umgebung ab.

Audrey nahm die Waffe aus dem Halfter und trat an den Rand der Kaimauer. Pascal stellte sich neben sie, seine Waffe ließ er zunächst im Halfter, hatte sie aber entsichert und war jederzeit bereit, nach ihr zu greifen. Mit einer Kopfbewegung deutete Audrey auf die Reling der Yacht, forderte Pascal dazu auf, sie zu betreten. Das Boot lag mit dem Bug zu ihnen, der Eingang in die Kajüte befand sich auf der anderen Seite, von Audreys und Pascals Position aus nicht einsehbar. Sie mussten über die Reling und entlang des Seils über das Boot.

Die Yacht senkte sich kurz, als sie, jeder auf seiner Seite, über die Reling hinweg das Boot bestiegen. In leicht gebückter Haltung, die freie Hand an dem Relingsseil, setzte Audrey vorsichtig einen Fuß vor den anderen, ihre Waffe nach unten gerichtet. Sie wussten, dass ihnen vom Ufer aus Feuerschutz gegeben wurde. Mindestens zwei weitere Waffen waren auf die Yacht gerichtet. Pascal beschleunigte erst, als sie kurz vor dem Heck waren, auf dem sich der Zugang zur Kajüte befand, um vor Audrey da zu sein, sie zu schützen.

Selbst im Tiefschlaf mussten die Personen an Bord bemerkt haben, dass sich inzwischen weitere Menschen auf dem Schiff befanden. So behutsam Audrey und Pascal ihre Schritte auch setzten, das Boot verzieh ihnen keine Bewegung, es schaukelte im selben Rhythmus.

Pascal hatte inzwischen den Zugang, eine Glastür, erreicht. Audrey war dicht hinter ihm, nur auf der anderen Seite der Yacht.

»Hallo!«, rief Pascal. »Therese Lavelle, öffnen Sie die Tür! Hier ist die Polizei!«

Pascal konnte die Unruhe spüren. Aus dem Augenwinkel nahm er die Kollegen der Police nationale und der CRS wahr, sie brachten sich in Stellung. Jetzt zog auch Pascal die Waffe, als er nach der Glastür griff. Er schaute Audrey überrascht an, als sie sie öffnete. Sie war nicht verschlossen.

»Madame Lavelle«, rief Pascal ein zweites Mal, ohne eine Reaktion zu bekommen. Vorsichtig setzte er einen Fuß in das Innere der Kajüte, Audrey dicht hinter ihm.

Pascal brauchte einen Moment, seine Augen mussten sich an die Dunkelheit gewöhnen, sodass er die Person auf dem Sofa zunächst nicht erkannte. Sie rührte sich nicht, schaute nicht auf, machte keine Anstalten, ihre Position zu verändern. Pascal gab Audrey ein Zeichen, zu ihm zu kommen. Mit einem Satz stand sie hinter ihm, ihre Waffe auf das Sofa gerichtet, doch noch immer keine Regung der Gestalt vor ihnen, nur das Boot wiegte sich von rechts nach links.

»Madame Lavelle«, setzte Pascal erneut an. Das Schaukeln wurde schwächer, das Geräusch des Wassers an der Bordwand leiser, schließlich versiegte es.

Regungslos standen Audrey und Pascal in der Kajüte. Mit einer kurzen Kopfbewegung ließ Audrey Pascal wissen, dass sie sich der Couch näherte. Pascal richtete seine Waffe darauf. Audrey klopfte zunächst gegen eine der beiden Türen hinter dem Sofa. Keine Reaktion. Offensichtlich ging von dem Menschen keine Gefahr aus, sodass Pascal Audrey Feuerschutz geben konnte. Ein zweites Klopfen, ein Öffnen der Tür, doch der Raum, offensichtlich ein Salon, war leer. Pascal ging zu der anderen Tür, klopfte ebenfalls.

»Sie brauchen sich nicht zu bemühen, Monsieur«, vernahm er plötzlich eine weibliche Stimme, die ihm bekannt vorkam. »Alejandro und die anderen sind längst zurück auf dem Meer.« Und nach einer Pause sagte sie: »Ich bin allein, und Sie können Ihre Waffen wieder einstecken. Ich bin unbewaffnet.« Sie hob ihren bislang in den Händen verborgenen, nach unten gesenkten Kopf. Es war Therese. »Ich habe keine Erfahrungen mit dem, was Sie hier veranstalten. Ich habe in meinem Leben noch nie eine Waffe besessen oder in der Hand gehabt. Entspannen Sie sich also.«

Pascal wandte sich Therese zu. Seine Augen hatten sich an die Dunkelheit in der Kajüte gewöhnt, doch ihr Gesicht blieb unscharf, konturenlos.

Audrey versicherte sich schnell und routiniert, ob die weiteren Räume tatsächlich leer waren. Sie nickte Pascal zu, als sie die zweite Tür geöffnet hatte, blickte darauf aber noch einmal kurz zurück, trat einen Schritt zur Seite und bemerkte: »Hier können wir eine Weinverkostung machen.«

Pascal sah einen Stapel Weinkisten und steckte schließlich seine Pistole zurück in sein Halfter, dann setzte er sich vor Therese an den Tisch vor dem Sofa.

Audrey überprüfte ein weiteres Mal, ob sie auch wirklich allein waren, und versicherte anschließend vom Deck der Yacht aus den Kollegen, dass sie alles im Griff hatten. Und dann zu Pascal gewandt: »Du möchtest sicher allein mit der Dame sprechen.«

Sie kannte ihn, wusste, dass Pascal die Geschichte aus dem Mund der Täterin hören wollte. Also verließ sie die Yacht, um auch die Kollegen wissen zu lassen, dass es jetzt noch ein wenig dauern konnte.

Pascal wusste, auch Frédéric Dubprée vertraute seinem Dorfgendarmen und schenkte ihm die nötige Zeit.

»Ich nehme an, Sie wollen gestehen?« Pascal blickte Therese Lavelle aufmerksam an, bis er bemerkte, dass ihre Gesichtszüge noch immer nicht klar zu erkennen waren. Er schaltete eine kleine festgeschraubte Lampe ein, die auf einem Beistelltisch stand.

Pascal erschrak. Therese Lavelle hatte sich dramatisch verändert. Ihre Pupillen blickten aus rot geweinten Augen, die Wangen waren eingefallen, als hätte sie tagelang nichts gegessen. Bis zu sich herüber konnte er ihren fauligen Atem wahrnehmen, sodass er zurückweichen musste. Ihre Haut war aschfahl.

»Mein Gott«, entwich es Pascal. »Was ist los mit Ihnen?«

Sie räusperte sich und sagte dann mit heiserer Stimme: »C'est fini.«

Pascal nickte langsam. »Oui, Madame, so ist es.«

Auch sie nickte langsam, und ein kaum wahrnehmbares Lächeln huschte über ihr Gesicht.

»Sie brauchen sich jetzt nicht mehr zu verstecken«, sagte Pascal.

»Oui.« Sie stöhnte auf. »Das war's mit dem Leben, das ich so nie gewollt hatte.«

Pascal schwieg, er dachte, sie würde weitersprechen, doch das tat sie nicht, sie starrte vor sich hin. »Ihr Mann hat den Weinberg angezündet, richtig?«

Sie nickte erneut. »Er war besessen, geisteskrank. Als ich ihn geheiratet habe, da war er noch nicht so. Sicher, er war ehrgeizig, er war ein Winzer ganz im Sinne des Traditionellen. Er hasste Fortschritt jeglicher Art, aber er liebte mich und war für mich da. Er machte zu Beginn alles mit sich selbst aus und traf sich mit anderen Winzern, die ähnlich dachten wie er. Ständig saßen sie zusammen bei uns im Weinkeller und diskutierten, manchmal schrien sie auch. Eines Tages kam ich zu ihnen nach unten, und ich erschrak, als ich sie dort sitzen sah mit ihren roten Köpfen. Niemand von ihnen war nüchtern, es war ein Gelage. Ich wollte meinem Mann etwas sagen, doch er war kaum noch ansprechbar, er drehte sich nicht einmal zu mir um, und da schrie ich ihn an. ›Du wirst Vater!‹, schrie ich, und dann musste ich weinen. Kurze Zeit später gingen die Männer. Er hatte sie rausgeschmissen und versicherte, es sei jetzt Schluss mit der CRAV. Ich wusste zu der Zeit noch gar nicht, was das ist, die CRAV. Das sollte ich erst später herausbekommen.« Sie atmete schwer aus. »Nathan nahm mich in den Arm und sagte: ›Jetzt werden wir eine Familie sein, alles wird sich ändern.‹« Sie stockte. Draußen konnte man ein Motorboot vorbeifahren hören, die Yacht schaukelte sanft in den Wellen des Hafens.

»Und?«, fragte Pascal. »Hat sich etwas geändert?«

»Ja, alles. Er hat von nichts anderem mehr geredet als von seiner Tochter. Er war all die Jahre für sie da, er hat sie geliebt. Sicher, es gab immer wieder diese Treffen mit den Männern der CRAV, und weil sich unser Verhältnis verbessert hatte, habe ich ihn gefragt, wer das sei, die CRAV. Daraufhin hat er mir die ganze Geschichte erzählt und sagte mir, wie wichtig so eine Bewegung für unser Land sei und dass wir alle vor die Hunde gehen würden, wenn wir Winzer nicht aufständen. Später habe ich bereut, dass ich mir das alles angehört habe, denn in mir hatte er plötzlich eine Gesprächspartnerin außerhalb der CRAV gefunden. Fortan sprach er ständig mit mir über die Betrüger, die mit ausländischen Weinen handeln würden, über die Winzer, die sich für neue Rebsorten in der Region einsetzten, die hier aber nicht hergehörten. Ich wollte davon nichts mehr wissen und sagte ihm das auch. Und schließlich kippte seine Laune. Dauerhaft. Seine Missbilligung für andere Winzer wurde immer größer, er machte auch keinen Hehl mehr daraus. Aus seiner Abneigung wurde schließlich Hass. Aber wir hatten doch noch Pläne. Eines Tages haben wir eher durch Zufall auf dem Feld unter der Borie einen weiteren Keller gefunden. Den wollte er zu einer Probierstube umbauen, doch die Männer, seine angeblichen Freunde, hatten etwas anderes damit vor. Sie trafen sie sich nun nur noch dort. Der Keller wurde zu einer Art Stützpunkt, zu einer Kommandozentrale. Ich weiß nicht, was sie da alles runtergeschleppt haben, aber nicht alles war legal. Sie heckten von hier aus ihre Anschläge aus. Am schlimmsten war es, als die Tour de France geplant wurde und ein chilenischer Weinexporteur die Veranstaltung unterstützen wollte. Da sind sie ausgeflippt.«

»Was haben sie getan?«

»Sie haben erst nur Parolen auf die Radstrecke geschrieben, das war aber nur der Anfang. Danach rückte das gesamte Komitee in ihren Fokus. Als sie schließlich die Räume der Agentur angezündet hatten und das ganze Haus niederbrannte, wurden zwei von ihnen geschnappt und ins Gefängnis gesteckt. Da sitzen sie noch heute. Plötzlich war der Keller unter der Borie nicht mehr interessant. Nathan mied ihn. Es gab keine Treffen mehr. Soweit ich weiß, war er nie wieder da unten. Aber da standen Weinfässer, alles war perfekt eingerichtet für meine Zwecke.«

Pascal schaute sie an. »Zumindest einmal war Ihr Mann noch dort, aber der Reihe nach. Was hat Ihre Tochter von alledem mitbekommen?«

»Ich glaube, sie wusste alles. Nathan hatte ihr ihren Lebensweg klar vorgegeben. Sie sollte das Weingut übernehmen, das war für ihn alternativlos. Er schien sich darauf vorzubereiten, als sie noch viel zu klein war, und so hat er sich wieder von uns entfernt. Er sprach kaum noch mit uns, über die Zeit wurde er uns ein Unbekannter. Ich war es also, die vor dem Schlafengehen nach den Monstern unter Julies Bett suchte. Ich habe ihre Schulbrote allein geschmiert, und ich habe mir ihr Krippenspiel angeschaut. Der Stuhl neben mir war leer, jedes Jahr leer. Die Familie, das waren wir beide. Alles, was wir waren, waren wir zu zweit. Erst als sie größer wurde und begann, sich für Weine zu interessieren, weckte das wieder das Interesse meines Mannes. Sie sprachen wieder miteinander, und

Nathan versuchte ihr sein Wissen weiterzugeben. Ich schaute zu, wie Vater und Tochter sich annäherten, und ich genoss es. Bis zur Pubertät lief es richtig gut mit ihnen. Doch dann lernte sie Leute kennen, die eine andere Vorstellung vom Weinanbau hatten. Sie versuchte, mit ihrem Vater darüber zu sprechen, aber es war zwecklos. Nathan ließ nichts zu, was von seinen Normen abwich. Mir war zuvor nicht aufgefallen, wie verbohrt er war. Das Ende zwischen ihm und unserer Tochter kam schließlich, als sie sagte, sie wolle aus unserem Weingut ein Bioweingut machen. Sie werde dem konventionellen Weinbau den Rücken zuwenden. Das war Verrat für Nathan. Ihre Diskussionen wurden zu Streit, und schließlich sprachen sie nicht mehr miteinander, wie all die Jahre zuvor. Julie isolierte sich und schloss neue Freundschaften, nur mit den Falschen. Mit Kiffern, Alkoholikern, Junkies.« Therese brach ab.

»Wir haben einige von ihnen hier in Marseille kennengelernt«, sagte Pascal schließlich. »Was wissen Sie über diese Freunde?«

Wieder atmete sie schwer aus. »Zu wenig, das war mein Problem. Julie veränderte sich immer weiter. Eines Tages begann sie mit ein paar Freunden, unseren Stall zu einer Wohnung umzubauen. Nathan ist ausgeflippt, ich sah darin aber eine Chance. Es war besser, als wäre sie ausgezogen – auch das stand im Raum. Sie wollte nach Marseille, dort hätte ich meine Tochter für immer verloren.« Therese schluchzte.

»Sie wissen also, was Ihre Tochter hier in Marseille getan hat?«

»Ich habe es herausgefunden. Manchmal sah sie aus wie eine Prostituierte, wenn sie unseren Hof verlassen hat. Ich bin ihr eines Tages gefolgt, bis zu dieser Yacht hier. Und als sie wieder von Bord ging, habe ich mich dort drüben in dem Hauseingang versteckt und auf sie gewartet. Ich wollte sie zur Rede stellen, aber dann habe ich es mir anders überlegt und habe mit dem Besitzer des Bootes gesprochen. Alejandro Sánchez, ein Weinimporteur aus Spanien, der hier seinen Geschäften nachging. Mir ging es nur darum, dass sie meine Tochter in Ruhe ließen, diese geilen Böcke. Ich kenne diese Szene aus meiner eigenen Vergangenheit und bin nicht stolz darauf, das können Sie mir glauben.«

Das hatte Nathan also damals bei ihrer ersten Begegnung gemeint, als er seine Frau als Bordsteinschwalbe beschimpft hatte.

»In meiner Not erzählte ich ihnen«, fuhr Therese fort, »meine Tochter sei minderjährig, und ich wisse alles. Da gerieten Alejandro und seine Freunde in Panik. Sie schworen mir, sie nie wieder an Bord zu lassen, und fragten immer, ob ich die Winzerin meinen würde. Wenn es das Mädchen sei, das gerade von Bord gegangen sei, dann ja, sagte ich, dann sei sie die Winzerin. Ich wusste nicht, dass meine Tochter bei den reichen Geschäftsmännern die Winzerin genannt wurde. Ich kam mit Alejandro ins Gespräch, und es stellte sich heraus, dass er einen Narren an meiner Tochter gefressen hatte. Vielleicht liebte er sie sogar. Jedenfalls wusste er eine Menge über sie, und ich erfuhr, warum er sie die Winzerin nannte. Er erzählte mir von ihren Plänen. Sie hatte einen Biowinzer kennengelernt.«

»Noah«, sagte Pascal.

»Sie kennen ihn?«, fragte Therese verwundert.

»Ja, wir haben ihn bereits befragt. Wir wissen von dem Weinberg, den Julie kaufen wollte.«

»Dann wissen Sie auch, dass Noah eine Art Sektenführer ist? Der ist vollkommen wahnsinnig und beeinflusst seine meist jungen Frauen und Kolleginnen.«

»Ich habe es befürchtet«, sagte Pascal und tastete unwillkürlich an die Stelle über dem Auge, wo die Wunde von Noahs Schlag inzwischen verheilt war.

»Es gab einen Preis für den Weinberg, und Julie wollte das Geld dafür zusammenbekommen. Koste es, was es wolle. Ich sah die einzige Chance darin, ihr zu helfen, und so kam eins zum anderen. Alejandro, den ich inzwischen durch mein Wissen in der Hand hatte, weil er schließlich glaubte, er hätte es mit einer Minderjährigen getan, ließ sich auf einen Deal ein.

Ich bekam seine spanischen Weine zu einem äußerst günstigen Preis, um sie dann hier in Frankreich zu verkaufen. Doch selbst mit dem Gewinn hätte es Jahre gedauert. Ich habe fieberhaft überlegt, wie ich einen besseren Preis erzielen könnte, und dann haben Alejandro und ich beschlossen, den Wein als französischen Wein umzuetikettieren und ihn unter dem Namen eines nicht existierenden Weingutes zu verkaufen.«

Pascal griff in seine Tasche. »Sie meinen das Weingut Château des trois-mille saveurs?«

»Auch das kennen Sie also?«

»Ich war in Ihrem Lager auf dem Weingut Château des quatre chiens von Monsieur Adel. Dort habe ich alles gesehen.«

Therese hatte längst resigniert, es ging ihr nur um die Erleichterung ihres Gewissens. »Niemand hat sich besonders große Gedanken gemacht, welches Weingut es sein könnte, es gab keine Nachfragen. Wir haben auf kleinen Wochenmärkten verkauft oder über Kooperativen. Sie alle kämpfen um Geld. Das Geschäft lief einigermaßen gut. Durch die hohe Gewinnmarge konnte ich endlich Geld für Julies Traum ansparen. Sie wusste davon, ich habe ihr meine Hilfe zugesagt, und so wurden wir zu einem Team. Wir zwei gegen den Rest der Welt und am Ende vor allem gegen meinen Mann Nathan, denn schließlich taten wir genau das, wogegen er mit seinen CRAV-Freunden ankämpfte.«

»Und das war eine Genugtuung für Sie?«

»Ja, das war es. Ich konnte ihm auf mehreren Ebenen schaden. Ich habe ihn gehasst, aber ich wollte mich nicht von ihm trennen, bevor ich meine Tochter in Sicherheit gebracht hatte. Es fehlte am Ende nicht viel.«

»Welche Rolle hat Melvin gespielt?«

»Ach, der. Ein Nichtsnutz, aber er ging auf den Weingütern ein und aus, weil er als Poolboy gearbeitet hat. Unter seinen Kunden war auch Nathans größter Feind Luc Adel. Luc verkauft neben seinen Weinen Weine aus der ganzen Welt. Er hat mehrere Unternehmen, überall hat er seine Finger im Spiel.

Seine Leidenschaft ist das Geld, nicht der Wein, und dazu steht er auch. Melvin konnte Julie helfen, denn über ihn konnte sie neue Vertriebswege auftun, so will ich es mal sagen.«

»Das müssen Sie mir erklären.«

»Julie und ich haben alle Möglichkeiten genutzt, unsere umetikettierten Weine an den Mann zu bringen. Und als wir Luc Adel eine gute Beteiligung zugesagt hatten, hat er unser Phantasieweingut unter seine Fittiche genommen. Weil er im Zusammenhang mit den Weinen aber nicht öffentlich in Erscheinung treten wollte, musste Melvin herhalten. Er war ein Einfaltspinsel, immer bekifft. Ich weiß nicht, was meine Tochter an ihm fand. Sie sagte einmal, er habe ein gutes Herz. Gut, das mochte stimmen. Aber er wurde bei Luc als Geschäftsmann geführt, als Vertriebler, der unsere Weine weiterverkaufte. Luc hat das geschickt gemacht, sogar einen Teil des Lagers hat er an mich vermietet, sodass er jede Beteiligung von sich weisen konnte und im Zweifel nichts von dem wusste, was da passierte. Zusätzlich hat er auch noch durch die Vermietung Geld eingenommen. Und Melvin hat er als einen seiner Unterhändler eingekauft und ihn zu einem Geschäftsführer gemacht, allerdings so verklausuliert, dass er selbst schon kaum noch durchstieg. Melvin wurde losgeschickt, um unsere Weine zu verkaufen, und er war derjenige, der die Unterschriften leistete. So war Luc fein raus, denn am Ende des Tages konnte er den Betrogenen spielen. Er war es, der im Fall des Falles sagen würde, er sei von Melvin Tarron hintergangen worden. Dafür gab Julie sich also mit ihm ab.«

»Das war der Grund für das ungleiche Paar?«, fragte Pascal. Therese nickte.

»Wie ähnlich Sie sich doch sind«, merkte er noch an. »Aber wie kam es zu dem Brand? Hatte Ihr Mann herausgefunden, was gespielt wurde?«

»Ich befürchte es. Mein Mann wollte Luc einen Denkzettel verpassen. Durch die weitverzweigten internationalen Geschäfte stand er bei der CRAV ohnehin auf der Liste. Offiziell hatte mein Mann sich längst von der CRAV losgesagt. Es war einfach, es so aussehen zu lassen, als hätten die alten Freunde der CRAV den Anschlag verübt, denn er wurde nach denselben Mustern durchgeführt. Nur war es die Tat eines Einzelnen, nicht die einer Organisation.«

»Und wie kam es zu dem Unfall?« Pascal wollte Nathan bei aller Abscheu gegen ihn nicht vorwerfen, dass er seine Tochter ermordet hatte.

»Es war ein Unfall, und das ist die Wahrheit. Niemand wusste, was die beiden in dem Weinberg gemacht haben. Als mein Mann erfuhr, dass er für den Tod seiner Tochter verantwortlich war, war er gebrochen. Er war am Ende, sie haben ihn schließlich erlebt.«

Pascal nickte. »Wie ist er umgekommen? Wir wissen, dass seine Leiche im Weinfass schwamm.«

»Das war einfach. Es war in der Borie, dort lagerte er seit Neuestem wieder Weine, zumindest seine Premiumweine. Da wird er auch mein kleines Panschbecken entdeckt haben, aber er hat nichts gesagt.« Sie machte eine Pause. »Sie wissen, dass man immer zu zweit im Keller sein muss, um die Weine zu kontrollieren?«, fragte sie schließlich. Ohne eine Antwort abzuwarten, fügte sie hinzu: »Bei der Fermentation wird Kohlendioxid freigesetzt. Wer in so ein Fass fällt, ist verloren. Das passiert immer wieder. Mein Mann stand oben auf der Leiter. Verzweifelt, wie er war, sagte er, er müsse sich nur fallen lassen, dann sei endlich alles vorbei, und er sei bei seiner Tochter.« Therese schwieg einen Moment. »Ich brauchte nur an der Leiter zu rütteln.« Ihre Stimme war jetzt heiser. »Ich empfand nichts dabei. Gar nichts. Nicht einmal Erleichterung.«

Pascal wartete, ob sie noch etwas sagen würde, aber sie tat es nicht. »Und wie ist Claude dort hineingekommen?« Auch hierzu wollte Pascal ein Geständnis, auch wenn er die Wahrheit längst kannte.

»Er hat es herausgeschmeckt. Er hat den Tempranillo erkannt, der Wichtigtuer! Und er wollte nicht davon abrücken.

Er glaubte mir einfach nicht, und dann sagte ich, ich würde ihn überzeugen, und ging mit ihm in die Borie. Da unten war es einfach. Es standen dort genug landwirtschaftliche Geräte. Ich nahm einen Spaten, als er das Weinfass studierte. Ich war froh, als er den Schlag überlebt hatte, ich wollte ihn nicht umbringen. Aber was sollte ich tun? Er würde alles auffliegen lassen, und so fesselte ich ihn zunächst an das Weinfass.«

»Um später alles anzuzünden und ihn auf diese Weise zu töten?«, wollte Pascal wissen.

»Ich habe die Kontrolle verloren. Ich dachte, ich hätte alles im Griff, aber das war nicht so. Ich wollte das alles brennen sehen, auf diese Weise musste ich seinen Tod nicht mit angucken, ich wollte nur noch sehen, wie die Asche auf diesen verdammten Weinkeller fällt, wie all das Leid, das mein Mann über die Jahre über uns gebracht hat, in sich zusammenfällt. Es sollte der Abschied, der große Abgang werden. Lieber das Neue sehen, als den Blick zurück auf das Grauen unseres gemeinsamen Familienlebens zu werfen.« Ihre Augen funkelten, als wäre es ein letztes Aufbäumen. »Und den selbstherrlichen Weinkenner konnte ich auf diese Weise auch loswerden.« Ihre Gesichtszüge hatten sich noch weiter verhärtet.

Pascal spürte, dass ihr diese Worte, die letzten in Freiheit, wichtig waren, essenziell.

»Mein Mann ist tot. Mehr wollte ich am Ende nicht. Ich habe nichts von dem erreicht, was ich in meinen letzten Jahren noch wollte, nur seinen Tod, und jetzt liegt er dort im Wein, in der Asche. Es war mein kleinster Erfolg am Ende meines Weges. Und als ich in dieser Nacht die Sirenen der Feuerwehrwagen näher kommen hörte, wusste ich, es ist vollbracht, es ist geschafft.« Therese hatte nichts mehr zu sagen. Sie reichte Pascal die Arme, wartete auf die Handschellen, den Kabelbinder, doch das war nicht nötig.

Pascal sagte nur: »Kommen Sie, gehen wir. C'est fini.«

32

Als Pascal Lillie in ihrem Brautkleid durch Lucasson leitete, hinauf zur breiten Kopfsteinpflasterstraße, die zur Kirche führte, ihre feuchten Finger in seiner Handinnenfläche, schwankte er innerlich. Hatte er seine Tochter doch schon immer an die Hand genommen, wenn es ernst im Leben geworden war. Als sie ihre ersten Schritte in der Pariser Wohnung gemacht hatte, als er sie die Treppen hinunter auf die Straße geführt hatte. Ihren unsicheren Schritten zum Kindergarten hatte er versucht Halt zu geben. Ein letzter leichter Druck – es wird schon alles gut werden, vertraue mir. Und mit jedem Lösen der Hände wurde sie zum Mädchen, zur Frau und heute zur Ehefrau. Wieder würde er seine Hand öffnen, wieder würde er noch für ein paar Sekunden ihre Wärme in seiner Handinnenfläche spüren, bis es irgendwann aufhörte. Er würde ihr nachschauen, wie sie glücklich ihre Hand in die ihres Mannes legen und den Weg zur Kirche hinaufgehen würde.

Vielleicht hatte Pascal sich diesen Kilometer durch das Dorf einfacher vorgestellt, vielleicht hatte er sich selbst belogen, vielleicht hatte er die ganze Zeit gewusst, dass sich sein Inneres auf dieser Strecke nach außen kehren würde wie ein durchlässiges Hemd und dass er versuchen würde, Tränen der Sentimentalität zu verbergen. Aber wann sonst durfte man sentimental sein, wenn nicht am Tag der Hochzeit der eigenen Tochter?, fragte er sich. Sah er doch auf diesem Kilometer, wie Lillies und seine Zeit noch einmal im Zeitraffer ablief wie ein zu schnell abgespielter Film. Ein Flackern.

Lillie als kleines Baby, neugeboren, wie er sie aus dem Kreissaal trug und hilflos »Imagine« von John Lennon sang, weil er nicht wusste, was jetzt zu tun war. Das Lied fiel ihm als Erstes ein – als ein Wunsch für das Leben dieses neugeborenen Wesens, das in all seiner Hilflosigkeit in seiner Armbeuge lag. Für einen Moment die Vorstellung, alles sei gut, und so war es auch. Es war alles gut. Immer wenn er sie ansah, war das Leben gut, nein perfekt. Und für sie war es das auch, und wenn nicht, dann streckte sie hilfesuchend ihre kleinen Arme aus, und Catherine und er waren da, um ihr Leben wieder perfekt zu machen. Es war so einfach gewesen in den ersten Jahren. Ihr Zusammensein war die pure, reine Liebe gewesen. Catherine hatte wie eine Löwin im Zentrum gestanden, immer wieder bewunderte Pascal ihre Stärke, ihre Empathie, die Unumstößlichkeit, ihre Klarheit. Erst später, als Lillie ein Teenager gewesen war, begannen sich Löcher in die Liebe zu fressen.

Als Lillie ihre ersten Liebesdramen durchlitt, hatte das Auseinanderleben von Catherine und Pascal bereits begonnen, und sie hatten auf leisen Sohlen den steinigen Weg eingeschlagen, der zur Einbahnstraße geworden war. Das erste Mal in Lillies Leben kämpften sie gegen Schatten an, die sich langsam in ihrer Wohnung ausbreiteten. Nur noch Lillie brachte Licht in ihre Zweisamkeit, doch dieser Rolle war sie nicht gewachsen. Niemand war ihr gewachsen.

Nachdem schließlich die Tür der gemeinsamen Wohnung das letzte Mal ins Schloss fiel und Lillie vor der Tür in Claudes Auto mit dem Lyoner Kennzeichen stieg, Catherine wenige Tage später ebenfalls die Tür ins Schloss fallen ließ und die Einsamkeit sich in Pascals Gemüt breitmachte, die zwei Jahre lang nicht zu vertreiben war, erlebte seine Tochter das Glück ihrer jungen Liebe.

Dort vorne stand Claude, in seinem hellen Anzug und dem provenzalischen Strohhut, mit einem Lächeln im Gesicht. Auch Lillie strahlte, schaute mit feuchten Augen ihren Vater an, wandte ihren Blick nicht ab, als Pascal ebenfalls die Tränen kamen, unsichtbar für die wartenden Gäste am Straßenrand, so hoffte er, die der Braut zuklatschten, Blumen und Dornenzweige warfen und über den Weg spannten. Man reichte ihnen Astscheren, um sie zu zerschneiden und sich den Weg durch die anderen Hindernisse zu bahnen, die die Gäste ausgelegt

hatten. Die Hochzeit sollte all die französischen Bräuche be-
folgen, die sie bereits von anderen Feiern aus ihrem Freundeskreis kannten. Und ein Hindernislauf sollte prüfen, wie sie
sich gemeinsam den Widerständen des Lebens stellen würden.
Gemessen an dem, was Claude bereits für seine Liebe in den
letzten Tagen hatte durchleben müssen, war das eine leichte
Übung. Pascal lächelte, als er Claude dabei beobachtete, wie
er die Schleier, die die Gäste rechts und links über den Weg
gespannt hatten, durchschnitt.

Schon durch die geöffnete Kirchentür erkannte Pascal
»Imagine«, gespielt von einer Orgel. Neben dem Eingang
stand Catherine, die fünf Jahre lang aus seinem Leben verschwunden gewesen war. Jetzt stand sie in einem eleganten
roten Kleid an der Tür und schaute in seine Richtung. Die
Orgelmusik ebbte ab, »Imagine« war verklungen, die Vorstellung einer perfekten Welt Vergangenheit, als Catherine sich
bei Pascal einhakte und sie ihrer Tochter und Claude folgten.
Fremd fühlte es sich an.

Die Bänke der Kirche waren mit weißen Schleifen übersät,
Blumen an den Eingängen, der Altar mit Blüten aller Art ausgelegt, das Paar ging über Rosenblätter. Die Orgel spielte ein
Chanson, auf dessen Titel Pascal gerade beim besten Willen
nicht kam. Hinter Catherine und ihm Claudes Eltern, ebenso
ergriffen von der Schönheit von alledem. Gesehen hatte Pascal
sie bisher nur einmal, wiedererkannt hätte er sie niemals. Ein
kurzes Zunicken musste jetzt reichen, hinter ihnen drängte
eine nicht enden wollende Schlange von elegant gekleideten
Menschen, viele von ihnen jung und Pascal vollkommen unbekannt, in die Kirche. Ganz Lyon und Paris schien versammelt
zu sein, um Zeuge dieses Spektakels zu werden.

Die Zeremonie zog wie ein Mistral über Pascal hinweg. Die
Trauung charmant vorgetragen von Pastor Etienne, so wie man
ihn kannte. Er war Anfang dreißig und hatte seinen in die Jahre
gekommenen Vorgänger erst vor wenigen Monaten abgelöst. Er
lächelte viel, sprach dem Paar Mut zu, verlieh ihnen göttliche

Kraft, und schließlich hob Claude Lillies Schleier und küsste sie unter dem aufbrandenden Applaus der Gäste.

In diesem Augenblick ergriff Catherine Pascals Hand und drückte sie, sie schauten sich nicht an.

»Sie werden es besser machen«, raunte sie mit brüchiger Stimme, und Pascal nickte nur, ebenfalls den Kampf gegen die Tränen aufgebend.

Der Auszug aus der Kirche unter dem Klang von »There Is a Light That Never Goes Out«, Lillies Lieblingslied, erledigte auch die stabilsten Charaktere, und sie gaben sich den Tränen der Freude und des Moments hin.

Lorbeerblätter waren ausgestreut worden, über die das Paar jetzt schritt. Ein betörender Duft legte sich über die Gesellschaft.

Der Fotograf rief seinen eleganten Protagonisten zu, wie sie zu stehen hatten. Der Bräutigam nach dem strengen französischen Brauch immer links neben der Braut, damit er wie zu Zeiten des Rittertums als Rechtshänder sein Schwert an der linken Seite tragen und es ungehindert ziehen und seine Braut beschützen konnte, sollte ihr Gefahr drohen. Als Wächter all der Wege seiner Tochter gefiel Pascal dieser altmodische Brauch. Immer wieder blickte Catherine zu Pascal auf. Sie machten eine gute Figur als stolze Eltern einer wunderschönen Braut.

Champagner wurde gereicht. Das Personal des »Le Fournil« hatte bereits mit der Arbeit begonnen und schenkte im provenzalischen Sonnenlicht die Gläser voll. Die Schlange der Gratulanten stand den ganzen Weg hinunter bis zur Straße. Wie sie sich einreihten, der Braut ihre Glückwünsche ausrichteten, sie behutsam drückten, die engsten Vertrauten mit Tränen in den Augen, rührte Pascal. Der schönste Tag des Lebens, und wenn es nur dieser eine war, er nahm seinen anmutigen Lauf. Zeit und Termine spielten in diesem Meer der Emotionen keine Rolle mehr, nur das geschulte Personal des »Le Fournil« drang auf die baldige Abfahrt und wischte sich den Schweiß von der

Stirn, als der Tross der geschmückten Autos sich in Bewegung setzte.

An den Straßenrändern standen viele Schaulustige aus Lucasson, selbst Jean-Paul Betrix hatte sich die Mühe gemacht und war vor sein Rathaus getreten, immerhin war es ein alter Brauch des Dorfes. Die mit Blumen geschmückten Autos durften an diesem Ehrentag mit lautem Hupen über die Place de la Fontaine fahren. Sie würden keine der Blumen an den Spiegeln und Dachrelingen abnehmen, sie mussten von selbst abfallen, so wollte es der uralte französische Brauch.

Der Anblick der Terrasse des »Le Fournil« führte zu einem Raunen. Catherine nahm Pascals Hand und drückte leicht zu, trotz der Fremdheit dieser Geste ließ Pascal es geschehen, Worte waren überflüssig und die richtigen zu finden unmöglich. Die Tische mit weißen Tischdecken, die sich im sanften Abendwind wiegten, waren über und über gedeckt. Weiße und rote Rosenblätter waren darübergestreut, Kerzen in prächtigen Leuchtern standen in ihrer Mitte, die Stühle mit Blumen verziert und mit weißen, sorgsam ausgewählten Hussen überzogen.

Mit sanftem Druck leitete Catherine Pascal zur Mitte der Terrasse, wo ein runder Tisch besonders prunkvoll verziert war. Von der Platane in der Mitte, als Zentrum der Feier, hingen Lampions herunter, die später, wenn die Sonne hinter den Weinbergen, über die man von hier aus sehen konnte, versank, die Gesellschaft in ein weiches Licht tauchen würden.

Wie vertraut es sich plötzlich anfühlte, Catherine an seiner Hand zu spüren, wie vertraut ihm das Lächeln seiner Ex-Frau vorkam, wie perfekt sie Inszenierungen beherrschte.

Sie setzten sich neben den noch leeren Platz der Braut, die als Letzte die Terrasse betreten würde. Als Pascal sich neben Catherine gesetzt hatte und Claudes Eltern auf die andere Seite der beiden leeren Plätze gerückt waren, gab Catherine Pascal wie aus dem Nichts einen Kuss, als ginge es um sie an diesem Abend.

»Pardon«, sagte sie. »Mir war danach.«

Statt zu antworten, räusperte Pascal sich und musste lächeln. All das übermannte ihn, und Claudes Eltern schien es ähnlich zu gehen. Auch sie saßen eng beieinander, die Augen feucht, von der Schönheit des Augenblicks emotional zu Boden gestreckt.

Die Gäste erhoben sich und applaudierten, als Lillie und Claude als Letzte der Gesellschaft die Terrasse betraten und die Plätze zwischen den Menschen fanden, denen sie ihre Existenz zu verdanken hatten. Nur einmal in seinem Leben hatte Pascal an Lillie und ihrer Mutter diesen Blick gesehen, den sie austauschten, als sie zusammen an dem Tisch saßen. Es war, als würden ihre Seelen miteinander verschmelzen, als würden Mutter und Tochter jetzt zu ein und derselben Person werden. Und Pascal? Er fühlte sich nicht ausgeschlossen, er fühlte sich als Teil dieser Verschmelzung, war mittendrin. Dies war seine Familie, das Dreigestirn, die Essenz seines Lebens. In diesen Sekunden war es, als sei keine Zeit vergangen. Pascal war zurück in seinem kleinen Universum, das ihm alles bedeutete, doch er wusste, diese Minuten gab es nur jetzt, sie würden niemals wiederkehren. Er spürte die Zeit, wie sie verging und vergangen war. Das Bild seiner Familie, wie sie hier zusammensaßen, brannte sich ihm ein, zum Einrahmen schön.

Das Essen wurde gebracht, selbst bei den einfachsten Gerichten wie dem Ratatouille als Beilage hatte Paul Natale sich selbst übertroffen. Die mit Trüffeln garnierten Fasane wurden unter Applaus im Schein der Wunderkerzen hineingefahren. Pascals Rede, sie musste einen Punkt getroffen haben, der nicht nur Lillie und Catherine die Glückstränen die Wangen hinuntertrieb und Spuren in den perfekt geschminkten Gesichtern hinterließ.

Mathieu hatte einen Film vorbereitet und nächtelang, offensichtlich zusammen mit Catherine, alte Kindervideos gesichtet. Pascal sah sein kleines Mädchen auf dem Fahrrad, Urlaubsaufnahmen, wie Catherine zusammen mit Lillie ins Meer lief, verliebte Blicke seiner Frau, die ohne Frage mal ihm gegolten hatten. Pascal sah das alles, Lillies Leben, Catherines Leben und sein Leben. Wie er sorglos und in der Überzeugung, für immer seine Heimat gefunden zu haben, mit seiner Tochter spielte, sie umarmte, ihr ein Eis brachte. Wie lang war der Weg gewesen, sein Glück wieder zu entdecken, es sich hart zu erkämpfen, hier in der Provence.

Die Emotionen übermannten ihn und ließen ihn erst wieder regelmäßig atmen, als er seine Tochter zum Tanz bat, direkt nach dem Hochzeitslied von Jacques Brel, als die Partyklassiker aufgelegt wurden und dazwischen immer wieder Lieder, die Lillie und Claude viel bedeuteten. Dann kam ein weiterer Höhepunkt der Party, als Lillie in der Mitte ihren Rock zu lüften begann und die Männer, getreu der französischen Sitte, für jeden Zentimeter ihre Gebote abgaben. Dieser Moment ging ins Geld. Schließlich war es Mathieu, der unter lauten Anfeuerungsrufen mit einem unverschämt hohen Betrag das letzte Gebot abgab, sodass Lillie ihr Hochzeitskleid so weit nach oben zog, dass ihr Strumpfband zu sehen war. Und darum ging es. Das durfte Mathieu eigenhändig abnehmen und behalten. Er schwenkte es durch die Luft, und die Menge applaudierte.

Die Nacht hatte sich längst über die Gesellschaft gesenkt. Die Steinmauer, hinter der es hinunter ins Tal ging, war nur von Kerzen erleuchtet. Doch es wurde ein weiteres Mal hell, als unter lautem Beifall die Croquembouche in einem Wunderkerzenmeer hineingefahren wurde. Die typische französische Hochzeitstorte bestand aus Windbeuteln, die mit einem Karamellguss überzogen waren. Unter lautem Knacken schoben Catherine und Pascal sie sich gegenseitig in den Mund. Die Torte mit dem Namen »Krach im Mund« – Croquembouche – machte ihrem Namen alle Ehre. Es knackte in der Hochzeitsgesellschaft. Sie alle – außer Lillie, die bis auf ein Glas Champagner, bei dem man sich besonders in Südfrankreich einig war, dass es gut für das ungeborene Kind sei, schon damit es wisse, dass es das Glück hatte, eine Französin zu werden, keinen

Alkohol getrunken hatte – waren benebelt vom Champagner und vom Wein, der ausschließlich aus dem eigenen Land kam. Wer wollte heute schon ein Risiko eingehen?

Catherine und Pascal johlten inmitten der euphorisierten Menge, als Lillies Freundinnen ihr den Schleier abnahmen und Claude sie auf den Mund küsste. Lang und anhaltend. Jetzt war sie eine verheiratete Frau, und niemand in der Gesellschaft zweifelte an dem ewigen Glück.

Und wie Pascal dort stand, inmitten der Hochzeitsgesellschaft, und dem Paar zuwinkte, als es in den Morgen verschwand, schloss sich auch für ihn ein Kreis. Er fühlte sich versöhnt mit seiner Vergangenheit, mit seiner Ehe, mit Paris.

Nur noch den kleinen Berg hinauf, durch das Waldstück zu seinem Haus. Dies war seine Heimat, und das sagte er auch Bordeaux, als er ihn begrüßte.

»Dies ist meine Heimat.«

Bordeaux schüttelte sich, er war so bereit wie Pascal für seine Morgenrunde durch Lucasson.

Merci

Ohne meine Familie würde es meine Bücher nicht geben. Ihr gehört mein Dank, allen voran meiner geliebten Frau Marga und meiner Tochter Lucie, die es nicht leicht haben, wenn sie Fotos von meinen Schreibreisen aus der Provence bekommen und in Norddeutschland durch den Regen laufen müssen. Ich liebe euch, danke für dieses Leben!

Mein Dank gilt auch meinen Freunden, mit denen ich inspirierende Gespräche führen durfte. Christian Löwendorf, mein erster und einziger Leser vor der Veröffentlichung. Was wäre ich ohne deine Scharfsinnigkeit?

Danke auch an Axel Taris, den Inhaber meiner Lieblingsweinhandlung »Der Franzose« in Hamburg, und an seine Mitarbeiterin Ines, die mir beim komplexen Thema Wein immer zur Seite standen. Einige Geschichten sind fast eins zu eins in dieses Buch eingeflossen. Merci!

Danke auch an meinen großartigen Verlag, allen voran an Hejo Emons, seine Familie, die besten Lektorinnen der Welt und Dominic Hettgen.

Mein ganz besonderer Dank gilt Gudrun Todeskino, die viele Jahre meine Lesungen organisiert hat. Ich verdanke dir mehr, als du glaubst.

Danke auch an meine neue Agentin Christine Rothwinkler, die fortan dafür sorgen wird, dass ich euch, meine Leserinnen und Leser, auch in Zukunft treffen darf.

Lesungstermine findet ihr auf meiner Webseite: www.andreas-heineke.de.

Buchungen über www.cr-leseagentur.de, Christine Rothwinkler.

Andreas Heineke
TOD À LA PROVENCE
Broschur, 240 Seiten
ISBN 978-3-7408-0059-8

»Eine kleine Komödie, ein wenig Liebesgeschichte und kulinarischer Reiseführer. Man spürt während der Erzählung, wie sehr es den Autor drängt, die Liebe zu der Gegend zu teilen.«
Bücher Magazin

Andreas Heineke
VERSUCHUNG À LA PROVENCE
Broschur, 288 Seiten
ISBN 978-3-7408-0514-2

»Andreas Heineke kennt die Provence bereits seit vielen Jahren sehr gut. Offensichtlich beherrscht er auch alle Rezepte, um dort die spannende Handlung seiner Krimis spielen zu lassen. Ein neues Buch, das sich genussvoll verkosten lässt.« Frankreich erleben

www.emons-verlag.de

Andreas Heineke
FÄLSCHUNG À LA PROVENCE
Broschur, 240 Seiten
ISBN 978-3-7408-1125-9

Eigentlich lebt Dorfgendarm Pascal Chevrier in der Provence, weil er die regionale Küche und das ruhige, pittoreske Leben schätzt. Doch die Idylle findet ein jähes Ende, als im Picasso-Schloss eine junge Kunsthistorikerin ermordet aufgefunden wird. In exklusiven Kreisen sucht Chevrier nach Hinweisen und trifft auf exzentrische Kunstsammler und Galeristen, die alle mehr oder weniger verdächtig wirken. Aber nicht nur der verzwickte Fall in der spätsommerlichen Hitze des Luberon treibt ihm den Schweiß auf die Stirn. Audrey von der Police nationale, für die er mehr als kollegiale Gefühle hegt, macht alles noch viel komplizierter ...